현대소설
플롯론

장소진 저

보고사

머리말 *preface*

    우리의 문학적 관습에서 작가의 일방적 권위가 낡은 개념으로 자리한 지도 제법 오래다. 대신에 문학은 작가와 독자 간의 모종의 소통이라는 개념이 보편적으로 받아들여지고 있고 더 나아가서 문학은 작가와 독자 간의 긴장력 넘치는 한 판의 게임이라는 의식도 그리 낯설지 않게 받아들여지고 있다. 그만큼 문학적 관습에서 독자의 무게가 중시되고 있는 것이다. 이러한 변화는 문학 연구의 영역에서도 확인된다. 독자 반응비평이라는 문학비평론의 확립이 시사하듯이 문학 연구 영역에서도 독자의 개념이 작가라는 개념이 가지는 권위에 도전하며 그것과 견제를 이루는 위치에 그 자리를 마련하고 나선 것이다. 그리하여 문학 연구는 이제 기존의 권위적이고 작가 중심적인 연구의 지평에서 벗어나서 대화적이고 소통적인 읽기의 모색이라는 새로운 지평에 놓여 있다.

    이러한 지평에 기대어 현대 소설을 소통의 모델로 이해하고자 할 때, 우리는 소설 텍스트의 형성 차원에서부터 독자의 개입을 용인하게 된다. 실제로 현대 소설들은 여러 가지 전략들을 통해 텍스트의 가변성을 허용하고 동시에 그 안에 그것을 제한하고 한정할 또 다른 주체의 자리를 마련하고 있다. 즉 텍스트 안에 독자의 능동적인 개입의 여백을 마련하고 있는 것이다. 이는 텍스트 형성 차원에서부터 텍스트와 독자의 역학의 자리, 소통의 자리가 마련되어 있음을 의미한다. 그리고 이러한 텍스트 형성 차원의 문제는 곧 소설에서의 플롯의 문제로 재해석된다.

플롯은 소설 텍스트 형성의 근간을 이루는, 소설 구성의 중요한 한 요소이다. 텍스트가 어떻게 형성되는가, 텍스트가 어떻게 짜이는가 하는 문제, 그것이 곧 플롯의 문제인 것이다. 그런데 위에서 언급한 소통의 맥락을 고려한다면 텍스트의 형성은, 즉 플롯은 작가의 일방적 조작의 산물이 아니라 작가와 독자 간의 소통적 대화를 통해 형성되는 역동적 실체가 된다. 작가와 독자 간의 대화적 맥락 속에서 형성되는 텍스트의 의미의 증폭 과정이 곧 플롯이 되는 것이다. 그리고 그런 역동적인 플롯 속에도 내재적인 질서는 존재한다. 대화적이라는 맥락 속에 이미 질서의 개념이 전제되고 있는 것이다. 이 책은 그러한 일련의 플롯의 특성에 주목하여서 역동적인 플롯의 시학을 규명한 결과물이다.

사실 시학에 대한 연구는 문학에 대한 우리의 관심을 위축시켜 버리곤 한다. 재미와 즐거움으로 혹은 성찰의 깊이로 다가오던 문학이 의외로 난해한 대상이 되거나 혹은 현실과는 거리가 먼 수사적 대상이 되고 마는 것이다. 그럼에도 불구하고 우리가 여전히 시학에 주목하는 것은 기본적으로 학문의 정체성 때문이다. 학문이 대상에 대한 총체적인 체계화라고 할 때, 시학은 그러한 체계화의 첨병으로 기능한다. 작가와 독자가 나누는 대화의 개방성에 함몰되어 우리의 이해가 다양성으로만 치달을 때 우리 앞에 펼쳐질 그 무질서를 어찌할 것인가. 거기에는 분명 조정의 근거, 질서화의 원리가 필요하다. 근거할 중심이 없는 난장이 우리의 삶을 살찌울 수 있으리라 기대할 수는 없는 것이다.

이 책은 박사학위논문을 수정·보완한 것이다. 논문으로 발표할 당시에는 미처 의식하지 못했던 미비점들을 수정·보완하면서 기존의 틀의 내부를 보다 견고히 다듬어 보았다. 글쓰기의 반복의 필요성을 절감할 수 있었던 시간들이었다. 또한 작업이 마무리 단계에 이르면서 문학연구가 가지는 메타성과 그것의 필요성에 대한 깨달음이 찾아들기도 했다. 그런 까닭들로 논문의 수정·보완으로 보낸 지난 시간들은 내 개인에게는 소중한 의미로 자리한다. 그러나 정작 이 책이 세상에 나가서 현대 소설 연구에 어떠한 기여를 할 수 있을 것인가 하는 데 생각이 미치면 새삼 염려스럽기도 하다.

　단지 소설 읽기가 재미있다는 이유로, 단지 남들보다 몇 번 더 글짓기 상을 받았다는 이유로 국문학과 맺은 인연이 이제 어느덧 반려의 연이 되고 말았다. 이 큰 변화의 맥 속에 자리하고 계신 나의 모교의 선생님들 한 분 한 분께 깊이 감사드린다. 내게 플롯을 '짐지워' 주시고 그 안에서 학문의 길을 모색하게 해 주신 이재선 선생님께 특별히 감사드린다. 또 세상을 살아가는 상식을, 학문을 연구하는 열의를 가까이에서 보여 준 대학원 선배들에게도 깊이 감사한다.

　이 책의 출판을 보고사에 맡기면서 너무 큰 폐를 안긴 것은 아닌가 하는 염려가 컸다. 나의 그러한 염려를 말끔히 거두어 주신 보고사의 김흥국 사장님과 편집에 애써 주신 박현정 씨께도 감사드린다.

2000년 1월

장 소 진

글순서 *contents*

Ⅰ. 소설과 플롯 ………………………………… 8

Ⅱ. 플롯 시학─ 지연과 탐색의 역학 …………… 19

Ⅲ. 전향적인 지연과 환유적인 탐색 …………… 44

　1. 치환적인 지연과 부가적인 탐색 / 46

　　1.1. 물레방아 / 46　　　　　1.2. 까마귀 / 66

　2. 병치적인 지연과 결합적인 탐색 / 84

　　2.1. 암야 / 84　　　　　　2.2. 들 / 102

　3. 소결 / 122

Ⅳ. 후향적인 지연과 은유적인 탐색 …………… 126

　1. 치환적인 지연과 비교적인 탐색 / 127

　　1.1. 봄봄 / 127　　　　　1.2. 날개 / 147

　2. 병치적인 지연과 대조적인 탐색 / 174

　　2.1. 고향 / 174　　　　　2.2. 습작실에서 / 187

　3. 소결 / 205

Ⅴ. 전-후향적인 지연과 제유적인 탐색 ………… 210

　1. 치환적인 지연과 상세적인 탐색 / 211

　　1.1. 소년의 비애 / 211　　1.2. 감자 / 230

　2. 병치적인 지연과 포괄적인 탐색 / 245

　　2.1. 거리 / 245　　　　　2.2. 무성격자 / 263

　3. 소결 / 286

Ⅵ. 플롯 시학의 지평과 기대 …………………… 290

　　　참고문헌 ………………………………… 303
　　　영문초록 ………………………………… 308
　　　색인 …………………………………… 314

I

소설과 플롯

시학은 문학이라는 추상적인 담화체를 대상으로 하여 그것에 내재된 일반적 법칙을 규명하고자 하는 연구 영역이다.[1] 이러한 시학적 관점은 우리의 현대 소설 논의에서도 그렇게 낯선 것만은 아니다. 소설 시학에 관련된 여러 이론서들이 일찍부터 유입되고 또 번역되면서 그것에 대한 접근의 통로가 충분히 마련되어 있었기 때문이다. 그러나 실질적인 측면에서 시학적 관점에서의 현대 소설에 대한 연구 성과는 그다지 충분치 않다. 이는 그간의 현대 소설 연구가 주로 역사주의적 관점에서 진행되면서 상대적으로 시학적 연구는 소홀히 다루어졌기 때문이다.

그러나 그러한 가운데에서도 시학적 연구의 당위적 필요성은 꾸준히 제기되어 왔고, 이제는 그러한 연구가 현대 소설 연구의 중심 동향의 하나로 자리잡고 있는 것도 사실이다. 이는 우리의 현대 소설을 보다

---

1) 고대에 아리스토텔레스가 『시학』을 저술한 이래로 문학 연구에서 시학 정립의 노력은 지속적으로 진행되어 왔다. 그리고 그러한 노력은 문학을 하나의 객관적인 학문의 영역으로 자리매김하는 데 기여함은 물론, 궁극적으로는 문학의 본질적 특성을 규명하는 데 기여했다. T. 토도로프는 '詩學은 개별적인 작품의 해석과는 반대로 의미를 규정하려고 하지 않고, 각각의 작품의 탄생을 主宰하는 일반적인 법칙을 알아냄을 목적으로' 하는 '문학에 대한 <추상적>이며 동시에 <내적>인 접근'이라고 하여 그것이 문학성 규명의 문제임을 강조한다. (T. 토도로프, 『구조시학』(곽광수 역), 문학과지성사, 1987. 19쪽.)

객관적인 관점에서 체계화하고 그것의 본질적 특성을 규명해야 한다는
원칙적인 필요성이 수용된 때문이며, 동시에 그간의 역사주의적 연구들
이 밝혀낸 우리 현대 소설사의 거시적 윤곽을 이제는 보다 미시적인 관
점에서 체계화해야 한다는 현실적인 필요성 때문이다. 결국 현대 소설
연구에서 시학적 관점의 부상은 우리 연구사의 발전적인 이행 과정의
결과인 것이다. 그렇다면 우리의 현대 소설을 대상으로 그것의 시학의
일단을 모색하는 것은 그러한 발전적인 연구 동향에 부응하는 필연적
귀결이기도 하다. 이에 본 연구는 그러한 작업의 일환으로 한국 현대
소설의 플롯에 관한 논의를 전개해 보고자 한다.

플롯은 아리스토텔레스가 『시학』에서 논의한[2] 이래로 문학의 중요한
구성 요소의 하나로 자리잡아 왔다. 플롯은 원래 비극에 대한 논의에
서 비롯된 개념이지만, 소설에 대한 논의에서도 중요한 개념으로 다루
어지고 있음은 주지의 사실이다. E. M. 포스터의 스토리와 플롯의 구분
논의[3]나 러시아 형식주의자들의 파블라와 수제트의 구분 논의[4]는 이제

---

2) 아리스토텔레스는 비극의 여섯 가지 구성 성분을 플롯과 성격과 措辭와 사상
   과 場景과 노래라고 규정한다. 그리고 그 가운데서 플롯을 가장 중요한 성분으
   로 보고 시학의 상당 부분을 그것에 할애한다. (아리스토텔레스, 『시학』(천병희
   역), 문예출판사, 1986. 46~105쪽.)
3) E. M. 포스터는 스토리는 시간의 연속에 따라 정리된 사건의 서술이고 플롯은
   역시 사건의 서술이지만 인과 관계를 강조하는 서술이라고, 스토리와 플롯에 대
   해 정의한 바 있다. 그가 제시한 '왕이 죽자 왕비도 죽었다'와 '왕이 죽자 슬픔
   을 못 이겨 왕비도 죽었다'는 스토리와 플롯을 설명하는 대표적인 예시문이기도
   하다. (E. M. 포스터, 『소설의 이해』(이성호 역), 문예출판사, 1984. 98쪽.)
4) 러시아 형식주의자들에 따르면 파블라는 이야기 혹은 이야기에 해당하는 것을
   구성하고 있는 시간적 순서의 시퀀스, 혹은 인과 관계의 순서로 놓인 시퀀스를
   말하는 것으로 모든 동기들의 합계를 의미하고, 이야기체의 구조라고 말할 수
   있는 수제트는 그러한 동기들을 주어진 예술적 질서에 따라 제시하는 방법을 말
   한다. (김치수, 「슈클로프스키의 형식주의 이론」, 『구조주의와 문학비평』(김치수
   편저), 홍성사, 1987. 45쪽.)

소설론에서 기초적인 상식으로 자리잡고 있다. 또한 최근의 문학 연구의 동향이 담화론이나 독자반응비평 쪽으로 향하면서 읽기의 시학이 강조되는 가운데에서도 플롯은 그 개념의 폭을 보다 확장시키면서[5] 여전히 그 중요도를 확보하고 있다.

이처럼 플롯이 소설 연구에서 주된 논제로 자리잡고 있는 것은 플롯이 소설 구성의 중추로 작용하기 때문이다. 방만하게 흐를 수 있는 서사의 흐름을 하나의 통일체로 규제하여 소설을 하나의 의미체로서 존재할 수 있게 하는 기본 원리가 바로 플롯인 것이다. 그리하여 P. 브룩스는 플롯을 '서사를 한정하고 이해할 수 있도록 함으로써 서사를 가능하게 하는 구성의 끈organizing line, 구상의 줄기thread of design'라고 설명한다.[6] 결국 소설론에서 플롯에 대한 논의는 작품의 내재적인 의미 형성 논리를 객관적으로 규명하고자 하는 시도로서 의미를 갖는다. 그리고 그러한 시도는 소설 시학이 기본 목표로 삼고 있는 소설의 체계화와

---

5) R. 로넨의 논의와 P. 브룩스의 논의는 이러한 연구 동향을 보여 주는 대표적인 것들이다. R. 로넨은 플롯 모델의 패러다임이 사건이나 행위 중심의 기능주의적 플롯 모델에서 양상을 중시하는 의미론적 플롯 모델로 이행되고 있음을 밝히는 가운데 플롯의 역동성을 강조한다. P. 브룩스 또한 플롯을 스토리에 대한 담화의 능동적인 해석적 작업으로 이해함으로써 그것의 역동성을 강조한다. 이들 논의에서는 모두 독자의 능동적인 참여가 고려되고 있다. (Ruth Ronen, "Paradigm Shift in Plot Models : An Outline of the History of Narratology", *Poetics Today*, winter 1990., Peter Brooks, *Reading for the Plot : Design and Intention in Narrative*, New York : Vintage Books, 1985.) L. J. 데이비스 역시 18 · 19세기 이래로 소설의 플롯에 대한 개념적 이해가 복잡해지면서 작품 해석에 독자를 보다 능동적으로 연루시키는 경향이 생겨났음을 지적한다. 그리고 그는 플롯의 개념에 대한 그러한 이해는 소비시대의 특징을 반영한 것이라고 주장한다. (L. J. Davis, *Resisting Novels : Ideology and Fiction*, New York and London : Methuen, p. 211.)

6) P. 브룩스는, 현대 비평에서 서사를 논할 때 시점, 어조, 상징, 공간적 형식, 심리학 등의 문제들을 강조하고 플롯을 경시하는 경향이 있으나 플롯이 가지는 위와 같은 기능 때문에 다른 어떠한 요소들보다도 플롯이 더 중요하다고 강조한다. (P. 브룩스, 앞의 책, 4쪽.)

그것의 본질적 특성의 규명에도 기여한다.

여기서 본 연구가 한국 현대 소설의 플롯 시학에 주목하는 일차적인 의의를 발견할 수 있다. 먼저 우리는 플롯 논의를 통해 한국 현대 소설의 내재적인 의미 형성 논리를 규명할 수 있다. 그리고 나아가서는 그것을 통해 한국 현대 소설들을 체계화하면서 그것들의 본질적 특징을 규명할 수 있는 것이다. 뿐만 아니라 플롯 시학의 관점에서 우리의 현대 소설들을 논의할 경우, 플롯 논의가 가지는 미시적이고 분석적인 특징으로 인해, 현재로서는 거시적이고 통합적인 이해 단계에 머물러 있는 우리의 소설들을 보다 세세하고 심도 있게 이해할 수 있을 것이다. 더욱이 이러한 의의들에도 불구하고 우리의 현대 소설 연구에서 플롯에 대한 논의가 극히 미미하다는 사실은 플롯 연구의 필요성을 더욱 배가시키면서 그것의 연구 의의를 확장시킨다. 이에 본 연구는 다양한 플롯 이론들을 바탕으로 작품의 의미 형성 논리로서의 플롯의 시학을 마련하고, 그것을 토대로 우리의 현대 소설들을 체계화하면서 미시적인 작품 분석에까지 나아가, 마련된 시학의 현실적 유효성을 확인하면서 각 작품들에 대한 심도 있는 이해에 이르고자 한다.

본 연구가 소설의 플롯 문제에 주목하면서 중시하는 점은 문학의 역동성이다. 문학은 기본적으로 작가의 인위적인 창조물인 까닭에 거기에는 작가의 의도와 기획이 전제되기 마련이다. 작가의 인위적인 의도와 기획에 따라 문학이 구성되는 것이다. 그러나 문학은 또한 독자의 자율적인 독서 행위에 의해 그것의 구성적 응집성이 해체되면서 재창조되는 해석적 산물이기도 하다. 이렇게 볼 때 문학에서 독자의 능동적인 참여의 문제가 중요해진다. 결국 문학은 작가와 독자의 긴장 관계 속에서 자신의 존재 의의를 드러내는 역동적인 실체가 되는 것이다. 소설 장르 또한 이러한 원칙에서 예외적인 대상이 아니다. 소설 역시 작가의 기획

과 독자의 해석의 역학 속에서 그 존재 가치를 구현하는 장르인 까닭이
다. 특히 위와 같이 작가의 기획과 독자의 해석이 긴장 관계를 이루는
가운데 텍스트의 의미가 생산되는 동적인 영역을 우리는 소설에서 플롯
의 영역으로 이해할 수 있다.[7] 때문에 본 연구는 소설의 플롯을 작가와
독자 간의 역학 관계의 산물로 이해하면서 그 시학적 특징에 주목하고자
한다. 즉, 본 연구는 기본적으로 플롯을 텍스트상의 지연과 독서 과정상
의 탐색의 역학 관계로 이해하면서 논의를 전개하고자 하는 것이다.

　본 연구의 이러한 논의 방향은 의미 형성 논리로서의 플롯의 개념에
독자의 참여를 강조하는 개방성을 부여함으로써 기존의 플롯 개념이 가
졌던 텍스트 중심의 폐쇄성의 한계를 극복하고자 한 것이다. 그리하여
본 연구는 그러한 한계 극복을 토대로, 텍스트의 일원적 의미를 부정하
고 그것의 다원적 해석을 지향하면서 플롯 개념의 효용성을 부정하는
최근의 소설 이론의 한 경향과는 다르게 플롯이 여전히 서사에서 유효
한 구성 원리임을 증명하게 될 것이다. 또한 본 연구의 위와 같은 논의
방향은, 플롯을 텍스트상의 사건 배열의 문제로만 이해하여 논의의 폭
을 제한하던 기존의 규범적인 개념의 틀에서 벗어남으로써 복잡하고 다
양한 양상을 보이는 현대 소설들을 플롯의 관점에서 보다 포괄적으로
논의할 수 있게 한다. 따라서 본 연구는 이를 토대로 현대 소설들을
논의할 수 있는 플롯의 시학의 틀을 마련하고 그에 대한 논의를
심화시키게 될 것이다.

　그런데 이상에서 밝힌 바와 같이 소설에서의 플롯은 그 역할과 기능
에 있어서 충분한 의의를 확보하고 있음에도 불구하고 한국 현대 소설
연구에서 플롯에 대한 논의가 차지하는 비율은 그다지 높지 않다. 다만
그것이 소설 구성에 있어서 중추적인 문제인 까닭에 그것에 대한 관심

---

7) 註 5) 참조.

은 근대 소설 형성 초기부터 구축되었던 것은 사실이다.8) 결과적으로
플롯에 대한 기존 논의는 크게 두 부분으로 나누어 살펴볼 수 있다.

먼저 플롯에 대한 기존 논의의 첫 번째 유형으로는 통시적인 관점을
전제로 작품 속에 구현된 플롯의 사적인 변화상을 살펴본 논의들이 있
다. 송현호의 논의와 조정래·나병철의 논의가 이 유형에 속한다.9) 송
현호는 근대소설의 형성 과정을 규명하고자 고대소설과 신소설, 그리고
근대소설에 나타나는 플롯의 변화를 논한다. 여기서 그는 고대소설에서
신소설로 그리고 다시 근대소설로 이어지는 과정에서 플롯은 영웅의 일
대기를 연대기적으로 서술한 전통적인 면모에서 벗어나 사건과 인물의
특수성을 강조하는 독창적인 면모를 드러내는 변화를 보이고 있음을 밝
힌다. 이러한 그의 논의는 작품의 내재적 질서를 통해 소설의 플롯의
사적인 변화를 규명하였다는 점에서는 의의가 있지만, 플롯의 변모 양
상과 그 특징을 지나치게 단순화하고 있고 또 논의 대상 역시 고소설과
신소설에 한정하고 있어 본격적인 현대 소설의 플롯론으로는 보기 어렵
다.10) 조정래·나병철은 플롯이 이야기 수준과 서술 수준을 모두 포괄

---

8) 근대 소설 초기의 플롯에 대한 관심은 일단 현철과 김동인 등의 이론적인 작
    업에서 찾아볼 수 있다. 현철은 「小說槪要」나 「玄堂獨吠 : 第二設 小說研究
    法」 등과 같은 글들을 통해 소설 이론을 소개하는데, 그 가운데에 '마련'이란
    명명으로 전개되는 플롯 논의가 포함되어 있다. 그는 마련이 '小說을硏究하는
    中 가장緊要한것의한가지다.'라고 하면서 마련을 '사건 배치'의 문제로 설명한
    다. (현철, 「小說槪要」, 『개벽』 1호, 1920. 134~136쪽., 「玄堂獨吠 : 第二設
    小說研究法」, 『개벽』 3호, 1920. 127쪽.) 김동인 역시 「小說作法」에서 '소설
    에 사건, 즉 이야기의 가음(plot-인용자 주)은 없지 못할 한 요소라' 하면서 이광
    수의 『무정』을 중심으로 플롯에 대한 논의를 전개하는데, 인용문에서도 확인되
    듯이 여기서도 플롯은 사건의 맥락으로 사용된다. (김동인, 「小說作法」, 『동인
    전집 10』, 홍자출판사, 1964. 108~111쪽.)
9) 송현호, 「플롯의 탈전통화와 근대소설의 형성에 관한 연구」, 『비교문학』 17집,
    1992.
    조정래·나병철, 『소설이란 무엇인가』, 평민사, 1994. 73~130쪽.

하는 개념임을 전제하면서도, 실제 논의에서는 이야기 수준에 초점을
두고 플롯론을 전개해 나간다. 그들은 플롯들이 인물과 환경의 역동적
상호 반응의 차이에서 차별화된다고 보고 그러한 차별성을 준거로 소설
을 네 가지 양식으로 분류한다.[11] 그리고는 그러한 소설 양식들은 역사
적 단계 및 세계관의 차이에 의해서 생겨난다고 주장함으로써 결국 그
것들을 플롯의 사적 양상들로 귀결시킨다. 그러나 이들의 논의는 일반
주제론과 비슷한 경향으로 흐름으로써 형태론적 특성을 전제한 플롯론
으로서의 차별성을 확보하지 못하고 있다. 이는 자신들의 논의에서 전
제했듯이 플롯은 서술의 수준으로부터 자유로울 수 없음에도 불구하고
그에 대한 논의를 병행하지 못했기 때문이다.

플롯에 대한 기존 논의의 두 번째 유형으로는 공시적인 관점에서의
논의들이 있다. 이들 논의들은 대개 이론적인 맥락이 우선시되는 특징을
보인다. 이러한 가운데서도 소설론에 대한 입문적 차원에서 플롯의 개
념을 설명하고 작품 분석을 통해 그것을 구체적으로 보여 주는 식의 논
의들이 한 경향을 이룬다. 여기에는 박덕은, 송현호, 현길언 등의 논의
들이 포함된다.[12] 이들은 주로 G. 프라이타그가 제시한 바 있는 발단,

---

10) 근대 소설의 형성 과정을 보다 심도 있게 논의한 논문의 하나로 김현실의
「1910년대 단편소설연구」(이화여자대학교 박사학위논문, 1988.)가 있다. 이 논문
은 근대 소설의 형성 과정을 구조적 측면과 작가 의식의 측면에서 고찰하고 있
는데, 특히 구조적 측면의 논의에서는 플롯의 사적 변모까지도 다루고 있다.
11) 이들은 인물과 환경의 상호 교섭의 결과를 ① 인물이 환경의 논리에 지배되는
경우, ② 인물과 환경이 상호 대립 관계에 있으면서 인물이 환경에 대한 비판 의
식을 지닌 경우, ③ 인물이 실천을 통해서 환경을 변화시키려는 경우, ④ 인물이
환경과 교섭하지 못하는 경우로 분류하고, 각각의 경우에 차례대로 고소설, 비판
적 리얼리즘, 사회주의 리얼리즘, 모더니즘을 상응시킨다. (조정래·나병철, 앞의
책, 79~130쪽.)
12) 박덕은, 『한국현대소설의 이론과 적용』, 새문사, 1992. 39~53쪽.
송현호, 『한국현대소설론』, 민지사, 1986. 17~27쪽.

전개, 위기, 절정, 대단원이라는 5단계 구성론에 의존하여 플롯의 개념을 설명하고 그에 따른 작품 분석을 시도한다. 그러나 대개 그 논의가 지극히 간략하고 단순하여 개론적인 설명 수준을 넘어서지 못하고 있다.[13]

공시적인 관점을 취한 유형의 또 다른 경향으로는 플롯에 대한 이론적인 틀을 전제하고 그러한 틀에 따라 작품들을 유형화하거나 분류하고 분석한 논의들을 들 수 있다. 여기에는 오공단, 최정혜, 이상우, 안성수, 박수경 등의 논의가 포함된다.[14] 오공단과 최정혜는 N. 프리드만의 이론[15]에 기초해서, 이상우, 안성수, 박수경은 N. 프라이의 이론[16]에 기초

현길언,『한국소설의 분석적 이해』, 문학과비평사, 1990. 98~142쪽.

13) 분류상의 편의에 따라 이 경향에 묶인 현길언의 논의는 위와 같은 평가에서는 어느 정도 예외적인 것일 수 있다. 특히 플롯의 개념을 설명하고 그것을 뒷받침하기 위해 예시적으로 분석한 김동인의「감자」와 염상섭의「만세전」그리고 이청준의「이어도」에 대한 개별 논의들은 각각의 작품론들로서 충분한 의의를 가질 수 있다. 그러나 플롯론이라는 측면에서 볼 때는 그의 논의 역시 개괄적인 수준을 벗어나지 못하고 있는 것이 사실이다.

14) 오공단,「현대소설구성론」, 서울대학교 석사학위논문, 1973.
   최정혜,「현대 단편소설의 플롯의 분석과 분류」, 부산대학교 교육대학원 석사학위논문, 1988.
   이상우,『현대소설의 원형적 연구』, 집문당, 1988. 153~197쪽.
   안성수,「한국 근대 단편소설의 플롯연구 시론」, 중앙대학교 박사학위논문, 1989.
   박수경,「황순원 단편소설의 플롯 유형 연구」,『성심어문논집』13집, 1990.

15) R. S. 크레인의 플롯 개념 논의에 힘입은 N. 프리드만은 서로 다른 플롯의 구조나 결과를 구별하기 위하여 세 가지 유형의 플롯을 설정한다. 운명fortune의 플롯, 성격character의 플롯, 사상thought의 플롯이 그것이다. 그리고 N. 프리드만은 다시 그 세 유형들을, 주인공의 상황이 종말에 가서 향상되느냐 그렇지 않으면 퇴보되느냐, 주인공이 책임감이 있고 공감력이 있느냐 없느냐, 이러한 요인들의 결합이 독자의 감정에 영향을 끼치기 위해 어떻게 계산이 되어 있느냐 등을 기준으로 14가지 하위 유형들로 나눈다. (N. Friedman, "Forms of the Plot", *Forms and Meaning in Fiction*, Athens : The University of Georgia Press, 1975. pp. 79~101.)

16) N. 프라이는 장르 발생 이전의 이야기 문학을 토대로 네 가지 유형의 미토스 mythos를 설정하고 그것들을 서사 문학의 원형적 패턴으로 제시한다. 희극, 비

해서 우리의 현대 소설들의 플롯을 논의하고 있다. 이들 논의들은 소설 플롯의 특징을 유형화한 거시적인 틀을 전제로 그 틀에 따라 우리의 소설들을 분류하고 분석함으로써 우리의 소설들을 플롯의 측면에서 보다 총체적으로 바라볼 수 있게 한 의의를 갖는다. 그러나 한편으로는 그들 논의들이 특정 이론가의 틀을 일방적으로 전제하고 거기에 우리의 작품들을 단순히 대입시킨 수준이어서 논의의 창의성에는 한계들이 있다. 특히 오공단의 논의는 N. 프리드만의 유형에 따라 우리 작품들을 단순 분류했다는 그 이상의 의미를 갖지 못한다. 이들 논의들 중에서 가장 개성적인 논의는 안성수의 것이다. 안성수는 결국은 N. 프라이의 이론에 기대어 플롯을 유형화시키고 있지만 그러한 유형화에 이르기까지 그 나름의 모색의 과정을 거치고 있다. 그는 기존의 플롯 논의가 형태론적 접근과 주제론적 접근이라는 이원적인 방식으로 진행된 것을 문제삼고, 플롯은 오히려 그것들의 유기적인 통일체임을 강조한다. 그리하여 그는 두 접근 방식 간의 유기성을 확보하기 위하여 플롯과 스토리의 관계 층위, 플롯과 인물과의 관계 층위, 플롯과 주제와의 관계 층위를 상정하고 그것들 간의 긴밀성을 탐구한다. 그러나 논의 영역이 스토리와 인물과 주제로까지 확대되면서, 또한 작품 분석을 위해 기호학, 현상학, 심리학 등 다양한 방법론이 동원되면서, 즉 논의의 방향이 지나치게 광역화되면서 그의 논의는 애초에 의도했던 플롯 미학의 규명에 철저하지 못한 결과를 낳고 있다.

그밖에 이상의 분류의 틀에는 포괄되지 않는 몇몇의 개별적인 플롯론

극, 로망스, 아이러니와 풍자가 그것들이다. 그런데 N. 프라이는 그 네 유형들을 자연의 질서에 비유하여 희극을 봄의 미토스, 로망스를 여름의 미토스, 비극을 가을의 미토스, 아이러니와 풍자를 겨울의 미토스라고 설명한다. 그러면서 그는 이 네 유형들이 순환적이면서 변증법적 관계를 맺고 있음을 강조한다. (N. 프라이, 『비평의 해부』(임철규 역), 한길사, 1988. 179~337쪽.)

들이 있고,17) 또 플롯을 연구의 표제로 삼고 있지는 않지만 플롯론과 관련지어 살펴볼 수 있는 논의들도 있다.18)

이상에서 살펴본 바와 같이 한국 현대 소설의 플롯 연구는 그 양과 질에 있어서 아직은 매우 미흡한 실정이다. 플롯 논의란 작품의 의미 형성 원리를 밝히는 작업인 까닭에 소설을 객관적으로 이해하기 위한 전제 조건임에도 불구하고 그에 대한 논의가 우리의 현대 소설 연구사에서는 외면되고 있는 것이다. 그나마의 대개의 기존 논의들은 개론적인 차원을 넘어서지 못하고 있거나, 수용된 플롯 이론을 우리의 소설에 일방적으로 적용시키는 단계에 머물고 있어 아직은 우리의 플롯 논의가 출발 단계에 있음을 확인시켜 줄 뿐이다. 결국 플롯에 대한 심도 있는 개념 규정이나 그것을 토대로 한 개별 작품들에 대한 미시적 분석 그리고 더 나아가서는 그러한 결과들을 총괄할 총체적인 플롯 시학의 마련 등은 여전히 요원한 문제로 남아 있는 셈이다.

---

17) 여기에는 다음의 논의들이 포함된다.

　이용욱, 「초기 한국현대소설에 나타난 <여로형 플롯> 연구」, 한남대학교 석사학위논문, 1993.

　최시한, 「소설 교육의 한 방법 - 구성(플롯)을 중심으로」, 『모국어교육』 제4호 (모국어교육학회), 1986. 5.

18) 다음의 논의들은 플롯의 문제를 표제화시키고 있지는 않지만 플롯이라는 용어가 가지는 광의성에 비추어 볼 때 참고할 수 있는 것들이다.

　김병욱, 「한국 현대소설의 시간과 공간 연구」, 서강대학교 박사학위논문, 1988.

　김 현, 「현대소설의 담화론적 연구」, 서강대학교 박사학위논문, 1992.

　신동규, 「모티브의 기능과 의미화」, 서강대학교 석사학위논문, 1984.

　이유식, 「한국소설의 모두·종지부론」, 『한국소설의 위상』, 이우출판사, 1988. 54~72쪽.

　이재선, 「신소설의 구조론 시고 (Ⅰ)·(Ⅱ)」, 『한국개화기소설연구』, 일조각, 1972. 204~263쪽.

　최시한, 「현대소설의 구조시학적 연구」, 서강대학교 석사학위논문, 1980.

　최현무, 「소설의 의미구조 분석」, 서강대학교 석사학위논문, 1977.

   문학의 과학화를 지향하는 맥락에서 이제 플롯에 대한 논의는 본격화
될 필요가 있다. 미흡하나마 그래도 이제까지 전개되어 온 기존의 논의
들을 토대로 보다 심화된 플롯 논의를 꾀해 볼 필요가 있는 것이다. 더
욱이 문학 이론의 다양한 변화와 발전으로 새롭게 전개되고 있는 플롯
이론은 우리의 플롯 논의를 위한 또 다른 연구 지평을 제시하고 있다.
따라서 본 연구는 보다 다양화된 플롯 이론을 토대로 우리의 현대 소설
을 체계적으로 바라볼 수 있는 플롯 시학을 모색해 보고, 또 나아가서
는 그것을 통해 실제로 우리의 현대 소설을 체계화하는 작업을 시도해
보고자 한다. 이러한 일련의 시도는 앞으로 지속적으로 심화되어야 할
플롯 논의의 기본적인 토대가 될 것이다.

II

플롯의 시학−지연과 탐색의 역학

  전통적으로 플롯은 행위 혹은 사건의 개념으로 이해되었다. 그러던 것이 현대로 오면서 그 개념의 폭이 점차 확대되어 외적 행위뿐만 아니라 내적 행위, 즉 심리의 문제까지도 포괄하는 개념으로 자리잡고 있다.[19] 이는 행위 중심에서 인물 중심으로 변화된 현대 소설의 흐름과 무관하지 않다. E. 디플은 이러한 소설의 경향 변화에 따른 플롯론의 변화를 축소와 확대라는 이중의 축을 중심으로 설명하고 있다.[20] 그런데

---

19) 다음과 같은 E. 디플의 정의는 플롯의 개념 확대의 폭을 확인시켜 준다. '本質 的으로 플롯이란 말은 어떤 문학 장르에 있어서든지 그 속의 모든 행위를 포함 하고 있으므로 매우 깊은 뜻을 지니고 있다. 이것은 이 말이 한 장면 또는 사건과 이야기를 넘어서야 하며 적어도 어느 정도는 詩 또는 心理小說 내의 정신의 움직 임을 설명해야 한다는 것을 의미한다. 만일 우리가 이 용어에 행위(praxis)를 隨 伴하는 플롯(mythos)으로서 그것이 마땅히 가져야 할 뜻을 부여하려면 그것은 외 적 및 내적 행동을 함께 포함하고 있다고 보아야 할 것이다. 즉, 이것은 分岐된 의미가 예술 속의 시간의 진행을 구성하는 전체의 技法을 뜻하는 기본적 用語 이다.' (E. 디플, 『플롯』(문우상 역), 서울대학교출판부, 1984. 3쪽. 밑줄-인용자.)

20) E. 디플은 축소와 확대라는 두 개의 대립되는 관점을 통해 플롯이라는 문학 용 어에 대한 고찰을 진행시킨다. 축소는 아리스토텔레스에게서 비롯되어 신고전주 의를 거쳐 오는 동안 두드러지게 된 경향으로서 플롯을 특정한 규범의 틀로 이 해하여 문학을 도표화시킨 경우를 의미하며, 확대는 현대의 비평이론에서 중요 하게 다루어지고 있는 경향으로 플롯을 창조poiesis와 시간의 영역으로까지 확장 한 경우를 의미한다. 이러한 변화는 플롯이 아리스토텔레스 이후로 일련의 사건

이러한 변화로 전통적인 행위 중심의 플롯론의 입지가 약화되면서, 결국은 플롯론 그 자체가 무력화되는 이론적 경향을 보인다. 소설 이론이 플롯론을 대신해서 의미 전달의 방식으로서의 서술에 초점을 둔 담화론이나 의미 형성의 또 다른 주체로 받아들여지고 있는 독자에 중심을 둔 독자반응론으로 나아가고 있는 것이다.[21] 이러한 상황에서 우리가 주목해야 할 점은 이러한 이론적 경향들 모두가 비록 포괄적이기는 하지만 의미 형성의 문제라는 공동항으로 묶여진다는 사실이다. 이러한 이론적 경향들은 결국 텍스트의 의미가 어떻게 형성되는가 하는 문제에 초점을 둠으로써 다시 우리의 관심을 플롯의 문제로 환원시키고 있는 까닭이다.

W. 마틴은 '시점이란 플롯을 청중에게 전달하는 단순한 부속물이라기보다는 더욱이 현대 서사물에서는 흥미와 갈등과 긴장을 유발하고 플롯 그 자체가 되는 것'[22]이라고 하여 플롯과 시점의 긴밀성을 인정한다. 또한 그는 '의미는 독서의 행위를 통해서만이 존재할 수 있'[23]는 것이지만 '내(독자-인용자 주)가 발견하는 의미는 내가 혹은 다른 사람이 만들어낸 의미가 아니라 텍스트의 체계적인 진술에 의해서 만들어진다'[24]고 하여 텍스트의 내재적인 질서와 독자의 의미 해석 간의 긴밀성을 지적한다. 이와 같은 W. 마틴의 언급들은 시점론과 독자반응론과 플롯론

들에 대한 기계적인 결합의 원리로서 이해되다가, 이론적 관심이 점차 언어 배열의 행위, 즉 서술의 행위에 모아지면서 창조와 시간의 개념으로 확대되어 이해되었기 때문이다. (앞의 책, 5쪽.)

21) W. 마틴이 현대 서사 이론들을 세 집단으로 나눈 것은 이와 같은 이론적 흐름을 시사한다. '현대 서사 이론들은 서사체를 사건의 연속체로 간주하는가, 혹은 서술자에 의해 생산된 담화로 간주하는가, 아니면 그 독자에 의해 조직되고 의미가 부여된 언어적 조작으로 보느냐에 따라 세 집단으로 나뉜다.' (W. 마틴, 『소설이론의 역사』(김문현 역), 현대소설사, 1991. 117쪽.)

22) 앞의 책, 109쪽.

23) 앞의 책, 232쪽.

24) 앞의 책, 238쪽.

이 서로 별개의 문제가 아닐 뿐 아니라, 더 나아가서 결국은 그것들이
의미 형성의 논리라고 하는 플롯의 문제로 수렴되고 있음을 확인시켜
준다. 텍스트의 의미 형성의 문제는 그것을 구성하는 일련의 정보들이
어떻게 짜이는가 하는 플롯의 문제인 것이다. 따라서 이상과 같은 일련
의 이론적 변화를 토대로 기존의 규범적인 플롯의 개념을 보다 탄력적
으로 이해하려는 시도를 통해 오히려 텍스트의 의미 형성 논리를 보다
충실하게 파악할 수 있을 것이다.

플롯에 대한 기본적인 정의는 아리스토텔레스에게서부터 비롯된다.
그는 플롯을 스토리 내에서 행하여진 것, 즉 사건의 결합을 의미한다고
말한다.25) 그러나 R. S. 크레인은 그러한 개념을 더욱 확장시켜 놓는다.
그는 아리스토텔레스가 비극에서의 제2의 원리와 제3의 원리로 그
의미를 제한한 성격과 사상26)조차 플롯의 개념 범주 속에 포함시킨
다.27) R. S. 크레인이 이와 같이 플롯의 개념 범주를 확대한 것은 사건과
인물이 분리될 수 없다고 판단했기 때문이다. 즉, 그는 아리스토텔레스
가 중시했던 모방된 사건에는, 도덕적 특성과 정신적 상태에 의해 결정

---

25) 예술을 모방의 문제로 이해한 아리스토텔레스는 비극의 여섯 가지 구성 요소
중 플롯, 성격, 사상을 모방의 대상으로 분류하고 이 가운데 행동의 모방을 플롯
으로 규정한다. 그리고 나머지 두 가지는 행동에 성질을 부여하는, 행동의 원인
으로 그 의미를 제한한다. 결국 행동의 변화에 따른 사건들의 결합이 플롯이 되는
것이다. (아리스토텔레스, 앞의 책, 48쪽.)
26) 앞의 책, 50쪽.
27) R. S. 크레인은 플롯을 작가가 자신의 창작 내용을 구성하는 행동과 인물과 사
상의 요소들을 특수하게 시간적으로 종합한 것으로 보고, 그 세 가지 원인 요소
중 어떤 것이 종합의 원리로 사용되었는가에 따라 플롯의 구조가 달라진다고 설
명한다. 그리고 소설의 플롯을 그 종합 원리에 따라 행동action의 플롯, 성격
character의 플롯, 사상thought의 플롯으로 구분한다. (R. S. Crane, "The Concept
of Plot and the Plot of *"Tom Jones"*", *Critics and Criticism* (ed. R. S. Crane), Chicago
: University of Chicago Press, 1952. pp. 620~621.) R. S. 크레인이 구분한 이 세
유형들은 N. 프리드만에 의해 14개의 하위 유형으로 세분화된다. (註 15) 참조.)

된 방식들로 상호 작용하기도 하고, 또 그런 것들에 영향을 미치기도 하는 인간 존재가 포함된다고 가정했던 것이다.[28] 이러한 R. S. 크레인의 논의는 앞서 언급한 바 있는, 행위보다는 인물을 중시하는 소설사의 흐름과 궤를 같이 한다. 결국 플롯은 소설의 사적인 흐름에 따라 그 개념 범주를 점진적으로 확장시켜 온 것이다.

그런데 이처럼 플롯의 초점이 행위에서 인물로 이행되거나 혹은 확장되는 가운데서도 간과되지 않고 강조되는 플롯의 기본적인 속성 하나가 있다. 그것은 플롯이 가지는 통합적인 원칙으로서의 작용력이다. 행동을 강조했던 아리스토텔레스는 훌륭한 플롯 구성을 위해 처음과 중간과 끝의 원칙을 따를 것을 주장하고[29] 모방 행동의 통일성을 강조한다.[30] 플

---

28) 앞의 논문, 620쪽.

　　한편 H. 제임스 역시 다음의 인용에서 확인되듯이 행동과 성격의 불가분성을 강조한다. '사건의 결정을 받지 않는 성격이란 무엇인가? 성격의 구체적 묘사를 제외한 사건이란 무엇인가? 회화나 소설이 성격을 지니지 않은 것은 무엇인가? 우리는 그 속에서 다른 어떤 것을 구하며 발견하는가? 한 부인이 손을 식탁에 올려놓고 일어서서 어떤 태도로 당신을 바라보는 것은 한 사건이다. 만일 그것이 사건이 아니라면 나는 그것이 무엇인가를 말하기가 곤란할 듯하다. 그러나 그것은 동시에 성격의 표현이다.' (E. 디플, 앞의 책, 4쪽에서 재인용.)

29) 아리스토텔레스는 이에 대해 다음과 같이 언급한다.

　　'시초는 그 자신 필연적으로 다른 것 다음에 오는 것이 아니고, 그것 다음에 다른 것이 존재하거나 생성되는 성질의 것이다. 반대로 종말은 그 자신 필연적으로 또는 대개 다른 것 다음에 존재하고, 그것 다음에는 다른 것은 아무 것도 존재하지 않는 성질의 것이다. 중간은 그 자신 다른 것 다음에 존재하고, 또 그것 다음에 다른 것이 존재하는 것이다.

　　그러므로 플롯을 훌륭하게 구성하려면 아무 데서나 시작하거나 끝내서는 안 되고, 앞에서 말한 원칙을 따르지 않으면 안 된다.' (아리스토텔레스, 앞의 책, 52~53쪽.)

30) 처음과 중간과 끝의 원칙을 제시한 아리스토텔레스는 계속해서 '시에 있어서도 스토리는 행동의 모방이기 때문에 하나의 전체적 행동의 모방이어야 하며, 사건의 여러 부분은 그 중 한 부분을 다른 데로 옮겨 놓거나 빼 버리게 되면 전체가 뒤죽박죽이 되게끔 구성되어야 한다.'라고 주장함으로써 통일성 있는 행동의 모

롯의 문제에서 인간 존재를 의식했던 R. S. 크레인 역시 작품에서 전체적인 정서적 효과가 산만하게 흩어지거나 약화되지 않도록 하는 작용 working이나 힘power의 필요성을 주장하며, 플롯을 '전체 작품과의 관계에서 단순한 수단-"작품의 틀framework" 또는 "단순한 기계적 구조 mechanism"-이 아니라, 작품의 모든 것들이 하나의 전체로서 느껴지도록 하기 위해서 직접적으로든 간접적으로든 기여해야 하는 최종적 목적'[31]이라고 규정한다. 행동보다 성격을 강조했던 E. M. 포스터도 플롯의 모든 언행은 의미를 갖고 있어야 하고, 경제적이고 단출해야 하며, 복잡하게 엉켰더라도 유기적이어야 하고, 쓸데없는 것에서 벗어나야 한다고 주장한다.[32] 이상과 같은 논의들을 통해 확인할 수 있듯이 플롯은 그 초점을 어디에 놓든, 작품의 부분들을 수렴하는 전체적인 작용 원리인 것이 사실이다. 이러한 맥락에서 A. M. 라이트가 플롯을 '형식 중의 형식form of the forms'[33]이라고 규정하면서 그것의 통합성을 강조한 것 역시 주목할 만 하다.[34]

그런데도 실제로는 플롯론이 소설론 속에서 점차로 그 입지를 잃어가고 있는 듯이 비쳐지고 있다. 이는 현대로 올수록 소설에서 행동보다

방을 강조한다. (앞의 책, 57쪽.)
31) R. S. 크레인, 앞의 논문, 622쪽.
32) E. M. 포스터, 앞의 책, 101쪽.
33) A. M. Wright, *The Formal Principle in the Novel*, Ithaca & London : Cornell University Press, 1982. p. 108.
34) A. M. 라이트는 한 작품이 독특한 전일체라면 모든 세부 사항들을 포괄할 수 있는 어떤 원칙이 그 세부 사항들을 통해 온전히 표현될 수 있을 것이라고 전제하고, 바로 그 원칙을 통합적 원칙이라 규정한다. 여기서 통합적 원칙은 형식과 분리될 수 없는 것으로서 그것은 전체성wholeness, 일관성coherence, 예측가능성predictability과 관련지어 이해될 수 있는 형식이다. 그렇다고 그것이 내용matter과 분리된다는 의미는 아니다. 어쨌거나 이러한 까닭으로 통합적 원칙은 형식 중의 형식으로 자리잡게 되는데, 그것이 결국은 플롯의 개념과 연결된다. (앞의 책, 87쪽 참조)

인물이 강조되고 시간보다 공간이 강조되는 가운데 텍스트의 표면적인 긴밀성이 이완되어 나타나는 경향이 두드러지기 때문이다. 즉, 순차적인 인과성에 바탕을 두고 진행되던 서사의 흐름이 역진적이며 비인과적인 그리하여 때로는 비논리적으로까지 비춰지는 방향으로 전환되면서 서사의 결속성이 약화되고 있기 때문인 것이다.³⁵⁾ 그러나 소설이 작가의 의도적인 구성물이라는 사실은, 소설이 하나의 의미체로 존립하기 위해서는 최소한의 내재적 긴밀성을 전제할 수밖에 없으며 또한 그러한 긴밀성 확보를 위해 통합적 원칙을 수반할 수밖에 없음을 시사한다. 다만 현대 소설에서는 그러한 원칙이 보다 은밀히 내장되어 있을 뿐이다. 따라서 현대 소설에서도 통합적인 원칙으로서의 플롯의 힘은 여전히 유효한 것이다.

사실 현대 소설의 구성적 교묘함은 갈수록 고도화되는 것이 사실이다.³⁶⁾ 그리하여 L. J. 데이비스나 C. 와츠는 현대 소설의 이러한 플롯의 특징을 '지연된 해호화delayed decoding'³⁷⁾의 문제로 설명한다. 먼저 L. J. 데

---

35) 다음과 같은 J. 슈람케의 진술들이 이러한 현대 소설의 특징을 단적으로 드러낸다. '전통소설에서는 시간이 줄거리에 종속되며 각 단계별로 뚜렷이 구분되는 발전을 이끌어 나간다. 연대순의 진행이 질적인 변화에 부합되는 것이다. 이와는 반대로 현대소설에서는 사건이 움직이지 않고 정체된 작용을 하며 오히려 정지 상태의 인상을 주게 된다. 줄거리의 과정을 진행시키는 효소로서의 시간이 결여된 것이다.', '현대소설은 전개되어 가는 과정상의 특성을 지니고, 여기서 도출되는 과거 소설시학의 두 가지 원칙, 즉 연대기(Chronology)와 인과율(Kausalität)을 포기한다. 불가피하게 규정된 시간의 관계에 부합되는 인과율적 연결의 자리에는 이제 시간을 초월해 동시적 내용을 표현해야 할 순수한 기능적 관계가 들어선다. 현대작가들의 목표는 "현상적인 동기상의 제반 관계들을 위하여 외형상의 인과율이 해체되는" 서술양식이다.' (J. 슈람케, 『현대소설의 이론』(원당희 · 박병화 역), 문예출판사, 1995. 164 · 165쪽.)

36) 이러한 상황에 대해 L. J. 데이비스는 플롯의 개념이 두꺼워지고 있다-thick plot-고 표현하면서, 현대 소설의 플롯이 복잡하게 뒤얽혀진 목적생성적인teleogenic 양상을 보인다고 설명한다. (L. J. 데이비스, 앞의 책, 211쪽.)

이비스의 논의를 살펴보면, 그는 현대소설의 특징을 목적생성성teleogenicity
이라고 규정하고 그러한 특징을 담보한 플롯을 목적생성적 플롯teleogenic
plot이리고 명명한다. 그의 논의에 따르면 목적생성적 플롯teleogenic plot
이란 연속적인 플롯consecutive plot[38]과 마찬가지로 여전히 '그리고 그
다음은and-then-and-then'이라는 요소가 존재할 수도 있지만, 다양한 플
롯 요소들에 의해서 그리고 궁극적으로는 작품의 결말에 의해서 이제까
지의 정보들의 의미가 전도되는 플롯이다.[39] 이러한 플롯에서는 제시된
정보가 독자에게 결말을 향해 가게 하고 그 결말은 다시 독자에게 이미
읽은 정보의 의미를 재규정하게 한다. 이는 전략적인 誤報나 정보의 지
연 등이 작품의 중간을 변형시켰기 때문이다. 그리하여 L. J. 데이비스는
현대 소설들이 서스펜스나 정보상의 지연, 거리화 등과 같은 다양한 플
롯 기술들을 사용하고 있음을 지적한다.[40] 결국 목적생성적 플롯에서
독자는 전략적인 플롯 요소들의 영향을 받으면서 뒤에서 제시된 정보들
을 통해 앞에서 제시된 정보들을 재유기화한다는 것이다. 이처럼 L. J.
데이비스는 현대 소설의 플롯을 논의하면서 기존의 규범적인 틀에서 벗

37) C. Watts, *The Deceptive Text : An Introduction to Covert Plots*, Sussex : The Harvester
    Press, 1984. pp. 30~39.
38) L. J. 데이비스는 '미토스적 유형의 플롯mythos-type plot'과 '근대 소설적 플롯
    novelistic plot'을 구분하여 전자를 '연속적 플롯consecutive plot'이라 명명하고 후자
    를 '목적생성적 플롯teleogenic plot'이라 명명한다. 그리고 이 두 플롯 유형이 18세
    기를 기점으로 전자에서 후자로 이행하는 변화를 보인다고 설명한다. 이러한 가
    운데서 L. J. 데이비스는 '연속적 플롯'은 '그리고 그 다음은and-then-and-then'으로
    연결되어 있는 특징을 보인다고 지적하고, '그러한 플롯들은 에피소드적이고 주
    인공의 행위들을 연대기적 시퀀스로 제시하며, 대개 주인공의 탄생에서 시작해
    서 주인공의 죽음으로 끝맺는다.'라고 한 R. 숄즈와 R. 켈로그의 논의로 그러한
    자신의 생각을 뒷받침한다. (L. J. 데이비스, 앞의 책, 205쪽.)
39) 앞의 책, 206~208쪽.
40) 앞의 책, 211~212쪽.

어나 정보의 최종적인 의미를 지속적으로 유보하는, 전략적인 지연의 문제에 주목한다. 그리고 이러한 의미 유보의 문제와 맞물려 생겨나는 의미 확정의 문제에서 독자의 역할을 강조한다.[41]

이와 같은 사실은 현대 소설의 특징의 하나로 암시적 플롯covert plot을 설정한 C. 와츠의 논의와도 맞물린다. 다음의 인용은 그가 제시한 암시적 플롯에 대한 개념이 시사되는 부분이다.

> 모든 서사는 명시적 플롯overt plot을 갖는다. 몇몇 서사들은 그러한 명시적 플롯 이외에 적어도 하나의 암시적 플롯을 함축한다. 즉, 감추어진 플롯-시퀀스를 갖는 것이다. 암시적 플롯의 요소들의 몇몇은 쉽게 알아볼 수 있으나 그것들 간의 연결은 그렇지 않다. 그것은 과묵함이나 생략과 같은 작가의 전략 때문이거나 그 연결이 명시적 플롯의 알아보기 쉬운 연쇄linkages에 의해 숨겨져 있기 때문이다. (이 숨김의 요소가 하위-플롯과 암시적 플롯을 구별한다.) 암시적 플롯이 지각되었을 때, 텍스트 전체는 보다 복잡하고 보다 고도로 질서화된 것으로 이해된다.[42]

C. 와츠에 따르면 모든 서사는 명시적인 주요 플롯을 갖는다. 이때 명시적인 주요 플롯이란 인물을 포함한 사건들의, 목적적이고 결정적인 시퀀스를 의미한다. 그리고 모든 서사는 명시적인 종속 플롯을 가질 수 있다. 그런데 몇몇 서사들은 그러한 명시적 플롯에 덧붙여 암시적 플롯을 갖는다. 이때 암시적 플롯이란 또 다른 목적적인 시퀀스이지만 그것은 어느 정도 감추어져 있기 때문에 일차 독서나 그 이상의 독서에서조

---

41) 이와 관련하여 L. J. 데이비스는 '플롯의 기능의 일부는, 작가에게 암묵적으로 도움을 받으면서도 우리 스스로도 탐색해야 하는 이중성을 창조하는 것이며' 그러한 이중성으로 인해 '소설의 독자는 수수께끼화되었다가 풀리는 플롯을 즐긴다.'고 설명한다. 그리고 그는 탐정소설이 그러한 목적생성teleogeny의 성격이 보다 강화된 텍스트라고 주장한다. (앞의 책, 209~210쪽.)

42) C. 와츠, 앞의 책, 1쪽.

차 독자들을 빗나가게 할 수 있다. 이러한 오독은 전문적인 독자나 문학 비평가 혹은 논평자에게조차도 예외적인 현상이 아니다. 그러나 암시적 플롯이 마침내 이해되면, 처음에는 이상하거나 변칙적으로 보이는 듯하던 요소들 혹은 불명료하거나 장황하게 보이는 듯하던 요소들을 그 플롯이 유기화하고 설명하는 것으로 판명된다.43) 암시적 플롯이 지각되자마자, 즉 그것의 부분들이 하나의 시퀀스로 연결되자마자 전체 작품은 보다 복잡하고 보다 충분히 구조화된 것으로 이해되는 것이다.44) 이렇게 볼 때 이러한 암시적 플롯의 기본적 특징 역시 '지연된 해호화'임이 드러난다. 목적생성적 플롯에서와 마찬가지로 암시적 플롯에서도 명시적이지 않은 혹은 상호 모순되기까지 한 정보들이 일정 정도 그 의미를 유보하다가 특정한 체계로 수렴됨으로써 비로소 그 의미를 드러내면서 전체 텍스트 속에서 재구조화되는 특징을 보이는 까닭이다. 그런데 C. 와츠는 그러한 '지연된 해호화'의 문제에 서술적 전략, 구조적인 아이러니, 상징, 상호텍스트성 등 다양한 영역들을 포괄시킴으로써 결국 암시적 플롯을 작품에 대한 총체적인 해석의 문제로 확대한다. 그리고 그러한 총제적이고 통합적인 해석에 이르기 위해서는 반복적인 독서를 통한 독자의 지난한 탐색의 여정이 수반되어야 함을 강조한다. 비유기적인 부분들을 하나의 시퀀스로 엮어 내기 위해서 독자는 그것들 간의 논리적인 인과성을 탐색해야 한다는 것이다.45)

---

43) 앞의 책, 30쪽.
  L. J. 데이비스 역시 제재를 유기화하는 숨겨진 플롯에 주의해야 함을 지적한 바 있다. 뿐만 아니라 이와 같은 C. 와츠의 암시적 플롯 논의는 앞서 언급한 L. J. 데이비스의 목적생성적 플롯 논의와도 맞아떨어진다. 실제로 L. J. 데이비스는 자신이 주장한 목적생성적 형식teleogenic form 논의와 C. 와츠가 주장한 암시적 플롯 논의가 맞물리고 있음을 지적하면서 C. 와츠의 이론에 기대어 자신의 논리를 전개하기도 한다. (L. J. 데이비스, 앞의 책, 207~209쪽.)
44) C. 와츠, 앞의 책, 34쪽.

결국 L. J. 데이비스나 C. 와츠는 현대 소설이 드러내는, 기존의 규범적인 플롯의 틀에서 벗어난, 탈규범적인 플롯의 특징에 주목함으로써46) 전략적인 요소들에 의한 정보의 제시와 의미 제한의 지속적인 유보 문제가 중시되는 현대 소설의 플롯의 특징을 '지연'의 문제로 설명한 것이다.

그런데 L. J. 데이비스와 C. 와츠의 플롯 논의에서 주목되는 또 하나의 특징은 이들이 설정한 플롯의 개념 범주에 독자의 능동적인 참여의 문제가 개입되고 있다는 사실이다. 이는 이들이 공유하고 있는 '지연된 해호화'의 문제에서 그 해호의 주체가 결국은 독자이기 때문에 생긴 결과이다. 독자는 텍스트가 제시하는 일련의 정보들을 유기화하고 해석하는 가운데 작품의 총체적인 의미를 탐색하고 구축하는 플롯 형성의 암묵적인 주체이기도 한 것이다. 앞서 살펴 본 바대로 L. J. 데이비스나 C. 와츠

---

45) C. 와츠 역시 암시적 플롯이 실질적으로 해결되는 수수께끼enigma를 제시한다는 점에서 고전적인 탐정소설과의 유사하다고 본다. 그렇다고 그가 둘을 동일한 것으로 간주하는 것은 물론 아니다. 그는 탐정소설과 암시적 플롯의 차이를 여러 가지로 설명하는데, 특히 수수께끼의 해결 여부의 문제를 두고 '탐정이야기는 그 수수께끼에 대해 최종적이고 공적이며 확정적인 해결을 제시하는 반면에 암시적 플롯은, 단지 사건들의 구조에 대한 우리의 추측들을 사건들이 어떻게 입증하는가를 우리가 알아낸다는 의미에서만 해결될 수 있다.'라고 설명함으로써 둘의 차이를 분명히 한다. 그의 논의에 따르면 암시적 플롯에서는 독자를 위한 사적인 명료화는 있지만 작중 인물들 간의 공적인 명료화는 없을 수도 있다는 것이다. 이는 암시적 플롯에서 탐색의 주체가 서사 세계 내의 인물이 아니라 서사 세계 밖의 독자임을 강조한 것이다. (앞의 책, 35~36쪽.)

46) L. J. 데이비스의 다음과 같은 논평은 그러한 그들의 입장을 잘 대변하고 있다. '와츠의 입장에서 볼 때 이러한 특징(숨겨진 측면과 명백한 측면을 공유한-인용자 주)은 암시적 플롯을 통해 수수께끼를 해결하는 고전적 소설에 국한된 것이 아니라 정돈된 결말과 해결을 필연적으로 제공하지 않은 채 암시적 플롯이 명시적 플롯을 전복하는 현대 소설에 국한된 것이다. 와츠의 연구나 내 연구 모두 어떤 의미에서 이전의 보다 연속적인 플롯과는 구별되는 소설의 한 특성에 주목할 것을 요한다.' (L. J. 데이비스, 앞의 책, 208쪽.)

가 현대 소설의 플롯의 특징을 설명하면서, 그것을 탐정소설의 특징에 기대어 설명한 것도 현대 소설의 플롯이 가지는 그와 같은 특성을 전제한 때문이다.[47] 탐정소설에서 탐정이 문제를 해결해 가는 과정에 빗대어 현대 소설에서 독자가 전략적인 정보늘의 의미를 추적해 가는 해석적 과정을 설명함으로써 결과적으로 그것을 통해 현대 소설의 플롯이 가지는 독자의 '탐색'적 속성을 강조하고 있는 것이다.[48] P. 브룩스가 기존의 형식주의자들의 업적을 인정하면서도 그들의 경직된 플롯 개념을 뛰어넘어 보다 역동적이면서 해석적인 차원의 플롯을 주장한 것도 같은 맥락에서이다.[49]

그런데 이처럼 독서를 하나의 탐색 과정이라고 규정하고 그것을 플롯의 문제와 연결시키는 것은 E. M. 포스터의 논의에서부터 그 근거를 찾

---

47) L. J. 데이비스의 논의는 註 41)을, C. 와츠의 논의는 註 45)를 참조.
　P. 브룩스 역시 탐정소설을 서사들의 서사로 이해하고 소설에서의 파블라와 수제트의 관계를 탐정소설에서의 범죄와 조사의 이중의 이야기로 설명한 T. 토도로프의 논의에 기대어 해석적 역학으로서의 플롯의 특징을 강조한다. (P. 브룩스, 앞의 책, 24~25쪽 참조.)
48) T. 토도로프의 다음과 같은 진술은 탐정소설과 서사의 구조적인 유사성을 단적으로 드러낸다. '추리소설의 밑바닥에서는 이중성이 발견되고, 이 이중성이 묘사를 이끌게 된다. 이 소설은 하나의 스토리가 아니라 두 개의 스토리를 포함한다. 즉, 범죄의 스토리와 조사의 스토리가 있다. (중략) 이러한 두 개의 스토리는 다음과 같이 좀더 깊이 특징지을 수 있다. 첫 번째 범죄의 스토리는 「무엇이 실제로 일어났는가」를 설명하고, 반면에 두 번째 조사의 스토리는 「어떻게 독자(혹은 화자)가 그것에 대하여 알게 되는가」를 설명한다. 그러나 이러한 정의는 탐정소설 안에서 두 개의 스토리뿐만 아니라, 40년 전에 러시아 형식주의자들이 분리시킨 모든 문학작품의 두 측면(파블라와 수제트-인용자 주)에 관한 것이기도 하다.' (T. 토도로프, 「탐정소설의 유형」, 『산문의 시학』(신동욱 역), 문예출판사, 1992. 50~51쪽.)
49) P. 브룩스, 앞의 책, 12~36쪽 참조.
　특히 P. 브룩스는 이 논의에서 플롯은 파블라에 작용하는 수제트의 능동적인 과정, 즉 그것의 해석학적 질서화의 역학임을 강조한다.

을 수 있다. E. M. 포스터는 플롯의 필수적인 조건으로 수수께끼를 들고 있다.[50] 그는 플롯은 '그리고 그 다음은'이라는 단순한 기대의 차원을 넘어 '그 이유는 why'이라는 소설의 깊은 속까지 캐고 들어가는 물음을 통해 그 힘을 발휘하는 작업이므로 플롯에서 수수께끼는 필수적인 조건이며, 따라서 독자는 독서의 과정에서 제시되는 여러 가지 사실들을 자신의 지력과 기억력을 동원해 상호 조응시키는 추리 과정을 거치면서 작품의 진의에 도달하게 된다고 주장한다. R. S. 크레인 역시 '플롯의 힘은 우리가 복잡하고 애매한 징표들을 통해 점차로 사건의 진상을 추론해 낼 때 느끼게 되는 즐거움에서 비롯된다.'[51]라고 하여 플롯의 탐색적인 속성을 지적한 바 있다.

사실 소설 읽기의 기본적인 출발점은 호기심이다. 무슨 일이 일어났는가 하는 궁금증이 우리를 소설 읽기로 나아가게 하는 것이다. 뿐만 아니라 무슨 일이 일어날 것인가 혹은 그 일이 어떻게 해결될 것인가 하는 긴장감 역시 독자로 하여금 책읽기를 지속하게 하는 동인이다. 독자는 그러한 호기심과 긴장감에 매달려 나름의 예측을 전개하면서 또 그러한 예측의 실현 여부에 대한 확인을 욕망하면서 결국에는 작품의 결말에 이르게 되는 것이다.[52] 이러한 일련의 과정이 작품에 대한 독자

---

50) E. M. 포스터, 앞의 책, 98~101쪽.

51) R. S. 크레인, 앞의 논문, 621쪽.

52) 한용환의 플롯에 대한 다음과 같은 설명은 이러한 사실의 일단을 이론적으로 뒷받침한다. '이야기의 처음은 호기심을 불러일으킴으로써 독자를 사로잡는다. 촉발된 호기심을 고조시켜서 독자로 하여금 견딜 수 없는 궁금증에 빠져들게 하는 것은 이야기의 중간 단계가 수행하는 기능이며, 결말은 호기심을 충족시키고 궁금증을 진정시켜 줌으로써 독자의 기대와 열정을 해소시키고 해방시키는 일을 한다. 이같은 이야기의 과정을 우리는 흔히 플롯의 단계라고 부른다.' (한용환, N『소설의 이론』, 문학아카데미, 1990. 108쪽.) R. 숄즈와 R. 켈로그가, '모든 플롯은 긴장과 해결에 의존하며 독자는 자신의 독서를, 평정 상태를 이룸으로써, 즉 정신적인 평온 상태에 이름으로써 끝마치기를 원한다.'라고 이야기한

의 탐색 과정임은 물론이다. 그리고 현대 소설로 올수록 여러 가지 모호한 징표들로 인해 독자의 호기심과 긴장감은 더욱 촉발되고, 따라서 독자의 능동적인 역할이 더욱 절실히 요구됨으로써 플롯의 탐색적 성향이 강화되어 나타난다.

결국 현대 소설의 플롯의 특징은 그것이 지연과 탐색의 긴장 관계 속에서 형성되는 역동적인 서사 논리라는 점에 있다. 현대 소설은 서사를 순차적이고 인과적으로 진행시키기보다는 비순차적이고 비인과적으로 진행시킴으로써 제시되는 정보들의 최종적인 의미를 지연시킨다. 전략적인 요소들에 의해 정보를 왜곡하거나 작품의 결말에서 이전의 정보들이 재조직화되도록 하는 등 비유기적인 정보들의 제시를 통해 '지연'의 특징을 드러내는 것이다. 그리고 그러한 비유기적인 정보들을 유기화시켜야 하는 문제가 개입되면서 독자의 능동적인 해석적 역할이 강조되는 가운데 비유기적 요소들을 유기화하는 '탐색'의 문제가 대두된다. 앞서 살펴본 대로 플롯은 통합적인 원칙으로서의 작용력을 기본 속성으로 한다. 즉, 플롯은 텍스트를 구성하는 모든 부분들을 유기화하여 하나의 전체를 이루도록 하는 힘인 것이다. 이렇게 볼 때 현대 소설에서 텍스트상의 비유기적인 정보들로 인한 의미의 '지연'과 독자의 능동적인 해석을 통한 그것의 '탐색'은 현대 소설이 정보들의 유기화를 통해 전체의 통일성을 확보하는 기본적인 두 축을 이룬다. 그리하여 현대 소설의 플롯은 지연과 탐색의 역학 관계로 규정되는 것이다.

그런데 현대 소설의 플롯의 특징을 이와 같이 자연과 탐색의 역학 관계로 규정할 때, 지연과 탐색이 가지는 다양성과 개별성으로 인해 그것들에 토대를 둔 플롯에 대한 구체적인 논의의 흐름이 방만해질 수 있다.

것도 이러한 맥락과 상통하는 것이다. (R. Scholes & R. Kellogg, *The Nature of Narrative*, New York : Oxford University Press, 1979. p. 212.)

따라서 지연과 탐색의 플롯론을 전개시켜 나가는 데 있어서 그것을 한 정할 수 있는 최소한의 규제의 틀을 마련할 필요가 있다.

그런데 이러한 틀을 마련하기 위한 우선적인 단초를 수제트와 파블라의 관계 맺음의 양상에서 찾을 수 있다. 앞서 살펴보았듯이 P. 브룩스는 플롯이란 파블라에 작용하는 수제트의 능동적인 과정으로서 수제트는 파블라를 반복한다고 설명한다53). 이러한 P. 브룩스의 설명은 플롯에 대한 우리의 관심을 파블라와 수제트의 방향으로 이끈다. 그의 논의에 따르면 수제트가 파블라를 어떠한 양상으로 반복하느냐, 즉 어떠한 양상으로 지연시키느냐 하는 문제가 플롯의 기본 관건이 된다.54) 또한 독자가 계기적인 독서를 통해 플롯을 형성 내지는 탐색하는 과정에서도 파블라와 수제트의 관계 양상은 중요한 문제로 대두된다. 독자가 텍스트상의 재현 순서를 조화시키고자 하는 가장 일반적인 원칙이 사건들의 시간적인 시퀀스라고 할 때,55) 그러한 원칙이 작용하는 것은 파블라와 수제트 간의 시간적인 순서가 불일치하기 때문인 것이다. 이 문제 역시 플롯에 대한 우리의 관심을 파블라와 수제트로 이끄는 요인이다. 결국 이러한 이유들 때문에 지연과 탐색의 플롯 논의를 보다 구체화시키기 위한 틀을 마련하는 데 있어서 우선적으로 수제트와 파블라의 관계 맺음의 양상에 주목해야 하는 것이다.

---

53) P. 브룩스, 앞의 책, 25쪽.

54) 반복은 지연의 또 다른 표현이다. 수제트가 파블라를 반복하는 것은 결국 서사가 결말에 이르는 것을 지연시키는 것이기 때문이다. 이에 대해 P. 브룩스는 수제트가 파블라를 반복함으로써 서사는 반복의 상태로 존재하는데, 이때의 반복은 서사가 자신의 죽음의 순간을 늦추기 위해 사용하는 우회와 일탈의 수단이며, 그리하여 서사의 죽음 즉 결말은 그러한 반복에 의해 지연되게 마련이라고 설명한다. (앞의 책, 92~104쪽 참조) 이에 대한 논의는 본 장의 뒷부분에서 보다 구체적으로 전개될 것이다.

55) M. Perry, "Literary Dynamics : How the Order of a Text Creats its Meanings", *Poetics Today*, fall 1979. p. 38.

파블라와 수제트는 기본적으로 시간적인 순서 내지는 배열의 문제에 초점을 둔 개념들이다.56) 이와 관련하여 흔히 스토리 시간과 담화 시간 의 문제가 논의되기도 한다.57) 허구 세계에서 사건이 진행되는 순서가 파블라의 시간, 즉 스토리 시간이라면 텍스트에 제시된 순서, 그리하여 독자가 독서를 통해 정보를 획득해 가는 순서가 수제트의 시간, 즉 담화 시간이다. 이러한 두 시간 간의 관계 양상이 정보들 간의 긴장 관계를 유발하면서 그것들의 최종적인 의미를 지연시키는 가운데 독자들의 탐 색의 여건을 결정짓는다. 결국 둘의 시간적 관계 양상이 작품의 의미 형성에 긴장력을 부여하는 주된 요소로 작용하는 것이다.58) 그렇다면 지연과 탐색의 역학 관계에 초점을 둔 플롯론을 구체화시키기 위해 파 블라와 수제트의 문제를 주요 관점으로 삼을 때 우선 주목해야 할 점은 바로 이상과 같은 맥락을 중시한 둘의 시간적 관계 맺음의 양상에 관한 것이다.

그리하여 플롯을 파블라와 수제트의 시간적 관계 맺음의 양상에 따라 구분하면, 그것은 세 가지 유형으로 나뉜다. 먼저 수제트와 파블라가 동 시적으로 진행되는 순차적인 유형과 수제트가 과거의 파블라를 추적하 는 역진적인 유형 그리고 수제트가 한편으로는 과거의 파블라를 추적하 면서 또 다른 한편으로는 현재 이후의 파블라와 같이 진행되는, 역진과

---

56) J. C. M. Pinto, *The Reading of Time : A Semantico-Semiotic Approach*, Berlin · New York : Mouton de Gruyter, 1988. p. 8.

57) G. 즈네뜨는 소설에서 스토리 시간과 담화 시간의 불일치 문제를 순서와 지속 과 빈도의 관점에서 상세하게 고찰한 바 있다. 이러한 관점은 본 연구가 파블라 와 수제트의 관계 양상에 초점을 두고 논의를 전개하는 데 기저적인 토대가 된 다. (G. 즈네뜨, 『서사담론』(권택영 역), 교보문고, 1992. 23~148쪽 참조.)

58) P. 브룩스는 서사의 의미는 시간 속에서 전개되며, 시간의 게임은 파블라에서만 존재하는 것이 아니라 수제트에서도 존재한다고 설명한다. (P. 브룩스, 앞의 책, 92쪽.)

순차가 병행되는 유형이다.[59] 이러한 각각의 유형에 따라 텍스트상에서 제시되는 정보의 지연 양상도 달라질 것이며 또 그러한 지연 양상의 차이에 따라 탐색의 양상도 달라질 것이다.[60]

순차적인 유형의 경우 수제트는 파블라에 대한 인지를 전제하지 않는

---

59) 이 문제는, 탐정소설을 서사들의 서사로 이해하고 소설에서의 파블라와 수제트의 관계를 탐정소설에서의 범죄와 조사의 이중의 이야기에 비유하여 설명한 T. 토도로프가 탐정소설을 세 유형으로 구분한 것과 관련지어 생각해 볼 수 있다. 그는 탐정소설을 추리소설, 스릴러물, 서스펜스로 나눈다. 스릴러물은 범죄의 스토리를 억압하고 조사의 스토리에 생명을 불어넣는 유형이다. 이 유형에서는 이야기 시점보다 앞서 일어난 범죄에 대해서는 더 이상 말할 수 없고 이야기는 행동과 일치된다. 따라서 회상의 형태는 나타나지 않으며 기대가 회상을 대신한다. 이 유형은 본문에서의 순차적 유형과 관련된다. 추리소설은 범죄의 이야기가 조사의 이야기가 시작되기 전에 이미 끝난 상태에서 조사의 이야기의 주인공이 범죄의 이야기를 알아내는 유형이다. 이 유형은 본문의 역진적 유형과 관련된다. 서스펜스 소설은 앞의 두 유형의 특성을 결합한 것이다. 두 개의 스토리, 즉 과거의 그것과 현재의 그것을 지키면서 사실의 파악을 위해서 조사의 이야기를 줄이지 않는 유형이다. 스릴러물에서처럼 조사의 이야기가 여기서도 중심 위치를 차지한다. 이 유형에서 독자는 과거에 무슨 일이 일어났는가에 대해서 흥미가 있을 뿐만 아니라 다음에 무슨 일이 일어날 것인가에 대해서도 흥미가 있다. 이 유형은 본문의 역진과 순차가 병행되는 유형과 관련된다. (T. 토도로프, 앞의 책, 50~58쪽.), 註 48) 참조.

60) 지연과 탐색의 관계를 이처럼 상호 긴밀한 것으로 이해함으로써 해석의 자율성을 억압한다는 문제가 제기될 수 있다. 그러나 해석을 설명과 이해의 변증법으로 설명하면서 그것의 객관성을 모색하는 P. 리꾀르의 다음과 같은 설명은 지연과 탐색의 관계에 대한 위 본문에서와 같은 이해를 뒷받침해 준다. '설명한다는 것은 구조를 드러내는 것, 즉 텍스트의 정역학(statics)을 구성하는 내적인 의존 관계들을 끌어내는 것이다. 그리고 해석한다는 것은 텍스트가 열어 주는 사유의 길을 따라가는 것이며, 텍스트가 발하는 **서광**(orient)을 향해 출발하는 것이다. 이러한 지적을 통해 우리는 처음에 가졌던 해석 개념을 수정하게 되며, 텍스트**에 대해**(sur texte) 가하는 행위로서 해석의 주관적인 작용을 넘어서, 텍스트 자신**의**(du texte) 행위라고 할 수 있는 해석의 객관적인 과정을 추구할 수 있게 해 준다.' (P. 리꾀르, 「텍스트란 무엇인가? 설명과 이해」, 『해석이론』(김윤성·조현범 역), 서광사, 1998. 194쪽.)

다. 서사의 초점이 앞으로 전개될 파블라의 결말에 모아지고, 수제트상
에서 제시되는 정보들 역시 전개되는 파블라의 결말을 지향하면서 자신
들의 최종적인 의미를 지연시킨다. 따라서 각 정보들은 전진적인 방향
을 향해 열려 있으면서, 앞으로 전개될 서사의 추이 속에서 자신들의
의미가 전체 텍스트의 의미와 유기화될 수 있도록 해석의 여지를 마련
해 간다. 이를 전향적인 지연이라 이름할 수 있다.61) 이러한 전향적인
지연에 직면한 독자는 앞으로 진행될 서사 상황을 예측하면서 주어진
정보들을 인접성에 따라 순차적으로 엮어 가기 마련이다.62) 따라서 독
자의 이러한 탐색은 환유적인 성향을 드러낸다.63) 즉, 독자는 새로운 정

---

61) R. A. 보그란데와 W. U. 드레슬러는 정보의 방향성을 두고, 텍스트 수용자가 나
   중에 나타날 발화체를 대기해 고려하는 경우를 전향적, 앞서 나타난 발화체에서
   그 동기를 찾으러 되돌아가는 경우를 후향적이라고 구분한다. 그렇다면 두 방향
   모두가 고려될 때를 전-후향적이라 할 수 있을 것이다. 이러한 정보 방향성의
   구분은 근본적으로 탐색에 관련된 것이지만, 지연과 탐색의 상호 역동적인 관계
   를 고려해 볼 때 그것은 지연의 문제와도 무관하지 않다. (R. A. 보그란데 · W.
   U. 드레슬러, 『텍스트 언어학 입문』(김태옥 · 이현호 역), 한신문화사, 1995. 217
   쪽.) 본 연구는 이러한 정보 방향성의 세 유형을 본문에서 설정한 파블라와 수제
   트의 관계 맺음의 세 양상의 지연의 축에 각각 대응시키고자 한다.
62) 이때 독자를 지배하는 주된 정조는 긴장감일 수 있다. 이는 T. 토도로프가 독
   자의 흥미가 유지되는 두 형식을 긴장감suspense과 호기심curiosity으로 구분하여
   제시한 것에서 추론할 수 있다. T. 토도로프는 독자의 흥미를 유지시키는 두 형
   식 중 긴장감은 원인에서 결과로 나아가는 서사에서 결과에 대한 기대에 의해
   독자의 흥미가 유지되는 형식이고, 호기심은 결과에서 원인으로 나아가는 서사
   에서 원인을 발견하고자 하는 기대에 의해 독자의 흥미가 유지되는 형식이라고
   설명한다. (T. 토도로프, 앞의 책, 53~54쪽 참조.) 그의 이러한 논의에 따르면
   순차적인 유형에서의 독자는 파블라의 결과에 대한 기대에서 비롯된 긴장감을
   가지고 독서 행위를 이어 가게 마련이다. 전향적인 정보들이 반복적으로 제시되
   면서 서사의 진행을 지연시키는 까닭에, 독자의 결과에 대한 궁금증과 초조감이
   배가되고 그러한 가운데 독자의 긴장감도 고조되어 가는 것이다.
63) M. 페리는 작품 속에 제시되는 자료들이 맺는 관계를 세 가지로 분류한다. 그
   것은 문학 텍스트가 상호 밀접하게 관련되고 가능한 한 일관성 있기를 기대하는

보를 이전의 정보와 이어 가면서 전개시키고 확장시킨다. 또 새로운 정보를 이전의 정보와 인과적으로 관련시키거나 혹은 친숙한 작품의 틀 내에서 자연스럽게 그것들을 접근시킨다.[64] 이는 시간적인 순연이 논리적인 인과성을 형성함으로써 독자가 각각의 정보들을 인접성의 논리에 따라 통합시켜 가는 것이다. 여기서 각각의 정보들은 부분과 부분으로 위치하면서 전체를 지향하는 가운데 통합적 원칙으로서의 플롯 작용에 기여한다.

　역진적인 유형의 경우에서는 이미 수제트는 파블라의 최종적인 결말에 대한 인지를 전제한다. 따라서 서사는 파블라가 왜 혹은 어떻게 그러한 결말에 도달하였는가 하는 부분에 초점을 두고 진행된다. 그 결과 수제트상에서 제시되는 정보들은 텍스트의 서두에 제시된 파블라의 결말에 의거하여 해석되고 이해되기 마련이다. 즉, 새로이 제시되는 정보들이 텍스트 서두에서 제시된 정보의 영향권 내에 머무는 까닭에 그것들의 의미 근거도 바로 그 텍스트 서두 정보에 놓여져 있는 것이다. 따라서 이 유형을 후향적인 지연이라 할 수 있다.[65] 이때 탐색의 주체인 독자는 기존의 주어진 정보들을 반추하며 새로운 정보의 의미를 파악하는 유추적인 탐색에 나서게 된다. 즉, 독자는 독서 과정에서 새로운 정보를 접하면서 이미 텍스트 서두에서 주어진 파블라의 결말의 정보를 회고하며 두 정보 간의 상관성을 찾는 탐색을 진행시키는 것이다.[66] 이

독자의 탐색 태도와 관련된 것인데, 첫째 유형은 환유적 관계이고 둘째 유형은 유추적 관계이다. 그리고 마지막으로 셋째 유형이 제유적 관계이다. (M. Perry, 앞의 논문, 49~50쪽.) 본 연구는 이 세 관계 양상을 본문에서 제시한 파블라와 수제트의 관계 맺음의 세 양상의 탐색의 축에 각각 대응시키고자 한다.

64) 앞의 논문, 50쪽.

65) 註 61) 참조.

66) 이때 독자를 지배하는 주된 정조는 호기심curiosity이라고 추론할 수 있다. 즉 역진적인 유형에서 독자는 주어진 파블라의 결말에 대한 원인이나 그러한 결말

는 곧 유사성을 찾는 것으로 은유적인 탐색이라 할 수 있다.[67] 결과적으로 각각의 정보들은 마련된 전체가 분해된 부분과 부분으로 기능하는 가운데 통합적 원칙으로서의 플롯 작용에 기여한다.

마지막으로 순차와 역진이 병행되는 유형은 과거의 파블라에 대한 인지를 전제한 상태에서 과거에 어떠한 일이 일어났는가 하는 문제인 과거의 파블라와 앞으로 어떠한 일이 일어날 것인가 하는 문제인 현재 이후의 파블라에 관심을 갖는다. 따라서 수제트상의 정보들은 파블라상의 과거의 정보들과 그것들을 통해 도달한 특정한 결말을 제시하고, 그러한 결말이 이후에 어떠한 새로운 국면으로 전환되는가를 보여 주는 정보들을 제시한다. 이러한 가운데 서사는 앞서 제시한 전향적 지연과 후향적 지연을 포괄하는 전-후향적 지연의 양상을 보인다.[68] 따라서 서사는 이미 도달한 결말과 새로이 도달할 결말 사이에서 긴장 관계를 형성하면서 전개되고, 또한 그러한 까닭에 탐색의 주체인 독자는 파블라상의 과거에 대한 정보들과 그 이후의 새로운 정보들이 어떠한 의미적 관련성을 맺고 있는지에 대한 탐색에 나서게 된다.[69] 이러한 탐색을 제유적

에 이르기까지의 과정에 대한 호기심으로 독서 행위를 이어가면서 텍스트가 제시하는 후향적인 지연의 정보들의 의미를 탐색해 가는 것이다. (註 62) 참조.)

67) M. 페리는 이러한 유형의 탐색을 유추적 관계라 명명하고 '이 관계에서 새로운 자료는 어떤 의미에서 이전의 자료를 반복하고 또 그것과 유사하기도 하다. 이 관계는 비교와 대조를 포함한다.'라고 설명한다. (M. 페리, 앞의 논문, 50쪽.)

68) 註 61)참조.

69) 이때 독자를 지배하는 주된 정조는 호기심curiosity과 긴장감suspense이 교호하는 복합적인 것이라고 추론할 수 있다. 순차와 역진이 병행되는 유형에서는 과거의 파블라가 완결된 상태이므로 독자는 그렇게 되기까지의 원인이나 과정에 대한 호기심으로 텍스트에서의 후향적인 지연의 정보들을 탐색해 가고, 또 과거의 파블라의 결말이 이후의 서사 전개에서 어떻게 작용할 것이며 그에 따른 또 다른 결말은 또 어떠할 것인가에 대한 기대로 긴장감을 유지하면서 전향적인 지연의 정보들을 탐색해 가는 것이다. (註 62) 참조.)

탐색이라고 명명할 수 있다.[70] 이는 과거의 결말과 새로이 도달할 결말 사이의 지연 과정에서 새로운 정보가 이전의 정보를 상세화하거나 혹은 그것을 포괄화 내지는 일반화하기 때문이다.[71] 이들 정보들은 전체와 부분 혹은 부분과 전체의 관계를 이루면서 하나가 다른 하나를 수렴해 내는 가운데 통합적인 원칙으로서의 플롯 작용에 기여한다.

이상에서처럼 현대 소설의 플롯을 지연과 탐색의 역학 관계를 전제로 파블라와 수제트의 시간적 관계 맺음의 양상에 따라 세 가지로 유형화 시킬 수 있다. 그런데 이것만으로는 플롯 유형의 틀이 지나치게 거시적 이라는 문제가 남는다. 지연의 양상 자체를 좀더 구체화하고 그리고 그 것을 토대로 탐색의 양상도 좀더 구체화할 필요가 있는 것이다. 이러한 상황에서 서사체의 변형에 대한 T. 토도로프의 다음과 같은 진술은 매우 시사적이다.

> 이야기는 차이점과 유사점이라는 두 형식적 범주의 긴장 속에서 구성된다. (중략) 연속적 사실들의 단순한 관계는 이야기를 구성 하지 못한다. 사실들은 조직되어져야 하고 궁극적으로 이들은 공통 요소를 가져야 한다. 그러나 모든 요소들이 공통적이라면 더 이상 이야기가 되지 못한다. 왜냐하면 더 이상 열거할 것이 없기 때문이 다. 변형은 엄밀히 말해 차이점과 유사점들의 통합을 나타낸다. 변 형은 이 두 사실들을 동일화시키지 않은 채로 그들을 연결시킨다.[72]

위 인용에서 드러나는 T. 토도로프 논의의 핵심은 서사는 기본적으로 차이점과 유사점에 의해 구성되며 그 둘의 긴장을 조율하는 것이 서사 의 변형이라는 것이다. 이러한 논의에 비추어 보면, 서사가 아무리 다양

---

70) 註 63)참조.
71) M. 페리, 앞의 논문, 50쪽.
72) T. 토도로프, 「서술체의 변형」, 앞의 책, 281쪽.

한 전략들을 통해 정보의 의미를 지연시킬지라도 그 전략들은 차이점과 유사점의 범주를 벗어날 수 없음이 드러난다. 또한 바로 그러한 이유 때문에 정보의 지연된 의미 역시 객관적인 각도에서 탐색될 수 있는 것이다. 결국 T. 토노로프의 논의는 통합적 원칙으로시의 플롯의 근원적인 힘이 어디에서 비롯되고 있는가를 확인시켜 준다. 그것이 서사의 차이점과 유사점의 논리에서 비롯되고 있음을 확인시켜 주는 것이다.

P. 브룩스는 이러한 T. 토도로프의 논의에 기대어 '동일하지만 다른 same-but-different' 반복을 통해 서사가 지연되는 과정이 플롯이라고 설명하고73) 그러한 반복이 플롯의 중요한 요소임을 인정한다.74) P. 브룩스의 '동일하지만 다른' 반복 역시 T. 토도로프의 논의에서 지적되었듯이 유사점과 차이점을 지닌 정보들이 거듭 제시되는 것을 의미한다. 그리고 그러한 반복은 거듭되는 제시를 통해 서사의 진행을 지연시키기도 하지만, 한편으로는 차이점 속에서 동일성을 인식하게 함으로써 결합의 기능을 행하기도 한다.75) 물론 이 결합의 기능은 탐색의 주체인 독자의 몫과 관련된다. 이 역시 통합적 원칙으로서의 플롯의 성립 가능성을 시사하는 부분이다.76)

---

73) P. 브룩스, 앞의 책, 91~104쪽.

74) 앞의 책, 315쪽.

75) 이에 대해 P. 브룩스는, 반복은 독자를 텍스트의 앞부분으로 되돌려 놓기도 하고, 독자가 의식적으로든 무의식적으로든 텍스트의 서로 다른 순간들을 연결시키도록 하기도 하고, 또한 과거와 현재를 서로 관련된 것으로써 이해하도록 하기도 하고 또 과거와 현재를, 일정한 패턴을 지닌 약간의 다양성을 통해 주목하게 될 미래를 설정하는 것으로써 이해하도록 하기도 하는 가운데서 텍스트의 순간들을 묶어내는 '결합binding'의 기능을 행한다고 설명한다. (앞의 책, 99~101쪽 참조)

76) 이 부분에서 P. 브룩스의 다음과 같은 언급은 매우 시사적이다. '서사는 이미 일어난 사건들의 반복을 통해 자신을 제시해야만 한다. 그리고 이러한 일반화된 반복에 대한 가정을 전제로 서사는 플롯을 창조하기 위하여, 즉 우리에게 사건들의 중요한 상호 관련성을 보여 주기 위하여 특정하고 지각할 수 있는 반복을

이러한 일련의 논의에 따르면 소설은 결국 차이를 동반한 동일한 요소들을 반복하는 은유적 텍스트가 되고 플롯은 그러한 은유적 텍스트의 역동성의 문제가 된다. 따라서 플롯에서의 지연의 전략과 탐색의 전략은 그러한 은유적 속성을 전제할 수밖에 없다. 그렇다면 앞에서 제시된 파블라와 수제트의 시간적 관계 맺음의 양상에 따른 유형의 구분은 이러한 은유적 속성을 근거로 다시 세분화될 수 있을 것이다.

은유는 일반적으로 유사성에 근거한 치환 은유와 차이성에 근거한 병치 은유로 구분된다.[77] 치환 은유는 취의tenor와 매개vehicle 상호 간에 어떤 유사성을 토대로 하여 그 의미를 전환시키는 것으로, 이때의 유사성이란 덜 알려진 것과 잘 알려진 것 사이에서 드러나는 공통점을 의미한다. 이러한 치환 은유는 비교를 통해 의미를 탐색하거나 확대하는 작용을 한다. 반면에 병치 은유는 새로운 의미나 특성들을, 상호 간에 현격히 멀리 떨어져 있는 요소들의 병치를 통하여 확립하는 경우로 이 은유는 병치와 합성에 의하여 새로운 의미를 창조한다. 따라서 병치 은유의 경우는 독자의 보다 적극적인 해석적 개입이 요구된다.

결국 이러한 은유의 구분을 근거로 앞서 설정한 플롯의 세 유형들을 다시 각각 두 개의 하위 유형들로 나눌 수 있다. 그런데 소설 텍스트가 담보한 은유적 속성은 근본적으로 발생적 차원의 문제이므로 이상에서

사용해야만 한다.' (앞의 책, 99쪽.)

77) P. 휠라이트는 은유가 외유epiphor와 교유diaphor의 두 측면을 갖는다고 보고 그에 대한 논의를 진행시킨다. 이승훈은 그러한 P. 휠라이트의 논의를 토대로 은유의 차별적인 두 측면을 치환 은유와 병치 은유로 개념화하여 구분한다. 또한 S. 코핸과 L. 샤이어스는 그러한 은유의 두 측면을 통합적 은유와 계합적 은유로 설명한다.
P. 휠라이트, 『은유와 실재』(김태옥 역), 문학과지성사, 1993. 67~93쪽.
이승훈, 『시론』, 고려원, 1979. 139~146쪽.
S. 코핸 · L. 샤이어스, 『이야기하기의 이론』(임병권 · 이호 역), 한나래, 1997. 56~65쪽.

살펴본 은유의 두 측면은 지연의 전략의 출발선이 된다. 즉, 치환 은유와 병치 은유는 지연의 축의 하위 유형들을 구성하는 것이다. 그리고 탐색의 축의 하위 유형들은 지연의 축의 하위 유형들의 특성에 근거해서 새롭게 설정될 필요가 있다. 이때 탐색의 축의 하위 유형들은 지연의 축의 하위 유형들의 특성에 근거하면서도 한편으로는 각각의 탐색의 상위 유형들의 속성들에 근거하여, 즉 환유적 속성, 은유적 속성, 제유적 속성에 근거하여 구분되어야 한다.

먼저 환유적 탐색에서 인접적인 유사성에 근거한 치환적인 지연의 경우 독자는 인접적인 통합적 구조를 통해 제시되는 정보들의 유사성을 순차적으로 엮어 가는 부가적인 탐색을 벌이고, 병렬적인 차이성에 근거한 병치적인 지연의 경우 독자는 유사성을 전제한 그들 차별적인 정보들을 서사의 전진적인 추이 속에서 인접적으로 연결시키는 결합적인 탐색[78]을 벌인다.[79] 또한 은유적인 탐색에서 후향적인 정보들이 인접적

---

78) 앞서 註 62)에서 순차적인 유형 즉 전향적인 지연과 환유적인 탐색 유형의 경우 독자가 탐색의 과정에서 가지게 되는 주된 정조가 긴장감일 것이라는 사실을 언급한 바 있다. 그런데 이 유형을 이상에서처럼 치환적인 지연과 부가적인 탐색, 그리고 병치적인 지연과 결합적인 탐색으로 세분화할 때 그러한 정조에도 정도의 차이가 있을 것임을 상정할 수 있다. 결론적으로 전자의 하위 유형보다 후자의 하위 유형에서 독자의 긴장감이 더 고조되리라 상정할 수 있는 것이다. 이와 같은 상정은 은유를 외유와 교유로 구분하고 각기 그 기능을 다르게 설정한 P. 휠라이트의 논의에 근거한 것이다. 그는 외유의 기능은 '의미를 암시하는 데 있고' 교유의 기능은 '존재를 창출하는 데 있'다고 설명하는데(P. 휠라이트, 앞의 책, 93쪽.), 그의 이러한 논의에 비추어 보면 외유보다 교유가 더욱 자율적이고 능동적인 의미 생산의 기능을 담보하고 있음을 알 수 있다. 이를 근거로 플롯 유형에 있어서도 외유에 근거한 치환적인 지연의 경우보다 교유에 근거한 병치적인 지연의 경우가 의미 생산의 폭을 보다 넓게 가지는 것으로 이해할 수 있다. 그리고 그러한 의미 생산의 폭은 플롯의 지연과 탐색의 역학 관계상 그대로 탐색의 주체인 독자의 몫으로 전가되면서 부가적인 탐색의 경우보다 결합적인 탐색의 경우에서 독자의 역할이 확대되고 그로 인한 독자의 긴장감도 보다 고조되는 특징을 보이는 것으로 받아들이게 되는 것이다. 이와 같은 논리는

으로 반복되는 가운데 텍스트 서두의 정보와 후향적인 정보들 간의 유
비성이 중첩되는 치환적인 지연의 경우 독자는 그것들의 유비성에 주목
하는 비교적인 탐색에 나서고, 후향적인 정보들이 병렬적으로 제시되는
가운데 텍스트 서두의 정보와 후향적인 정보들 간의 차이성이 강화되는
병치적인 지연의 경우 독자는 그것들의 차별성에 주목하는 대조적인 탐
색을 벌인다.[80] 마지막으로 제유적인 탐색에서 순차적인 정보들이 인접
적인 유사성에 근거해서 역진적인 정보들을 반복하는 가운데 상술의 기
능을 담당하는, 즉 전체에 대한 부분으로 기능하는 치환적인 지연의 경우
독자는 과거의 파블라를, 현재 진행의 파블라에서 구체적으로 확인해
가는 상세적인 탐색을 벌이고, 순차적인 정보들이 병렬적으로 역진적인
정보들을 반복하는 가운데 차이에 따른 확산의 기능을 담당하는, 즉 부

나머지 두 상위 유형의 각각의 하위 유형들, 즉 후향적인 지연과 은유적인 탐
색·전-후향적인 지연과 제유적인 탐색의 각각의 하위 유형들에도 그대로 적용
된다. 註 66)·69) 참조.

79) 위와 같은 환유적인 탐색의 하위 유형들인 부가적인 탐색과 결합적인 탐색에
대한 보다 심도 있는 이해를 위해 환유를 통합적 환유와 계합적 환유로 구분한
S. 코핸과 L. 샤이어스의 논의를 참고할 수 있다. 그들의 논의에 따르면 통합적
환유는 '텍스트 내의 두 요소가 그 위치와 연상으로 인해 상호 결합되고 그 양
자가 한 장면에서 모두 나타나는 경우'이다. 이러한 통합적 환유는 '두 개의 요
소를, 그 두 요소가 갖는 기의의 텍스트 내에서의 인접성에 따라서 (그래서 이
관계는 환유가 되는 것이다.), 그리고 그 두 요소가 갖는 기표들의 텍스트 내에
서의 인접성에 따라서 (그래서 이 관계는 통합적이 되는 것이다.) 결합한다.' 이
에 반해 계합적 환유는 '하나의 요소가 연상 혹은 위치에 의해 또 다른 요소를
대신하며 동시에 그 또 다른 요소를 환기함으로써 오직 한 요소만이 한 장면에
나타나는 경우'이다. 이러한 계합적 환유는 '기의들의 인접성(바로 이 점 때문에
그 관계는 환유적이다.)과 기표들의 비교 가능성(바로 이 점 때문에 그 관계는
계합적이다.)을 배열한다.' S. 코핸과 L. 샤이어스의 통합적 환유와 계합적 환유에
대한 이러한 설명은 각각 부가적인 탐색과 결합적인 탐색의 의미를 보완해 준
다. (S. 코핸·L. 샤이어스, 앞의 책, 57~67쪽.)
80) 註 67) 참조.

분에 대한 전체로서 기능하는 병치적인 지연의 경우 독자는 과거의 파블라를, 현재 진행의 파블라에 수렴시켜 의미를 확장해 가는 포괄적인 탐색을 벌인다.[81]

이상의 논의에서 설성한 플롯의 유형들을 나음과 같은 도표로 정리하여 제시할 수 있다.

지연(→)		(←)탐색	
전향	치환적	부가적	환유
	병치적	결합적	
후향	치환적	비교적	은유
	병치적	대조적	
전-후향	치환적	상세적	제유
	병치적	포괄적	

---

81) 註 71) 참조.

Ⅲ

전향적인 지연과 환유적인 탐색

    S. 코핸과 L. 샤이어스는 서사 텍스트에서의 은유의 문제를 다루면서 은유를 통합적 은유와 계합적 은유로 구분한다. 먼저 통합적 은유는 텍스트의 두 요소가 유사성을 통해 등가화되거나 둘 다 한 장면 안에 기표와 기의로서 제시되는 경우이다. 이 경우 기표들은 텍스트 내적인 인접성을 확립하고 그러한 텍스트의 인접성이 통합적 구조를 이룬다. 이와는 달리, 계합적 은유는 등가화된 텍스트 내의 단 하나의 요소가 한 장면에서 제시되면서, 다른 기표를 대신하는 동시에 그 기표의 기의를 환기하는 경우이다. 이 계합적 은유는 통합적 은유의 경우에서와 같이 두 개의 기의가 비교 가능하기 때문에 은유적이면서 또한 두 기의들의 기표들이 인접적이지 않은 채 비교 가능하기 때문에 계합적이다.82) S. 코핸과 L. 샤이어스의 이러한 은유 구분은 Ⅱ장에서 살펴본 치환적인 은유와 병치적인 은유 구분의 또 다른 설명이다. 다만 그 논의의 초점이 서사에 맞추어져 있을 따름이다. 결국 이러한 논의들에 비추어 볼 때 플롯의 하위 유형에서의 치환적인 지연은 인접된 상태의 정보들이 유사성을 가지고 반복됨으로써 서사의 진행을 지연시키면서 결과적으로 정보들의 최종적 의미를 지연시키는 경우이고, 병치적인 지연은 두 정보

---

82) S. 코핸·L. 샤이어스, 앞의 책, 56~65쪽.

들이 인접적이지는 않지만 그것들이 내포하는 의미들이 유사성을 드러
냄으로써 서사의 진행을 지연시키면서 정보들의 최종적 의미를 지연시
키는 경우이다. 특히 병치적인 지연의 경우는 서사 정보들이 병렬적으
로 제시됨으로써 정보들 간의 상호 긴밀성이 상대적으로 이완되어 나타
나게 되고, 결국 그러한 이유로 해서 정보들 간의 차이성이 강조되는
특성을 보인다.83) 때문에 독자들의 탐색의 역할도 치환적인 지연의 경
우에서보다 병치적인 지연의 경우에서 더욱 능동화되는 특성을 보인
다.84)

　이상과 같은 치환적인 지연과 병치적인 지연은, 수제트와 파블라가
순차적으로 진행되는 텍스트에서는 서사의 순연적인 흐름에 따라 전진
적인 서사를 구축하게 되고, 그리하여 그것은 서사적 상황에 대한 최종
적인 결말을 유보하는 전향적인 지연을 형성한다. 그리고 텍스트가 드
러내는 그러한 전향적인 추이 속에서 독자는 계기적으로 주어지는 정보
들을 인접성의 원리에 따라 인과적으로 해석해 가는 환유적인 탐색에
나서게 된다. 그런데 치환적인 지연의 경우 독자는 인접적인 통합적 구
조를 통해 제시되는 정보들의 유사성을 순차적으로 엮어 가며 해석해
나가는 부가적인 탐색을 벌이고, 병치적인 지연의 경우 독자는 유사성
을 전제한 차이성이 강조되는 병렬적인 정보들을 서사의 전진적인 추이
속에서 인접적으로 연결시키며 해석해 나가는 결합적인 탐색을 벌인다.

　본 장에서는 이상과 같은 전향적인 지연과 환유적인 탐색의 플롯 유
형을 현대 소설 작품들에 대한 실제적인 분석을 통해 보다 구체적으로
살펴보고자 한다. 대상 작품들은 나도향의 「물레방아」와 이태준의 「까
마귀」, 그리고 염상섭의 「암야」와 이효석의 「들」이다. 이들은 모두 수

---

83) 치환적인 지연과 병치적인 지연에 대한 이러한 일련의 개념은 후향적인 지연
　과 전-후향적 지연에서의 각각의 두 하위 유형들의 경우에도 그대로 적용된다.
84) 註 78) 참조.

제트와 파블라가 순차적인 흐름을 타고 동시적으로 진행되는 전향적인 지연의 특성을 보이는 작품들이다. 그런데 앞의 두 작품은 정보들이 인접적으로 제시되는 가운데 유사성을 드러내는 반복의 특징을 갖고 뒤의 두 작품은 정보들이 병렬적으로 제시되는 가운데 차이성을 드러내는 반복의 특징을 갖는다. 즉, 이들 작품군은 각각 치환적인 지연과 병치적인 지연의 특성을 드러내는 작품군들인 것이다. 따라서 이들 작품군에 대한 독자의 탐색 양상도 다르게 나타난다. 앞의 두 작품에서 독자는 서사의 순차성에 힘입어 그것의 인과성을 파악해 가는 환유적인 탐색을 벌이는 가운데에서도 인접적으로 제시되는 정보들을 유사성에 근거해서 순차적으로 엮어 가며 의미를 파악하는 부가적인 탐색을 벌인다. 그러나 뒤의 두 작품에서 독자는 앞의 두 작품들의 경우와 동일한 환유적인 탐색을 벌이면서도, 병렬적으로 제시되는 정보들 속에서 유사성을 전제한 그것들의 차이성을 순차적으로 연결시키면서 의미를 파악해 나가는 결합적인 탐색을 벌인다.

1. 치환적인 지연과 부가적인 탐색

1.1. 물레방아

「물레방아」는 다음과 같은 정보를 제시하며 이야기를 시작한다.

> 덜컹덜컹 홈통이 들었다가 다시 쏟아져 흐르는 물이 육중한 물레방아를 번쩍 쳐들었다가 쿵하고 확속으로 내던질 제, 머슴들의 콧소리는 허연 겻가루가 켜켜이 앉은 방앗간 속에서 청승스럽게 들려나온다.[85] (233쪽)

---

85) 텍스트는 나도향 전집에 실린 것을 대상으로 한다. (나도향, 『나도향 전집 上』(주종연 외 편), 집문당, 1988.) 인용문의 경우 본문에서 해당 지면만 밝힌다.

텍스트의 서두는 그 텍스트를 가동시키는 기본적인 동력을 담보하고 있다고 볼 수 있다.86) 따라서 독자는 위와 같은 「물레방아」의 서두가 제시하는 정보에 주목할 필요가 있다. 그러면서도 독자는 위의 정보를 통해 독자는 물레방아가 돌아가는 가운데 방아질을 하는 머슴들의 노역의 삶이 한스러움으로 표출되고 있는 모습을 읽을 수 있다. 독자는 허연 겻가루가 켜켜이 앉은 방앗간 속에서 들리는 그들의 청승스러운 콧소리에 대한 정보에서 그러한 해석을 이끌어 내는 것이다. 그러면서도 독자는 위의 정보가 텍스트 서두에서 특정한 시·공간과 인물을 제시하곤 하는 서사의 일반적인 관습을 위반하고 있는 까닭에 더 이상의 구체적인 해석을 진행시키지 못한다. 보다 구체적인 해석을 시도하기에는 위의 정보가 지나치게 일반적이어서 독자는 전개될 서사의 구체적인 세계상조차 연상할 수 없는 것이다. 결국 독자는 위의 정보를 통해 통상적인 봉건 세계의 단면을 확인하는 데서 텍스트 이해를 멈춘다. 그러나 그러한 가운데에서도 독자는 앞으로 전개될 서사의 기본적인 방향성, 즉 서시기 봉건적인 세계상에 근거하여 진행될 것이라는 방향성은 감지한다. 그렇다면 그 세계 속에서 어떠한 일들이 벌어질 것인가. 독자의 기대 지평은 봉건 세계라고 하는 한정된 영역으로 제한되면서도 다시 그 안에서의 무한한 영역으로 개방된다.

이어서 텍스트는 앞으로 진행될 서사 세계에 대한 보다 구체적인 정보들을 제공하기 시작한다.

---

86) 서사를 욕망의 문제로 이해한 P. 브룩스는, 욕망은 서사의 시작에 존재하며 그리하여 소설에서 시작 단락은, 그 모양새를 갖추고 대상을 찾기 시작하면서 텍스트적 활동력으로 전개되기 시작하는 욕망의 이미지를 담고 있다고 주장한다. (P. 브룩스, 앞의 책, 38쪽.) 본 연구는 이후 전개할 모든 작품 분석에서도 위의 본문에서와 같은 관점에 입각해서 각 텍스트들의 서두 정보에 주목하면서 논의를 시작할 것이다.

> 쏼 쏼 쏼, 구슬이 되었다가 은가루가 되고 댓줄기같이 뻗치었다
> 가 다시 쾅쾅 쏟아져 청룡이 되고 백룡이 되어 용솟음쳐 흐르는 물
> 이 저쪽 산모퉁이를 십리나 두고 돌고 다시 이쪽 들 복판을 오 리
> 쯤 꿰뚫은 뒤에, 이방원(李芳源)이 사는 동네 앞 기슭을 스쳐 지나
> 가는데 그 위에 물레방아 하나가 놓여 있다.
> 　물레방아에서 들여다보면 동북간으로 큼직한 마을이 있으니, 이
> 마을에서 가장 부자요, 가장 세력이 있는 사람은 그 이름을 신치규
> (申治圭)라고 부른다. 이방원이라는 사람은 그 집의 막실(幕室) 살이
> 를 하여 가며 그의 땅을 경작하여 자기 아내와 두 삶이 그날그날을
> 지내간다. (233쪽)

독자는 우선 위 인용의 첫 단락에서 '이방원이가 사는 동네'라는 정
보에 주목한다. 이 정보는 서사 세계를 추상적인 봉건 세계에서 구체적
인 봉건 세계로 한정하고 등장 인물 역시 '머슴'이라는 보통명사가 아닌
이방원이라는 고유명사로 제시함으로써 텍스트 내의 서사 세계를 보다
명시적으로 드러내고 있는 까닭이다. 독자는 이러한 정보를 통해, 전개
될 서사의 내적 세계를 점차 구체적으로 감지하게 된다. 그러면서 독자
는 위 정보가 텍스트 서두의 정보를 치환적으로 반복하고 있음을 파악
한다. 독자는 우선 인접적으로 제시되는 두 정보들 속에서, 비록 근경과
원경이라는 차이는 있지만 물레방아가 있는 전경 묘사라는 유사성을 발
견하는데, 그것은 추상적인 봉건 세계가 구체적인 봉건 세계로 치환되
는 가운데 드러나는 유사성이다. 앞의 정보에서 물레방아는 노역의 삶
을 사는 머슴들의 한스러움이 표출되는 장소로 확인된 바 있다. 그렇다
면 뒤의 정보의 물레방아 역시 그러한 의미와 무관하지 않을 것이라는
사실을 추정할 수 있다. 이어서 독자는, 앞의 정보에서 방아를 찧는 머
슴들의 모습이 인접적으로 제시되는 뒤의 정보에서 막실살이를 하며 그
날그날을 살아가는 이방원의 모습으로 치환되는 것 속에서 머슴살이의
신산스러운 삶이라고 하는 유사성을 발견한다. 결국 독자는 이러한 일

련의 유사성들을 토대로 앞의 정보에서 파악한 의미들에 근거해서 뒤의
정보를 해석하면서 의미의 확장을 꾀하는 부가적인 탐색을 벌인다. 결
과적으로 독자는 인접적으로 제시되면서 치환적인 반복을 이루고 있는
이상의 정보들을 통해 봉건 질서 속에서 한스러운 삶을 살아가고 있는
이방원이라는 인물을 입상하게 되는 것이다. 이어서 독자는 그러한 이
방원이 이후의 서사에서 어떠한 국면을 맞이하게 될 것인가에 대한 기
대와 긴장감으로 계속되는 서사 정보에 주목한다.

  이후 텍스트는 본격적인 사건을 제시한다.

> 어떤 가을밤 유난히 밝은 달이 고요한 이 촌을 한적하게 비칠
> 때, 그 물레방앗간 옆에 어떤 여자 하나와 어떤 남자 하나가 서서
> 이야기를 하는 소리가 들리었다. (233쪽)

  밤에, 그것도 물레방앗간의 앞이 아닌 '옆'에서 신원조차 드러나지 않
은 '어떤' 여자와 '어떤' 남자가 '이야기를 나누고 있다'라는 정보에서
독자는 무언가 은밀한 음모가 꾸며지고 있음을 짐작할 수 있다. 텍스트
는 위 정보에 이어서 곧 바로 두 인물의 정체와 그들이 꾸미는 음모에
관한 정보를 제시한다. 두 인물의 정체는 막실살이를 하고 있는 방원의
아내와 주인인 신치규로 드러나고, 그들이 꾸미고 있는 음모는 그들 두
사람의 야합에 관한 문제인 것으로 드러난다. 돈과 세력을 가진 신치규
와 젊음과 아름다움을 지닌 방원의 처가 그러한 자신들의 이점을 수단
으로 삼아 각자의 욕망을 실현하고자 하는 음모를 꾸미고 있었던 것이
다. 다음의 인용문들은 그와 관련된 정보들이다.

> 『(상략) 네가 허락만 하면 무엇이든지 네가 허고 싶다는 것을 내가
> 전부 해줄 테란 말야. 그까짓 방원이 녀석하고 네가 몇 백 년 살아야
> 언제든지 막실 구석을 면하지 못할 테니… 허허, 사람이란 젊어서 호강해
> 보지 못하면 평생 한 번 해 보지 못하고 죽을 것이 아니냐. (하략)』 (234쪽)

새침한 얼굴이 파르족족하고 길다란 눈썹과 검푸른 두 눈 가장자리에 예쁜 입, 뾰로통한 뺨이며 콧날이 오똑한 데다가 후리후리한 키에 떡 벌어진 엉덩이가 아무리 보더라도 무섭게 이지적(理智的)인 동시에 창부형(娼婦型)으로 생긴 것이다. (234쪽)

계집은 아무 말이 없이 서서 짐짓 부끄러운 태를 지으며 매혹적인 웃음을 생긋 웃고는 고개를 돌렸다. 그 웃음이 얼마나 짐승 같은 신치규의 만족을 사게 되었으며, 또는 마음을 충동시켰는지 희끗희끗한 수염이 거의 계집의 뺨에 닿도록 더 가까이 와서, (하략) (234쪽)

첫 번째 인용 정보는 신치규가 호강을 시켜주겠다는 것을 미끼로 방원의 아내를 달래는 발화의 일부분이며 두 번째 인용 정보는 신치규가 그러한 미끼를 던지는 이유를 짐작케 해 주는, 방원의 아내의 생김새에 대한 묘사이다. 이들 정보들을 통해 독자는 두 인물의 속성을 분명하게 지각할 수 있다. 신치규는 권세를 지닌 인물이며 방원의 처는 미모를 지닌 인물이라는 사실이 확연히 드러나는 까닭이다. 마지막 인용 정보는 그러한 두 사람이 결국은 야합의 길로 들어설 것임을 시사해 준다. 이로써 독자는 위 정보들을 통해 두 사람의 비정상적인 결합이 서사 전개의 발단임을 확인하게 된다. 그리고 독자는 그러한 행위가 몰고 올 파장에 대한 긴장감을 가지고 서사의 진행을 예의 주시하면서, 보다 구체적으로는 방원을 포함한 세 인물 간의 관계의 축이 붕괴될 것임과 그로 인해 인물들이 파국에 이를 것임을 예측해 본다. 즉, 신치규와 방원의 계층적 주종 관계의 와해와, 방원과 방원의 처와의 부부 관계의 와해를 예측하면서 그 이상의 무엇에 대한 기대와 긴장감을 갖게 되는 것이다. 이는 전개될 서사의 전향적인 진행에 대한 기대와 긴장감이기도 하다.

이후 텍스트는 두 사람이 야합에 이르는 과정을, 그들의 대화를 직접적으로 전달하는 장면 제시의 수법을 통해 장황하게 보여 준다. 새로이

제시되는 이들 정보들은 앞서 인용된 정보들을 담화 방식상의 변화,
즉 서술에서 장면 제시로의 변화를 통해 치환적으로 반복하고 있는 셈
이다. 그런데 독자는 그것들 속에서 앞서의 예측이 실현될 가능성을 뒷
받침해 주는 새로운 정보를 발건하게 된다. 다음의 인용이 그와 같은
정보를 담고 있는 부분이다.

> 『(상략) 너도 아다시피 내가 너를 장난삼아 그러는 것도 아니겠
> 고, 後嗣(후사)가 없어 그러는 것이니까 네가 내 아들이나 하나 나
> 주렴. 그러면 내 것이 모두 네 것이 되지 않겠니? 자아, 그러지 말
> 고 오늘 허락을 허렴. 그러면 내일이라도 방원이란 놈을 내쫓고 너
> 를 불러들일 테니.』
> 『어떻게 내쫓을 수가 있에요?』
> 『허어, 그게 그리 어려울 게 뭐 있니… 내가 나가라는데 제가 안
> 나가고 배길 줄 아니?』
> 『그렇지만 너무 과하지 않을까요?』 (234~235쪽)

쉽게 짐작할 수 있는 일이지만 신치규와 방원의 처가 야합하는 데 그
리고 그것을 정당화시키는 데 가장 큰 장애가 되는 것은 방원의 존재이
다. 위의 정보에는 그러한 문제를 어떻게 해결할 것인가에 대한 두 사
람의 염려와 그에 대한 답이 담겨져 있다. 위 정보에서 확인되듯이 신
치규는 그 문제를 자신의 권세를 이용해 해결하고자 한다. 주인으로서
종을 내치는 방식을 택하고자 하는 것이다. 방원의 처는 신치규의 생각
에 대해 처음에는 위 정보에서처럼 염려를 표하기도 하지만, 뒤이어지
는 정보에서는 그녀 역시 신치규의 그러한 생각에 굳이 반대하지 않는
다는 반응을 보인다. 그녀 또한 그의 계획에 암묵적으로 동의하는 것이
다. 여기서 독자는 앞서 예측했듯이 세 인물들 간의 안정된 관계의 축
이 흔들릴 수밖에 없음을 확인할 수 있다. 즉, 신치규와 방원 간의 주종
관계와, 방원과 방원의 처 간의 부부 관계가 붕괴될 가능성의 징후를

실제적으로 확인할 수 있는 것이다. 그리고 텍스트는 신치규와 방원의 아내가 끝내 '방앗간 속'으로 들어갔다가, '이삼십 분 후에 다시 나'온다는 정보를 제시한다.

결국 독자는 이제까지의 일련의 서사 정보들을 통해 방원과 신치규와 방원의 처 간의 애정 삼각도를 확인한 것이다. 그것도 사회적이고 윤리적인 도의를 저버린 채 자신들의 이기적인 욕망에만 충실한 신치규와 방원의 처에게 초점이 맞추어져 그려진 애정 삼각도를 확인한 것이다. 그리고 그것을 통해 독자는 애정 삼각도의 모양새가 팽팽한 긴장력을 잃고 있음도 인식한 것이다. 여기서 독자는 서사의 파국적인 결말을 예측해 본다. 그렇다면 그 파국은 언제 어떻게 올 것인가. 방원은 이 상황을 언제쯤 어떻게 알게 될 것인가, 그리고 그가 이 상황을 알게 되었을 때 그는 어떠한 태도를 취할 것인가. 독자는 파국에 대한 긴장감으로 이러한 일련의 질문들을 던져 본다. 서사의 전향적인 전개를 기대하는 것이다.

이후 텍스트는 사흘 후에 신치규와 방원이 대면하는 정보를 제시한다. 신치규가 방원을 자기 집 사랑마루 앞으로 불러들임으로써 이루어진 대면이다. 앞의 정보에서 시사되었듯이 신치규의 이러한 행동은 방원을 내쫓기 위한 것이다. 그런데 텍스트는 이 부분에서 서사의 초점을, 다른 데 갈 만한 곳을 찾아보라는 신치규의 통고를 듣고 번민하는 방원의 심리에 두고 있다. 막실살이의 처지로서는 상전의 명령에 복종할 수밖에 없지만, 정작 그렇게 했을 경우 사랑하는 아내를 구할 길이 막막해지는 것을 염려하며 괴로워하는 방원의 심리적인 갈등에 초점을 맞추고 있는 것이다. 여기서 독자는 주인 신치규와 자신의 아내에 대한 방원의 평상시 생각을 읽을 수 있다. 그것은 신치규와 방원의 처가 방원에 대해 가지고 있는 비도덕적이고 몰염치한 생각들과는 대조적인 것으로 드러난다. 그는 주인에 대한 도의적인 복종심과 아내에 대한 깊은 애정을 지닌 인물로 확인되는 까닭이다.

특히나 그의 아내에 대한 애정의 깊이는 역설적인 모습으로까지 제시된다. 텍스트는 자신의 집에서 나가라는 신치규의 명을 받은 방원이 고심 끝에 아내에게 주인 마님께 사정을 좀 해 보라는 권유를 하자, 방원의 아내가 그것을 거절하고 도리어 방원에게 앙탈을 부려 결국 두 사람이 싸움을 벌이는 정보를 제시한다.[87] 아내가 앙탈을 부리는 연유를 모르는 방원으로서는 그러한 아내의 모습을 이해할 수 없는 상태에서 두 사람의 감정 대립은 심화되고 결국은 둘의 말싸움이 몸싸움으로까지 이어지는 과정에 대한 정보가 제시되는 것이다. 여기서 독자는 이전의 정보들을 통해 예측했던 이들의 부부 관계의 와해를 직감하지만, 정작 텍스트는 두 사람의 싸움 장면의 정보에 이어서 자신들의 부부 싸움에 대한 방원의 평상시의 생각과 그들의 싸움에 대한 이웃 사람들의 반응을 담은 정보를 제시한다. 따라서 독자의 앞서의 직감은 차단되고 서사의 진행도 지연된다. 독자의 긴장감마이 지속되는 것이다.

> 방원이가 계집을 치는 것은 그것이 주먹을 가지고 하는 일종의 농담이다. 그는 주먹이나 발길이 계집의 몸에 닿을 때 거기에 얻어 맞는 계집의 살이 아픈 것보다 더 찌르르하게 가슴 복판을 찌르는 아픔을 방원은 깨닫는 것이다. (중략) 계집을 치고 화풀이를 하고

---

87) '『그럼 임자가 나를 데리고 이곳까지 온 때에 무엇이라고 하였소. 어떻게 해서든지 너 하나야 먹여 살리지 못하겠느냐고 하셨지요?』
  『그래.』
  『그래 얼마나 나를 잘 먹여 살리고 나를 호강시켰소? 이때까지 이태나 되도록 끌고 돌아다닌다는 것이 남의 집 행랑이었지요.』
  (중략)
  『이년아, 은가락지 은비녀가 그렇게 갖고 싶으냐? 더러운 년아.』
  『무엇이 더러워? 너는 얼마나 정한 놈이냐!』' (237쪽)

난 뒤에 다시 가슴을 에는 듯한 후회와 더 뜨거운 포옹으로 위로를
받을 그때에는 두 사람 아니라 방원에게는 그만큼 힘있고 뜨거운
믿음이 또다시 없는 까닭이다.
　계집은 일부러 소리를 높여서 꺼이꺼이 운다.
　온 마을 사람들이 거의 귀를 기울였으나,
　『응, 또 사랑 싸움을 하는군!』
하고 도리어 그 싸움을 부러워하였다. (238쪽)

　결국 독자는 텍스트가 제시하는, 두 사람이 싸움을 시작해서 끝에 이
르는 일련의 정보를 통해서 아내에 대한 방원의 애정을 확인하게 되는
것이다. 사랑의 표현 방식이 비록 역설적이기는 하지만, 어쨌든 방원이
아내에 대해 깊은 애정을 지니고 있음은 분명한 것으로 드러난다.
　이로써 독자는 신치규와 방원의 대면에 대한 정보부터 지금의 정보까
지가 방원에게 초점을 둔, 방원의 아내와 신치규와 방원 간의 애정의
삼각도임을 알게 된다. 그리고 이것이 앞서 신치규와 방원의 아내에게
초점이 맞추어져 제시된 세 인물의 애정 삼각도를 인접적으로 이으면서
다르게 반복한 것임도 알게 된다. 즉, 텍스트는 세 인물의 애정 삼각도
라고 하는 유사성을 토대로 초점의 이동을 이용해 치환적인 지연을 구
축하고 있는 것이다. 여기서 독자는 지금까지의 일련의 텍스트의 정보
들을 통합적으로 재해석한다. 즉, 독자는 그러한 치환적인 지연 속에서
일단 세 인물들 간의 파행적인 애정 구도라는 공통된 기의를 읽어 내면
서 동시에 치환적인 반복의 인접적인 흐름에 따라 그러한 기의를 통합
적으로 해석하는 부가적인 탐색을 벌이는 것이다. 그리하여 독자는 순
차적으로 제시되는 두 반복에서 방원의 아내를 사이에 둔, 신치규의
권세를 이용한 탐욕적인 애정과 방원의 순박한 마음에서 뿜어져 나오는
질박한 애정을 인접적으로 확인하면서 두 사람의 대립적인 맥락을 파악
한다. 더불어 독자는 신치규와 방원의 대립 속에서 방원의 처의 마음이

이미 신치규를 향하고 있어 그 대립이 균형조차 깨어진 상태라는 것에 주목하고, 이 균형조차 깨어진 파행적인 애정 삼각도가 앞으로의 서사 진행에서 어떠한 국면에 이를 것인가 하는 긴장감을 늦추지 못한다. 두 사람의 계층적 차이가 대립의 긴장력을 무화시킬 수도 있지만, 그 대립의 강도가 오히려 그것을 뛰어넘을 가능성도 배제할 수 없는 까닭에 전향적인 서사 전개 속에서 드러날 파국에 대한 독자의 긴장감은 새로운 국면으로 접어든다.

이후 텍스트는 방원과 그의 아내가 싸움을 벌인 날 저녁으로 사건의 시간을 이동한다. 서사의 초점은 여전히 방원에게 놓여져 있다. 그날 저녁 술에 얼근히 취한 방원은 아내의 품을 그리워하며 집으로 돌아온다. 텍스트가 제시하고 있는, 돌아오는 길에 그가 주인과 아내에 대해 내뱉는 독백들에 대한 정보는 방원이 부부 싸움 이후 자신이 처한 상황과 관련하여 그들 두 사람에게 품게 된 생각의 일단을 보여 준다.

> 『빌어먹을 놈! 나가라면 나가지 무서운가? 제 집 아니면 살 곳이 없는 줄 아는 게로군! 흥, 되지 않게 다 무엇이냐? 돈만 있으면 제일이냐? 이놈, 네가 그러다가는 이 주먹 맛을 언제든지 볼라. 그대로 곱게 뒈질 줄 아니』
> 하고 개천 하나를 건너 뛴 후에,
> (중략)
> 또 징검다리를 비척비척하고 건넌 뒤에,
> 『고 배라먹을 년이 왜 고렇게 포달을 부려서 장부의 마음을 긁어 놓아!』
> 그의 목소리에는 말할 수 없이 다정한 맛이 있었다. 그는 자기 계집을 생각하면 모든 불평이 스러지는 듯이 숙였던 고개를 쳐들어 하늘을 보면서,
> 『허어, 저도 고생은 고생이지』 (239쪽)

독자에게는 방원이 개천 하나를 건너뛰고 징검다리 하나를 건너는 모

습이 그가 복잡한 생각의 고비고비를 넘기는 과정에 대한 상징적 비유로 다가온다. 그리고 독자는 그의 발화들 속에서 실제로 그러한 증거들을 발견한다. 먼저 독자는 위에 인용된 정보에서 방원이 신치규에 대해 적개심을 가지게 되었음을 확인할 수 있다. 비록 그 발화가 취중의 것이기는 하지만, 그것을 통해 확인되는 방원의 주인에 대한 적대적 의식은 이전의 정보에서 보여 주었던, 주인의 명에 따를 수밖에 없다던 순명의 태도와는 사뭇 거리가 있다. 주인에게 돈이 있다면 자신에게는 주먹이 있다는 대립적 인식은 분명한 저항적 의지의 표현으로까지도 읽히면서 독자의 예측과 기대의 방향을 유도하기도 한다. 더불어 독자는 위 인용 정보의 후반부에서 비록 거친 표현으로 드러내고 있기는 하지만 그가 여전히 아내를 사랑하고 있음을 확인할 수 있다. 그가 아내의 변심을 조금도 눈치채지 못하고 있음도 더불어 확인할 수 있다. 여기서 독자는 두 사람 각각에 대한 방원의 의식이 적개심과 사랑이라고 하는 극단적인 방향으로 진행되고 있음을 인식하게 된다. 이때 발생되는, 그렇다면 만약 방원이 두 사람의 부정한 관계를 알게 되었을 때 두 사람에 대한 그의 그러한 대립적 태도는 어떠한 결과를 낳을 것인가 하는 기대가 독자의 긴장감을 보다 구체화시킨다.

이제 텍스트는 신치규와 방원의 아내 간의 부정한 관계를 방원이 알게 되는 국면에 대한 정보 제시로 접어든다. 집으로 돌아온 방원은 아내가 집에 없자 이웃집 아낙에게 물어 그녀가 '아까 머리 단장을 하더니 저 방아께로' 갔다는 사실을 전해 듣는다. 그리고는 그 곳을 찾아간다. 그 곳에서 방원은 신치규와 자신의 아내가 방앗간에서 나오는 것을 발견한다.

> 그는 눈에서는 쌍심지가 거꾸로 섰다. 열이 올라와서 마치 주홍을 칠한 듯이 그의 눈은 붉어지고 번개같은 광채가 번뜩거리었다.

　　그는 한참이나 사지를 떨었다. 두 이가 서로 맞춰서 달그락달그
락 하여졌다. 그의 주먹은 부서질 것 같이 단단히 쥐어졌다.
　　계집과 신치규는 방원이 와 선 것을 보고서 처음에는 조금 간담
이 서늘하여졌으나 다시 태연하게 내려앉았다. 일이 이렇게 되었으
매 할대로 하라는 뜻이다. (240쪽)

　텍스트는 신치규와 방원의 아내 간의 부정이 방원에게 처음 발각되는
순간, 세 인물들이 보인 반응에 대한 정보를 위와 같이 제시한다. 자신
의 눈 앞에 펼쳐진 상황에 대해 분노하는 방원의 반응과, 태연하게 '할
대로 하라'는 식으로 대응하는 신치규와 방원의 아내의 반응은 지극히
대조적이다. 독자는 일단 이들의 대조적인 반응들을 지금까지의 서사
진행 상황에 비추어 당연한 것으로 받아들일 수 있다. 그것들이, 여전히
아내를 사랑하는 방원과 이미 신치규의 권세에 현혹되어 방원에게서 마
음이 떠난 방원의 아내 그리고 자신의 권세의 위력을 과시하는 신치규가
형성하고 있는 파행적인 애정 삼각도에 부합하는 까닭이다. 여기서
서사의 초점을 받고 있는 방원이 그들에 대한 분노를 어떻게 처리할 것
인가 하는 문제가 보다 구체화된, 독자의 긴장감과 해석의 축으로 자리
한다.

　텍스트는 일단 방원의 분노와 그것에는 아랑곳없이 자신들의 이기적
인 욕망에 충실한 채 뻔뻔함으로 일관하는 방원의 아내와 신치규의 행
위에 대한 정보를 장면으로 제시한다. 방원은 분노에 찬 상태에서도 아
내의 팔목을 잡고 그녀에게 하소를 한다. 그러나 방원의 아내는 이를
냉정하게 뿌리친다. 또 신치규는 그 상황에서조차 상전 행세를 하려고
든다.88) 이러한 정보들은 앞서 인용된 정보에서 드러난 세 인물의 반응

---

88) '방원은 달려들어서 계집의 팔목을 잡았다. 그리고 이를 악물고 부르르 떨었다.
　　『나는 네가 이럴 줄은 몰랐다.』
　　계집은, (중략)

양상들을 극화시켜 반복적으로 제시한 것이다. 그리고 텍스트는 이내 방원의 급격한 심리 변화에 대한 정보를 제시한다. 다음의 인용은 방원의 그러한 심리 변화에 대한 정보이다.

> 눈깔을 부라리었다. 방원은 한참이나 쳐다보고서 말이 없었다. 생각대로 하면 한 주먹에 때려눕힐 것이지마는 그러나 그의 머리 속에는 아까까지의 상전이라는 관념이 남아 있었다.
> 번갯불같이 그 관념이 그의 입과 팔을 얽어 놓았다. 어려서부터 오늘날까지 남을 섬겨 보기만 한 그의 마음은 상전이라면 모두 두려워하는 성질이 깊이깊이 뿌리를 박아 놓았다. 그러나 오늘부터는 신치규가 자기의 상전이 아니요, 자기가 신치규의 종도 아니다. 다만 똑같은 사람으로 서로 마주 섰을 뿐이다. 아니다, 지금부터는 치규도 방원의 원수였다. 그의 간을 씹어먹어도 오히려 나머지 한이 있는 원수다. (241~242쪽)

독자는 위에 인용된 정보에서 주인에 대한 순명 의식과 아내에 대한 애정 의식을 유지하고 있던 방원이 그 중 순명의 의식을 뛰어넘는 모습을 확인할 수 있다. 이어서 텍스트는 방원이 그러한 심리적 변화를 겉으로 외화시켜 신치규에게 직접적으로 폭력을 행사하는 정보를 전달한

팔을 뿌리쳤으나 분노가 전신에 가득 찬 그는 그렇게 쉽게 손을 놓지 않았다. (중략)
『아니, 누구더러 환장을 했대? 온 기가 막혀 죽겠지! 놔요! 놔! 왜 추근추근하게 이 모양야? 놔』
하고서 힘껏 뿌리치는 바람에 계집의 손이 쑥 빠지었다. 계집은 손을 주무르면서 암상맞게 돌아섰다.
이때까지 이 꼴을 멀찍이 서서 보고 있던 신치규는 두어 발자국 나서더니 기침 한 번을 서투르게 하고서,
『얘! 네가 술이 취했으면 일찍 들어가 자든지 할 것이지 웬 짓이야? 네 눈깔에는 아무 것도 보이는 것이 없단 말이냐? 너희 연놈이 싸우는 것은 너희 연놈이 어디든지 가서 할 일이지 여기 누가 있는지 없는지 눈깔에 보이는 것이 없어?』'
(240~241쪽)

다. 방원은 신치규의 멱살을 잡고 그를 땅바닥에 태질을 하고는 깔고 앉아서 주먹질을 하다가, 그것도 부족해 나중에는 돌맹이로 그를 내리치는 등의 잔혹한 가해 행위를 한다. 방원의 이러한 행위는 상전과 아내의 부정에 대한 분노가 폭발하면서 야기된 돌출적 행위이다.

그런데 방원이 분노를 폭발시킨 대상이 친숙하고 가까운 아내가 아닌 멀고 어려운 상전이었다는 사실은 다소 의외의 상황 전개일 수 있다. 독자는 여기서 방원이 상전과 아내에게 가졌던, 적개심과 애정이라고 하는 감정의 극단적인 대립 양상에 관한 앞서의 정보를 환기하면서, 그때의 정보와 지금의 정보를 비교하는 가운데 두 사람에 대한 방원의 대립적 대응이라는 유사성을 발견한다. 치환적인 지연의 흔적을 발견하는 것이다. 그리고는 그러한 유사성에 근거하여 두 정보들을 인접적인 맥락으로 해석한다. 그의 분노는 애정의 대상인 아내가 아니라 부정적 대상인, 즉 자신의 마음에 적개심을 불러일으켰던 주인을 향해 폭발한 것이라는 부가적인 탐색을 벌이는 것이다.

더불어 독자는 방원이 아내에게 가지는 애정의 깊이를, 이어지는 텍스트 정보에서 신치규를 향해 사정없이 폭력을 행사하던 중 자신을 체포하기 위해 순검이 출동하자 아내에게 같이 도망갈 것을 제의하는 방원의 모습을 통해 보다 분명하게 확인한다. 아내의 부정한 행위에도 불구하고 그가 여전히 아내를 사랑한다는 사실을 확인하는 것이다. 그렇지만 독자는 방원의 아내가 여전히 방원의 청을 거절하는 것에서 그리고 이제까지의 방원의 아내에 대한 일련의 정보들을 상기함으로써 그들 부부 관계가 어떠한 형태로든 파국에 이를 것임을 예측한다. 그리고 독자에게는 그 결과에 대한 긴장감이 형성된다. 그러나 텍스트는 일단 방원이 순검에게 잡혀 주재소로 끌려가는 것으로 현재의 서사 상황을 마무리한다. 따라서 방원과 방원의 아내와의 문제는 여전히 미완의 상태로 남으면서 그 해결이 지연된다. 전향적인 서사는 계속될 수밖에 없는 것이다.

텍스트는 석 달의 시간을 건너뛴다. 그리고 세 인물의 변화된 상황에 대한 정보를 제공한다.

> 상해죄(傷害罪)로 감옥에서 복역을 하던 방원은 만기가 되어 출옥을 하였다. 그러나 신치규는 아무 일 없이 자기 집에서 치료하고 방원의 계집을 데려다 산다. (244쪽)

위와 같은 결과는 텍스트의 전향적인 서사 진행 과정을 통해 예측할 수 있었던 것이기는 하지만, 그러한 예측이 실제로 실현된 것을 바라보는 독자로서는 그것의 실현에 이의를 제기하지 않을 수 없다. 위의 결과가 타락한 세계의 타락한 논리를 전달해 주는 까닭이다. 더욱이 후속 정보에서 신치규가 '어떻게 그놈을 떼어버릴까 하고 그렇지 않아도 걱정을 하던 차에 잘 되었지 그놈 한 십 년 감옥에서 콩밥을 먹었으면 좋겠다.'라고 반응하는 것에서 독자의 서사 세계에 대한 부정적 의식은 보다 분명해진다. 여기서 독자는 전개될 서사 상황에 대해 일정한 기대를 가지게 된다. 타락한 세계에 대한 전복의 기대가 그것이다. 그것은 방원에게 거는 기대이기도 하다. 독자의 그러한 기대에 부응하듯 텍스트는 곧 이어 방원에게로 서사의 초점을 모은다. 위와 같은 결과에 수긍할 수 없기는 방원도 마찬가지인 것으로 텍스트 정보가 제시된다.

> 방원은 감옥에서 생각하기를 나가기만 하면 연놈을 죽여 버리고 제가 죽든지 요정을 내리라 하였다.
>
> 집에서 내쫓기고 계집까지 빼앗기고, 그것을 생각하면 이가 갈리고 치가 떨리었다. 그것이 모두 자기의 돈 없는 탓인 것을 생각하면 더욱 분한 생각이 났다. (244쪽)

독자는 방원의 이와 같은 생각을 당연한 것으로 받아들일 수 있다. 그의 개인적인 배신감과 분노를 이해할 수 있는 것이다. 더불어 앞의 정보에서 독자 자신이 가지게 된 서사 세계에 대한 부정적 인식이 그러한 수긍을 부추기기도 한다. 한편 독자는 위의 정보에서 방원의 분노의 초점이 여전히 신치규에게 맞추어져 있음을 파악한다. 방원이, 자신이 '집에서 내쫓기고 계집까지 빼앗'긴 상황에 처한 것은 돈이 없었기 때문이라고 생각하는 것이 이를 뒷받침한다. 그 결과로 방원이 아내에 대해 느끼는 배신감과 분노는 상대적으로 축소되어 전달된다. 독자는 여기서 앞서 방원이 주재소로 잡혀 오기 전에 아내에게 같이 도망가자고 청했던 정보에서 파악했던 방원의 아내에 대한 사랑의 감정을 환기해 본다.

이후 텍스트는 출소 후 여전히 분노에 찬 방원의 심리 상태에 대한 정보를 반복적으로 제시한다. 복수에 대한 방원의 다짐도 여전히 지속된다.[89] 이러한 정보들의 반복적 제시에 근거해서 독자는 전향적인 서사의 방향을 신치규에 대한 방원의 복수로 예측해 본다. 그러나 여전히 아내에 대한 문제가 남는다. 아내의 변심, 부부 관계의 와해, 방원의 아내에 대한 사랑 내지는 집착, 이러한 일련의 상황들에 대한 결말이 지속적으로 지연되고 있는 것이다. 독자의 긴장이 다시 한 번 제고되면서 읽기가 진행된다.

이어서 텍스트는 출소 후 그가 '계집이 사는 촌'으로 돌아온다는 정보를 제시한다. 아내가 사는 마을로 돌아온 방원은 마을 사람들의 냉대로 산 속을 돌아다니다 깊은 밤이 되자 신치규의 집을 찾아간다.

---

89) '그가 감옥에서 나올 때에는 감옥소를 다시 한번 둘러보고, 내가 여기서 마지막으로 목숨을 잃어버리든지 그렇지 않으면 내가 내 손으로 내 목을 찔러 죽든지, 무슨 요정이 날 것을 생각하고 다시 온몸에 힘을 주고 쓸쓸한 웃음을 웃었다.' (244~245쪽)

날이 몹시 추워지고 눈이 쌓였다. 입은 옷은 가을에 입고 감옥에
들어갔던 그것이므로 살을 에는 듯하였으나 그는 분한 생각과 흥분
된 마음에 그것도 몰랐다.
「연놈을 모두 처치해 버려?」
혼자 속으로 궁리를 하다가,
「그렇지, 그까짓 것들은 살려두어야 쓸데없는 인생들야」하면서 옆
구리에 지른 기름한 단도를 다시 만져 보았다. 그는 감격스런 마음으
로 그것을 쓰다듬었다. 그는 신치규의 집 울을 넘어 들어갔다. (245쪽)

겨울과 밤이라는 시간적 배경에서 연상되는 냉혹함은 방원이 처한 서
사 상황의 비극성을 강화시킨다. 또한 방원이 분한 생각과 흥분으로 살
을 에는 듯한 추위조차 느끼지 못한다는 정보 역시 그러한 비극성을 강
화시킨다. 여기에 더하여 방원이 단도를 감격스런 마음으로 쓰다듬는다
는 정보는 독자에게 앞으로 전개될 상황의 악화 가능성을 예감하게 한
다. 그가 단도를 지니고 신치규의 집을 찾아갔다는 사실은 분명 의도적
인 것으로 이전에 충동적으로 주먹과 돌맹이로 신치규를 패주던 것과는
정도와 깊이가 다른, 보다 응집된 분노의 표명인 것이다. 따라서 텍스트
를 대하는 독자의 긴장감이 더욱 고조된다.
　이후 텍스트는 방원이 아내가 머무는 건넌방 창 밑에 다가서서 창문
을 흔드는 정보를 제시한다. 그런데 이러한 텍스트 진행에서 독자의 눈
에 중요하게 들어오는 정보는 방원의 마음에 동요가 생겼다는 사실이다.

방원의 마음은 이상하게 동요가 되었다. 예쁜 계집의 목소리가
오래간만에 귀에 들릴 때 마치 자기가 감옥에서 꿈을 꿀 적 모양으
로 요염하고도 황홀하게 그의 마음을 꾀는 것 같았다. (중략)
아무리 자기를 감옥에까지 가게 하였다 하더라도 그는 감히 칼을
들어 죽이려는 용기가 단번에 나지 않아서 주저하기 시작하였다. (245
~246쪽)

독자는 위의 정보를 통해 앞서 단도로 야기된 긴장감을 유보하면서 새롭게 전개되는 서사 상황에 주목하지 않을 수 없다. 더욱이 위의 정보가 이제까지의 서사 진행에서 반복적으로 제시되면서도 정작 그 결말은 지연되었던, 방원의 자신의 아내에 대한 애정의 문제와 관련된 것이기에 더욱 그렇다. 앞의 정보에서 확인했듯이 방원은 아내가 신치규와 부정한 행위를 저질렀음에도 불구하고 그녀에 대한 근본적인 애정의 마음을 접어 버리지 못했었다. 그리고 지금, 삼 개월이라는 시간의 무게를 더하면서 복수의 염을 다져온 시점에서 조차도 방원이 여전히 아내에 대한 사랑의 마음을 지니고 있음을 위의 정보는 확인시켜 주고 있다.

방원은 '한 번만 다시 물어 보고 죽이든 살리든 하자'라는 생각으로 아내를 결박한 후 들쳐 업고 신치규의 집을 나온다. 그리고는 '물레방아'가 있는 곳으로 와서 그 '앞'에 그녀를 내려놓는다. 독자는 '물레방아'라는 공간이 이 작품의 서두에서부터 반복적으로 등장하던 곳임을 주목하면서 이 곳에 대한 일련의 정보들을 환기한다. 텍스트 서두의 정보에서 이 곳은 머슴들의 콧소리가 청승스럽게 들려나오던 곳이었으며, 신치규와 이방원이라는 인물로 대표되는 대립적인 세계가 조망되던 곳이다. 또한 이 곳은 신치규와 방원의 아내가 부정을 저지른 곳이고, 이를 발견한 방원이 신치규에게 폭력을 행사하고 그 결과로 주재소에 끌려가게 된 사건이 발생한 곳이기도 하다. 독자는 이러한 일련의 정보들을 부가적으로 연결하면서 물레방아가 머슴에서 방원으로 치환된 피지배 계층의 한스러운 삶이 응집된 공간이라는 의미를 확보한다. 그리고 방원이 지금 다시 그러한 공간에 서 있다는 정보를 통해서 이후에 전향적으로 전개될 서사 상황 역시 그와 같은 맥락과 무관하지 않을 것임을 예측해 본다.

텍스트는 방원이 아내에게 칼을 들이대면서 자신의 말을 듣도록 종용

하지만 방원의 아내는 그것을 끝내 거절한다는 정보를 제공한다. 독자
는 앞서 미완의 문제로 남겨졌던 방원과 그의 아내 간의 잠복된 갈등의
문제를 상기하면서 그것이 이제 비로소 표면화될 것임을 짐작할 수 있
다. 실제로 텍스트는 방원의 눈물어린 호소나 간청은 물론 칼이라는 폭
력적 수단 앞에서조차 자신의 뜻을 굽히지 않는 방원의 아내의 대담한
모습을 계속적으로 제시함으로써 독자의 그러한 짐작을 뒷받침한다. 그
러면서 텍스트는 그녀가 자신의 변심의 동기를 방원에게 직접적으로 털
어놓는 정보를 제공한다.

> 『자아, 어서 옛날과 같이 나하고 멀리멀리 도망을 가자! 나는 참
> 으로 내 칼로 너를 죽일 수는 없다!』
> 계집의 눈에는 독이 올라왔다. 광채가 어두운 밤에 번개같이 번쩍
> 거리며,
> 『싫어요 나는 죽으면 죽었지 가기는 싫어요 이제 나는 고만 그렇게
> 구차하고 천한 생활을 다시 하기는 싫어요. 고만 물렸어요.』 (247쪽)

독자는 위의 정보에서 방원의 아내가 방원을 배신한 것은 방원에 대
한 애정 문제 때문이라기보다는 신분 상승에 대한 욕망 때문임을 확인
할 수 있다. 여기서 독자는 텍스트 앞부분에서 그녀가 생래적으로 이지
적이며 창부형인 인물로 제시되었던 정보를 환기한다. 환기된 그러한
정보와 지금의 서사 상황을 연결시킴으로써 독자는 그녀가 처음부터 애
정과 같은 가치로운 감정의 문제에는 관심조차 없었던 인물이었음을 확
인하게 된다. 그녀는 그보다는 오히려 본능적인 욕망에 충실한 그리하
여 그것에 밝은 '이지적'인 인물이었던 것이다. 그녀의 신분 상승 욕망
에 대한 집착의 정도는 그것을 목숨보다 귀히 여기는, 뒤이어지는 정보
에서 분명히 확인된다. 텍스트가 그녀가 자신이 차지한 상승의 지위가
위협받는 상황에 이르자 '나는 언제든지 당신 손에 죽을 것까지도 알고

있소! 자! 오늘 죽으나 내일 죽으나 언제든지 죽기는 일반, 이렇게 된 이상 어서 죽이시오'라고 외치는 정보를 전달하는 것이다.

이와 같은 아내의 저항적인 반응에 직면한 방원의 절망은 이제 극을 향할 수밖에 없다. 녹자는 이 상황에서 방원이 택할 수 있는 길이 그리 많지 않음을 짐작하면서 서사 상황의 파국을 예감한다. 이 지점에서 텍스트는 그 많지 않은 길 중의 하나이지만 극단적인 길이기도 한 살인과 자살을 택하는 방원에 대한 최후의 정보를 전달한다.

『에, 여우 같은 년!』
하고 칼 끝을 계집의 옆구리를 향하여 힘껏 밀었다. 계집은 이를 악물고,
『사람 죽인다!』
소리 한 번에 그 자리에 거꾸러졌다. 칼자루를 든 손이 피가 몰리는 바람에 우루루 떨리더니 피가 새어 나왔다. 방원은 그 칼을 빼어 들더니 계집 위에 거꾸러져서 가슴을 찌르고 절명하여 버렸다. (248쪽)

결국 텍스트는 방원이 아내를 죽이고 자신도 자살하는 길을 택하는 정보를 제시하는 것으로 서사를 종결짓고 있다. 이러한 결말을 통해 모든 긴장감으로부터 해방된 독자는 주인에 대해 적개심을 품었던 것과는 다르게 그래도 아내에 대해서는 지속적인 애정을 품어 오던 방원에게 아내의 배반은 복구할 수 없는 깊이의 절망으로 다가왔고 그것이 끝내 방원을 살인과 자살로 몰고 갔음을 이해하게 된다. 이미 자신의 권세를 이용한 주인의 폭력에 의해 신분상의 수직적 관계의 축을 훼손당한 방원이 이제 다시 아내의 신분 상승에 대한 욕망에 의해 애정의 수평적 축마저 훼손당함으로써 결국 죽음의 길을 택한 것임을 이해하는 것이다.

그런데 독자는 지금까지의 정보들에서 텍스트의 치환적인 지연을 재차 확인하게 된다. 상전과 아내의 부정을 발견한 방원의 분노의 폭발과

관련된 정보들이 인접적으로 반복되고 있음을 확인할 수 있는 까닭이다. 방원이 신치규에게 주먹을 휘두르고 다시 아내에게 칼을 들이대는 일련의 과정에 대한 정보들이 그 반복인 것이다. 이 반복적인 두 기표는 두 사람의 부정에 대한 방원의 분노의 폭발이라는 공통의 기의를 드러내고 있다. 따라서 독자는 이러한 공통의 기의를 함축한 두 기표를 그것들의 인접성에 의지해서 부가적인 방식으로 탐색한다. 방원의 주인에게 주먹의 폭력을 행사하던 절망이 아내에게 칼의 폭력을 휘두르는 절망으로 치환되면서 그 깊이가 심화되고 따라서 그러한 절망의 심화가 봉건적인 삶의 틀에 구속된 한 존재의 파멸을 가속화시킨 것으로, 그들 치환적인 지연의 정보들을 해석하는 것이다. 결국 앞서 반복적으로 제시되었던 파행적인 애정의 삼각도는, 역시 반복적으로 제시되었던 방원의 분노의 폭발로 치환되면서 인과적인 맥락을 형성하여 죽임과 죽음이라는 비극적인 결말에 이름으로써 그것의 형상 자체조차 와해되는 파국으로 이어진 것이다.

1.2. 까마귀

다음의 인용은 텍스트 「까마귀」가 제시하는 첫 정보이다.

> 『흐―』
> 새로 사온것이라 등피에서는 아직석윳내도 나지 않았다. (중략)
> 그는 등피를 닦으면서 아직 눈에 익지 않은 정원을 둘러보았다. 이끼 앉은 돌층계밑에는 발이 묻히게 낙엽이 쌓여있고 상나무, 전나무같은 상록수를 빼여놓고는 단풍나무까지 이미 반넘어 이울어서 어떤 나무는 잎이라고 하나도없이 설-멍하게 서 있다. 「무장해제를 당한 포로들처럼」하는 생각을하면서 그런 쓸쓸한 나무들이 이구석 저구석에 묵묵히섰는 것을 그는 등피를 다 닦고도 다시 한참이나 바라보다가야 자기방으로 정한 밖알채 작은사랑으로 올라갔다.[90]

(100~101쪽)

이처럼 텍스트는 주인공이 새로 사온 남포의 등피를 닦으며 정원을 내나보는 모습에 대한 정보로 서사를 시작하고 있다. 그런데 위의 인용 정보에서 확인되듯 그의 눈에 비치는 정원의 모습은 소슬한 가을날의 정경을 하고 있다. 낙엽진 나무들만이 설명하게 서 있는 쓸쓸한 모습을 하고 있는 것이다. '무장해제를 당한 포로들처럼'이라는 표현이 그러한 정원의 모습을 집약적으로 드러낸다. 통상적인 그러나 분명 유의미한 배경 묘사일 것이라는 이해 속에서 독자는 다음의 정보로 이행한다. 독자의 그러한 이행 속에는 서사가 유독 가을날의 소슬한 서정으로 시작되는 것에 대한 기대가 수반된다. 소슬한 가을날 어떤 사건이 발생할 것인가. 계속해서 텍스트는 다음의 정보를 제시한다.

> 여기는 그의 어느친구네 별장이다. 늘 괴벽한 문체(文體)를 고집하여서 독자를 널리갖지 못하는 그는 한달에 이십원 남짓하면 독방을 차지할수 있는 학생층의 하숙생활조차 뜻대로 되지 않았다. 궁여의 일책으로 이렇게 임시로나마 겨우내 그냥 비여 두는 친구네 별장방 하나를 빌린 것이다. (101쪽)

텍스트는 가을날의 쓸쓸한 정원 묘사에 대한 정보에 이어 위와 같이 주인공의 빈한하고 궁벽한 생활상에 대한 정보를 제시한다. 텍스트는 이를 통해 가을날의 소슬한 정원을 바라보던 주인공 역시 일상의 현실에서 밀려난, 즉 생활의 중심에서 밀려난 '소슬한' 존재임을 알려 주고 있는 것이다. 여기서 독자는 앞서 정원의 모습에 대한 정보에서 비유적으로 사용된 '무장해제를 당한 포로들처럼'이라는 표현을 환기하면서 그

---

90) 본 연구는 『조광』(1936. 1.)에 발표된 작품을 텍스트로 삼아 논의를 진행시킨다. 인용문의 경우 본문에서 해당 지면만 밝힌다.

표현을 지금의 이 인물이 처한 상황과 관련지어 해석할 수 있는 가능성을 발견한다. 이는 두 서사 정보들이 연상 작용을 일으키면서 그것들 간의 의미상의 유사성을 드러내기 때문이다. 즉 텍스트가, 정원의 묘사에 대한 정보와 그의 생활에 대한 정보를 인접적으로 제시하여 쓸쓸함이라는 공통의 기의를 내비치는 치환적인 반복을 구현하고 있기 때문인 것이다. 그리하여 독자는 정원의 정경에 대한 묘사가 그의 생활에 대한 비유였음을 확인하면서 정원의 소슬함을 그의 생활의 소슬함으로 연결시키는 부가적인 탐색을 벌이게 된다. 그 결과 그는 생활로부터 무장해제 당한 존재라는 사실이 부각되고 그리하여 그의 빈한함과 궁벽함은 소슬함이라고 하는 정서적인 울림을 부여받는다. 독자는 앞의 정보에서 정원 묘사의 초점의 주체가 그였다는 사실에 새삼 주의를 기울인다. 그리고는 이 작품에서 배경과 인물 간의 상동적 의미 관계를 깊이 있게 이해하면서 이후의 서사 전개에 다시 주목한다.

이후 텍스트는 그의 시선에 비치는, 그가 거처할 방과 거기서 내다보이는 정원의 정경에 대한 정보를 제시한다.

> 상노들이나 자는 방이라 하나 별장전체를 그리 손색있게 하는방은 아니었다. (중략) 산기슭에 나부죽이섰는 수각과 그 밑으로 마른 연닢과 단풍이 잠긴 연당이며 그리고 그 연당언덕으로 올라오면서 무룡석으로 산을 모으고 잔디밭 새에 길을 돌린것은 이 방에서 나려다보기가 기중일듯 싶었다. 그런데다 눈을 번뜻 들면 동편하늘이 시퍼렇게 틔이고 그 한편으로 흰칠한 늙은 전나무 한채가 절벽처럼 가려섰는것이다. 사슴이뿔같이 썩정기가 된 상가지에는 히꿋 히꿋 새똥까지 무치어서 고요히바라보면 한눈에 태고(太古)가 깃드리는듯 한 그윽한 경치였다. (102쪽)

텍스트는 위의 정보를 통해 정원의 정취가 앞서 제시된 정보에서 파악된 것과 같이 가을날의 소슬함만으로 채워진 것이 아니라 '태고가 깃

드리는듯한 그윽한' 것으로도 채워져 있음을 제시한다.

그리고는 이어서 별장에 내려와서 지내는 그의 지금의 생활에 관한 정보를 제시한다. 그는 전나무 썩정가지에 앉아 우는 까마귀들을 보며 '내 친구가 되겠군……'이라는 생각을 하기도 히고, 진지는 어떠하냐는 정자지기의 물음에 우유하고 빵이나 먹고 밥 생각이 나면 문안 들어가 사먹는다고 얼버무리고는 어느 학자의 수면습관설을 떠올리며 식욕도 수면과 마찬가지로 한낱 습관에 불과하다고 여기고자 애쓰기도 한다는 것이다. 독자는 이들 정보를 통해 한편으로는 앞서 확인한 그의 생활의 궁벽함을 재확인하기도 하지만 또 다른 한편으로는 관습적인 일상과 거리를 두고 그것으로부터 자유로워지기를 원하는 그의 기질을 파악하기도 한다. 그리고 그가 현실을 외면한 관념적이고 이상적인, 어찌 보면 낭만적이기까지 한 인물임을 짐작한다. 그러한 가운데 독자는 다음의 정보에 주목한다.

> 『(전략)잉크는 새것이 한병 새벽우물처럼 충충히 담겨 있것다. 원고지도 열아문축 쌓여있것다……』
> 그는 우선 그, 문앞으로 살랑살랑 지나다니면서 「쌀값은 올르기만허구……석탄두 드려야겠는데……」를 입버릇처럼하든 하숙주인 마누라의 목소리를 십리나 떨어져서 은은한풍경소리와 짙은 어둠에 홈박 쌔인 이 산장 호젓한 방에서 옛 애인을 만난듯한 다정스런 남포불을 돋우고 글만을 생각하는데 취할수있는것이 갑작이 온몸이 비단에 싸이는듯 살이 찔듯한 행복을느끼었다. (103~104쪽)

위 정보는 그가 지금의 자신의 상황에 얼마나 만족하고 있는가를 여실히 보여 준다. 그가 일상 생활의 논리에 구애받지 않고 창작 생활에 몰두할 수 있는 현재의 자신의 상황에 대해 대단히 만족하고 있음이 드러나 있는 것이다. 여기서 독자는 별장에서의 궁벽한 생활도 그에게 호젓하고 그윽한 즐거움을 안겨 주고 있음을 확인하면서, 바로 앞에서 읽은 정원의 그윽한 정취에 대한 정보를 연상한다. 두 정보들이 인접된 상태에서 '그윽함'이라는 유사성을 드러내는 까닭이다. 따라서 독자는 이전의 정보들에서처럼 정원의 묘사 정보가 그의 생활상에 대한 치환적인 비유의 정보임을 인식하면서 이들 정보들을 부가적인 관점에서 해석한다. 이로써 그가 별장 생활에서 느끼는 호젓하고 그윽한 즐거움은 단아한 기품의 자태마저 부여받게 된다.

그리고 독자는 지금의 정보들이 앞서 제시된 서두의 정보들을 반복하고 있음을 보다 분명하게 인식한다. 즉, 정원의 모습에 대한 정보와 그의 생활에 대한 정보가 인접적으로 제시되면서 치환적인 반복을 이루고 있는 패턴 자체가 다시 한 번 반복되고 있음을 확인하게 되는 것이다. 물론 처음의 정보들이 소슬함의 서정을 전경화하였다면 나중의 정보들은 그윽함의 서정을 전경화함으로써 이들 정보들 간에는 나름의 차별성이 전제되어 있다. 그러나 이들 정보들은 인접적인 상태로 제시되면서 정원의 모습에 빗대어 그의 생활상을 제시한다는 유사성을 내포하고 있어 둘이 치환적인 반복 관계임이 분명하게 드러난다. 따라서 독자는 이들 정보들이 내포한 의미들을 부가적으로 관련지으며 텍스트를 해석해 나간다. 결국 독자는 그러한 부가적인 탐색을 통해 그의 고독하지만 자족적인 지금의 생활 상태를 이해하게 되는 것이다.

그러나 여기서 독자의 기대 충족은 지연된다. 배경과 인물에 대한 처음의 정보를 접한 이후 구체적인 혹은 특별한 사건 전개를 기대했던 독자로서는 텍스트가 계속해서 배경과 인물에 대한 도입적인 정보들을 반복하는 까닭에 그에 대한 기대 충족의 욕망을 미루게 되는 것이다. 더욱이 텍스트가 그가 행복해 하고 있다는 위의 정보를 끝으로 한 장을 마무리하고 있어[91] 그러한 지연의 상황이 보다 명시적으로 드러난다. 그

---

91) 이 작품은 숫자 등과 같은 명시적인 기호에 의해 장이 구분되고 있지는 않으

러나 그러한 지연의 상황은 독자를 지속적인 기대로 몰고 가는 유혹의
기표로서 기능하기도 한다.

이제 텍스트는 새로운 장을 시작한다. 새 장에 들어와서야 텍스트는
비로소 사선을 구체화시킨다. 텍스트의 전향적인 징보 제시가 시작되는
것이다. 텍스트는 별장에서 소슬하면서도 그윽한 정취를 즐기는 가운데
고독하면서도 자족적인 생활을 보내고 있는 그의 일상에 한 여인이 개
입되기 시작하는 정보를 제시한다. 여기서 독자의 기대는 구체화되기
시작한다. 저녁마다 남포에 불을 붙이고 어둠을 기다렸다가 밤이 새도
록 '무얼 읽고 무얼 생각하고 무얼 쓰고 하'다가 아침이면 늦도록 자곤
하는 일상을 반복하던 그는 어느 날 일찍이 눈을 뜨게 되는데, 그때 그
는 홀가분한 기분과 호기심으로 방 밖을 내다본다. 그리고는 정원에서
산책을 하고 있던 어떤 여인의 그림자를 발견한다. 이후 텍스트는 그가
그 여인을 바라보며 그녀의 외모에서 느끼는 호기심에 대한 정보들을
세세하게 전달한다. 그러한 세세한 정보들을 접한 독자는 그녀로 인해
그의 평온한 일상에 일정 정도의 동요가 생길 것임을 짐작하고, 그러나
그 동요가 그렇게 부정적이지만은 않을 것을 예상해 본다.[92]

나, 본문 중에 '○'과 같은 기호가 삽입되어 있어 독자는 그것을 통해 암시적인
장 구분이 이루어지고 있음을 알 수 있다.

92) 위와 같은 짐작과 예상을 가능케 하는 정보들의 일단을 제시하면 다음과 같다.
'아직 꿈인가 하고 다시금 눈부터 부비었다. 확실히 여자요 또 고요히 섰으되
산 사람이었다. 그는 너무 넓게 열렸든 문을 당황히 닫아버리고 다시 조고만 틈
으로 내여다보았다.
  (중략)
『누굴가?』
그는 장정(裝幀) 고은 신간서(新刊書)에처럼 호기심이 일어났다. 가까이 축대아
래로 지나가는것을 보니 다듬은듯한 이마, 고요한 눈결, 꼭 담은 입술에는 약간
의 프라이드가 느껴지어 꽤 높은 교양을 가진듯한 얼굴이었다.
『누굴가?』' (104쪽)

이후 텍스트는 이튿날 오후에 두 사람이 별장의 정원에서 직접 만나게 되는 정보를 제시한다. 그가 아궁이에 불을 때고 있는데, 그녀가 그를 향해 다가온다. 그녀 역시 때마침 그 곳으로 산보를 나온 것이다. 그녀가 먼저 그에게 인사를 건넨다. 그녀가 작가인 그를 알아본 것이다. 이후 두 사람은 다음과 같은 대화를 이어나간다.

> 『손수 불을 때시나요?』
> 『네』
> 『전 이집 정원을 저이집처럼 날마다 산보와요 아침이문……』
> 『네! 퍽 넓구 좋은 정원입니다』
> 『참 좋아요 어서 때세요』
> 『네 이동네 계십니까?』
> 『네 요 개울건너예요』(105쪽)

독자는 위의 두 사람의 대화에서 텍스트의 서두의 정보에서부터 반복적으로 언급되었던 정원의 문제가 다시 등장하고 있다는 사실에 주목한다. 더불어 그 정원이 두 사람의 만남을 매개해 준 공간이라는 사실도 분명하게 인식한다. 여기서 독자는 정원 모티프의 반복 가능성을 의식하면서 그것의 기능과 의미 등에 다시 주의를 기울이게 된다. 독자에게 새로운 긴장감이 부여되는 순간이기도 하다.

텍스트는 계속해서 그 날 저녁 그가 정자지기를 통해 그녀에 대한 일련의 소식들을 전해 듣는 정보를 제공한다. 정자지기는 그에게 그녀가 폐병 환자라는 사실과 요양차 그 마을에 와 있으면서 별장의 정원으로 산보를 다닌다는 사실을 들려준다. 이쯤에서 독자는 앞서 제시된 정원의 정경에 대한 정보들을 통해 파악하게 된 일련의 의미들이 그녀를 이해하고 해석하는 데 있어서 부가적인 맥락으로 덧붙여질 수 있음을 직감한다. 별장의 정원이 가져다 주는 소슬함과 그윽함의 정취가, 무서운

병마로 인해 일상의 현실에서 밀려난 채 그 마을에서 요양하면서 그 곳 정원으로 산보를 나와 휴식을 취하며 위안을 얻고 있는 그녀의 현재 상황에 대한 비유이기도 하다는 사실을 파악하는 것이다. 텍스트는 정원의 정경과 그간의 비유적 관계를 전제로 그리한 관계에서 그가 위치하던 자리에 그녀를 위치시키는 변화를 수반하면서 또 한 번의 치환적인 지연의 전략을 구사하고 있는 것이다.

그렇다면 배경과 인물 소개와 같은 도입적인 정보가 또 한 번 반복되고 있는 것일까. 독자의 전향적인 서사 전개에 대한 기대와 긴장은 여전히 지연을 반복해야 하는 것일까. 이러한 의구심 속에서도 독자는 위에서 언급한 변화를 수반한 치환의 전략 속에서 또 하나의 해석의 여지를 발견한다. 이 전략 속에서 독자는 그와 그녀 간의 유사성을 엿보는 것이다. 앞서의 언급에서 드러났듯이 두 사람은 정원의 정경을 자신들의 비유 관념으로 공유하고 있는 존재들이다. 그렇다면 두 사람의 속성은 유사하거나 더 나아가서 동일할 수밖에 없다. 이런 상태에서 두 사람에게서 드러나는 유사성이란 두 사람 모두 일상 생활의 중심권에서 밀려난 주변적인 존재들이라는 사실이다. 그는 빈한한 예술인이고 그녀는 병약한 환자라는 서로 다른 외양을 가지고 있지만 중심적인 생활권에서 소외된 채 이 곳 별장에서 고적한 일상을 보내고 있기는 두 사람 다 마찬가지인 것이다. 이러한 독자의 해석을 뒷받침하듯 텍스트는 다음과 같은 정보를 전하기도 한다.

> 폐병! 그는 온전한 남의일 같지 않게 마음에 씨였다. 그렇게 예모 있고 상냥스러운 대화를 직거릴수있는아름다운 입술이 악마와 같은 병균을 발산하리라는 사실은 상상만 하기에도 우울하였다.
> 그러나 그 다음날부터는 정원에서 그 여자를 만나 인사할수있는 것이 즐거웠고 될수만 있으면 그를 위로해주고 그와 더부러 자기의 빈한한 예술을 솔직하게 비평도 받고싶었다. (106쪽)

위의 정보를 통해 독자는 그의 마음 속에 자리하고 있는 그녀에 대한 일련의 의식들을 읽을 수 있다. 그의 의식 속에는 그녀에 대한 연민과 애정과 기대 등이 복잡하게 어우러져 있음을 읽을 수 있는 것이다. 그러한 가운데 독자는 특별히, 그가 '악마와 같은 병균을 발산'하는 그녀의 입술을 통해 '자기의 빈한한 예술'을 비평받고 싶어한다는 정보를 엮어 내면서 두 사람이 가지는 상동적인 삶의 고뇌를 읽는다. 그리고는 중심적 일상에서 소외된 주변인들이라는 두 사람의 유사성을 보다 분명하게 인식하는 것이다. 여기서 독자가 그들의 그러한 유사성이 고독이라고 하는 삶의 본질적인 화두를 담보한 것임을 짐작하기는 어렵지 않다. 더불어 독자는 텍스트가 그 고독의 화두를 반복의 전략을 통해 두 사람의 상동적인 모습으로 제시한 것은 인간 삶에 있어서의 고독의 보편성을 드러내기 위해서였음을 이해한다.

이제 독자는 이제까지의 일련의 정보들을 환기하면서, 앞 장에서 정원의 정경과 그의 생활 간의 유사성을 담보했던 정보들이 새로운 장에서 정원 모티브와 관련을 가진 그녀의 생활에 대한 정보들로 치환되면서 그것들 간의 새로운 유사성을 드러내는 가운데 그의 생활과 그녀의 생활 간의 유사성을 담아 내는 텍스트상의 일련의 치환적인 반복의 흐름을 보다 분명하게 인식한다. 그리고 그러한 반복들을 통해 드러나는 일련의 유사성들을 부가적으로 엮어 내면서 궁극적으로 두 인물을 통해 드러나는 삶의 고독이라는 화두를 분명하게 정리해 낸다. 그렇다면 텍스트는 이러한 삶의 고독의 문제를 어떻게 풀어갈 것인가. 독자는 새롭게 제시된 화두에 대한 긴장감으로 전향적인 서사 진행을 기대하며 읽기를 계속한다.

이후 텍스트는 고독한 두 남녀가 서로에 대한 배려와 이해로 친밀해져 가는 장면에 대한 정보를 제시한다. 독자는 텍스트가 제시하는 그러

한 정보를 바탕으로 일단 두 사람이 만남을 통해 친밀해져 가는 가운데
상대방의 고독을 위로하며 자신의 고독도 치유해 가리라는 예상을 해
본다. 다음의 정보는 독자의 그러한 예상을 일면 뒷받침해 주기도 한다.

> 『저처럼 주검에 대면해있는 처녀를 작품 속에서 생각해보신일 계
> 십니까? 선생님?』
> 『없습니다! 그리구 그만 정도에 웨 주검은 생각허십니까?』
> 『그래도 자꾸 생각하게 되여요』
> 하고 여자는 보일듯 말듯한 웃음으로 천정을 쳐다보았다. 한참 침묵
> 뒤에
> 『전 병을 퍽 행복스럽다 했어요 처음엔……』 (중략)
> 하는데 까악-까악-하는 소리가 바로 그 전나무 썩정가지에선듯 언제
> 나 똑같은 거리에서 울려왔다.
> 『여기 나와선 가마귀가 내 친굽니다』
> 하고 그는 억지로 그 불길스러운 소리를 웃음으로덮어버리려 하였다.
> 『선생님은 친구라고꺼정! 전 이동네가 모두 좋은데 저게 싫여요
> 주검을 잊어버리면 안된다구 자꾸 깨우쳐주는것 같애요』
> 『건 괘난 괄렴인줄 압니다. 흰 새가 있듯 검은새도 있는거구 소
> 리 맑은새가 있듯 소리 탁한 새두 있는거지오 취미에 따런 가마귀
> 도 사랑할수가 있는 샌줄 압니다만……』 (107～108쪽)

위의 정보는 자신이 맞이하게 될 죽음을 두려워하는 그녀의 모습과
그러한 그녀를 위로하는 그의 모습을 제시하고 있다. 특히 까마귀의 울
음 소리에서 자신의 죽음을 연상하며 고통스러워하는 그녀의 모습과 까
마귀를 자신의 친구라고 하며 그것의 '불길스러운 소리를 웃음으로 덮
어버리려' 함으로써 그녀를 위로하고자 하는 그의 모습은 앞서 언급한
독자의 예측을 뒷받침하기에 충분하다. 그러나 위 인용에 이어서 제시
되는 다음의 정보는 독자의 그러한 예측을 중단시킨다.

> 『건 주검을 아직 남의걸로만 아는 건강한 사람들의 두개골을 사

랑하는것같은 악취미겠지요! 지금 저헌텐 무서운 짐성이예요 무슨
음모를 가지구 복면을 허구 내뒤를 쫓아다니는 어떤 음흉한 사내같
이 소름이 끼쳐요 아마 내가 죽으면 저 새가 덥석 날러와 앞을 설
것만 같이……』(108쪽)

앞서의 인용 정보에서 드러나듯이 그가 까마귀에 대해서도 생각하기
나름이라고 그녀를 위로하자 그녀는 위와 같은 답을 한다. 위 정보는
그의 위로가 죽음에 직면해 있는 그녀의 고독을 치유해 줄 수 없음을
확인시켜 준다. 비록 두 인물은 고독을 공분모로 가진 유사한 존재들이
기는 하지만, 그들이 각기 지니고 있는 개별적인 고독은 상호의 공유를
허락하지 않는 절대의 것임이 드러난다.

이상의 인용 정보들을 통해 독자는 그가 그녀가 처한 상황을 대상적
으로 바라보며 낭만적으로 인식하고 있는 데 반해 그녀는 자신의 병든
처지를 주체적으로 경험하며 현실적으로 직시하고 있음을 인식한다. 그
리고 그러한 차이가 두 사람 사이의 거리는 극복할 수 없는 절대의 거
리임을 보여 주는 것임도 인식한다. 즉, 그것이 고독의 절대성을 보다
구체적으로 인식시켜 주는 비유적 거리임을 인식하는 것이다. 그렇다면
두 인물의 고독은 어찌될 것인가, 혹은 그들의 유사성은 어떠한 의미를
가질 것인가. 독자는 이와 같은 의문들이 야기하는 긴장감을 가지고 다
음에 이어지는 정보들에 주목한다.

텍스트는 다시 새로운 장을 시작하는데, 그것은 그가 계속해서 그녀
를 위로할 방법을 숙고한다는 정보로 새 장의 처음을 열고 있다. 위로
하지도 위로받지도 못하는 두 사람의 절대 고독의 상황을 극복하고자
하는 그의 의지에 서사의 초점을 모으고 있는 것이다. 그녀가 앞의 인
용 정보와 같은 이야기를 남기고 돌아간 날 밤 그는 '무슨 말을 하여야
그여자를 위로할수 있을가?' 하는 생각에 몰두한다. 그러다가 문득 '내
가 그여자를 사랑하리라!'는 생각을 하게 된다. 그에게 '애인이 없이죽

는것은 애인을 남기고 죽기보다 더욱 슬플것'이라는 생각이 떠올랐던 것이다. 그리고 그는 그러한 자신의 계획을 실현시킬 기대에 부풀어 어서 날이 밝기를 기다린다.

그런데 텍스트는 이어지는 정보에서 그의 그러한 생각이 여전히 낭만적인 정서에서 비롯된 것임을 보여 준다. 텍스트는 그가 위와 같은 생각을 펼쳐 가면서 굳어 버린 빵조각과 토끼의 배설물을 바라보다가 죽는 날까지 맑은 이슬과 향기로운 풀잎으로 만족하지 못하는 인간의 운명을 슬프게 인식하고 더 나아가서는 포의 슬픈 시 '레이벤'에 얽힌 사연을 떠올리며 감격스러워 하는93) 등의 낭만적인 생각에 젖어드는 그의 모습에 대한 정보를 제시하는 것이다. 여기서 독자는 반복적으로 드러나고 있는 그의 낭만적 기질을 다시 한 번 분명하게 인식한다. 그렇다면 그의 그러한 낭만적 결정은 어떤 결과에 이를 것인가. 날이 밝기를 기다리는 그의 심정만큼 독자 역시 그 결과에 대한 기대와 긴장감을 가지고 이어지는 정보를 주시한다. 그러나 텍스트는 열흘에 가까운 시간 동안이나 날씨가 나빠 그녀는 나타나지 않는다는 정보를 제시하며 그 결과를 지연시킨다.

이후 텍스트는 몇 일이나 계속되던 눈이 그치고 날씨가 따뜻해진 어느 날 오후에 그녀가 '상장(喪章)같은 마스크를 입에 대'고 그의 방에

---

93) '그는 문풍지 떠는 소리에 덧문을 닫고 남포에 불을 나추고 포-의 슬픈 시「레이벤」을 생각하면서
『레노어? 레노어?』
하고 포-가 그의 애인의 망령(亡靈)을 불렀듯이 슬픈음성으로 소리쳐 보았다. 그 덮을것도 없이 남편의 헌 외투자락에 쌔여서 그러나 행복스럽게 임종하였을 레노어의 가엾고 또 아름다운 시체는, 생각 하여보면 포-의 정렬이상으로 포곤히 끄러안어보고싶은 충동도 일어났다. 포-가 외로운 서재에 앉어 밤깊도록 옛책을 상고할때 폭풍은 와서 문을 열어젯드렸고 검은숲속에서는 보히지도 않는 가마귀가 울면서 머리 풀어 헵힌 아름다운 레노어의 망령이 스르르 방안 한구석에 나타나군하였다.' (109~110쪽)

들어선다는 정보 제시를 시작으로 드디어 두 사람의 만남의 장을 마련한다. 방에 들어선 그녀는 그에게 그 동안 두어 번이나 각혈을 했다고 말하면서 죽음을 앞둔 자의 외로움을 토로한다. 의사나 그 밖의 사람들의 치례적인 위로가 그녀를 외롭게 한다는 것이다. 그런 그녀에 대하여 그는 그녀를 사랑하기로 한 자신의 결심을 암시적으로 드러낸다.

> 『그래두……만일 지금이라두 만일……진정으루 사랑하는 사람이 있다면 그사람의 말만은 고지 들으시겠읍니까?』
> 『……………』
> 눈을 고요히 감고 뜨지 않았다.
> 『당신의 병을 조금도 싫여지 않고 정말 운명을 가치따라가려는 사람만 있다면……?』
> 『그럼 그건 아마 사람이 아니겠지오 저헌테 사랑하는 사람이 있긴 있어요……절 열렬히 사랑해 주어요 요즘두 자주 저헌테 나와요……』 (110쪽)

위의 정보에서 확인되듯이 그의 발의에 대해 그녀는 '그건 아마 사람이 아니겠지오'라고 하며 회의적인 반응을 보인다. 뿐만 아니라 그녀는 자신에게는 이미 사랑하는 사람이 있다는 사실을 밝힘으로써, 사랑하는 사람이 있어도 외롭기는 마찬가지라는 말을 대신한다. 독자는 결국 사랑하는 것으로 그녀를 위로해 주고자 했던 그의 낭만적인 계획이 수포로 돌아갈 것임을, 아니 그보다도 이미 수포로 돌아갔음을 감지할 수 있다. 텍스트는 계속해서 그녀가 왜 그러한 생각을 하는지에 대한 정보를 그녀의 직접적인 발화를 통해서 제시한다. 그녀는 그에게 자신의 애인은 자신이 토한 피까지 마실 만큼 자신을 사랑하지만 결국 그는 그대로 건강하게 그 자신의 삶을 준비하는 존재일 뿐이기에 정작 그녀 자신에게는 그가 위로의 존재가 되지 못한다는 설명을 들려준다. '병자에겐 같은 병자가 되는것이아니곤 동정이 못될겁니다. 그런데 어떻게 마음대

루 같은 병자가되며 같은 정도로 앓다 같은시각에 죽습니까?'라는 그녀
의 항변의 정보는 그녀가 처한 존재론적 고독의 절대적 상황을 집약적
으로 드러내고 있다. 죽음을 향해 가는 존재와 그것을 옆에서 바라보는
존재 간의 합치될 수 없는 절대의 거리가 재차 확인된다. 이어서 그녀
는 곧 그에게 '선생님은 왜 이렇게 외롭게 사셔요?'라는 질문을 던진다.
그는 그 질문에 대해 아무런 대답도 하지 않는다. 그러나 독자는 그 질
문과 무응답의 정보 속에서 고독의 절대성, 그리고 그것의 보편성의 울
림을 읽는다.

　여기서 독자는 텍스트가 전향적으로 두 사람의 반복적인 만남의 정보
를 제시하는 가운데 치환적인 지연의 전략을 구사하고 있음을 인식한다.
그들의 반복적인 만남은 그가 그녀를 위로하고자 한다는 유사성을 가지
고 있다. 그가 까마귀의 울음 소리를 꺼려하는 그녀에게 까마귀도 생각
하기에 따라서는 친구가 될 수 있다고 말하며 그녀를 위로하고자 했던
것이나 그녀의 주검을 지켜 주는 슬픈 애인이 되리라 결심하고 그 뜻을
그녀에게 내비친 것이나 모두 죽음에 직면하여 앞에 놓여진 죽음을 두
려워하는 그녀를 위로하고자 하는 그의 마음이 담긴 행위들이었던 것이
다. 그런데 이들의 반복적인 만남에는 또 하나의 유사성이 존재한다. 그
의 위로들이 빛을 발하지 못한다는 것이 그것이다. 독자는 이러한 유사
성들을 지닌 반복적인 정보들의 의미를 부가적으로 연결시키면서 존재
론적 고독은, 고독을 공유한 존재들 사이에서조차 공유될 수 없으며 또
한 쉽사리 치유될 수 없는 절대적인 것임을 보다 깊이 있게 인식한다.
또한 독자는 그의 위로가 어느 정도는 추상적인 낭만적 인식에 근거해
서 반복되고 있는 반면에 그녀의 반응은 떨칠 수 없는 현실적 절박함에
근거해서 반복되고 있다는 사실에 주목하면서, 두 사람의 그러한 인식
근거의 차이가 즉 '낭만'과 '현실'이라는 인식 근거의 차이가 고독의 절

대성을 더욱 부각시키고 있음도 파악한다. 여전히 각자의 고독의 중심부에 머물러 있는 그들을 바라보며 독자는 고독의 무게를 절감하면서 치유의 불가능성을 예측한다. 그렇다면 텍스트의 남은 정보들은 무엇을 전해 줄 것인가. 남겨진 정보들에 대한 기대와 긴장으로 독자는 다음의 정보에 주목한다.

그런데 독자는 이어지는 정보를 통해서 또 한 번의 반복을 예상하지 않을 수 없다. 텍스트가 또다시 까마귀의 등장과 그것을 화제로 삼아 이야기를 나누는 두 사람에 대한 정보를 제시하는 까닭이다.

> 날은 이미 황혼에 가까웠다. 연당아래 전나무 꼭댁이에서는 아직 그 탁한 소리로 울지는 않으나 그 우악스런 주둥이로 그 검은 새들이 썩정귀를 쫓는 소리가 딱-딱 울려왔다.
> 『가마귀가 온게지오?』
> 『그렇게 그게 싫으십니까?』
> 『싫여요 그것 뱃속에는 아마 별별 구신딱지가 다 든것처럼 무서워요 한번은 꿈을 꾸었는데 가마귀뱃속에 무슨 부적이 들구 칼이 들구 시퍼런불이 들구한걸 봤어요』
> 『허허……』
> 하고 그는 웃고 이제 가마귀를 한마리 잡아서 그 배를 갈러서 그 속엔 다른 새나 조금도 다를것이없는 내장뿐인것을 보여주리라 그래서 그여자의 가마귀에대한 공포심을 근절시키고 그래서 죽엄에 대한 공포심을 좀 덜게 해주리라 속으로 결심하였다. (111~112쪽)

이 날도 어김없이 까마귀가 찾아들었고 그녀는 그러한 까마귀를 보며 또다시 죽음의 공포를 떠올렸던 것이다. 그리하여 그는 그러한 그녀를 위로해 줄 또 하나의 계획을 세운다. 까마귀에게서 죽음을 연상하며 두려워하는 그녀를 위해 까마귀를 잡아 그 뱃속을 보여 주고 까마귀도 여느 새와 다를 바가 없음을 확인시켜 줌으로써 그녀를 위로하고자 하는 계획을 세우는 것이다. 이러한 일련의 반복적인 정보들, 즉 까마귀의 지속적인 등장, 그녀에 대한 그의 계속되는 위로 계획 등과 같은 정보들을 통해 독자는 텍스트의 반복적인 지연의 전략을 예측해 본다. 그리고 그 결과에 대한 궁금증으로 독서를 이어 간다. 그런데 텍스트가 여기서 다시 장을 마무리힘으로써 독자의 그러한 궁금증에 대한 답을 지연시킨다.

장 전환을 통해 서사의 호흡을 고른 텍스트는 이제 그가 자신의 새로운 위로 계획을 본격적으로 실행에 옮기는 사건에 대한 정보를 제시한다. 그가 실제로 까마귀 사냥에 나서는 정보를 제시하는 것이다. 그런데 텍스트는 그가 까마귀를 활로 쏘아 잡는 과정에 대한 정보를, 특히 까마귀가 활을 맞고 죽어가는 모습에 대한 정보를 묘사의 방식을 통해 아주 상세하게 전달한다. 따라서 독자의 시선은 그 묘사 정보에 오래도록 머물 수밖에 없다.

> 그는 황망히 신을 끄을며 떠러진놈을 쫓아 들어가 발로 덮치려 하였다. 그러나 가마귀는 어느틈에 그의발밑에 들지않고 훨적 몸을 솟구어 그 찬란한 핏방울을 눈우에 휘뿌리며 두다리와 한날개로 반은 날고 반은 뛰면서 잔디밭쪽으로 덤풀덤풀 다라났다. (중략) 다시 쫓아가 발길을 들었으나 그때는 벌서 가마귀는 적을 볼줄도모르고 덮어누르는 죽엄과 싸울뿐이였다. (112~113쪽)

독자는 텍스트가 이상과 같이 까마귀가 죽음에 저항하며 버둥거리는 모습에 대한 정보를 상세하게 전달하는 것은 두려움에 싸여 죽음과 대면하고 있는 그녀의 모습을 연상시키기 위한 것임을 짐작한다. 실제로 텍스트는 위 인용에 이어서 '그는 두근거리는 가슴으로 이 검은 새의 죽엄의고민을 나려다보며 그 병든 처녀의 임종을 상상해보았다. 슬픈 일이였다.'라는 정보를 제시함으로써 그와 같은 의도를 분명히 드러낸다. 여기서 독자는 복잡한 기대 국면에 처하게 된다. 까마귀는 결국 죽고 말았는데 그렇다면 그녀는 어떻게 될 것인가. 까마귀와 마찬가지로 그녀도 죽음에 이르고 말 것인가, 혹은 까마귀와는 다르게 살아 남을 것인가. 또 살아 남는다고 했을 때 그의 위로는 어떠한 결과에 이를 것인가, 성공할 것인가 아니면 여전히 무위로 끝날 것인가. 독자의 의식 속에 이러한 다양한 기대 국면들이 펼쳐지는 것이다. 독자는 이러한 다양한 기대 국면들에 대한 긴장으로 전향적인 서사 정보를 기다린다. 이러한 독자 못지 않게, 잡은 까마귀로 그녀를 위로하고자 하는 그의 기대도 크다.

하지만 또다시 궂은 날씨가 계속되면서 달포가 지나도록 그녀는 나타나지 않는다는 정보가 이어진다. 독자의 기대도, 그의 기대도 거듭 지연될 뿐이다. 그런데 텍스트는 이어서 날씨가 다시 좋아졌음에도 불구하고 그녀가 여전히 나타나지 않는다는 정보를 전한다. 이쯤에서 독자는 까마귀의 죽음에 대한 정보와 계속되는 나쁜 날씨에 대한 정보에 비추어 그녀의 죽음을 예감하지 않을 수 없다. 죽음에 대한 긴장감이 찾아드는 순간이다.

한 줄의 여백을 두고 텍스트는 계속해서 정보를 전한다. 어느 잡지사에 곤작(困作) 한 편을 팔아서 약간의 식료를 사들고 별장으로 돌아오던 그는 개울 건너 넓은 마당에 검은 자동차와 함께 금빛 영구차가 서 있는 것을 본다. 정자지기가 그에게 다가와 그녀가 죽었다는 소식을 전해 준다. 결국 까마귀를 잡아 그 뱃속을 보여 주고자 했던 그의 새로운 위로 계획은 그녀 앞에서는 실행되지도 못하고, 그녀는 여전히 죽음에 대한 혹은 그것을 연상시키는 까마귀에 대한 두려움을 안고 떠나간 것이다. 그녀의 죽음에 대한 독자의 예감이 현실화되는 순간이다. 독자는, 비록 그녀에 의해 연속적으로 부정담함으로써 그것의 실효성 자체가 회의되기는 했지만 그래도 지속적으로 모색되고 시도되었던 그의 위로의 계획들이 이제는 그녀가 죽음으로써 그 모색과 시도조차 불가능하게 된 상황이 도래했으며 그것은 결국 고독의 절대성이 극단적으로 구현된 상황임을 간파한다.

> 그는 고요히 영구차를 향하야 모자를 벗었다.
> 『저 뒤에 자동차에 지금 올르는 사람이 그 여자와 정혼했든 사람이랩니다』
> 그는 잠작고 그 대학 도서실에 다니며 식량문제를 연구한다는 청년을 건너다보았다. 그 청년은 자동차 안에 들어앉자 이내 하얀 손수건을 내여 얼굴에 대였다. 그리자 자동차들은 영구차가 앞을 서서 고요히 굴러 달아났다. 눈은 자꾸 나리었다. 그 자동자들의 굴러간 자리도 얼마안있어 덮어버리고 말었다.
> 가마귀들은 이날 저녁에도 별다른 소리는 없이 그저 까악-까악-거리다가 이따금씩 까르르-하고 그 GA아래 R자가 한없이 붙은 발음을 내이군하였다. (113쪽)

위 인용은 그녀는 죽었지만, 그녀를 사랑한다는 청년은 여전히 살아 그녀의 주검을 떠나 보내고 있으며, 그녀를 위로하고자 한 그 역시 여전히 살아 남아 떠나는 그녀의 주검을 바라보고 있다는 정보를 제시한다. 같이 아프고 같이 죽지 않는 이상 그 어떠한 것도 위로가 될 수 없다던 그녀의 항변이 항변 아닌 진리임을 확인시켜 주는 정보이다. 즉, 존재론적 고독의 절대성을 재차 확인시켜 주는 정보인 것이다. 마지막에서 전해지고 있는 까마귀 울음 소리의 정보는 을씨년스러운 정서를 환기함으로써 고독의 절대성에 쓸쓸함의 무게를 더해 주고 있다. 독자는 눈 덮인 길을 바라보는 그의 시선을 빌어 그녀가 자신의 존재의 흔적조차 거두고 사라져 가는 모습을 바라보며, 그러한 모습에서 떠나간 그녀와 남겨진 그의 거리를 인식하고 합치될 수 없는 고독의 절대성을 재확인한다. 그가 그녀에게서 덜어주고자 했으며 동시에 그것을 통해 자신에게서 덜어내고자 했던 고독의 무게가 그대로 남겨져 있음을 이해하는 것이다.

여기서 독자는 예상했던 대로 텍스트가 전향적인 정보 제시를 통해 또 한 번의 치환적인 지연의 전략을 구사하고 있음을 분명하게 인식한다. 까마귀 사냥을 통해 그녀를 위로하고자 한 그의 계획이 직접적으로 실행되지 못하고 그녀는 그녀대로 죽음의 길로 떠난다는 지금의 사건 정보 속에서 독자는 앞의 정보들에서 반복적으로 확인할 수 있었던 그의 위로의 계획과 그에 대한 그녀의 회의적인 반응이라는 공통의 기의를 재차 확인할 수 있는 까닭이다. 독자가 지금의 사건 정보에서 고독의 절대성이라는 의미를 탐색해 내었던 것도 그러한 공통의 기의를 기반으로 한 것이다. 그리고 독자는 텍스트상에서 인접적으로 제시되고 있는 이러한 일련의 반복적인 정보들의 의미를 부가적인 맥락으로 탐색해 낸다. 즉, 독자는 이들 일련의 정보들 속에서 반복적으로 탐색되는 고독의 절대성이라는 의미를 인접화시켜 부가적으로 파악하는 것이다. 그 결과 독자는 고독의 절대성을 텍스트 전개 과정을 통해 증폭적으로 인식한다. 더욱이 텍스트의 결말인 지금의 정보에서 그의 위로 계획이나 그 계획에 대한 그녀의 회의적인 반응이 모두 죽음이라는 극단의 형식으로 제시됨에 따라 고독의 절대성에 대한 독자의 증폭적인 인식은 극점에 도달한다. 고독의 절대성이 영원성마저 확보하는 것이다. 텍스트 전체를 관통하고 있는, 세 번에 걸친 반복의 지연 역시 독자의 그러한 인식을 재차 뒷받침한다.

2. 병치적인 지연과 결합적인 탐색

2.1. 암야

「암야」는 다음과 같은 정보를 제시하며 텍스트 서두를 열어 간다.

「오늘은 부듸 낮잠자지말고, 둘재집 좀 가보렴으나」
　아츰을먹고 어슬렁어슬렁 뜰로 내려오는 그의뒤ㅅ 貌樣을, 근심슬
어운눈으로 물그럼히 내려다보든 그의母親은, 또한번 注意를 시켯다.
「이番이 벌서 세 번째로군……」 속으로 좀不快한듯이 생각하며,
그는 무엇이라고 對答을하랴다가 잠사ㅅ고 自己房으로 소리업시 몸
둥아리를 숨겼다.94) (48쪽)

　독자는 위의 정보에서 어머니와 아들 사이의 대화를 통해 뚜렷하지는
않으나 분명히 징후적이기는 한 갈등의 조짐을 읽는다. '오늘은 부듸 둘
재집 좀 가보'라는 어머니의 권유와 그러한 어머니의 권유에 대해 '이番
이 벌서 세 번째'라며 불쾌하게 생각하고 오히려 자신의 방으로 숨어드
는 아들의 모습에서 독자는 그와 같은 조짐을 읽는 것이다. 이러한 정
보를 접한 독자는 그러한 징후적인 갈등의 실체에 대해 일련의 의문들
을 가지게 된다. 전개될 갈등의 내용이 무엇인지, 또 그것이 어떠한 과
정을 거쳐 어떠한 결말에 이를 것인지 등의 의문들이 촉발되는 까닭이
다. 텍스트는 이처럼 서두부터 갈등에 대한 독자의 긴장감을 자극하며
서사 전개를 시작하고 있다.
　그런데 이어서 제시되는 텍스트의 정보들은 그러한 독자의 긴장감과
는 다소 거리를 둔 듯한 내용들이다. 방으로 들어와 버린 그는 안절부
절못한 채, 방 안을 서성이다가 책상 앞에 앉았다가 하면서 오랜 시간
을 보낸다. 자신을 주체하지를 못하는 것이다. 그는 그러한 자신의 모습
에서 '동물원 鐵窓안의 검은곰'의 모습을 연상하면서 눈을 찌푸렸다가
하품같은 한숨을 쉬었다가 한다. 이러한 그의 행동들은 마치 '完全한 失
神狀態에 捕虜'가 된 듯한 자신의 무기력한 모습에 대한 힐난의 표현들
이다. 독자는 장황한 묘사를 통해 전달되는 이러한 그의 모습을 보며,

---

94) 텍스트는 염상섭 전집에 실린 것을 대상으로 한다. (염상섭,『염상섭전집 9』,
　　민음사, 1987.) 인용문의 경우 본문에서 해당 지면만을 밝힌다.

그가 정신적으로 불안정한 상태에 처해 있음을 짐작할 수 있다. 뒤이어 제시되는, '大關節무엇을해야 조흘지몰랏다. 다만 머리ㅅ속이 불난터貌 樣으로 와글와글하며, 空然히 마음이 조비비듯할뿐이엇다.'라는 정보는 독자의 그러한 짐작을 보다 분명하게 뒷받침한다. 그런데 텍스트는 뒤 이어서 곧바로 '그러면서도 무엇이던지하여야하겟다는생각은 한時를 써 나지안엇다.'라는 정보를 전하면서 아울러 그가 그러한 자신을 수습하려 애쓰는 가운데 삼사 삭 만에 어렵게 다시 원고지에 글쓰기를 시작한다 는 정보를 잇는다. 이를 통해 독자는 그가 불안한 가운데서도 무언가를 해야 한다는, '행위'에 대한 강박관념에 시달리고 있음을 확인한다. 결국 독자는 그가 불안감과 강박관념에 시달리고 있다는 사실을 확인한 것이다.

하지만 독자는 정작 그의 그러한 불안감과 강박관념의 실체가 어떤 것인지에 대해서는 분명하게 파악하지 못한 상태이다. 그러기에는 정보 가 너무 막연하다. 또한 독자는 지금의 서사 상황이 앞서 제시된 서사 상황, 즉 둘쩻집에 다녀오라는 어머니의 권유와 그에 대한 그의 불쾌한 반응이 제시된 서사 상황과 어떠한 관계가 있는지도 분명하게 확인하지 못한 상태이다. 그것을 확인하기에는 정보들 간의 거리가 너무 멀다. 즉, 정보들 간의 긴밀성이 확보되지 않고 있는 것이다. 여기서 독자의 긴장 감은 팽창될 수밖에 없다. 독자에게 불분명한 혹은 암시적인 정보의 함 의를 명시화시키고 긴밀성이 부재하는 정보들을 긴밀화시켜야 하는 창 조적인 역할이 맡겨진 까닭이다.

이제 텍스트는 그가 원고지에 쓰기 시작한 글에 대한 정보를 제시한 다. 원고지를 마주한 그는 그러고도 한참을 헤매다가 다음과 같은 글을 써 본다.

> 「所謂眞理의 探究者여! 그대의이름은 얼마나 壯美하고, 그대의 事
> 業은 얼마나 嚴肅한가. 生命을賭하야도 이즉 足함을 깨닷지못하는

그대의氣槪, 그대의努力은, 얼마나 勇敢하고 얼마나 感激한일인가.
　　그러나 무엇을 爲한探究인고? 探究함이 有意義하다함과가티, 探究
치안음도 亦是有意義하다고는못할가. 쏘探究치안음이 無意義함과가
티 探究함이 쏘한無意義하다고는못할가……
　　그慾求 조차업는者, 衝動의酵母가 枯死된者──愛의 尊影을 燒失
한者, 一切의 情火가 燼灰의殘骸만을 남겨준者에게, 그무엇이 意義잇
고 힘잇스리요. 그무엇이 壯美하고 嚴肅히보이리요……」 (49쪽)

　독자는 그가 원고지 위에 망설이고 주저하며 힘겹게 써 놓은 위의 정
보를 접하면서 그의 내면적인 갈등과 고뇌를 추정하게 된다. 독자는 그
가 진리라고 하는 엄숙한 가치를 탐구해야 하는 당위 앞에서 그것을 확
신하지도 못하고 감당하지도 못하는 자신에 대한 자책에 빠져 있음을
추정해 보는 것이다. 위 정보에서 그가 자신을 한낱 '衝動의酵母가 枯
死된者, 愛의 尊影을 燒失한者, 一切의 情火가 燼灰의殘骸만을 남겨준
者'로 인식하며 끝없는 자책에 빠져 있음이 쉽사리 확인된다. 이어서 독
자는 그의 이러한 자책이 앞에서 파악했던 그의 불안함과 강박관념과
무관하지 않으리라 심작해 본다. 그 사책의 내용이 불안함과 강박관념
의 실체임을 짐작해 보는 것이다. 그리고 더 나아가서 독자는 그가 원
고지 위에 자신의 상황을 정리해 내는 모습에서 오히려 그 혼돈의 상황
에서 헤어나올 수 있는 일말의 가능성을 엿보기도 한다.
　그런데 텍스트는 위의 정보에 이어서 그가 갈등과 고뇌의 기록이 재
떨이로 던져지는 일련의 과정에 대한 정보를 전달한다. 그는 담배에 불
을 붙이려고 성냥을 찾다가 실수로 원고지에 잉크를 엎질러 결국 그것
을 재떨이에 던져 버린다. 원고지가 버려지는 지금의 정보가 독자에게
는 그가 갈등하고 고뇌하는 흔적조차 버려지고 무용화되는 어두운 상황
에 대한 비유로 읽혀지는 까닭에 독자는 여기서 그가 혼돈에서 헤어나
올 가능성에 대한 앞서의 기대를 접는다. 그렇다면 그는 어떻게 될 것

인가. 독자는 새롭게 부여되는 긴장감을 가지고 전향적인 서사 정보를 기대한다.

텍스트는 다시 독자의 긴장감과는 무관한 새로운 서사 상황의 정보를 제시한다. 잉크에 젖은 원고지를 재떨이에 던져 버리고 담배를 피워 문 채 창 밖을 바라보던 그의 시야에 얼레를 가진 절름발이 소년의 모습이 들어온다는 정보가 제시되는 것이다. 그는 소년과 몇 마디 말을 나누다가, 이윽고 소년이 안간힘을 쓰며 연을 날리는 모습을 물끄러미 바라본다.

> 이番에는 앗가보다는 좀 높히올랏스나, 亦是 팽팽돌아 꼬리를쳐들고, 쌍바닥에 격구로박혓다. (중략) 元來 바람이업는穩靜한 天氣에, 즉으만 방패연쯤 올을理가업다. 불상한절늠뱅이少年은, 더욱 더욱焦悶症이생긴듯이 오른손에 얼네를추켜들고 힐끔힐끔돌아보며, 절늠절늠 절늠절늠하고 골작이속으로 기어들어갓다. 不知中에 연은 自己 키만큼 올랏스나, 또다시 획획돌아서 펄펄나러안젓다. 그는 어느깨까지 無心한듯이, 그兒孩의발꿈치와 연꼬리를 쫏차보며섯다가, 긴한 숨을 휘―쉬이며 窓압흘써나, 다시冊床머리로와서 안젓다. (50～51쪽)

위의 정보에서 알 수 있듯이 연을 날리려는 절름발이 소년의 안간힘에도 불구하고 '바람이 업는穩靜한 天氣'는 소년의 그 절박함을 외면한다. 소년의 연날리기는 실패하고 마는 것이다. 그러한 소년의 모습을 바라보던 그는 한숨을 내쉬며 다시 자신의 책상으로 돌아간다. 독자에게 그의 한숨은 바람도 불지 않고 자신의 신체조차 온전치 못한, 상황의 불구성에도 불구하고 그래도 연을 날리려는 소년의 무모한 의지가 결국은 연날리기의 실패라는 행위의 좌절로 이어지는 사건의 추이에 대한 그의 씁쓸한 심사를 대변하는 것으로 읽힌다. 그런데 문제는 독자로서는 지금의 정보를 이전의 정보들과 연결시켜 해석하기가 어렵다는 사실이다. 이제까지의 일련의 정보들, 즉 어머니의 권유와 그의 부정적인 반응, 불안정하고 강박적인 그의 심리 상태, 절름발이 소년의 연날리기 등의 정보들이 통일된 서사의 흐름을 담보하지 않는 채, 병렬적인 관계를 형성하고 있는 까닭이다. 독자는 여전히 해석적 긴장의 상태에서 서사의 추이를 지켜봐야 하는 상황인 것이다. 그런데 전향적으로 제시되는 나음의 정보가 그러한 병렬석인 성보들의 연관성을 일부나마 드러내 준다. 텍스트는 다시 책상으로 돌아와서는 조금 전에 재떨이에 던져 버린 원고지를 바라보다가 생각에 빠져드는 그에 대한 정보를 제시한다.

> 「한자, 두자 오르다가 썰어지는연과, 한字두字 그리다가 찌저버리는原稿, 다리를 절며 오르지안는연이라도 올리지안으면, 심심해못견듸겟다는 절늠바리少年과……그러나 나에게는 그런幸福도업지안은가. 그런努力조차……. 오르지안는연을 올리랴는데에, ──안이, 容易히오르지안키째문에, 無限한苦悶과 幸福을늣기지안는가……. 안이 이것은 理論이다. 理致를싸지면 아모말이라도할수잇지. 그러나……. 나에게 저兒孩를 불상하다고할權利가잇다고생각하는 것이, 벌서 틀린수작이다」(51쪽)

위의 정보를 통해 독자는 비로소, 붉아졌하고 강박적이던 그의 심리상태에 대한 정보와 절름발이 소년의 연날리기에 대한 정보가 병치적인 지연을 이루는 반복적인 정보들이었음을 확인하면서 그것들을 결합시킬 수 있게 된다. 위의 정보가 앞의 병렬적인 두 정보들 간의 비교 내지는 대조의 가능성을 시사하는 까닭이다. 우선 독자는 위의 정보에 기대어서 앞의 두 정보에서 각각의 행위의 주체자들이었던 그와 소년이 모두 결함을 지닌 존재들이라는 유사성을 인식한다. 그는 진리 탐구에 대한 욕구조차 없는 무의지적인 존재이고 소년은 자유롭게 연을 날리기에는 부적합한 절름발이라는 신체적 불구성을 지닌 존재임을 상기하는 가운데 독자는 두 사람에게서 공통적으로 행위 주체자로서의 결함을 인식하는 것이다.

그런데 위의 정보는 그러한 두 행위 주체자가 자신들의 행위에 임하는 자세에 있어서는 서로 다름을 보여 준다. 소년은 바람조차 불지 않는 날에 절름발이라는 자신의 신체적 한계에도 불구하고 연을 날리기 위해 안간힘을 쓰면서 그것에서 무한한 고민과 행복을 느끼기까지 하지만, 진리가 부재하는 현실에서 진리 탐구의 욕구조차 없는 그는 온전한 글쓰기를 위해 적극적인 노력을 기울이지 않는다는 차이를 보여 주고 있는 것이다. 그리고 위의 정보는 그러한 차이를 인식한 그가 다시 자책적인 심리 상태에 빠져들고 있음을 더불어 보여 준다.

독자는 이러한 일련의 인식적 과정을 통해 앞에서 제시된 병치적인 지연의 두 정보들을 결합시켜, 그가 행위 주체자로서의 불구적인 자기 자신에 대해 자책적인 심리 상태에 빠져들고 있음을 보다 분명하게 확인한다. 또한 독자는 위의 인용 서두에서 언급된 '한字두字 그리다가 찌저버리는原稿'와 '한자, 두자 오르다가 떨어지는연'이라는 정보에서, 그와 소년이 서로 다른 자세로 자신들의 행위에 임하고 있음에도 불구하고 그 결과는 모두 실패로 드러나는 유사성을 확인하고 그것을 전제로 앞에서 제시된 병치적인 지연의 정보들에 대한 결합적인 해석을 지속한다. 즉, 독자는 두 사람 모두 결과적으로 실패에 이른다는 유사성을 전제로 앞서의 두 병치적인 정보들에서 드러나는 차별성조차도 무화시켜버리는, 그 어느 곳에도 출구가 마련되어 있지 않은, 그가 처한 폐색된 현실을 파악하는 것이다. 이는 그가 몸담고 있는 현실이 가지는 비극성에 대한 인식이기도 하다.

결국 독자는 위의 인용 정보에 기대어 앞의 병치적인 지연의 두 정보들을 결합시켜 해석함으로써, 폐색된 현실 속에서 자신의 불구적인 주체성에 대한 자책에 빠져 갈등하는 그의 모습이라는 텍스트의 의미를 탐색하는 것이다. 지속적으로 확장되던 독자의 긴장감이 일면 이완되는 순간이기도 하다. 그러나 여전히 불분명하거나 해석되지 않은 정보가 남겨져 있고 또한 지속적으로 새로운 정보가 제시되고 있는 까닭에 독자의 주의는 계속된다.

이후 텍스트는 다시 책상머리로 돌아온 그에 대한 정보를 이어 간다. 그는 여전히 마음의 갈피를 잡지 못하다가 문득 외출 준비를 시작한다. 그런데 그는 외출 준비를 하다가 저고리 주머니에서 약혼녀 N의 사진을 발견하고는 그것을 들여다보면서 순전한 사랑에 몰입하지 못하는 자신에 대한 회의에 빠져든다. 언뜻 이 정보 역시 이제까지의 정보들과 무관한 듯 여겨진다. 그런데 텍스트는 그의 의식적인 추이를 보여 주는 다음과 같은 전향적인 정보를 제시함으로써 앞의 정보들과 지금의 정보를 결합시킬 수 있는 가능성을 열어 놓는다.

> 「가엽게! ······너도 내―生의연밧게안되겟고나······大體 내가 너를
> 사랑하는가. ······사랑한다면 무슨 理由로?······응! 理由업는것이 眞正
> 한사랑이래!······그러나 아즉 사랑할能力과 權利가 남앗다할수잇슬까?
> (후략)」 (51쪽)

위 정보에서의 '너'는 그의 약혼녀인 N을 지칭한다. 위 정보에서 확인되듯이 그는 자신의 약혼녀를 자신의 '一生의 연'으로 인식하고 있다. 여기서 연은 절름발이 소년의 연에서 연상된 비유적인 개념임은 물론이다. 이러한 비유적 관계를 통해 드러나는 유사성을 전제로 서사적 상황상의 연관성이 드러나지 않은 채 병렬적으로 제시되었던 절름발이 소년의 정보와 그의 약혼녀의 정보가 결합될 여지가 마련된다. 즉, 두 정보가 병치적인 지연의 전략 관계에 있음이 확인되는 것이다. 독자는 이들 병치적인 정보들을 결합시켜 그 의미를 탐색해 나간다. 앞의 정보에서 소년의 연은 폐색된 현실에서의 불구적인 주체가 빚어낼 수밖에 없는 비극적인 결과물로 드러났었다. 그렇다면 그러한 맥락을 전제로 할 때 그에게는 약혼녀인 그녀 역시 비극적인 결과물에 불과하다는 해석이 가

능해진다. 이로써 독자는 폐색된 현실에서의 불구적인 존재에게는 순전한 사랑조차 허락되지 않음을, 사랑조차 비극성을 담보하고 있음을 인식한다.

이러한 해석적 과정을 전개시켜 오던 독자는 또다시, 절름발이 소년의 연날리기 정보를 매개로 그가 글쓰기를 통해 자신을 자책하던 정보와 위 인용에서 확인되는 것과 같은 약혼녀에 대한 자신의 사랑을 회의하는 정보를 결합시킬 수 있는 가능성을 발견한다. 텍스트가 병렬적으로 제시된 차별적인 세 정보들을 통해 병치적인 지연의 전략을 구사하고 있음을 인식하는 것이다. 그리고 이는 이어지는 텍스트의 다음과 같은 전향적인 정보를 통해 보다 분명하게 뒷받침된다.

藝術이냐? 戀愛냐? 그에게對하야는 이두가지를 全然히 否定할수도 업고, 全然히肯定할수도업다. 그―을取하고 그―을버릴수도업다. 여긔에 그의 씌일렌마가 잇는것이다. ――그에게도 연, 절쑥바리少年의 연以外에는 아모것도업다. (52쪽)

위 정보에서 그에게 있어 예술과 연애는 모두 절름발이 소년의 연에 불과한 것으로 드러난다. 이 같은 사실은 예술의 정보와 연애의 정보가, 그것들 각각이 소년의 정보와 가졌던 유사성을 매개로 새로이 결합될 수 있는 병치적인 정보들이었음을 확인시켜 준다. 따라서 독자는 위의 정보를 바탕으로 이제까지 순차적으로 제시되는 가운데 병렬적인 관계를 이루던 그들 정보들을 인접적으로 결합시켜 그 의미를 탐색한다. 폐색된 현실 속에서 불구화된 주체인 그에게는 예술도 연애도 출구가 될 수 없음을, 아니 그보다도 그것들 자체가 가능하지 않음을 파악하는 것이다. 독자의 그러한 파악은 그가 철저하게 혼돈의 늪에 빠져 있음을 확인한 것이기도 하다.

여기서 독자는 그렇다면 폐색된 현실의 실체는 무엇이며 그의 주체로서의 불구성은 어디서 기인한 것일까 하는 의문을 가져 본다. 그러나 텍스트는 이어서 그가 자신의 약혼녀의 사진을 틀 속에 넣어 준 Y를 떠올리는 정보를 제시함으로써 사랑에 대해 회의적인 그의 의식을 강조할 뿐,95) 독자가 앞서의 궁금증에 대해 답을 찾을 수 있는 실마리를 제공하지는 않는다. 그리고는 곧 그가 외출하는 것으로 서사의 방향을 전환시킨다. 따라서 독자는 그러한 의문에 대한 탐색은 미루어 두고 텍스트의 또 다른 정보를 추적할 수밖에 없다.

이때 독자는 이상과 같은 해석 과정 속에서도 여전히 설명되지 않은 문제가 있음을 환기한다. 텍스트 서두에서 제시된, 어머니의 권유와 그의 불쾌한 반응의 문제가 구체화되지 않고 있으며 뿐만 아니라 그것이 이상에서의 병치적인 지연의 정보들과 어떠한 관련이 있는지도 드러나지 않고 있음을 환기하는 것이다. 그런데 텍스트가, 그가 외출을 하려고 집을 나서자 어머니가 그에게 '人間大事를當하얏는데, 咫尺에잇스면서 안가뵈면, 是非난다'라고 하며 다시 '둘재집訪問件을 提議'하는 정보를 제시하고 있어 독자는 그 문제에 대한 해석적 가능성을 시사받는다. 독자는 지금의 정보를 통해 서두의 정보가 혼인이라는 인간대사를 맞이한 친척집과 관계된 것임을 비로소 이해하면서 '가볍죠'라는 아들의 반응에서 그의 외출 목적도 짐작해 본다.

그런데 텍스트는 그가 친척집을 향하리라는 독자의 기본적인 기대를 배반한 채, 일단 거리로 나온 그가 그곳에서 느끼는 인상에 대한 정보를 장황하게 제시한다. 그는 '夜照峴市長附近에 들쓸는사람 틈박우니를

---

95) 다음의 정보는 그가 Y를 떠올리며 하는 생각의 일부로서 위와 같은 해석을 뒷받침해 준다. '「大體 나와Y間의距離가 얼마나되나? 結局은 연을어덧다는것과 어드라한다는 差異밧게업지안은가. 무슨까닭에 Y의將來를 念慮하는가……」, 「(전략) Y가 所謂眞正한戀人을 엇드래도, 亦是 연以上은못될 것이다. (후략)」' (52쪽)

쏠코나오'면서 '生活이란烙印이 狡猾과貪婪이라는이름으로 찍힌' 사람들
과 부딪히게 되는데, 그는 그들에게 강한 혐오의 감정을 느끼고 대번에
모두 때려 누이고 싶다는 생각까지 한다. 그는 그 거리를 조금도 '人間
界'로 인정할 수 없었던 것이다. 그리고 텍스트는 다음과 같은 전향적인
정보를 이어 간다.

> 「大體 너희들은 무슨까닭에 이다지奔走히 왓다갓다하느냐? 어느
> 째까지 이것을 繼續하다가 썩구러지랴느냐?」고 소리를 버럭지르고
> 십헛다. 그는 大漢門으로向하야 精神업시 一二町가다가 무슨생각이
> 낫던지 光化門을바라보고 돌쳐서며, 「무덤이다」라고, 혼자속으로부
> 르지젓다. 電車線路를건너서 遞信局압까지온그는, 工曹뒤골로들어서
> 려다가,
> 「무엇이 人間大事냐! 弔喪이나하랴가랴면가지!」 목에걸린痰이나 吐
> 하듯이, 배속으로 한마듸吐하고, 둘재집 들어가는골목을 지나첫다.
> 「……彼此에 코쌕이도못본, 어떤개쌕다귄지 말쌕다귄지도모르는 男
> 女가, 一生의 運命에 姦淫的最後決斷을 宣告하는것이 무에그리慶事란말
> 인가. 仁川米豆以上의 더럽은睹博을하면서도 질거우니반가우니……」
> (53~54쪽)

독자는 우선 위의 정보를 통해 방 안의 정보와 방 밖 즉 거리의 정보
가 단절적인 것들이지만 그 이면에는 인접적인 맥락이 숨어 있어 결합
적인 탐색이 가능한 병치적인 지연의 정보들임을 파악한다. 위의 정보
에서 독자는 '大漢門', '光化門', '工曹'와 같은 일련의 어휘들을 접하면
서 조선이라는 나라를 연상하고 그가 광화문을 바라보며 '무덤'이라고
외치는 모습을 통해 결정적으로 조선의 식민지 현실을 연상한다. 그리
고 그러한 연상 작용을 통해 독자는 다시 앞의 정보에서 파악했던 폐색
된 현실의 문제를 환기한다. 둘 사이에 죽음과 어둠의 이미지가 상통하
기 때문이다. 이어서 독자는 연상 내지는 환기 작용을 일으키는 그들
정보들을 인접적으로 결합시켜 억압적인 식민지 현실이 그 폐색된 현실

의 실체임을 탐색한다. 아울러 독자는 주체로서의 그의 불구성도 바로 그러한 식민지적 현실에서 비롯된 것임을 인식한다.

이어서 독자는 위 정보의 후반부에서 그가 그 동안 어머니의 권유에 불응한 이유를 알게 된다. 그리고 그것을 통해 독자는 텍스트 서두의 정보와 이후의 병치적인 지연의 정보들 간의 관계를 파악한다. 위의 정보는 그가 식민지 현실에서는 인간대사라고 하는 혼인조차 무가치한 것일 수밖에 없다고 생각하고 있음을 보여 준다. 그러한 생각 때문에 그는 그 동안 어머니의 권유에 따르지 않았던 것이다. 여기서 독자는 앞에서 그가 연애조차 비극적으로 인식하던 정보를 환기한다. 연애와 혼인이 가지는 기의상의 인접성 때문이다. 그것들은 분명 사랑이라는 가치를 담보한, 인간들의 관계 맺음의 인접적인 방식들이다. 하지만 망국의 현실에서는 사랑이라는 가치가 실현될 수 없는 까닭에 지금의 그들 방식들의 인접적인 결합의 결과는 식민지 현실의 비극성을 증폭시킬 뿐이다. 독자는 이러한 해석적 과정을 통해 텍스트 서두의 정보와, 그 이후의 병치적인 지연의 정보들, 그 중에서도 특히 연애의 정부가 또다시 병치적인 지연을 이루고 있으며 그것들을 인접적인 맥락으로 결합시킬 때 식민지 상황의 참담함이 더욱 부각됨을 인식한다. 이로써 지속적인 병렬적인 정보 제시에 따른 독자의 팽창적 긴장감은 이완의 단계에 이른다. 그러나 텍스트의 정보가 계속된다는 사실 자체가, 그리고 거리에서의 그의 방황이 계속된다는 정보가 독자에게 더 큰 긴장감을 불어넣는다.

이윽고 텍스트는 방향 없이 거리를 배회하던 그가 친구 A의 집을 찾아간다는 정보를 전한다. 친구 A의 집을 찾은 그는 A와 B를 만나 그들의 기롱적인 일상을 확인한다. B는 기생에게 영어를 가르치며 그녀와 사랑 놀음에나 빠져 있고 A는 그러한 B를 놀림의 대상으로 삼아 그의

초상화나 그리며 살아가고 있다. 이어 텍스트는 그러한 그들과 잡담이
나 나누다가 다시 집으로 향하던 그가 길에서 C와 D를 만나 그들과 대
화를 나누는 정보를 전한다. C와 D의 생활상 역시 기롱적이기는 마찬가
지이다. C는 장가드는 문제조차 농담거리로 삼아 떠들고 다니고 D는 京
取에 실패하고는 우울한 얼굴로 삶과 죽음을 들먹거린다. 이러한 일련
의 정보들을 접하던 독자는 문득 지금의 그의 친구들의 생활상과 앞에
서 제시된 거리의 사람들의 생활상과의 관련성을 묻게 된다. 교활과 탐
람의 모습으로 그려진 거리의 사람들의 일상과 기롱적인 모습으로 제시
된 그의 친구들의 일상이 쉽게 그 관련성을 드러내지 않는 까닭이다.
독자는 또다시 병렬적인 정보들에 대한 긴장감을 가지고 이어질 정보들
에 대한 기대를 높여 본다.

　뒤이어 텍스트가 전달하는 정보는 다음과 같다.

> 「……오늘날의 우리가티 淺薄한것들이쏘잇슬가…… 自己自身짜지 愚
> 弄하지안으면 滿足할수업다는 怜悧한듯한 愚物의무리다.……」그는
> 不快하야못견듸겟다는 듯이 입을악물엇다가, 헷하며 혀를한번차고 쏘
> 다시 속으로생각을繼續하얏다.——
> 　「……遊戱的氣分을 빼노으면, 그들에게 무엇이 남는다! 生活을遊
> 戱하고, 戀愛를 遊戱하고, 交情를愚弄하고, 結婚問題에도 遊戱的態度
> ……所謂藝術까지 遊戱의氣分으로對하는 末種들이안인가. 眞摯, 眞劍,
> 誠實, 努力이란形容詞는, 모조리否定하고덤비는 似而非쩨카댄쓰다.
> ……苦惱? 人間苦?……그런게 잇슬理가잇나! A두, B두, C두, D두,
> E두……모다한씨다. ……엣!……그러나 大體 그들이란 누구다? 그
> 들이라하며 罵倒하는自己自身이, 벌서 그한分子가 안인가? 안인가가
> 안이다. 그首魁다. ……아— 아ᄉ—」 (55쪽)

　위 인용에서 드러나듯 그는 '우리'라는 범주를 통해 자신과 자신의
친구들을 동류의 집단으로 규정하고 자신이나 자신의 친구들 모두가 삶
을 우롱하는 사이비 데카당스에 불과한 존재들이라고 생각한다. 여기서

독자는 외출 전의 그의 모습에 대한 정보와 외출 후 그가 확인한 친구들의 모습에 대한 정보가 병치적인 지연의 관계임을 인식한다. 그 정보들이 그들 모두 삶에 대한 진지성과 적극성을 상실한 채 자기비하적인 일상을 보내고 있음을 공통적으로 보여 주고 있는 까닭이다. 따라서 독자는 인과적 관계없이 병치적으로 제시된 순차적인 두 정보들을 결합시켜 생에 대하여 진지하지 못한 젊은 지식인층의 '自己欺瞞'적인 내지는 '自己愚弄'적인 삶의 태도가 일상에 만연되어 있음을 탐색한다.

그런데 텍스트는 계속해서 그가 여전히 거리를 방황하며 비하적인 생각에 빠져드는 정보를 전달한다. 그는 자신들이 예술이니 연애니 떠들고 다니면서도 정작 그것들에 대하여 한 번도 진지하게 고민한 적이 없는, '物質生活의奴隸'에 불과한 존재들이라고 생각한다. 그리고는 결국 다음의 인용 정보와 같은 생각에 이른다. 독자는 다음의 인용 정보를 접하면서 위에서 언급한 병치적인 서사 정보들의 결합을 보다 견고히 한다.

> 「(전략)……모든것이연이다 절쑥발이兒孩의연에서 넘치지안는다.……
> 自己欺瞞, 自己愚弄……以外에 무엇이잇섯는가?」(56쪽)

독자는, 그가 결국 모든 것을 '절쑥발이兒孩의연'으로 수렴시켜 버리는 위의 정보를 통해 폐색된 현실 속에서 몰주체적인 불구성을 드러낸 그의 모습이 그의 친구들의 모습이기도 했음을 보다 뚜렷하게 인식하는 것이다. 거리의 사람들의 일상과 그의 친구들의 일상 간의 관련성을 묻던 독자는 이처럼 뜻밖에 그와 그의 친구들의 생활상에서 드러나는 병치적인 지연의 전략을 확인하고 그 의미를 탐색하게 된 것이다.

그렇다면 교활과 탐람의 생활을 사는 거리의 사람들과 기롱적인 일상을 사는 그와 그의 친구들 간의 병치는 어떠한 의미적 관련성을 갖는 것일까. 이 문제는 독자의 긴장감을 지속시키며 여전히 탐색되어야 할 대상으로 남겨진다. 이때 텍스트가 다음과 같은 정보를 제시한다.

> 「그러나 取할點은 한아잇다. 俗되지안타는 것! 俗衆과는 同化치안
> 는다는 것! 이것뿐이다.……」 (56쪽)

그는 자신과 친구들의 삶을 비하적인 시선으로 인식하면서도 위와 같은 부르짖음을 통해 거리의 사람들과 자신들의 삶을 차별화시킨다. 거리의 사람들을 俗衆이라 일컬으며 그들의 삶이 속되다고 인식하고 있는 그는 그래도 자신과 자신의 친구들은 그들의 속된 삶에는 동화되지 않고 있다는 사실에 주목한다. 폐색된 식민지의 현실을 살아가면서도 그러한 현실 상황에는 아랑곳하지 않은 채 교활과 탐람의 일상에 몰두하는 거리의 사람들에 비해 자신과 자신의 친구들은 그러한 일상과는 거리를 유지하고 있다는 사실을 들어 그는 스스로를 위안하고 있는 것이다. 결국 독자는 위의 정보를 통해 거리의 사람들과 그와 그의 친구들 간의 삶의 태도상의 차이를 분명하게 인식하면서 앞서의 두 정보들 간의 병치적인 지연을 재확인한다. 그러면서도 독자는 텍스트가 그러한 차이를 제시하는 이유에 대해서는 여전히 의문을 갖는다. 그러한 차이가 어떠한 의미를 갖는가에 대해 의문을 표하는 것이다. 이러한 중에서도 독자는 작품 서두에서부터 어머니에 의해 시사되었고 이후에도 반복적으로 언급되었던 '人間大事'의 문제를 환기하고 그가 그 문제를 굳이 외면하였던 이유를 다시 한 번 분명하게 인식한다. 그의 시선에는 인간 대사라고 하는 혼인 문제 역시 속중의 속된 삶의 모습에 불과한 것으로 비치었기에 그는 그것을 외면하였던 것임을 인식하는 것이다.

이제 텍스트는 그를 다시 자신의 '방'으로 데려온다. 텍스트는 그가 자신의 방으로 돌아와서 有島武郎의 「出生의 苦惱」라는 책을 읽으며

눈물을 흘리다 잠이 든다는 정보를 제공한다. 그러면서도 텍스트는 주
인공이 有島武郞의 책을 읽으며 왜 눈물을 흘렸는지에 대해 분명한 이
유를 제시하지 않는다. 그러나 독자는 그가 책을 읽다 잠이 든 후 다시
깨어나서 「이가티 苟苟히 무슨 까닭에 사느냐?」라는 생각을 맨 먼저
했다는 정보를 통해 그가 자신의 현재의 입지를 두고 회의의 눈물을 흘
린 것임을 짐작한다. 보다 구체적으로 그의 눈물은 작가로서 치열한 예
술가 정신을 발휘하지 못하는 자신에 대한 회의의 표현일 것이다.96) 뒤
이어서 제시되는, 그가 잠에서 깨어나 그와 같은 회의에 젖은 채 약혼
녀의 사진을 바라보다가 그녀가 '全生涯를, 全運命을' 자신에게 걸고 있
다는 사실을 깨닫고 '羞恥와 侮辱'까지 느낀다는 정보는 독자에게 약혼
자는 자신에게 전생애를 맡기고 있는데도 불구하고 정작 자신은 자신의
삶조차 제대로 감당하지 못하고 있는 상황에 대해 그가 몹시 부끄러워
하고 있음을 확인시켜 준다. 독자는 그의 주체로서의 불구성을 재확인
하는 것이다.

　이어 텍스트는 그를 다시 바깥 세계로 이끈다. 저녁 식사를 마치고
그는 정처없이 다시 거리로 나선다는 정보를 제시하는 것이다. 그가 밤
에 다시 찾아 나선 세상의 모습은 낮에 본 풍경과 별반 다르지 않다.
'무덤'같은 세계에서 번다한 '俗衆'의 삶이 여전히 그의 시폭에 잡힐 뿐
이다. 그곳에는 식민지의 현실과 그것을 외면한 무리의 속된 삶이 계속
되고 있었던 것이다. 그의 눈에 비친 세상은 삶이 생동하는 장이 아니
라 오히려 죽음이 창궐하는 무덤일 뿐이다. 다음의 정보가 그와 같은
상황을 집약적으로 보여 준다.

---

96) 이보영의 논의를 참조해 볼 때, 有島武郞의 「出生의 苦惱」는 '예술에 맹세
　코 몸을 바치겠다는 열의'로 가득 찬 화가 지망생 소년의 성장을 다룬 예술가
　소설로 짐작된다. (이보영, 『난세의 문학』, 예지각, 1991. 53～56쪽 참조.)

終點에와서닷는電車마다吐하야내이는 饑渴과疲勞에허덕이며 빗슬빗슬하는 허연그림자가, 하나 둘式 물너저감을짜라, 六曹大路의 긴무덤에는 次次밤이들어가고 듬은듬은놉히달린 電燈불빗은, 墓前의독개비불가티 엷은저녁안개에 어룽어룽번적어리엇다. (57쪽)

여기서 독자는 이제까지의 서사 상황이 반복되고 있음을 감지한다. 그의 방 안으로의 칩거와 바깥 세상으로의 외출이라는 서사 상황이 반복되고 있으며, 그가 칩거 상태에서 자의식적인 갈등을 겪는 모습과 외출 상태에서 무덤 같은 세상을 확인하는 모습이 반복되고 있음을 감지하는 것이다. 독자의 긴장감은 또 한 번의 탄력을 부여받는다. 그러한 탄력은, 그렇다면 이후의 서사 상황은 어떻게 전개될 것인가, 그가 이전처럼 또다시 칩거하는 순환적인 서사 상황이 전개될 것인가 아니면 그가 새로운 길을 찾아나서는 전복적인 서사 상황이 전개될 것인가 하는 것에 대한, 즉 전향적인 서사 전개에 대한 기대에서 생겨난다.

텍스트는 이어서 무덤과 같은 현실에 다시 발을 내디딘 그가 '몸부림을하며 울고십흔症이나서, 캄캄한길 한中턱에 웃득' 서 버리더니 이윽고는 먼 하늘의 별을 쳐다보며 '<永遠>'을 향해 부르짖는다는 정보를 제시한다.

「……아—, 大地에업들어져, 이눈에서 흘러써러지는, 쓰고짠눈물을 이붉은입술로 쪽쪽빨며, 大地와抱擁하고 뺨을문즈를가! ……머리우에 기리나리운 夜光珠가튼 뭇별의 永遠히 끈어지지안는 金銀의굿센실(糸)로, 이全身을 에워매우고, <永遠>의압헤 무릅을꿀코 <永遠>이시여! 이可憐한 작은生命에게 힘을내리소서. 그러치안으면 이 작고 弱하고 醜한그림자를,97) 永遠히 비추이지마소서. 하며祈禱를바치

97) 전집에는 '醜한그림자가'로 되어 있으나「암야」가 처음 발표된『개벽』에는 '醜한그림자를'로 되어 있다. 후자가 문맥에 맞는 관계로 전집의 표기를 바로잡는다. (염상섭,「암야」,『개벽』, 1922. 1. 64쪽 참조.)

고십다」 (57쪽)

독자는 위와 같은 부르짖음을 통해 그가 폐색된 현실에서 벗어날 수 있는 출구를 강하게 염원하고 있음을 확인할 수 있다. 더불어 위 정보는 그가 그러한 출구는 외부로부터 주어지는 것이 아니라 자기 스스로 모색해서 마련하는 것이라고 믿고 있음을 보여 준다. 그러한 믿음이 있기에 그는 자신의 불구적인 주체성을 극복할 수 있기를 염원하고 있는 것이다.

이어 텍스트가 제시하는, '그는 確實치못한발밑을操心하며, 無限히써 친듯한 넓고 긴 光化門通 太平通을, 쑤벅쑤벅거러나갓다.'라는 정보는 그러한 주체성을 극복하기 위한 그 나름의 노력이 시작되고 있음을 시사한다. 독자가 그러한 그의 모습이 낮의 외출과는 다른, 변화를 수반한 것임을 짐작하기란 그리 어렵지 않다. 독자는 여기서 낮의 외출에서 그가 '俗衆'의 모습들에 부딪히고는 곧 그들에게서 도망쳐 골목길을 찾아들었던 앞서의 정보를 상기한다. 그때의 그러한 행위는 그 자신 스스로가 그 속에 섞여드는 것을 거부했던 것임을 의미한다. 그러나 또 다른 한편으로 그것은 그가 단순히 속중의 모습을 거부한 것이었기보다는 폐색된 현실로부터 도피한 것이었음을 의미하기도 한다. 물론 그때도 그가 찾아들었던 골목길이 이내 끊겨져 그가 다시 큰 길로 나섰다는 정보가 곧 이어 제시됨으로써 현실적인 삶과의 단절이 용이치 않음이 시사되었다. 어쨌거나 지금의 그는 낮과 동일한 현실에 처해 있음에도 불구하고 그러한 현실로부터 도망하려 하지 않고 오히려 그러한 현실을 향해 뚜벅뚜벅 걸어 들어가는 변화를 보이고 있는 것이다. 그렇다고 그러한 그의 행위가 낙관적인 전망을 예고하고 있다는 의미는 아니다. 독자는 그가 '確實치못한발밑을操心'하며 발걸음을 내딛고 있다는 정보의 의미를 간과하지 않는 것이다. 그러나 그가 '光化門通 太平通'으로 걸어

간다는 행위 자체는 분명 현실 도피적인 의식에 대한 극복 의지 내지는 불구적인 주체성에 대한 극복 의지를 드러낸 것으로 해석할 수 있다. 따라서 이제까지의 그의 자의식적인 갈등과 절망도 일단은 유예된다. 또한 독자는 여기서 앞의 서사 정보들 중에서 거리의 사람들의 삶의 모습과 그와 친구들의 삶의 모습의 정보들이 병치되면서 속되고 속되지 않다는 차이에 초점을 둔 이유를 확인할 수 있다. 바로 그러한 차이가 전제되었기에 지금과 같은 그의 변화가 가능함을 추정할 수 있는 것이다. 만약 그가 속된 거리의 사람들과 동일하게 속된 존재였다면 지금과 같이 자의식적인 갈등과 방황을 극복하기는커녕 교활과 탐람의 일상으로 떨어졌을 것이기 때문이다. 순환적인 전개에 대한 기대와 전복적인 전개에 대한 기대 사이에서 형성된 긴장의 축을 즐기던 독자는 결국 후자의 축으로 기우는 서사의 결말을 접하며 이제 긴장의 이완에 젖어든다. 결국 조감적인 차원에서 볼 때, 독자는 텍스트 「암야」가 순차적으로 제시하는 칩거와 외출이라는 병치적인 지연의 정보를 인접적인 축으로 결합시켜 현실 극복의 의지 형성이라는, 인물의 의식의 성장을 탐색한 것이다.

2.2. 들

다음의 인용은 텍스트 「들」의 서두로 기능하는 일 장[98]의 첫 정보이다.

> 꽃다지, 질경이, 나생이, 딸장이, 민들레, 솔구장이, 소민장이, 길
> 오장이, 달래, 무릇, 시금치, 씀바귀, 돌나물, 비름, 능쟁이.
> 들은 온통 초록 전에 덮여 벌써 한 조각의 흙빛도 찾아볼 수 없

---

98) 「들」은 열 개의 장으로 구성되어 있는데, 각 장은 '나'가 고향 마을에서 경험하는 일련의 사건들을 단절적으로 제시해 주면서 사건 분절 단위의 역할을 하고 있다. 따라서 본 연구는 각 장의 그러한 역할에 주목하여, 장을 단위로 삼아 논의를 진행시키고자 한다.

다. 초록의 바다.99) (7쪽)

텍스트는 이처럼 봄풀들의 이름을 나열하며 그러한 봄풀들로 뒤덮인 들판의 정경에 대한 정보를 제시하는 것으로 이야기를 시작한다. 그것은 '한 조각의 흙빛도 찾아볼 수 없'는 봄의 정경을 '초록의 바다'로 비유하여 독자의 관심을 봄의 초록 들판으로 이끈다. 그리고는 다시 봄을 '옷 입고 치장한 여인'에 비유한다. 이는 독자에게 녹색 계절이 가지는 싱싱함을 연상하게끔 한다. 이어서 계속되는, '뿌리와 흙에는 아무 물들인 자취도 없'이 오직 잎새만이 푸르른 것이 못내 풀 수 없는 자연의 신비로만 받아들여진다고 하는 서술자의 자연 예찬적 정보는 어느덧 독자에게 그러한 예찬적 정서를 감염시킨다.100) 일 장 마지막 부분에서는 다음의 인용과 같은 정보가 전달된다.

꽃다지, 질경이, 민들레……가지가지 풋나물을 뜯어 먹으면 몸이 초록으로 물들 것 같다. 물들어야 될 것 같다. 물들어야 옳을 것 같다. 물들지 않음이 거짓말이다. 물들지 않으면 안될 것 같다 (8쪽)

독자는 위 정보에서 '풋나물을 뜯어 먹으면 몸이 초록으로 물들 것

---

99) 텍스트는 이효석 전집에 실린 것을 대상으로 한다. (이효석, 『이효석전집 2』, 창미사, 1990.) 인용문의 경우 본문에서 해당 지면만을 밝힌다.
100) '사람의 지혜란 결국 신비의 테두리를 뱅뱅 돌 뿐이요, 조화의 속의 속은 언제까지나 열리지 않는 판도라의 상자일 듯싶다. 초록풀에 덮인 땅속의 뜻은 초록 옷을 입은 여자의 마음과도 같이 엿볼 수 없는 저 건너 세상이다.' (8쪽) 독자는 이러한 정보를 통해 인간으로서는 쉽사리 다가갈 수 없는 자연의 신비를 환기하며 자연에 대해 인간이 가지는 예찬적 태도에 젖어드는 것이다. 특히 독자는, 텍스트가 그러한 자연의 신비를 '초록 옷을 입은 여인의 마음'에 비유하는 것에 기대어 그러한 신비를 관능적 신비로 받아들이게 되는데, 텍스트가 이처럼 자연과 관능성을 결합시켜 제시하는 것은 이후 텍스트가 서사 전개에서 자연을 대유하는 인물로 옥분을 설정하고 그녀가 '나'의 '자연'에 대한 욕망의 투사 대상으로 기능하게 하는 것과 무관하지 않다.

같다.'는 단순한 추측적인 진술이 점차로 '물들지 않으면 안될 것 같다.'
는 당위성을 함의한 추측적 진술로 변화해 가는 과정을 통해 자연과 인
간의 일체화라는 의미가 점층적으로 강화되고 있음을 확인하고, 그러한
의미 강화 과정을 통해 서술자의 태도가 단순한 자연 예찬에서 자연과
의 합일에 대한 욕망으로 전화되고 있음을 인식한다. 그런데 그러한 일
련의 태도들이 내면 고백적인 직접적 발화 방식을 통해 전달됨으로써
서사적 거리가 부재하는 까닭에[101] 독자는 그러한 태도들에 보다 쉽게
감염되어, 결국은 서술자가 전달하고 있는 자연 예찬 내지는 자연과의
합일에 대한 욕망을 매우 긍정적인 가치로 받아들이게 된다.

이제 텍스트는 이 장의 정보 제시를 시작한다. 그런데 문제는 텍스트
의 일 장이 어떠한 서사적 갈등의 징후도 드러내지 않은 채 앞서의 논
의와 같이 서정적 예찬으로 마무리되고 있다는 사실이다. 이는 서사적
관습에 익숙한 독자의 기대를 배반한 것이다. 이러한 상황에서 독자는
이후의 서사 전개에 대한 어떠한 기대와 예측도 이끌어 내지 못한다.
그러나 역설적으로 그러한 상황 자체가 긴장감을 형성하기도 한다. 기
대와 예측이 불가능한 상황 자체가 독자에게 긴장감을 부여하는 것이다.
그리하여 독자는 전개 방향 자체가 모호한 서사에 대해 긴장감을 가지
고 새로이 시작되는 이 장의 정보에 주목한다.

이 장에 들어서도 서술자의 자연 친화적 태도의 제시는 계속된다. 일
장에서의 녹색 벌판에 대한 예찬이 이 장에서는 '푸른 하늘'에 대한 예
찬으로 대체되었을 뿐이다. 초록과 푸름이 가지는 연상적 이미지에 기
댄 푸른 자연에 대한 예찬이 계속되는 것이다. 그러면서 텍스트는 다음

---

101) 이효석 소설에서의 위와 같은 전달 방식은 그의 소설이 서정소설로 분류되는
이유의 일단을 확인시켜 준다. 이효석 문학의 서정소설적 특징과 관련하여 정한
숙은, 효석의 소설이 '우리의 산문을 詩的 아름다움으로 살찌게 했다'고 평가한
다. (정한숙, 「효석론」, 『이효석전집 8』, 창미사, 1990. 112쪽.)

의 정보를 들려준다.

> 나는 들이 언제부터 이렇게 좋아졌는지를 모른다. 지금에는 한 그릇의 밥, 한 권의 책과 똑같은 지위를 마음속에 차지하게 되었다. 책에서 읽은 이론도 아니요, 얻어들은 이치도 아니요, 몇해 동안 하는 일 없이 들과 벗하고 지내는 동안에 이유 없이 그것은 살림 속에 푹 젖었던 것이다. (중략) 사람은 들과 뗄래야 뗄 수 없는 인연에 있는 것 같다.
> 자연과 벗하게 됨은 생활에서의 퇴각을 의미하는 것일까. 식물적 애정은 반드시 동물적 열정이 진한 곳에 오는 것일까. 학교를 쫓기고 서울을 물러오게 된 까닭으로 자연을 사랑하게 된 것일까. 그러나 동무들과 골방에서 만나고 눈을 기여 거리를 돌아치다 붙들리고 뛰다 잡히고——하였을 때의 열정이나 지금에 들을 사랑하는 열정이나 일반이다. 지금의 이 기쁨은 그때의 그 기쁨과도 흡사한 것이다. 신념에 목숨을 바치는 영웅이라고 인간 이상이 아닐 것과 같이 들을 사랑하는 졸부라고 인간 이하는 아닐 것이다. 아직도 굳은 신념을 가지면서 지난날에 보던 책들을 들척거리다가도 문득 정신을 놓고 의미 없이 하늘을 우러러보는 때가 많다. (9~10쪽)

위의 정보를 통해 텍스트가 비로소 서술자를 '나'라는 구체적 실체로 제시함으로써 독자는 이제까지의 정보에서 드러난 자연 예찬의 주체가 누구였는가를 분명하게 확인할 수 있게 되고 더불어 '나'와 독자 자신 간의 서사적 거리도 확보하게 된다. 독자는, 텍스트가 위 정보를 통해 비로소 본격적인 서사적 정보를 전달하는 까닭에, 또한 비로소 본격적인 서사적 읽기를 시작한다. 독자는 우선 위의 정보에서 '자연에서의 한가로운 삶'과 '도시에서의 번다한 생활'이 대립적인 맥락으로 설정되어 있음을 간파한다. 전자의 삶이 조화와 순응의 맥락을 전제하고 있다면 후자의 생활은 갈등과 저항의 맥락을 전제하고 있으며 통념상 전자의 삶이 후자의 생활보다 열등한 것으로 여겨지고 있음을 읽어 내는 것이다. 계속

해서 독자는 위 정보에서 '나'가 그러한 통념을 부정하고자 한다는 사실
도 읽어 낸다. '자연'과 '생활'의 대립적 가치 체계를 부정하고 그들 두
삶의 양식들을 동등한 가치를 지닌 것들로 받아들이고자 하는, 혹은 더
나아가서 기존의 통념을 전도시키고 오히려 자연에서의 삶에 더 가치를
부여하고자 하는 '나'의 생각을 읽어 내는 것이다. 이미 일 장을 통해
'나'의 자연 예찬적 태도가 충분히 드러난 상태에서 위의 인용 마지막
부분에서 제시되고 있는, '나'가 '책을 들척거리다가도 문득 정신을 놓
고 의미 없이 하늘을 우러러 보는 때가 많다.'라는 정보는 독자로 하여
금 '나'가 도시에서의 번다한 '생활'보다는 '자연'에서의 한가로운 삶에
보다 더 이끌리고 있다는 해석을 내리게 한다. 그리고 텍스트는 계속해
서 '나'의 자연 친화적 삶의 모습들을 전달함으로써 독자의 그러한 해석
을 강화시킨다.

　그런데 이 장의 말미에서 텍스트가 제시하는, '학교를 퇴학맞고 처음
으로 도회를 쫓겨 내려왔을 때에 첫걸음으로 찾은 곳은 일갓집도 아니
요, 동무집도 아니요, 실로 이 들이었다. (중략) 고향을 꾸미는 것은 사
람이면서도 그리운 것은 더 많이 들과 시냇물이다.'라는 정보는 독자가
앞서 탐색한 '자연'에서의 삶과 도시에서의 '생활'이 대립적인 관계에
놓여 있음을 뒷받침하면서도, '나'가 고향의 '자연'으로 돌아온 것이 도
시의 학교 '생활'로부터 축출되었기 때문이라는 사실을 시사하고 있어
'나'를 일관되게 자연 친화적 인물로 이해한 이제까지의 독자의 해석을
일정 정도 유보시킨다. 독자가 이 정보를 통해 '나'의 자연 친화적인 삶
의 태도가 순수한 자의적인 선택의 결과가 아니라 억압적인 상황에 떠
밀린 타의적인 선택의 결과였다는 맥락을 읽을 수 있기 때문이다. 이제
독자는 서서히 서사의 분규의 맥을 짚으며 이야기에 대한 보다 구체적
인 탐색을 준비한다.

텍스트는 삼 장에 이르러서 '나'의 들에서의 생활에 관한 구체적인 정보를 전달하기 시작한다. 그 첫 정보는 '창조의 보금자리'로서의 들의 생명성에 관한 것이다. 들녘을 소요하던 '나'는 새풀 숲에서 새의 둥우리를 발견하고, 그리고 그 안에 아직 부화되지 않은 알이 네댓 개 들어 있는 것을 발견하고는 '창조의 기쁨'에 젖어 조용히 둑 아래로 발길을 옮긴다. 그리고 거기서 '나'는 또 하나의 '맹랑한 풍경'에 부딪힌다.

> 개울녘 풀밭에서 한 자웅의 개가 장난치고 있는 것이다. 하늘을 겁내지 않고 들을 부끄러워 하지 않고 사람의 눈을 꺼리는 법 없이 자웅은 터놓고 마음의 자유를 표현할 뿐이다. 부끄러운 것은 도리어 이쪽이다. 나는 얼굴을 붉히면서 대중없이 오랫동안 그 요절할 광경을 바라보기가 몹시도 겸연쩍었다. 확실히 시절의 탓이다. 가령 추운 겨울 벌판에서 나는 그런 장난을 목격한 일이 없다. 역시 들이 푸를 때 새가 늦은 알을 깔 때 자웅도 농탕치는 것이다. 나는 그 광경을 성내서는 비웃어서는 안 되었다. (12쪽)

'나'는 풀밭에서 자웅의 개들이 '농탕지는' 광경을 목격하며 그 광경을 부끄러운 것으로서보다는 '마음의 자유를 표현'한 것으로서 이해한다. '나'는 그 모습을 자연의 이치로 이해하면서 '성내서는 비웃어서는 안 되'는 일로 받아들이는 것이다. 독자는 텍스트가 제시하는 이들 정보들을 통해 자연의 원시적 생명성과 그것의 경건함을 예찬하는, 비록 자의에 의한 귀향은 아니었을지라도 어쨌거나 고향에 돌아와서는 지속적으로 보여 주는 '나'의 자연 친화적 자세를 확인한다.

그런데 텍스트는 뒤이어서 '나'에 의해 예찬되던 자연의 속성과 대비되는 인간의 모습에 대한 정보를 전달한다. '자웅의 개의 장난'을 바라보고 있던 '나'는 그 개들에게로 돌멩이가 연달아 날아드는 것을 보고 깜짝 놀란다. 또 다른 누군가도 그 광경을 지켜보고 있었던 것이다.

　　그 돌연한 인물에 나는 놀랐다. 한편 엉겼던 마음이 풀리기도 하
였다. 옥분이었다. 빨래를 하고 나자 그 광경임에 마음속 은밀히 흠
뻑 그것을 즐기고 난 뒤인 모양이었다. 그러나 나의 놀람보다도 옥
분이가 문득 나를 보았을 때의 놀람——그것은 몇곱절 더 큰 것이
었다. 별안간 웃음을 뚝 그치고 주춤 서는 서슬에 머리에 이었던
함지가 왈칵 떨어질 판이었다. 얼굴의 표정이 삽시간에 검붉게 질려
굳어졌다. 눈알이 땅을 향하고 한편 손이 어쩔 줄 몰라 행주치마를
의미없이 꼬깃거렸다. (13쪽)

　　텍스트는 위의 정보를 통해 '나'의 놀람과 옥분의 놀람을 전달한다.
특히나 옥분의 놀람의 정도는 '나'의 그것에 비할 바가 못되게 큰 것으
로 묘사된다. 독자는 그들의 놀람의 실체가 부끄러움임을 감지한다. 그
리고 독자는 '나' 혼자 바라보았을 때는 경건한 광경이기조차 했던 것이
옥분과 '나'가 서로 바라보았다는 사실이 드러났을 때는 부끄러운 광경
으로 전환된다는 맥락에 주목한다. 그러한 전환을 통해 인간의 비자연
적 속성을 확인할 수 있기 때문이다. 인간은 이미 자연적 속성에서 일
탈한, 그리하여 자연의 순리를 그 자체로 받아들일 수 없는 사회화된
존재이며 '나' 역시 그와 같은 존재적 모습에서 자유롭지 못한 인물인
것이다.

　　계속해서 텍스트는 독자의 그러한 해석을 뒷받침하며 인간의 비자연
적 속성을 확인시켜 주는 정보를 이어 간다. 당황한 옥분을 위로하기
위해 '나'는 그녀의 일신과 관련된 파혼의 문제를 들추어낸다. 그녀의
약혼자였던 득추가 그녀의 집안이 빈한한 것을 불만스럽게 여기고 파혼
을 했을 것이라고 생각한 '나'는 득추를 비난하는 것으로 그녀를 위로하
고자 한 것이다. 여기서 독자는 자연의 이치에 순응하며 시절을 따라
자연스럽게 사랑을 나누는 들판의 자웅의 개들에 대한 정보와 자신들의
이해득실을 따지며 이기적인 논리로 살아가고 있는 인간들의 모습을 보

여 주는 득추와 옥분 간의 파혼 사건에 대한 정보가 형성하는 대비적인 맥락을, 앞서 '나'에 관한 정보들에서 드러난 '자연'에서의 삶과 도시에서의 '생활'이라는 대비적 맥락과 결합시킬 수 있는 가능성을 발견한다. 병렬적인 두 계열의 정보들에서 독지는 '자연의 순리적인 삶'과 '인간의 갈등하는 생활'이라고 하는 대비적인 맥락을 공통적으로 추출할 수 있는 까닭이다. 결국 독자는 순차적으로 제시된 병렬적인 두 계열의 정보들이 병치적인 지연의 전략을 구현하고 있음을 확인한 것이다. 그렇다면 이처럼 병렬적인 정보들의 병치적인 지연을 통해 보다 견고하게 제시되고 있는 자연과 인간의 대비적인 삶의 양상이, 도시에서의 '생활'에서 축출되어 '자연'에서의 삶으로 돌아온, 그리하여 자연 친화적 자세를 보이지만 그것이 전적으로 자의적인 선택에 의해 지니게 된 것만은 아닌 '나'에게 어떠한 의미 작용을 할 것인가 하는 의문이 생겨난다. 이에 독자는 지속적인 전향적인 서사 전개를 기대하며 그에 대한 긴장감을 가지고 텍스트 탐색을 이어 간다.

그런데 텍스트는 앞서와 같은 자연과 인간의 대비적인 맥락을 보여 주는 정보에 이어서 '나'의 욕망이 담겨진 정보 하나를 덧붙여 놓는다. '나'의 옥분을 향한 성적 욕망에 대한 정보를 덧붙여 놓는 것이다.

> 눈앞에 멀어지는 그의 민출한 자태가 가슴속에 새겨진다. 검은 치마폭 밑으로 드러난 불그레한 늠춧한 두 다리──자작나무 보다도 더 아름다운 것──헐벗기 때문에 한결 빛나는 것──세상에도 가지고 싶은 탐나는 것이다. (14쪽)

독자는 이 정보를 접하면서 들판에서의 자웅의 개들이 보여 준 자연의 원시적 생명성을 연상한다. 그러한 가운데 독자는 분명 자연의 원시적 생명성을 동경하는 '나'의 의식을 확인한다. 텍스트 서두에서부터 제시된 '나'의 자연 예찬적 태도가 현재의 '나'의 지배적인 의식임을 확인

하는 것이다. 그러나 '나'의 욕망은, 자웅의 개들이 들판에서 자신들의
그것을 실현한 것과는 달리 욕망 그 자체로 남는다. 때문에 독자는 다
시 그러한 사실에 주목하지 않을 수 없다. '나'의 욕망은 실현될 것인가,
'나'의 자연에의 전적인 동화는 가능할 것인가. 독자는 이에 대한 전향
적인 정보를 기대하며 이어지는 정보에 주의를 기울인다.

사 장에 들어서서 텍스트는 '나'의 일요일의 일상에 대한 정보들을
전달하는데, 독자는 이들 정보들을 통해 '나'에 대한 새로운 이해에 이
르게 된다. 우선 독자는 다음의 정보에 주목한다.

> 일요일인 까닭에 오래간만에 문수와 함께 둑 위에서 하루를 보낼
> 수 있었다. (중략)
> 문수는 빌려갔던 몇권의 책을 돌려 주고 표해 두었던 몇구절의
> 뜻을 질문하였다. 나는 그에게는 하루의 선배인 것이다. 돈독하게
> 띄워주는 것이 즐거운 의무도 되었다. (14~15쪽)

위의 정보는 독자에게 '나'가 고향 친구인 문수와 일요일에 한 번씩
만나 일종의 독서 토론을 한다는 사실을 알려 준다. 이어서 텍스트는
문수가 '나'에게 자신의 학교에서는 책조차 읽지 못하도록 그것을 빼앗
곤 한다는 '궁박한 현실'에 대한 이야기[102]를 들려주는 정보를 전달한
다. 이들 정보들을 통해 독자는 현실은 '나'가 퇴학당할 때와 별반 다름
이 없으며, '나' 역시 서울의 학교에서 퇴학당할 때의 생활상과 철저하
게 절연하고 있지 않음을, '나'가 고향에서도 도시 생활에서의 편린을

---

102) 「학교가 점점 틀려가는 모양이다.」
  구체적 실례를 가지가지 들고 나중에는 그 한 사람의 협착한 처지를 말하였다.
  「책 읽는 것까지 들키었네. 자네 책도 뺏길 뻔했어.」
  짐작되었다.
  「나와 사귀는 것이 불리하지 않은가?」
  「자네 걸은 길대로 되어나가는 것이 뻔하지. 차라리 그 편이 시원하겠네.」 (15쪽)

유지하고 있음을 알게 된다.

　이어지는 정보도 독자의 그러한 이해를 뒷받침한다. '궁박한 현실' 이야기가 덧없어진 그들은 노래를 부르기도 하고 또 그 노래 부르기를 다하면 자연을 대상으로 대중에게 하고자 하는 '연설'을 시험해 보기도 한다. 문수와 '나'가 '생활'에서 실현하고자 욕망하는 것을 '자연'에서 가상적으로 실현시켜 보는 것이다. 그리고 '나'는 다음과 같은 생각에 이르는 것으로 텍스트는 전한다.

　　　협착한 땅 위에 그렇게 자유로운 벌판이 있음이 새삼스러운 놀람이다. 아무리 자유로운 말을 외쳐도 거기에서만은 「중지」를 당하는 법이 없으니까 말이다. 땅 위는 좁으면서도 넓은 셈인가.
　　　둑은 속 풀리는 시원한 곳이며 문수와 보내는 하루는 언제든지 다시없이 즐거운 날이다. (15쪽)

　위의 정보에서 독자는 '아무리 자유로운 말을 외쳐도 거기에서만은 「중지」를 당하는 법이 없'다는 '나'의 생각에 일단 주목한다. 그것을 통해 '나'가 혹은 문수가 '생활' 속에서 이루고자 하는 욕망의 실체를 보다 구체적으로 짐작할 수 있기 때문이다. 독자는 그러한 정보를 통해 일차적으로 '나'와 문수의 '자유로운 말', 즉 자유로운 외침에 대한 욕망을 읽어 내면서 더 나아가서는 그들의 억압에 대한 저항의 의지를 읽어 낸다. 그리고 그러한 욕망이 '생활' 속에서는 실현될 수 없는, 용납되지 않는 까닭에 '나'가 그러한 현실 상황에 밀려 '자연'으로 퇴각해 있는 것임을 아울러 이해한다. 여기서 독자는 '나'가 자연을 예찬한 '현실적인' 이유 하나를 탐색하게 된다. 자연은 '생활'에서는 실현 불가능한 욕망조차 실현시켜 주는 절대 자유의 세계인 까닭에 '나'는 그토록 자연을 예찬했던 것이다. 이러한 이해 속에서 독자는 자연이란 '나'가 자발적인 의지로 찾아온 곳이 아니라 '생활'의 축출로 인해 일면 타의적으로 찾아

온 곳임을 다시 상기하게 된다.

이러한 해석적 과정 속에서 독자는 텍스트가 병렬적인 두 개의 사건 정보를 통해, 즉 앞서 제시한 '나'와 옥분이 만난 정보와 지금 제시한 '나'와 문수가 만난 정보를 통해 병치적인 지연의 전략을 구사하고 있음을 발견한다. 이들 병렬적인 정보들 속에서 욕망의 표출이라는 유사성을 발견할 수 있는 까닭이다. 따라서 독자는 순차적인 이들 두 정보를 결합시켜 '나'의 욕망의 두 실체를 탐색한다. 옥분과의 관계를 통해 드러나듯 자연적 순리에 따르고자 하는 욕망이 그 하나이고 문수와의 관계를 통해 드러나듯 대립하고 갈등하는 생활 논리에 뛰어들고자 하는 욕망이 다른 하나이다. 그런데 이들 두 욕망은 이미 앞서 제시된 정보들에 대한 탐색의 과정에서 드러났듯이 상호 대립적인 관계를 이루고 있다. 둘의 차이성이 강조되는 것이다. 그렇다면 결국 '나' 안에는 상호 대립적인, 차별적인 욕망들이 공존하고 있는 셈이 된다. 여기서 독자는 다시 '나'의 본원적인 욕망이 무엇인가, '나'는 궁극적으로 어떠한 욕망을 지향할 것인가 하는 등의 해석적 과제를 떠 안게 된다. 두 욕망 모두가 '생활'에서가 아닌 '자연'에서 추구되는 까닭에 '생활'에 대한 욕망보다는 '자연'에 대한 욕망이 보다 강렬하게 추구될 듯싶기도 하지만, 정작 '나'의 자연으로의 퇴각 자체가 자의적인 것이 아니라는 사실은 그와 같은 단정을 어렵게 한다. 그러나 그렇다 하더라도 앞의 정보에서 드러난 '나'의 자연 예찬적인 태도 역시 간과할 수 없기는 마찬가지이다. 이런 까닭에 전향적인 정보에 대한 독자의 해석적 긴장력이 강화된다.

텍스트는 오 장의 서두를 '나'가 과수원 안의 양딸기를 탐하는 정보로 시작하고 이어서 다음의 정보를 제시한다.

탐나는 열매에 눈독을 보내며 철망을 넘기에 나는 반드시 가책과 반성으로 모질게 마음을 매질하지는 않았으며 그럴 필요도 없었다.

> 그것이 누구의 과수원이든간에 철망을 넘는 것은 차라리 들사람의
> 일종의 성격이 아닐까. (16쪽)

위 정보는 남의 과수원에 몰래 들어가는 것조차도 들사람의 자연인다
움으로 받아들이는 '나'의 자연주의적 의식을 보여 준다. 텍스트는 계속
해서 그러한 '나'의 의식이 실제 행위로까지 이어지는 정보를 제시한다.
'나'는 아무런 가책과 반성 없이 철망을 넘어 들어가 양딸기를 따먹는
다. 그러나 '나'는 그 맛에 실망하고는 과수원의 양딸기보다는 차라리
벌판에 널려 있는 들딸기가 나으리라 생각하고 다시 철망을 넘어 나온
다. '나'는 보다 자연적인 것에 대한 욕망을 드러내고 있는 것이다.

그런데 '나'는 철망을 넘어 나오다가 사람의 그림자를 발견한다. 순간
적으로 도망을 치던 '나'는 그림자의 주인공이 옥분임을 알고는 마음을
놓게 되고 더 나아가서 그녀와 이야기를 나누기 시작한다. 이윽고 텍스
트는 다음의 정보를 제시한다.

> 나는 떨리는 그의 팔을 붙들고 풀밭을 지나 버드나무 숲속으로
> 들어갔다. 그의 입술은 딸기보다도 더 붉다. 확실히 그는 딸기 이상
> 의 유혹이었다. (중략) 버드나무 잎새 사이로 달빛이 가늘게 새어들
> 었다. 옥분은 굳이 거역할려고 하지 않았다.
> 양딸기 맛이 아니요, 확실히 들딸기 맛이었다. 멍석딸기 나무딸기
> 의 신선한 감각에 마음은 흐뭇이 찼다. (17쪽)

위의 정보는 '나'의 들딸기 맛에 대한 욕망이 결국 옥분에 대한 성적
욕망으로 전이되어 실현되고 있음을 보여 준다. 이러한 정보를 접한 독
자는 옥분이 들딸기이고 들딸기는 자연의 대유라는 일련의 연상 속에서
'나'의 옥분과의 결합이 결국은 '나'가 자연과 합일을 이룬, 혹은 '나'가
아무런 가책과 반성도 없이 자연 그 자체를 탐닉한 행위임을 인식한다.
여기서 독자는 앞서 들판의 자웅의 개들의 농탕질에 대한 정보에 이어

서 제시되었던 '나'의 옥분에 대한 성적 욕망 즉 자연의 순리에 따르고
자 한 욕망에 대한 정보를 환기하면서 그러한 이해를 보다 공고히 한다.
그리고는 '나'가 결국 '자연'과 '생활'이라는 대립적인 두 욕망의 축에서
'자연'에 대한 욕망의 축으로 기울었다는 해석에 이른다. '자연'에 대한
욕망이 '나'의 본원적인 욕망일 것이라는 해석에 이르는 것이다.

그런데 뒤이어지는 다음의 정보가 독자의 그러한 해석을 유보시킨다.

> 아무리 야취의 습관에 젖었기로 철망 너머 딸기를 딸 때와 일반
> 으로 아무 가책도 반성도 없었던가. 벌판서 장난치던 한 자웅의 짐
> 승과 일반이 아닌가. 그것이 바른가, 그래서 옳을까하는 한 줄기의
> 곧은 생각이 한결같이 뻗쳐오름을 억제할 수는 없었다. 결국 마지막
> 판단은 누가 옳게 내릴 수 있을까. (17~18쪽)

위 정보는 '나'가 전적으로 야생적인 자연인일 수 없음을 보여 준다.
그것은 자신과 옥분 사이에 있었던 일과 자웅의 짐승들 간의 일이 동일
한 것일 수 있겠는가 하는 의문을 표하는 것에서 분명하게 확인된다.
옳고 그름을 생각하는 '나'의 의식 자체가 '나'를 자연과 차별화시키는
기표인 것이다. 이러한 정보로 인해 독자는 '나'가 두 욕망 중 '자연'에
대한 것을 추종했다는 앞서의 해석을 보류하며 새로운 정보를 기대한다.

텍스트는 '나'가 옥분과의 일로 어수선한 마음을 씻어 버리고자 아침
부터 그물을 들고 집을 나서는 정보로 육 장을 시작한다. 집을 나선
'나'는 남대천 물줄기를 따라 올라가다가 고들매기를 잡겠다는 생각에
적당한 여울을 점쳐 그물을 던진다.

> 옷을 활짝 벗어붙이고 그물을 메고 물속에 뛰어들었다. 넉넉히
> 목욕을 할 시절임에도 워낙 산골물이라 뼈에 차다. 마음이 한꺼번에
> 씻겨졌다느니보다도 도리어 얼어 붙을 지경이다. 며칠 내로 내려오
> 던 어수선한 생각이 확실히 덜해지고 날아갔다고 할까. 그러나 그러

면서도 마지막 한 가지 생각이 아직도 철사같이 가늘게 꿰뚫고 흐
름을 속일 수는 없었다.
　(사람의 사이란 그렇게 수월할까.)
　(중략)
　(책임문제는 생기지 않는가?) (18~19쪽)

　위 정보에서 독자는 '나'가 자연이 주는 평화와 여유의 정취에 기대
어 인간 생활의 신산함과 무거움을 잊고자 하지만 결국 그러한 목적을
이루지 못하고 다시 옥분과의 관계에 대한 고민에 빠져드는 모습을 확
인하면서, 그것을 통해 자연의 순리에 철저하게 녹아들지 못하고 인간의
생활 논리에 매달리는 '나'의 모습을 확인한다. '나'는 생활 논리를 떨쳐
버릴 수 없는 것이다. 이후 텍스트가 제시하는, '통일되지 못한 마음이
어수선하고 정신이 까닥거'려 '나'는 그물질조차 제대로 하지 못하고 결
국 몸까지 상한다는 정보는 그러한 해석을 더욱 뒷받침한다. 그리고 텍
스트의 그러한 정보는, '나'가 '자연'과 '생활'이라는 대립적인 두 욕망
의 축에서 전자의 실현을 지향하는 듯하던 앞서의 정보와 배치되면서
궁극적인 '나'의 욕망 추구의 방향을 모호하게 한다. 그 결과 서사의 결
말은 지연되고 더불어 독자의 긴장감도 지속된다.
　텍스트의 칠 장은 다시 '나'와 문수의 일상에 대한 정보로 채워져 있
다. 문수가 기어코 학교를 쫓겨났다는 것이 칠 장의 첫 정보이다. '나'
가 '생활'에서 밀려났듯이 문수도 '생활'에서 밀려난 것이다. 그리고 텍
스트는 다음과 같은 정보를 이어 간다.

　　차라리 시원하다고 문수는 거드름 부렸으나 시원하지 않은 것은
　그의 집안 사람들이다. 들볶는 바람에 그는 집을 피하여 더 많이
　나와 지내게 되었다. 원망의 물줄기는 나에게까지 튀어왔다. 나는
　애매하게도 그를 타락시켜 놓은 안된 놈으로 몰릴 수밖에는 없다.
　　별수없이 나날을 들과 벗하게 되었다. 나는 좋은 들의 동무를 얻

은 셈이다. (20쪽)

위 정보의 핵심은 학교 '생활'에서 쫓겨난 문수가 가족들의 눈총을 피하여 '나'와 더불어 들을 벗하게 되었다는 것이다. 여기서 독자는 '생활'에서 쫓겨난 자들에게 들이 가지는 의미를 파악하게 된다. 그들에게 들은 일단 도피처로서 의미를 갖는 것이다. 그런데 이어지는 정보는 독자의 그러한 판단을 다시 유보시킨다. 들로 내몰린 그들이 그 곳에서 물수제비를 뜨고 씨름을 하며 즐긴다는 정보에서 독자는 쫓겨난 자들의 불안과 초조를 발견할 수가 없는 것이다. 그런 상태에서 다음의 정보는 독자에게 들이 그들에게 가지는 또 다른 의미를 전해 준다.

> 「세상에서 제일 장하고 제일 크고 제일 아름답고 제일 훌륭하고 제일 바른 것이 무엇이냐?」
> 되건말건 수수께끼를 걸고,
> 「힘이다!」
> 라고 껄껄껄껄 웃으면 오장육부가 물에 헤운 듯이 시원한 것이다. 힘! 무슨 힘이든지 좋다. 씨름을 해가는 동안에 우리는 힘에 대한 인식을 한층 새롭혀갔다. 조직의 힘도 장하거니와 그것을 꾸미는 한 사람의 힘이 크다면 더한층 아름다운 것이 아닐까. (21쪽)

들판에서 씨름을 즐기던 '나'가 '힘'의 위력을 깨달으며 '조직의 힘도 장하거니와 그것을 꾸미는 한 사람의 힘이 크다면 더한층 아름다운 것'이라고 생각하는 정보에서 독자는 '들'의 의미를 재인식한다. 들판은 곧 힘을 키우는 곳인 것이다. '조직의 힘'과 '한 사람의 힘'이 대비되는 가운데 들은 그 '한 사람의 힘'을 키울 수 있는 곳으로 드러난다. '조직의 힘'이 작용하는 '생활'에서 밀려난 것은 '나'에게 불가항력적인 문제였지만, 그 곳에서 밀려난 이후 '나'는 그 곳으로의 복귀를 모색하며 들에서 '생활'에서 필요한 '조직의 힘'을 꾸밀 수 있는 '한 사람의 힘'을 키

우고 있었던 것이다. 여기서 독자는 '나'가 '자연'과 '생활'이라는 두 대
립적인 욕망들 중에서 본원적으로 '생활'에 대한 욕망을 지향한다는 사
실을 분명히 확인한다. 그리고 텍스트의 서두에서 '나'가 자연을 그토록
예찬하였던 것은 자연이 가지는 본원성 때문이기도 했지만, 위에서 이
해한 것과 같이 자연이 '한 개인의 힘'을 키울 수 있는 곳이기 때문이
기도 했다는 판단을 내린다. 아울러 만물이 소생하는 봄에 대한 예찬에
는 '나'의 생활로의 복귀에 대한 염원이 상징적으로 담겨져 있었던 것임
도 이해한다. 결국 독자는 이러한 일련의 이해를 통해 '나'가 자연을 예
찬한 '현실적인' 이유를 거듭 확인한 것이다.

　여기서 다시 한 번 텍스트의 병치적인 지연의 전략이 확인된다. 그것
은 오 장과 육 장과 칠 장에서 병렬적으로 제시된, '나'와 옥분과의 관
계에 대한 정보와 '나'와 문수와의 관계에 대한 정보에서 확인된다. 두
사건의 정보들은 '나'의 대립적인 그리하여 차별적인 두 욕망, 즉 '자연'
에 대한 욕망과 '생활'에 대한 욕망을 각기 드러내면서도 그것들의 실현
내지는 추구라는 유사성을 보인다. 그러한 유사성을 확인한 독자는 그
것을 토대로 순차적으로 제시된 차별적인 두 정보들을 결합시켜 텍스트
의 해석을 시도하는 것이다. 그리하여 결국은 '나'가 궁극적으로 실현하
고자 하는 욕망의 실체를 탐색하는데, 그것은 앞의 논의에서 확인되었
듯이 '생활'에 대한 욕망의 지향으로 드러난다. 더불어 일 장과 이 장에
서 자연이 예찬되었던 것도 그것이 궁극적으로는 '생활'에 대한 욕망을
실현시킬 수 있는 준비의 장이었기 때문이라는 결론에 이른다. 이제 독
자의 해석적 긴장력을 유지시켜 온 '나'의 본원적인 욕망의 실체에 대한
탐색의 문제는 결말에 이른 듯싶다. 그러나 텍스트의 정보는 계속된다.
그렇다면 독자는 또 무엇을 기대하고 예상하며 텍스트에 대한 독서를
이어 가야 하는 것일까. 이상과 같은 해석은 궁극적인 것으로서의 가치

를 담보하지 못하는 것일까. 독자는 지연의 상황이 계속되고 있는 텍스트의 정보 제시에 다시 주의를 기울인다.

팔 장에서는 '나'가 문수와 들판에서 보내는 일상에 관한 정보가 제시된다. 학교에서 쫓겨난 문수와 더불어 '나'는 여전히 들판에서의 삶을 향유하고 있다. 그런데 '나'와 함께 천렵을 즐기던 문수는 '나'의 어깨의 상처를 보며 그것이 생긴 연유를 묻는다. 그의 물음에 답을 망설이던 '나'는 옥분과의 곡절을 털어놓는다. 그러자 문수는 뜻밖의 반응을 보인다. 자신도 옥분과 남이 아니라는 것이다. 그 순간 '나'는 '일종의 안심과 감사를 느끼'고 '괴롭던 책임이 모면된 것 같고 무거운 짐을 벗어놓은 듯'한 감정을 느낀다. 이러한 정보를 통해 독자는 '자연'의 순리 앞에서 순수하지 못한 인간의 부끄러운 모습과 만나게 된다.

그런데 팔 장의 마지막 부분에서 제시되는 다음과 같은 정보는 부끄러운 인간의 모습을 드러내던 '나'가 그래도 마음 한 켠에서 여전히 그와는 대조적인 '자연'의 매력을 의식하고 있음을 전달한다.

> 「왜 말이 없나? 거짓말로 알아 듣나? 자네가 버드나무 숲에서 만났다면 나는 풀밭에서 만났네.」
> 여전히 잠자코만 있으면서 나는 속으로 한결같이 들의 성격과 마술과도 같은 자연의 매력이라는 것을 생각하였다. (22~23쪽)

위 정보를 통해 독자는 '나'가 여전히 자연의 매력에 이끌리고 있음을 확인하면서 그것이 '현실적인' 필요를 전제한 자연에 대한 이해에 앞선, 자연의 본원성에 대한 이해와 이끌림임을 인식한다. 독자는 이렇게 또다시 '나'의 자연에 대한 예찬적 인식을 감지하면서 전복적인 서사 전개를 기대해 본다. 새로운 긴장감을 형성시켜 보는 것이다.

텍스트의 구 장은 '나'와 문수가 들에서 밤을 체험하는 사건에 관한 정보를 제시한다. 그 처음의 정보들은 대개 이렇다. 하룻밤도 들에서 온전히 보내 본 적이 없는 두 사람은 들에서 하룻밤을 보내기로 한다. 문수는 옥분이도 데려다가 세 사람이 같이 '들의 아들'이 되자고 제안하지만 '나'는 그것을 악취미라고 배척한다. '나'는 그러한 자신의 모습을 '야성이 철저하지 못한 까닭'이라고 생각한다. 이러한 정보들 속에서 독자는 '나'의 순수하지 못한, 부끄러운 모습을 재확인하면서 팔 장의 마지막 정보를 통해 갖게 된 기대를 접어야 할 상황임을 감지한다. 그리고는 '나'의 그러한 태도는 여전히 '자연'에 대한 욕망보다는 '생활'에 대한 욕망을 지향하는 의식을 반영한 것이라는 해석을 내려 보면서 다음의 전향적인 정보에 주목한다.

> 어둠은 깊고 넓고 무한하다.
> 창조 이전의 혼돈의 세계는 이러하였을까.
> 무한한 적막──지구의 자전 공전의 소리도 들리지는 않는 것이다.
> 공포──두려움이란 어디서 오는 감정일까. (중략)
> 야영의 밤은 시원하였을 뿐이요, 공포의 새는 결국 잡지 못하였다.
> (23~24쪽)

위의 정보는 '나'가 들에서 밤을 보내며 들의 밤이 전해 주는 경건과 신비 그리고 적막의 정서에 젖어드는 모습을 제시한다. '나'는 그 곳에서 공포와 두려움에 대한 상념을 떠올려 보기도 하지만 들의 밤은 그런 것들을 야기하지는 않는다. '나'는 오히려 들의 밤을 '창조 이전의 혼돈의 세계'로 인식한다. 독자는 '나'의 이러한 인식을 접하면서 앞에서 '나'가 자연을 예찬한 '현실적인' 이유를 환기한다. 즉, '나'에게 자연은 '생활'에 대한 욕망을 실현할 수 있는 여력을 쌓으면서 또한 그것의 실현의 여지를 모색할 수 있는 곳으로 받아들여지기도 했던 것을 환기하는 것이다. 그러면서 독자는 '나'가 들에서의 이 혼돈의 밤을 넘기고 새롭게 맞이하고자 하는 창조의 실체는 '생활'의 국면일 것이라는 추정을

해 본다. 독자는 '나'에게서 여전한 '생활'에 대한 욕망의 징후를 읽는
것이다. 그러나 그러한 추정을 단정으로 이끌기는 아직 이르다. 그러기
위해서는 보다 분명한 정보가 필요하다. 텍스트의 전향적인 정보 제시
는 계속된다.

　텍스트는 십 장을 선언적으로 시작한다.

　　　　그러나 공포는 왔다.
　　　　그것은 들에서 온 것이 아니요 마을에서──사람에게서 왔다.
　　　　공포를 만드는 것은 자연이 아니요 사람의 사회인 듯싶다. (24쪽)

　독자는 텍스트의 서두에서부터 대비되던 '자연'과 '생활'이 공포의 문
제를 매개로 다시 대비적으로 제시되고 있음을 위의 정보에서 확인할
수 있다. 이제까지 '자연'이 예찬의 대상으로 자리했던 것과는 대조적으
로 위에서 '생활'은 공포의 대상으로 그 모습을 드러내고 있다. 독자는
여기서 '나'가 자연으로 물러나 있어야 했던 것도 바로 그 '생활'의 공
포 때문이었으리라 추정해 본다. 이어 텍스트는 그러한 공포를 보다 구
체화시키는 정보들을 제공한다. 문수가 끌려갔다는 것, '나' 역시 끌려갔
었다는 것, 그러나 '나'는 사흘만에 나왔는데, 문수는 아직도 소식이 없
다는 것 등이 그것들이다. 이를 통해 독자는 대립하고 갈등하는 '생활'
의 세계 속에 자리하고 있는 공포의 실체를 보다 분명하게 확인한다.
그리고 독자는 다시 묻는다. '나'가 그 공포의 세계, 즉 '생활'로의 재진
입을 여전히 욕망할 것인가를.

　이때 텍스트는 십 장 말미에서 다음의 정보를 제시한다.

　　　　가졌던 동무를 잃었을 때의 고독이란 큰 것이다.
　　　　들에서 무료히 지내는 날이 많다.
　　　　심심파적으로 옥분을 데려올까도 생각되나 여러 가지로 거리끼고

주체스런 일이다. 깨끗한 것이 좋을 것 같다.
　별수없이 녀석이 하루라도 속히 나오기를 충심으로 바랄 뿐이다.
　나오거든 풋콩을 실컷 구워 먹이고 기름종개를 많이 떠먹이고 씨
름해서 몸을 불려줄 작정이다. (중략)
　시절이 무르녹았다. (25쪽)

　독자는 위 정보를 통해 앞서 제시한 물음의 답을 발견할 수 있다. 독
자는 우선 '나'가 여전히 자연에 머물러 있지만, 옥분을 꺼려하는 것을
통해 '자연'에 대한 욕망을 거두어들였음을 파악한다. 그리고 문수가 속
히 나오기를 바라는 것에서 '생활'에 대한 욕망을 포기하지 않았음을 확
인한다. 또한 독자는 문수가 나오면 '씨름해서 몸을 불려줄 작정'이라는
위의 정보에서 칠 장에서 확인한 힘의 의미를 환기하면서 그때의 해석
을 재확인한다. 특히나 들에서 보내는 나날이 무료하기까지 하다는 정
보를 통해 지금까지 자연을 예찬한 '나'의 태도에 변화가 생겼음을 주목
하고 그러한 변화가 '생활'의 축에 있는 문수의 부재에서 기인한 것임을
추정하면서 '나'가 '생활'에 대한 욕망을 지향하는 강도를 인식한다. 결
국 독자는 '나'가 '생활'의 공포를 체험한 이후에도 '생활'을 욕망하는
의지에는 변화가 없음을 확인하는 것이다. 그것은 '나'가 자연적 존재로
서보다는 생활적 존재, 즉 사회적 존재로서의 자신의 모습에 보다 많은
가치를 부여하고 있음을 확인하는 것이기도 하다.
　이로써 텍스트가 병치적인 지연의 전략을 구사하고 있음이 분명해진
다. 병렬적으로 제시된, 구 장의 들의 밤에 대한 정보와 십 장의 인간
사회에 대한 정보는 각각 이제까지의 텍스트 진행 과정에서 대비적 관
계를 드러낸 '자연'과 '생활'을 대유한다. 그러면서 두 정보는 공포를 매
개 개념으로 공유함으로써 유사성을 드러내고 있다. 따라서 독자는 일
단 공포를 매개 개념으로 병치적인 두 정보를 결합시켜 공포를 야기하
지 않는 '자연'과 공포를 조장하는 '생활'의 차별성을 인식한다. 그리고

'나'가 그러한 차별성을 전제로 확연히 구분되는 두 세계, 즉 '자연'과 '생활' 중에서 후자를 지향하고 있음을 확인한다. 이는 이전의 병치적인 반복을 통해 드러난 결과의 재확인이기도 하다. 아울러 독자는 지금의 확인 속에서 새로이 부가된 사실, 즉 '생활'이 공포라고 하는 두려움의 가치를 담보하고 있음에도 불구하고 '나'가 그것을 지향하는 의지를 굽히지 않는다는 사실에서 '나'가 '생활'을 지향하는 정도와 깊이를 새롭게 인식하는 것이다. 이로써 팔 장 말미의 정보를 통해 그 이전까지의 서사 전개에 대한 전복을 기대하던 독자의 기대는 빗나갔지만, 그러나 독자는 이상과 같은 병치적인 지연의 정보를 통해 '나'의 '생활'에 대한 지향 의지의 공고성을 분명하게 인식할 수 있었던 것이 사실이다.

3. 소결

본 장에서는 앞의 이 장에서 설정한 세 플롯 유형들 중에서 첫 번째 유형인 전향적인 지연과 환유적인 탐색을 실제적인 작품 분석을 통해 보다 구체적으로 살펴보았다. 이 플롯 유형은, 다른 플롯 유형들도 마찬가지이지만 두 개의 하위 유형들로 구분된다. 치환적인 지연과 부가적인 탐색이 그 하나이고, 병치적인 지연과 결합적인 탐색이 또 다른 하나이다. 따라서 본 연구는 나도향의 「물레방아」와 이태준의 「까마귀」를 대상으로 하여 전자의 하위 유형을 살펴보았고, 염상섭의 「암야」와 이효석 「들」을 대상으로 하여 후자의 하위 유형을 살펴보았다. 이들 작품들을 대상으로 한 구체적인 분석 내용을 정리하면 다음과 같다.

먼저 치환적인 지연과 부가적인 탐색의 경우 대상 작품들에 대한 분석은 다음과 같이 정리된다. 「물레방아」에서 텍스트는 전향적인 흐름을 타고 먼저 방원의 처와 신치규, 그리고 방원, 이들 세 인물들이 각기 맺고 있는 관계들에 대한 정보들을 치환적인 반복을 통해 제시한다. 이에 독자는 그러한 정보들 속에서 파행적인 삼각 관계라고 하는, 그들 세 인물들 간의 관계들이 드러내는 유사성을 발견하고 인접적으로 제시된 그들 정보들을 부가적으로 탐색해 나간다. 이후 텍스트는 계속적인 전향적인 흐름을 통해 방원이 신치규를 폭행한 사건과 이내를 죽이고 자신도 자살한 사건 등, 일련의 비극적인 사건들에 대한 정보들을 또다시 치환적인 반복을 통해 제시한다. 독자는 이들 치환적인 반복의 정보들을, 이들 정보들이 앞서의 인물들 간의 관계들에 대한 정보들과 인접적으로 이어지고 있는 것에 유념하면서, 부가적으로 연결시켜 텍스트의 의미를 환유적으로 모색한다. 그리하여 결국은 방원이 살아간 시대가 가지는 봉건적 질서의 비극성을 인식하는 탐색 결과에 이른다. 「까마귀」에서 텍스트는 전향적인 흐름을 통해 중심적 일상으로부터 격리된, 그와 그녀의 생활에 대한 정보들을 치환적으로 반복해서 제시한다. 따라서 독자는 그들 정보들 속에서 그와 그녀가 고독한 일상을 보내고 있다는 유사성을 발견하고 그것들을 부가적으로 연결시켜 나간다. 이어서 텍스트는 고독한 그가 고독한 그녀를 치유하기 위해 펼치는 일련의 노력들과 그 노력들이 모두 실패로 끝나는 결과들에 대한 정보들을 서사의 전향적인 흐름을 통해 제시한다. 역시 독자는 이전의 정보들을 토대로 이들 정보들을 부가적으로 연결시켜 환유적인 탐색을 벌이는 가운데 치유될 수 없는 인간의 근원적인 고독을 인식한다.

병치적인 지연과 결합적인 탐색의 경우는 대상 작품들에 대한 분석을 다음과 같이 정리할 수 있다. 「암야」에서 텍스트는 전향적인 서사의 흐름을 타고 그의 의식을 빌어 그 자신과 거리의 사람들과 그의 친구들의 일상에 대한 일련의 정보들을 병치적인 반복을 통해 제시한다. 독자는 그러한 일련의 차별적인 정보들 속에서 그것들이 모두 그에게 비판적으로 인식되고 있다는 유사성을 발견하고 그러한 유사성을 토대로 그들 차별적인 정보들을 결합시켜 결국 식민지 시대의 암울한 현실상을 탐색한다. 계속해서 텍스트는 그가 그러한 일괄적인 부정적 인식을 전제하면서도, 그래도 속되지 않다는 이유를 들어 거리의 사람들의 일상보다는 자신과 자신의 친구들의 일상에 상대적인 가치를 부여하는 정보들을 또다시 병치적인 반복을 통해 제시한다. 독자는 그가 모든 식민지인들에 대해 부정적으로 인식하던 앞서의 정보들을 염두에 두면서, 그런 그가 지금은 거리의 사람들보다는 자신과 자신의 친구들에게 상대적인 가치를 부여하는 일련의 차별적인 정보들을 환유적으로 결합시켜 암울한 식민지 상황에 매몰된 부정적 일상에서 탈출하고자 하는 그의 의식의 전이를 탐색한다. 「들」에서 텍스트는 학교에서 쫓겨나 고향으로 내려온 '나'가 들에서 보내는 일상에 대한 정보들을 전향적으로 제시한다. '나'의 들에서의 일상은 '나'와 옥분과의 관계와 '나'와 문수와의 관계에 대한 정보들로 채워지는데 이들 정보들은 병치적인 지연의 관계를 이루고 있다. 독자는 그들 병치적인 정보들 속에서 차별적으로 드러나는, '나'의 이중적인 욕망의 실체를 확인한다. '자연으로의 귀화'와 '생활로의 복귀'가 그것들이다. 독자는 텍스트 속에서 병렬적으로 추구되는 '나'의 두 욕망의 정보들을 환유적으로 결합시켜 결국 서사의 최종적인 결말에서 '나'의 궁극적인 욕망이 '생활로의 복귀'임을 확인한다. 사회적 존재로서의 인간의 욕망을 탐색하는 것이다.

이상의 요약을 통해 살펴보았듯이 '전향적인 지연과 환유적인 탐색'의 플롯 유형은 치환과 병치라는 지연의 전략상의 차이와, 부가와 결합이라는 탐색의 전략상의 차이에 의해 두 개의 하위 유형으로 나뉘기도 하지만, 기본적으로는 수제트와 파블라가 동시적으로 진행되면서 수제트가 파블라의 최종적 결말을 지향해 가는 방향에서 정보들이 제시되는 서사 유형이다. 전향적이라는 용어 자체가 정보의 그러한 방향성을 시사한다.

다만 그 끝점에의 빠른 도달을 저어하며 그 곳에의 도착을 늦추기 위해
텍스트는 지연의 전략을 동원하는 것[103]이고, 독자는 그 끝점에 보다
적극적이고 능동적인 방식으로 도달하기 위해 탐색의 행위를 벌이는 것
이다. 이때 텍스트의 정보들은 시간적 계기에 따라 인접적으로 제시되
므로 독자의 탐색은 환유적이 된다. 그리고 탐색의 주체인 독자의 정서
적 반응은 긴장감이 주조를 이룬다. 전향적인 지연의 텍스트를 접한 독
자는 파블라의 결말에 대한 궁금증으로 인해 그에 대한 긴장감을 가지
고 읽기를 이어 가기 마련인 것이다. 지연이 거듭되고 심화될수록 독자
의 결말에 대한 궁금증과 초조감은 배가되면서 긴장감도 고조된다. 또
치환적인 지연과 부가적인 탐색의 경우보다도 병치적인 지연과 결합적
인 탐색의 경우에 독자의 긴장감이 보다 고조된다. 유사성보다는 차이
성에 기반한 병치적인 지연의 경우 그러한 차이성이 야기하는 정보들 간의
거리가 독자의 긴장감을 더욱 고조시키는 것이다.

　이상의 유형적 특징을 전제로 본 연구가 논의 대상으로 삼은 네 작품
이외에 다음의 것들을 이 유형의 플롯에 속하는 작품들로 분류할 수 있다.
먼저 치환적인 탐색과 부가적인 탐색의 유형에는 「윤전기」(염상섭), 「행
랑자식」(나도향), 「산골아낙네」(김유정), 「영월영감」(이태준) 등이 포함되
고, 병치적인 지연과 결합적인 탐색의 유형에는 「마작철학」(이효석), 「비
오는 길」(최명익), 「피로」(박태원), 「마권」(유항림), 「불신시대」(박경리) 등
이 포함된다. 그리고 이밖에도 여러 작품들이 이 유형의 플롯으로 분류
될 수 있을 것이다.

---

103) P. 브룩스는 이러한 특징을 서사의 본질이라고 파악한다. (P. 브룩스, 앞의 책,
　　92~95쪽 참조.)

IV

후향적인 지연과 은유적인 탐색

Ⅲ장의 서두에서 논의하였듯이 치환적인 지연은 인접된 상태의 정보들이 유사성을 가지고 반복되는 플롯 유형이고 병치적인 지연은 병렬적인 정보들이 차이성을 가지고 반복되는 플롯 유형이다. 이러한 유형들은 수제트가 파블라를 추적하는 역진적인 텍스트에서도 나타난다.[104] 즉, 그것들이 서사 상황의 종결을 전제로 서사의 결말이 텍스트의 서두에 제시되고 그것에 이어지는 새로운 정보들은 자신들의 의미 근거를 텍스트의 서두 정보에 두고 지연되는 후향적인 지연의 텍스트에서도 나타나는 것이다. 단, 정보들의 제시 순서와 그것들에 대한 해석의 방향이 바뀌면서 독자의 탐색의 양상에도 변화가 생긴다. 독자는 독서 과정에서 새로이 접하게 되는 정보들을 앞서 제시된 이전의 정보들에 비추어 해석하는, 그리하여 그것들의 의미의 영역을 제한해 가는 탐색을 벌이는데, 이는 결국 정보들의 의미를 유사성의 원리에 입각해서 파악하는 것이다. 따라서 이러한 독자의 탐색을 은유적인 탐색으로 규정할 수 있다. 그런데 치환적인 지연의 경우에서는 정보들이 인접적으로 반복되는 가운데 그것들 간의 유비성이 중첩되는 까닭에 독자는 은유적인 탐색을 벌이는 중에도 그러한 유비성에 주목하는 비교적인 탐색에 나선다. 이

---

104) 註 83) 참조.

와는 달리 병치적인 지연의 경우에서는 차별적인 정보들의 병렬적인 제시로 인해 그것들 간의 차이성이 강화되는 까닭에 독자는 은유적인 탐색 가운데서도 그러한 차이성에 주목하는 대조적인 탐색에 나선다. 이 경우 반복되는 정보들의 유사성은 상대적으로 내재화되어 그것들의 차이성을 부각시키는 기능을 한다.

본 장에서는 이러한 후향적인 지연과 은유적인 탐색의 플롯 유형을 김유정의 「봄봄」과 이상의 「날개」 그리고 현진건의 「고향」과 허준의 「습작실에서」를 통해 보다 구체적으로 살펴보고자 한다. 이들 작품들에 대한 실제적인 분석을 통해 이 유형의 플롯을 보다 심도 있게 이해할 수 있을 것이다. 이상의 작품들은 모두 서사의 결말이 텍스트 서두에 제시되어 있는 후향적인 지연의 텍스트들이다. 이 중에서 앞의 두 작품은 치환적인 지연의 특성을 보이는 텍스트들이고 뒤의 두 작품은 병치적인 지연의 특성을 보이는 텍스트들이다. 따라서 그것들에 대한 독자의 탐색 양상도 다르게 나타난다. 이들 후향적인 지연의 텍스트들에 대해 독자는 기본적으로 은유적인 탐색을 벌이지만 그 중에서도 치환적인 지연의 텍스트들인 전자의 작품들에 대해서는 인접적인 정보들의 유사성에 주목하는 비교적인 탐색을 벌이고 병치적인 지연의 텍스트들인 후자의 작품들에 대해서는 병렬적인 정보들의 차이성에 주목하는 대조적인 탐색을 벌인다.

1. 치환적인 지연과 비교적인 탐색

1.1 봄봄

다음은 텍스트 「봄봄」이 제시하는 첫 정보이다.

「장인님! 인젠 저——」

내가 이렇게 뒤통수를 긁고 나히가 찻으니 성예를 시켜줘야 하지 않겠느냐고 하면 그대답이 늘

「이자식아! 성예구뭐구 미처 자라야지——」 하고 만다. 이 자라야 한다는것은 내가 아니라 장차 내 안해가 될 점순이의 키 말이다.[105]
(138쪽)

이야기의 도입을 위한 특정한 요약적인 서술없이 텍스트가 위 인용을 통해 돌출적으로 제시하고 있는 첫 정보는 '나'와 점순의 혼례에 관한 문제이다. 독자는 위 정보를 통해 일단 '나'와 점순의 혼례가 미뤄지고 있으며, 그 까닭은 점순의 키가 자라지 않기 때문이라는 사실을 알게 된다. 그런데 독자는 이러한 텍스트 이해 과정에서 하나의 문제를 발견한다. 혼례가 지연되고 있는 상황에 대하여 '나'와 장인의 심리적 반응이 상당히 다르다는 판단을 하는 것이다. '나'는 혼례가 미뤄지고 있는 상황에 대해 초조한 반응을 보이고 있는 반면 장인은 '나'의 초조감 자체가 당치도 않다는 듯 귀찮다는 반응을 보인다. 이러한 차이를 확인한 순간 독자는 혼례가 미뤄지고 있는 이유가 '점순이의 키'가 자라지 않는데 있다는 사실에도 이의를 표하게 된다. 일반적 통념에 비추어 볼 때 '나이'도 아닌 '키' 때문에 혼례가 지연된다는 사실이 의아한 까닭이다. 서사 세계 내의 상식적이지 않은 상황을 감지한 독자는 모종의 책략이 작용하고 있을 가능성을 전제하면서 다음의 정보를 기대한다.

텍스트는 이후 혼례가 미뤄지고 있는 상황에 대해 보다 구체적인 정보를 전달한다. '나'는 지난 삼 년 칠 개월 동안 돈 한 푼 받지 않고 오직 점순과의 혼례만을 바라며 점순이네 집에서 데릴사위로 일해 왔음에

---

105) 텍스트는 김유정 전집에 실린 것을 대상으로 한다. (김유정, 『원본김유정전집』(전신재 편), 한림대학교출판부, 1987.) 인용문의 경우 본문에 해당 지면만을 밝힌다.

도 불구하고, 점순의 키가 자라지 않았다는 이유로 장인에 의해 '나'의 그러한 소망은 지속적으로 유예되어 왔다는 것이다. 그리고 '나'는 혼례가 미뤄질 때마다 '어째 볼 수 없이 고만 벙벙하고' 말았다고 한다. 계속해서 텍스트는 나음과 같은 정보를 선한다.

> 이래서 나는 애최 계약이 잘못된걸 알았다. 있해면 있해, 삼년이면 삼년, 기한을 딱 작정하고 일을 해야 원 할것이다. 덮어놓고 딸이 자라는대로 성예를 시켜주마, 했으니 누가 늘 지키고 섰는것도 아니고 그키가 언제 자라는지 알수있는가. 그리고 난 사람의 키가 무럭무럭 자라는줄만 알았지 불배기에 모로만 벌어지는 몸도 있는것을 누가 알았으랴. 때가 되면 장인님이 어련하랴 싶어서 군소리 없이 꾸벅꾸벅 일만 해왔다. 그럼 말이다, 장인님이 제가 다 알아채려서
> 「어참 너 일 많이 했다. 고만 장가드러라.」하고 살림도 내주고해야 나도 좋을것이 아니냐. 시치미를 딱 떼고 도리어 그런 소리가 나올가바서 지레 펄펄 뛰고 이야단이다. 명색이 좋아 데릴사위지 일하기에 승겁기도 할뿐더러 이건 참 아무것도 아니다. (139쪽)

위 정보를 통해 독자는 우선 앞의 정보에서 추정한 '모종의 책략'의 실체를 파악한다. 그것은 장인이 '나'와 맺은 계약의 임의성에서 드러난다. 장인이 '나'와 애당초 계약을 맺을 때 햇수를 명시하지 않은 채 그저 '딸이 자라는대로'라고만 해 놓음으로써 이후에 그 '자라는'의 기준을, 일반적 통념에 아랑곳하지 않고 자신의 편의대로 나이가 아닌 키로 삼아 점순의 키가 작은 것을 핑계로 지금까지 혼례를 미루어 오고 있다는 사실이 드러나는 것이다. 그리고 '나'는 지난 삼 년 칠 개월 동안 장인의 그러한 책략적인 횡포에 대책 없이 당해 왔던 것으로 드러난다. 그렇다면 장인이 '나'에게 그와 같은 책략을 부린 이유는 무엇일까. 독자는 일단 그와 같은 호기심을 가지게 되지만 독자가 지금까지의 정보로 그에 대한 답을 확보하기란 쉽지 않다.

　독자는 이후의 정보에서 그에 대한 답을 기대하며, 우선은 위와 같은
맥락에 대한 이해를 전제로 두 사람의 인물됨에 대한 보다 심도 있는
해석에 나선다. 독자는 위 정보를 통해 장인의 교활한 인물됨을 파악한다.
장인이 앞서 드러난 바와 같은 책략을 모사했다는 정보와 그것을 바탕
에 깔고 혼례에 대해서는 시치미를 떼고 '나'를 부려먹기만 했다는 정보
가 독자를 그러한 해석으로 이끌어 가는 것이다. 이어서 독자는 '나'라
는 인물의 어리숙함을 인식한다. 위 인용에서 드러나듯이 '나'는 그 동
안 계약이 잘못된 것도 모르고 그저 장인만을 믿으며 장인의 말대로 점
순의 키가 자라기만을 기다리며 '꾸벅꾸벅' 일만 해온 인물인 까닭이다.
장인이 이상과 같은 책략을 구사할 수 있었던 것도 결국은 '나'의 그러
한 어리숙함 때문임은 물론이다. 여기서 독자는 텍스트 서두에서 제시
되었던, 장인과 '나'가 혼례 지연의 문제를 놓고 서로 다른 반응을 보였
던 이유를 파악하게 된다. 교활함과 어리숙함이라는 두 사람의 인물됨
의 차이가 귀찮음과 초조함이라는 반응의 차이를 낳았던 것임을 이해하
는 것이다. 장인의 귀찮다는 듯한 반응은 위 인용 정보에서 언급된 '시
치미를 떼는' 것과 동일한 맥락을 지니면서 그의 뻔뻔함을 확인시켜 준다.
　그런데 독자는 위와 같은 해석을 전개하는 가운데 위 인용에서 처음
에 제시된, '나'가 '애최 계약이 잘못된걸 알았다.'라고 하는 정보와 마
지막에 제시된, '명색이 좋아 데릴사위지 일하기에 승겁기도 할뿐더러
이건 참 아무것도 아니다.'라고 하는 정보 사이에서 드러나는 의미상의
거리에 주목한다. 처음의 정보는 곧바로 이어지는 다음의 정보와 어우
러져서 독자에게, 과거에 아무런 맥락도 모른 채 장인에게 어리숙하게
당하기만 했던 '나'가 지금은 적어도 자신이 당하고 있는 상황의 전후
맥락 정도는 파악하고 있다는, 즉 자신의 혼례가 지연되고 있는 것이
장인의 교활한 책략 때문이라는 사실 정도는 감지하고 있다는 판단을

내리도록 한다. 그리고 독자의 이러한 판단은 '나'가 어리석음의 틀에서 벗어난 듯한 감으로 이어진다. 그러나 마지막 정보에서 '나'가 자신에 대하여 내린 '아무것도 아니'라고 하는 진술은 현재 자신이 처한 상황과 입지에 대한 나름의 이해를 전제로 내린 '나'의 분석적인 판단이기는 하지만 거기에는 자신의 상황 변화에 대한 기대와 의지 등이 담겨 있지 않다. 그저 순박하게 '투정'을 부리는 정도의 감정이 담겨 있을 뿐이다. 이처럼 마지막 정보는 처음 정보에서 드러난 '나'의 깨달음이 '나'에게 상황 변화에 대한 욕망까지 불러일으킨 것은 아님을 보여 주고 있다. 그리하여 독자는 '나'가 어떻게 그러한 상황 파악에나마 이르게 되었는지와 그러한 상황 파악에도 불구하고 '나'가 상황 변화에 대한 기대와 의지를 드러내지 않는 이유에 대한 호기심을 가지게 된다. 독자의 관심이 서사의 후향적인 방향으로 잡혀지는 것이다.

이러한 상황에서 텍스트는 서사의 과거 정보들을 끌어들인다. 텍스트는 '숙맥이 그걸 모르고 점순이의 키 자라기만 까맣게 기달리지 않었나.'라는 정보로 시작해서 계속적으로 그 동안 '나'가 점순의 키가 자라지 않는 문제를 놓고 얼마나 고민하고 궁리하였는가를 알려 주는 정보들을 이어 가는 것이다. 그 동안 '나'는 눈어림으로 점순의 키를 재 보기도 했고, 그녀의 키가 빨리 자라기를 비는 마음으로 그녀 대신 물을 길어 주기도 했고, 서낭당에 가서 빌기도 여러 차례 빌었다는 정보가 제시된다. 일단 독자는 텍스트가 이처럼 장인의 교묘한 책략은 눈치채지 못하고 오히려 그 책략에 말려들어 점순의 키의 문제에만 집착했던 '나'의 과거의 모습을 제시하는 것 속에서 '나'의 인물됨의 어리숙함을 보다 구체적으로 확인한다. 그리고는 텍스트가 '나'의 어리숙함의 문제에 독자의 주의를 환기시키고 있다는 사실 속에서 그것이 텍스트 전체의 맥락을 이해하는 관건일 수 있음을 추정해 본다.

이제 텍스트는 본격적으로 서사의 후향적인 정보들을 제시하기 시작한다.

> 그래 내 어저께 싸운것이지 결코 장인님이 밉다든가 해서가 아니다.
> 모를 붓다가 가만히 생각을 해보니까 또 승겁다. 이 벼가 자라서
> 점순이가 먹고 좀 큰다면 모르지만 그렇지도 못할걸 내 심어서 뭘
> 하는거냐. 해마다 앞으로 축 거불지는 장인님의 아랫배(가 너머 먹
> 은걸 모르고 내병이라나 그배)를 불리기 위하야 심으곤 조곰도 싶지
> 않다. (139쪽)

위 정보는 본격적으로 서사의 과거 정보가 제시되기 시작하는 부분의 처음이다. 텍스트 형성 과정에서 서사의 과거 사실의 정보들은 서사가 현재 상황에 이르기까지의 과정적인 정보들이다. 그런 까닭에 독자는, 텍스트가 회고적으로 제시할 새로운 정보들을 지금까지 제시된 서사의 현재 상황에 대한 정보들에서 탐색한 의미에 근거를 두고 해석해 가기 마련이다. 은유적 탐색을 진행하는 것이다. 이러한 진행의 첫 출발에서 독자는 위 정보의 첫 어절 '그래'가 지시하는 내용이 무엇인지부터 살핀다. 앞뒤 정보들에 비추어 해석해 볼 때 '그래'가 지시하는 내용은 어떻게 해도 점순의 키가 크지 않는다는 것임이 드러난다. 이를 토대로 독자는 '나'가 그러한 사실에 화가 나서 어저께 드디어 장인에게 불만을 터뜨렸음을 감지한다. 텍스트도 이어서 '나'가 어제 논에 모를 붓다가 배가 아프다는 핑계로 일손을 놓아 버렸으며 그것이 계기가 되어 '나'와 장인 사이에 싸움이 시작되었다는 정보를 제시한다. 이에 독자는 이미 텍스트 서두에 제시된 파블라의 결말에 대한 정보를 토대로, 그것과의 비교를 통해서 '나'와 장인의 싸움의 결과를 예측해 본다. 단적으로 서두에서 제시된 '아무것도 아니'라는 정보에 근거해서 위 정보에서의 '어저께'의 싸움은 '나'의 패배로 귀결되었을 것이라는 예단을 해 보는 것

이다. 그러면서 독자는 이 사건을 통해 앞서 이 텍스트에 대해 가지게
된 일련의 호기심들, '나'의 상황 인식에 대한 일련의 호기심들을 해결
할 수 있으리라는 기대를 가지고 그 싸움에 대한 보다 구체적인 후향적
정보들을 기대한다.

  그런데 텍스트는 어저께의 두 사람의 싸움에 대한 정보 제시를 중단
하고 다음과 같은 새로운 후향적인 정보를 제시한다.

> 우리 장인님은 약이 오르면 이렇게 손버릇이 아주 못됐다. 또 사
> 위에게 이자식 저자식 하는 이놈의 장인님은 어디 있느냐. (중략)
> 허나 인심을 정말 잃었다면 욕보다 읍의 배참봉댁 마름으로 더 잃
> 었다. 번이 마름이란 욕 잘하고 사람 잘치고 그리고 생김생기길 호
> 박개 같애야 쓰는거지만 장인님은 외양이 똑됐다. 작인이 닭마리나
> 좀 보내지 않는다든가 애벌논때 품을 좀 안 준다든가 하면 그해 가
> 을에는 영낙없이 땅이 뚝뚝 떨어진다. 그러면 미리부터 돈도 먹이고
> 술도 먹이고·안달재신으로 돌아치든 놈이 그땅을 슬쩍 돌라안는다.
> 이 바람에 장인님집 빈 외양간에는 눈깔 커다란 황소 한놈이 절로
> 엉금엉금 기여들고 동리사람은 그욕을 다 먹어가면서도 그래도 굽
> 신굽신 하는게 아닌가── (140쪽)

  위 정보는 '나'가 과거의 여러 가지 경험과 정황에 비추어 내린 장인
에 대한 인물 품평이다. 이 정보는 배참봉댁 마름이기도 한 장인이 '나'
에게만 부당하게 행동하는 것이 아니라 소작인들인 동네 사람들에게도
부당하게 행동한다는 사실을 알려 준다. 이 정보를 통해 독자는 앞에서
확인한 장인의 교활한 사람됨을 보다 구체적으로 재확인하면서 그가 데
릴사위에게 부리고 있는 책략의 저의를 가늠하게 된다.

  텍스트는 다시 다음과 같은 후향적인 정보를 제공한다.

> 작년 이맘때도 트집을 좀 하니까 늦잠 잔다구 돌맹이를 집어던져
> 서 자는 놈의 발목을 삐게 해놨다. 사날식이나 건승 끙, 끙, 앓았드

니 종당에는 거반 울상이 되지 않았는가——

「애 그만 일어나 일좀해라, 그래야 올갈에 벼잘되면 너 장가들지 않니」

그래 귀가 번쩍 띄여서 그날로 일어나서 남이 이틀품 드릴 논을 혼자 삶어놓으니까 장인님도 눈깔이 커다랗게 놀랐다. 그럼 정말로 가을에 와서 혼인을 시켜줘야 온 경오가 옳지 않겠나. 볏섬을 척척 드려쌓아도 다른 소리는 없고 물동이를 이고 들어오는 점순이를 담 뱃통으로 가르치며

「이자식아 미처 커야지, 조걸 데리구 무슨 혼인을 한다구그러니 온!」하고 남 낯짝만 붉게해주고 고만이다. 골김에 그저 이놈의 장인님, 하고 댓돌에다 메꽂고 우리 고향으로 내뺄가 하다가 꾹꾹 참고 말았다. (141쪽)

텍스트는 위 정보의 제시에 앞서 '그러나 내겐 장인님이 감히 큰 소리할 게제가 못된다.'라고 하는 '나'의 호언적 장담의 정보를 제시한다. '나'의 이러한 호언적 장담은 앞서의 정보에서 드러났듯이 마름인 장인이 마을 사람들에게는 부당하게 권력을 행사하지만 자신에게만은 그렇게 하지 못한다는 맥락을 담고 있다. '나'는 자신의 그러한 호언에 대한 근거로 작년에 자신과 장인이 벌였던 싸움의 전말을 제시하는데, 위 인용 정보가 바로 그것이다. 그러나 독자는 이 정보를 접하면서 '나'의 회고의 의도와는 달리, 텍스트 서두 정보를 통해 확인한 '나'의 어리숙함을 환기한다. 이는 위 정보가 장인이 봄과 가을의 상황 변화에 따라 태도를 달리하면서 자신의 이득만을 취함에도 불구하고 '나'는 그러한 장인의 교활함에 적극적으로 대처하지 못하고 오히려 장인에게 당하기만 한 사실을 전해 주고 있는 까닭이다.

한편 독자는 위의 정보에서 장인에 대한 '나'의 저항적 행위가 어저께가 처음이 아니며 '나'가 그러한 행위들을 할 때마다 장인은 교활하게 어리숙한 '나'의 저항적 행위들을 무마시켜 왔음을 확인하면서, 앞에서

텍스트 서두 정보에 근거하여 예측했던 대로 '어저께'의 싸움 역시 과거에 있었던 저항과 무마의 과정을 반복한 것에 불과할 것임을 다시 한번 추정해 본다. 그렇다면 '나'는 그러한 반복의 와중에서 어떻게 장인의 교활한 책략을 알아채게 된 것일까. 독자의 호기심은 일단 그 곳에 모아진다.

그러한 가운데 독자는 텍스트의 이상과 같은 후향적인 정보 진행 과정에서 치환적인 지연의 한 단면을 인식한다. 이상의 정보들이 텍스트 서두에서 제시한 바 있는 장인과 '나'의 인물됨에 대한 정보들을 반복하면서 독자에게 그들 정보들이 담아낸 장인의 교활함과 '나'의 어리숙함을 환기시키는 까닭이다. 여기서 독자는 두 계열의 정보들 간의 유사성을 확인한다. 그리고 독자는 후향적으로 제시되는 이들 치환적인 지연의 정보들을 비교적인 관점에서 파악하는 가운데 변화되지 않는 두 사람의 인물됨을 확인하면서, 그것을 통해 텍스트 서두에서 제시되었던 '나'와 점순의 혼례 성사의 지연의 원인과 그 과정에 대한 이해를 심화시킨다. 그러면서 독자는 그러한 변화되지 않은 '나'의 인물됨에도 불구하고 '나'가 장인의 교활한 책략을 알아챈 계기가 무엇인가에 대한 호기심을 이어 가는 것이다.

텍스트는 이제 다시 어저께의 싸움에 대한 정보로 돌아간다. 장인님께 먹살을 잡히고 뺨 한 대를 얻어맞은 '나'는 장인에게 사경을 셈해 달라고 으름장을 놓는다. 그러한 '나'의 으름장에 대해 장인은 예의 점순의 키타령을 반복한다. 그러나 이때 '나'는 이전과는 다른 태도를 보인다. 다음의 정보가 그것을 확인시켜 준다.

이렇게 따져나가면 언제든지 늘 나만 미찌고만다. 이번엔 안된다, 하고 대뜸 구장님한테로 단판 가자고 소맷자락을 내끌었다.
「아 이자식이 왜 이래 어른을」

> 안 간다구 뺏드리고 이렇게 호령은 제맘대로 하지만 장인님 제가
> 내기운은 못당한다. 막 부려먹고 딸은 안주고 게다 땅땅 치는건 다
> 뭐야—— (141쪽)

독자는 위 정보에서 일단 '나'의 '이번엔 안된다'는 다짐과 '단판 가
자'는 요구에 주목한다. 이전의 저항과는 다른, 뭔가 변화를 기대하게
하는 진술이기 때문이다. 그러나 텍스트는 이내 위의 정보 바로 다음에
'그러나 내 사실 참 장인님이 미워서 그런 것은 아니다.'라는 진술을 덧
붙임으로써 독자에게 '나'의 변함 없는 어리숙한 모습을 환기시키면서
독자를 처음의 판단으로 되돌려 놓는다. 그 정보를 통해 '나'의 어저께
의 도전 역시 그리 새로울 것이 없을 것임을 시사하고 있는 것이다.

그런데 텍스트는 또다시 어저께의 싸움에 대한 정보 제시를 중단하고
'그전날'에 있었던 사건에 대한 정보를 제시한다. '그전날' 그가 화전밭
을 갈고 있을 때 점심을 이고 온 점순이가, 안 그래도 맥없이 짜증만
난 '나'에게 자신의 아버지에게 혼례를 독촉하라고 되알지게 쏘아붙이고
떠난 사건에 대한 정보를 제시하는 것이다.[106] 점순의 그러한 노골적인
태도에 어안이 벙벙하던 '나'는 다음과 같은 결론에 이르렀었다.

> 봄이 되면 온갖 초목이 물이 올르고 싹이 트고한다. 사람도 아마
> 그런가부다, 하고 며칠내에 붓적(속으로) 자란듯싶은 점순이가 여간

---

[106] '내가 다 먹고 물러섰을 때 그릇을 와서 챙기는데 그런데 난 깜짝 놀라지 않
았느냐. 고개를 푹 숙이고 밥함지에 그릇을 포개면서 날더러 드르내는지 혹은
제소린지
「밤낮 일만하다 말텐가!」하고 혼자서 쫑알거린다. 고대 잘 내외하다가 이게
무슨 소린가, 하고 난 정신이 얼떨떨했다. 그러면서도 한편 무슨 좋은 수나 있는
가 싶어서 나도 공중을 대고 혼잣말로
「그럼 어떻게?」하니까
「성예 시켜달라지 뭘 어떻게」하고 되알지게 쏘아붙이고 얼굴이 발개저서 산으
로 그저 도망질을 친다.' (142~143쪽)

반가운것이 아니다.
　이런걸 멀쩡하게 안즉 어리다고 하니까—— (143쪽)

　독자는 위의 정보를 통해서 '나'가 어제의 싸움에서 여느 싸움에서와
는 달리 '단판'의 의지를 다지게 된 직접적인 계기가 무엇이었는가를 추
정하게 된다. '점심을 이고 온 점순이의 키를 보고 울화가 났든' '나'는
점순의 채근을 듣고 그녀가 혼례를 올릴 만큼 충분히 성숙했다는 사실
을 깨달은 것이다. 독자는 '나'가 이러한 깨달음을 통해 키를 성장의 기
준으로 삼은 장인의 논리의 교활함을 인식할 수 있었으며 또한 그러한
인식을 토대로 보다 자신감 있게 장인과의 단판의 의지를 다질 수 있었
을 것임을 추정하는 것이다. 이로써 독자는 그 동안의 호기심의 대상이
되었던 '나'의 상황 인식의 계기에 대한 궁금증을 풀어 낼 실마리를 발
견한다. 그렇다면 남는 문제는 '나'가 점순의 성숙을 체험하고 장인의
논리의 교활함을 인식했음에도 불구하고, 왜 상황에 대한 반전을 도모
하지 못했을까 혹은 도모하고자 하지 않는 것일까 하는 것이다. 텍스트
서두에서 '나'는 분명 '아무것도 아니'라고 하는 정보를 통해 자신의 그
러한 무의지성을 드러내지 않았던가. 독자는 이처럼 텍스트의 후향적인
정보에 대한 지속적인 호기심을 가지고 이어지는 정보에 주목한다.
　이제 텍스트는 다시 어저께의 싸움에 대한 정보를 이어 간다. '나'와
장인은 구장을 찾아가 그를 판관으로 세워 놓고 실랑이를 계속한다.
'나'의 이야기를 자세히 듣던 구장은 장인에게 '나'와 점순의 혼례를 얼
른 올려 줄 것을 권한다. 그러나 구장의 권고에도 불구하고 장인은 예
의 점순의 키타령을 반복할 뿐이다. '나'는 점순이보다 키가 작은 빙모
님을 근거로 장인의 주장을 반박해 보기도 하지만[107] 받아들여지지 않

---

107) 점순의 키가 자라지 않아 혼례를 치룰 수 없다는 장인의 변명에 대해 '나'는
　　'「빙모님은 참새만 한것이 그럼 어떻게 앨낫지유?」(사실 장모님은 점순이보다

는다. 이어 텍스트는, 독자가 앞서 제시된 정보와 텍스트 서두의 정보와의 비교를 통해 예측해던 대로 귀결되고 마는 어저께의 싸움의 결말에 대한 정보를 제시한다.

> 그러나 이 말에는 별반 신통한 귀정을 얻지못하고 도루 논으로 돌아와서 모를 부었다. 왜냐면 장인님이 뭐라구 귓속말로 수군수군하고 간 뒤다, 구장님이 날 위해서 조용히 데리구 아레와같이 일러주었기 때문이다. (뭉태의 말은 구장님이 장인님에게 땅 두마지기 얻어 부치니까 그래꾀였다구지만 난 그렇게 생각안는다) (144쪽)

위 정보에서 언급된 구장이 '나'에게 일러 준 '아레'의 말이란 남의 농사 망쳐 놓으면 손해죄로 징역을 간다는 협박과 법률에 성년이라는 것이 있어 스물하나가 되어야 결혼을 할 수 있다는 공갈 그리고 장인이 올 가을에는 열 일을 제치고라도 성례를 시켜주겠다고 했다는 감언이다. '나'는 무엇보다도 징역간다는 말에 정신을 번쩍 차리고 논으로 돌아온다. 단판을 통해 이번에는 귀결을 짓고 말겠다는 '나'의 의지에도 불구하고 상황은 변화 없이, 처음의 상태로 환원되고 말았음이 단적으로 드러난다. 독자는 이러한 싸움의 결말을 통해 '나'의 우직한 어리숙함이 결국 또 한 번 장인의 교활함에 패하였음을 확인한다. 독자는 장인이 구장에게 한 귓속말의 내용을, 구장이 장인에게서 땅 두마지기를 얻어 부친다는 정보를 통해 충분히 짐작하면서 그것을 통해 장인의 교활함을 재확인하고, 구장의 말에는 쉽사리 속아넘어가면서도 뭉태의 말은 굳이 받아들이지 않는 '나'에게서는 어리숙함을 재확인하면서 위와 같은 이해에 이르는 것이다. 그리고 독자는 '나'가 점순의 성장을 확인하고 장인의 교활한 책략을 인식할 수 있었음에도 불구하고 상황을 반전시키지

도 귓배기하나가 적다)'라는 말로 확실한 반박을 한다. (144쪽 참조)

못한 것이 이상에서와 같이 '나'가 궁극적으로 어리숙함을 떨쳐 버리지 못했기 때문이라는 사실을 인식하고, 그러한 '나'의 어리숙함이란 '나'란 존재가 교활한 책략이란 것은 관념으로라도 상상하지 못하는, 근본적으로 사람과 삶에 대해 순수한 존재임을 의미하는 기표임도 인식한다. 이로써 독자는 텍스트 서두의 정보를 통해 가지게 되었던, '나'의 상황에 대한 인식과 상황 반전에 대한 기대 내지는 의지가 합치되지 않은 이유에 대한 호기심을 풀 있는 충분한 근거를 확보하게 된 것이다.

여기서 이제까지 제시된 '어저께'의 싸움에 관련된 일련의 과거 서사 상황에 대한 후향적인 정보들이 텍스트 서두에서 제시된 서사 상황의 결말의 정보들과 인접적인 맥락을 이루는 치환적인 지연의 정보들임이 보다 분명히 드러난다. 이들 정보들 속에는 등가적인 반복의 요소들이 명징하게 자리하고 있다. 장인의 교활함과 '나'의 어리석음 그리고 그러한 두 사람의 대결에서의 '나'의 패배라는 유사성의 요소들이 그들 정보들 속에 자리하고 있는 것이다. 따라서 독자는 이상의 독서 과정에서 일련의 정보들이 드러내는 등가적인 유사성을 인식하는 가운데 후향적으로 제시되는 과거 서사의 정보들을 텍스트 서두의 정보들에 근거해서 의미를 제한하며 해석하는 비교적인 탐색을 전개해 온 것이 사실이다. 이러한 가운데서 독자는 텍스트 서두 정보를 통해 가지게 된 일련의 호기심들을 해결할 수 있는 실마리를 발견해 왔다. 즉, 독자는 '나'가 점순의 실질적인 내면적 성숙을 확인하는 가운데 장인의 교활한 책략을 감지했음에도 불구하고, '나'의 어리숙함으로 인해 상황의 전적인 반전을 꾀하지 못한 것임을 확인할 수 있었던 것이다. 이때 '나'의 어리숙함이란 사람과 삶에 대해 근원적으로 순수한 '나'의 인물됨을 해학적으로 드러낸 기표이다. 그것은 교활함이란 존재 자체를 거부한다. 그러나 불행한 것은 '나'의 그러한 어리숙함과는 무관하게 교활함이 현실적으로 존재하면서 오히려 어리숙함을 무력화시킨다는 사실이다. 독자는 이러한 일련의 인식을 통해 지배와 종속의 사회 제도의 허위성을 비판하는 텍스트의 현실적 맥락을 읽어 낼 뿐만 아니라 허위와 책략 등에 의해 진실이 왜곡되고 참됨이 무력화되는 가치 전도의 윤리적 위기까지도 체험한다.

그런데 텍스트의 정보가 계속된다. 그것도 서사의 과거 상황에 대한 후향적인 정보가 계속되는 것이다. 이는 미처 다 밝히지 못한 '왜'의 문제가 남아 있다는 의미이다. 따라서 독자의 은유적인 탐색도 계속되어야 한다. 텍스트는 오늘 아침 '나'와 장인 사이에 또 한 번의 싸움이 있었다는 정보를 전달한다. 그리고는 그 원인에 대해 '나'가 장황하게 설명하는 정보를 덧붙인다. '나'는 우선 오늘 아침의 싸움을 뜻밖의 일이라고 하면서 그 원인을 어젯밤 뭉태네 집에 간 것에서부터 찾기 시작한다. 어젯밤 뭉태네 집에 놀러 갔을 때, 뭉태는 돈이 드는 것이 아까워서 머슴을 두지 않고 데릴사위를 들여 부려먹는 장인의 이력을 들려준다. 그리고 뭉태는 '나'에게 장인이 둘째딸인 점순의 짝으로 데리고 온 데릴사위로 '나'가 벌써 세 번째라는 사실도 알려 준다. 그럼에도 불구하고 '나'는 여전히 뭉태의 말을 곧이듣지 않는다. 독자는 이 정보에서 서두에서부터 반복된 장인의 교활함과 '나'의 어리숙함을 다시 발견한다. 새경을 아끼려고 그간 장인이 벌인 행위들에 대한 정보와 여러 가지 정황에도 불구하고 장인의 그러한 행위들을 믿으려 하지 않는 '나'의 모습에 대한 정보가 독자에게 이전의 그러한 내용에 대한 정보들을 환기시키면서 기의상의 유사성을 내비치는 까닭이다. 독자는 여기서 후향적으로 진행되는 정보들 속에서 치환적인 지연의 단면을 확인하고 지금까지 전개해 온 비교적인 탐색의 연장선에서 오늘 아침의 싸움도 '나'의 패배로 귀결될 것임을 추정해 본다. 그렇다면 텍스트가 또 한 번의 패배를 통해 독자에게 새로이 전하고자 하는 바는 무엇인가. 독자는 새로운 호기심으로 뒤이어지는 정보에 주의를 기울인다.

텍스트는 계속해서 오늘 아침의 싸움이 벌어지게 된 또 하나의 원인에 대한 정보를 제시한다. '나'가 진술하는 또 하나의 원인은 아침에 점순이가 '나'에게 '되우 쫑알거'린 사건이다. 아침 밥상을 내온 점순은 밥먹을 생각에만 빠져 있는 '나'에게 구장한테 갔다가 그냥 온 것을 탓하며 '쉼을 잡아채지 그냥둬, 이바보야' 하고 성을 냈던 것이다. 독자는 이 정보가 점순의 실질적인 성숙을 보여 주는 또 다른 정보임을 감지한다. 이어서 텍스트는 그러한 점순의 태도에 당황한 '나'가 다음과 같은 생각에 젖어들었다는 정보를 전한다.

> 사실 이때만치 슬펐든 일이 또 있었는지 모른다. 다른 사람은 암만 못생겼다해두 괜찮지만 내 안해될 점순이가 병신으로 본다면 참 신세는 따분하다. 밥을 먹은뒤 지게를 지고 일터로 갈랴하다 도루 벗어던지고 밖앝 마당 공석우에 들어누어서 나는 차라니 죽느니만 같지 못하다 생각했다. (147쪽)

위와 같은 결론을 내린 '나'는 '오늘은 열쪽에 난대도 결정을 내리고 싶'다는 생각에 이르렀던 것이고, 그래서 '나'는 또 한 번의 저항을 시도했던 것이다. 이를 증명하듯 텍스트는 뒤이어서 '나'와 장인과의 오늘 아침의 싸움에 관한 회화적인 정보를 제시한다. 독자는 이들 정보들을 통해 오늘 아침 다시 시작된 '나'의 저항의 직접적인 동인이 아침의 점순의 그러한 충동질이었음을 파악한다. 그리고 어저께의 싸움의 직접적인 동인 역시 점순의 충동질이었다는 사실을 환기하는 가운데 두 싸움 간의 동인의 유사성을 읽어 낸다. 두 정보들 간의 치환적인 지연의 전략을 감지하는 것이다. 독자는 점순의 성숙을 알려 주는 이 반복의 정보들을 비교하는 가운데 '나'가 장인의 교활한 책략을 다시 한 번 감지할 수 있는 계기를 맞았던 것임을 확인한다. 이는 '나'가 자신이 처한 혼례 지연 상황의 맥락을 보다 명확하게 인식하게 된 동기를 다시 한 번 확인한 것이다.

이러한 확인 속에서 독자는 '나'가 오늘 아침 싸움의 원인의 하나로 어젯밤 뭉태네 집에 다녀온 사건을 들고 있다는 사실을 환기한다. '나'가 비록 뭉태가 알려 준 장인의 이력을 '전수히 고지듣지 않'는다고는 했지만, '나'가 그것 자체를 원인으로 생각하고 있다는 사실 자체가 뭉태의 설명이, '나'가 자신이 처한 상황을 인식하게 된 동기로 역할했음을, 즉 '나'의 상황 인식의 제고에 일정 정도 기여 했음을 시사하기 때문이다.

그렇다면 이상에서처럼 상황 인식의 제고를 야기한 사건들을 경험한 '나'가 장인과 벌인 오늘 아침의 싸움의 결과는 어떠했을 것인가, 혹은 그 과정 내지는 그 내용은 어떠했을 것인가. 텍스트 서두의 정보를 통해 결과적으로 '나'와 점순의 혼례가 성사될지의 여부가 불투명한 상황임을 인식했던 독자는 이미 앞서 오늘 아침의 싸움에 대한 후향적인 정보가 제시되기 시작한 시점에서 그 싸움이 '나'의 패배로 끝날 것임을 예측했었던 것이 사실이다. 그런데 '나'가 장인의 교활한 책략을 인식할 수 있는 사건들을 거듭 경험하였다는 지금의 정보들은 독자의 앞서의 그러한 예측을 유예시킨다. 그리하여 싸움의 결말에 대한 독자의 호기심은 새롭게 고조되는 것이다.

다음의 정보는 앞서 언급한 '나'와 장인이 오늘 아침에 벌인 싸움에 대한 회화적인 정보의 일부분이다.

> 아픈것을 눈을 꽉 감고 넌해라 난 재미난듯이 있었으나 볼기짝을 후려갈길 적에는 나도 모르는결에 벌떡 일어서서 그 수염을 잡아챗다 마는 내 골이 난것이 아니라 정말은 아까부터 벅뒤 울타리 구멍으로 점순이가 우리들의 꼴을 몰래 엿보고 있었기 때문이다. 가뜩이나 말 한마디 톡톡이 못한다고 바보라는데 매까지 잠자코 맞는걸

보면 짜정 바보로 알게 아닌가. 또 점순이도 미워하는 이까진 놈의
장인님 나곤 아무것도 안 되니까 막 때려도 좋지만 사정 보아서 수
염만 채고(제 원대로 했으니까 이때 점순이는 퍽 기뻤겠지) 저기까
지 잘 들리도록 「이걸 까셀라부다!」하고 소리를 쳤다. (147∼148쪽)

위의 정보는 '나'가 장인과의 싸움에서 점순을 의식함으로써 싸움의
근본적인 동인을 잊고 있음을 보여 준다. 물론 싸움 자체가 점순의 충
동질을 계기로 시작된 것은 사실이지만 그래도 그것의 근본 동인은 장
인이 부당하게 혼례를 지연시키고 있는 상황에 있는 것임에도 불구하고,
또한 점순의 충동질 역시 그러한 상황에 대한 문제 제기임에도 불구하
고, '쌈을 잡아채지'라는 점순의 말을 액면 그대로 받아들인 채 그것을
그대로 행동으로 옮기는 '나'의 모습 속에서 독자는 또다시 '나'의 어리
숙함을 확인한다. 그런데 의외로 위 정보는 앞에서의 독자의 예측과는
달리 '나'가 싸움에서 우위를 점할 듯한 분위기를 전달하기도 한다. 순
간 독자는 전복적인 결과를 기대하며 독서를 이어 가기도 하지만, 결국
다음의 인용 정보에 이르러서 그러한 기대를 접고 처음의 예측이 실현되
는 상황을 확인한다.

내가 머리가 터지도록 매를 얻어 맞은것이 이때문이다. 그러나
여기가 또한 우리 장인님이 유달리 착한 곳이다. 어느 사람이면 사
경을 주어서라도 당장 내쫓았지 터진 머리를 불솜으로 손수 짖어주
고, 호주머니에 히연 한봉을 넣어주고 그리고
「올갈엔 꼭 성례를 시켜주마, 암말말구 가서 뒷골의 콩밭이나 얼
른갈아라.」하고 등을 뚜덕여줄 사람이누구냐.
나는장인님이 너무나 고마워서 어느듯 눈물까지 낫다. 점순이를
남기고 인젠내쫓기려니, 하다 뜻밖의 말을듣고
「빙장님! 인제 다시는 안그러겠어유──」
이렇게 맹서를하며 불야살야 지게를지고 일터로갔다. (149쪽)

위의 정보는 오늘 아침의 싸움의 결과를 본질적인 차원에서 보여 준다. 두 사람이 몸싸움을 벌이던 중에 '나'는 장인이 자신에게 했던 대로 '장인님의 바지가랭이를 꽉 웅키고 잡아나'꾼다. 그 때문에 '나'는 장인에게 머리가 터지도록 매를 맞게 되고 그것으로 결국 두 사람의 몸싸움은 끝이 났던 것이다. 이후 장인은 위 정보에서 확인되듯이 예의 교활함으로 다시 '나'를 달래 콩밭으로 내몰고, '나' 역시 예의 어리숙함으로 장인의 뜻에 따른다. 즉, 장인은 '나'의 '터진 머리를 불솜으로 손수 짖어주고, 호주머니에 히연 한봉을 넣어주'는 회유책을 쓰면서 예의 가을에 성례를 시켜 주마는 약속을 다시 하고, '나'는 그러한 장인을 착하다고 생각하며 그가 베푼 은혜에 감읍하여 다시는 안 그러겠다는 다짐을 하면서 '불야살야 지게를 지고 일터'로 간 것이다. 독자는 위 정보를 접하면서 '나'의 어리숙함이 장인의 교활함에 의해 농락당하는 현장을 다시 한 번 확인한다. 이로써 오늘 아침의 싸움도 앞에서 독자가 텍스트 서두 정보와의 비교를 통해 예측했듯이 교활한 장인에 맞섰던 어리숙한 '나'가 결국에는 패배하는 것으로 끝이 났음이 확인된다. 이러한 결과는 어저께의 싸움의 결과와 별반 다를 것이 없다. '나'는 장인의 교활함을 알아챌 수 있었던 사건들을 거듭 체험했음에도 불구하고 사람과 삶에 대한 순수함을 기의로 한 어리석음의 기표를 유지함으로써 결국 교활한 장인에게 패배하고 만 것이다.

이로써 독자는 어저께의 싸움에 관한 정보들을 통해 탐색한 일련의 의미들이 오늘 아침의 싸움 정보들을 통해 철저하게 반복되고 있음을 확인한다. 그리고 그러한 확인을 토대로 텍스트 서두에서 제시된 '나'의 현재 상황, 즉 혼례 성사 여부가 불투명한 상황이 구축된 인과 과정을 보다 분명하게 인식하면서 그 인과 과정의 기저에 '나'의 어리숙함의 기의가 중요하게 자리하고 있음을 재인식한다. 결국 텍스트가 어저께의 싸움 정보에 이어 오늘 아침의 싸움 정보를 반복적으로 제시한 것은 독자에게 그와 같은 인식들을 심화시키기 위해서였던 것이다. 독자는 이와 같은 이해로 오늘 아침의 싸움에 대한 정보들이 후향적으로 제시되기 시작하였을 때 가졌던 호기심을 풀어낸다.

여기서 다시 텍스트가 등가적인 정보들을 인접적으로 제시하면서 치환적인 지연을 구축하고 있음이 드러난다. 어저께의 싸움의 정보와 오늘 아침의 싸움의 정보가 인접적으로 치환되면서 등가적인 관계를 이루고 있음이 분명하게 드러나는 것이다. 그들 정보들 속에는 장인의 교활함, '나'의 어리석음, 두 사람의 대결에서의 '나'의 패배, 그리고 점순의 성숙 등이 유사성으로 자리하고 있다. 그리하여 독자는 그러한 일련의 등가적인 정보들을 접하면서, 텍스트의 후향적인 지연의 특성에 기대어 비교적인 탐색을 벌여 이상과 같은 이해에 이르렀던 것이다.

이러한 맥락을 전제할 때 오늘 아침의 싸움 정보 역시 텍스트 서두의 정보와 치환적인 지연 관계를 이루고 있음을 알 수 있다. 이는 오늘 아침의 싸움 정보와 인접적으로 치환되면서 등가적인 관계를 이루고 있는 어저께의 싸움 정보가 텍스트 서두의 정보와 인과적인 맥락을 이루는 가운데 치환적인 지연 관계를 이루고 있다는 앞에서의 탐색 결과가 뒷받침해 준다. 결국 텍스트의 일련의 정보들이 후향적으로 제시되면서 치환적인 지연을 이루고 있었던 것이고, 그리하여 독자는 그러한 치환적인 유사성에 근거하여 비교적인 탐색을 벌여 오면서 궁극적으로 '나'의 어리숙함에 대한 인식을 심화시켜 왔던 것이다.

이제 텍스트는 마지막 정보를 전한다. 텍스트는 위에서 인용된 정보를 통해 장인과 '나'의 오늘 아침의 싸움의 최종적인 결말을 제시한 후 이어서 그 싸움의 외중에 일어났던 일에 대한 정보 하나를 덧붙이고 있다. 그렇다면 텍스트는 왜 이와 같은 역진적인 정보 전달 방식을 택한 것일까. 이는 텍스트가 역진적으로 전달하는 정보의 맥락을 강조하기 위한 것임을 쉽사리 짐작할 수 있다. 따라서 독자는 이 정보가 전달하는 바에 주목한다. 역진적으로 덧붙여진 정보는 '나'가 장인의 '바지가랭이'를 잡아당기자 장인이 고통을 호소하다가 점순을 소리쳐 부르고 이어서 점순과 장모가 놀라 달려나오는 일련의 상황에 관한 것이다. 다음의 정보는 그러한 상황이 빚은, 텍스트상의 최종적인 결말이다.

> 「에그머니! 이 망할게 아버지 죽이네!」 하고 내귀를 뒤로 잡아댕기며 마냥 우는것이 아니냐. 그만 여기에 기운이 탁 꺾이어 나는 얼빠진 등신이 되고말았다. 장모님도 덤벼들어 한쪽 귀마저 뒤로 잡아채면서 또 우는것이다.
> 이렇게 꼼짝 못하게 해놓고 장인님은 지게막대기를 들어서 사뭇 나려조겼다. 그러나 나는 구태어 피할랴지도 않고 암만해도 그속알 수없는 점순이의 얼굴만 멀거니 드려다보았다.
> 「이자식! 장인입에서 할아버지 소리가 나오도록해?」 (149~150쪽)

점순의 말을 곧이곧대로 이해하고 있는 어리숙한 '나'의 입장에서 볼 때, 자신과 장인과의 싸움에 대한 점순의 위와 같은 반응은 대단히 의외적인 것이었다. 두 사람의 싸움이 격해진 것은 점순의 요구대로 '나'가 장인의 수염을 잡아챘기 때문임에도 불구하고 정작 점순은 자신의 요구대로 행동한 '나'를 탓하며 '나'에게 달려들었던 것이다. 위 정보는 '나'의 패배가 확정된 순간이 점순이가 '나'의 기대와는 다른 의외의 행동을 한 바로 그 순간이었음을 알려 준다. 점순의 의외의 반응에 맥을 놓아 버린 '나'의 모습에서 독자는 '나'의 어리숙한 우직함을 다시 한 번 확인할 수 있다. 점순의 애초의 요구를 상황과 관련시켜 이해하지 못하고 표현 그 자체로만 이해한 '나'의 어리숙함을 확인하는 것이다. 이처럼 텍스트가 말미에서 '나'의 어리숙함을 강조함으로써 독자는 '나'의 어리숙함의 기의를 다시 한 번 환기하며 그 순수함의 의의를 재인식한다. 그러면서 독자는 교활한 장인의 논리에 어리숙한 '나'의 진정성이 결과적으로 무력화된 서사적 현실을 환기하지 않을 수 없다. 그리고 그 것과 관련지어 텍스트 내적 차원에서 '나'에게 장인이 약속한 '가을'이 란 요원한 것임을, 그리하여 결국 '나'에게는 가슴 부푸는 '봄'만이 반복 될 것임을 추정해 본다. 더 나아가서 독자는 그러한 논리에 기대어 인 간의 삶의 사회적 혹은 윤리적 파행성에 대한 인식에까지도 이른다. 그 리고 궁극적으로 독자는 텍스트가 부정적 상황을 출발점으로 삼아 더 나은 미래를 모색하기보다는, 그것을 결말로 삼아 그렇게 되기까지의 과거를 회고한 것은, 즉 서사의 방향을 미래로 이끌지 못하고 과거로 돌린 것은 전망 부재의 파행적인 현실 혹은 파행적인 인간의 삶을 비유 하고자 한 것임을 인식한다.

1.2. 날개[108]

텍스트 「날개」는 다음과 같은 정보로 시작한다.

> 「剝製가 되어 버린 天才」를 아시오? 나는 愉快하오. 이런 때 戀愛
> 까지가 愉快하오.[109] (318쪽)

---

108) 「날개」는 크게 프롤로그와 본 이야기로 구성되어 있는데, 두 부분 모두 '나'
를 서술자로 하는 일인칭 시점으로 되어 있다. 그러나 둘의 내용이 대단히 이질
적이어서 두 '나'가 동일한 인물인가에 대한 문제가 제기될 수 있다. 본 연구는
이에 대해서 기본적으로 두 '나'를 동일한 존재로 받아들인다. 그리고 서사의 구
성 관계는 프롤로그를 후일담으로 받아들여 프롤로그의 '나'가 본 이야기의 '나'
의 경험을 회고하는 것으로 이해한다. 프롤로그의 마지막 부분에서 제시되고 있
는, '나는 내 非凡한 發育을 回顧하여 世上을 보는 眼目을 規定하였소'와
같은 정보는 본 연구의 이와 같은 이해의 단적인 근거가 된다. 이에 대한 보다
자세한 논증은 본문의 논의를 통해 이루어질 것이다.
109) 텍스트는 전집에 실린 것을 대상으로 한다. (이상, 『이상문학전집 2』(김윤식
편), 문학사상사, 1991.) 인용문의 경우 본문에 해당 지면만을 밝힌다.

위의 짧은 정보를 통해 독자는 형상화되고 있는 허구 세계가 모순된 세계이며 '나'는 그러한 세계에 대해 저항적인 냉소로써 반응하고 있음을 인식한다. 우선 독자는 천재가 박제가 되어 버렸다는 정보에서 상황의 아이러닉함을 읽어 내면서 그러한 상황을 야기한 현실의 모순성을 감지한다. 그리고 이어서 '나'가 그러한 상황을 유쾌하게 받아들인다는 정보에서 '나'의 저항적인 냉소를 인식하는 것이다. 더불어 독자는 '이런 때 戀愛까지가 愉快하오'라는 마지막 정보에서 '나'가 연애를 부정적 가치를 담보한 것으로 받아들이고 있음을 파악하면서, 그런 '나'가 天才가 剝製가 되어 버린 아이러닉한 상황에서 부정적 가치를 담보한 연애조차 유쾌하게 여긴다는 사실에서 '나'의 저항적인 냉소를 보다 견고하게 확인한다. 그렇다면 구체적으로 '나'에게서 그러한 냉소를 유발하고 있는 현실 상황의 모순성은 무엇이며, '나'의 저항적 냉소의 지표로 드러난 연애는 왜 부정적인 가치를 담보하고 있는 것일까. 위의 정보를 두고. 이상과 같은 탐색을 마친 독자로서는 이러한 일련의 의문들을 가지게 된다. 일련의 서사 상황에 대한 독자의 호기심이 작용하기 시작하는 것이다.

> 肉身이 흐느적흐느적하도록 疲勞했을 때만 精神이 銀貨처럼 맑소.
> 니코틴이 내 蛔ㅅ배 앓는 뱃속으로 스미면 머리 속에 으레히 白紙가 準備되는 법이오. 그 위에다 나는 위트와 파라독스를 바둑布石처럼 늘어놓소. 可憎할 常識의 病이오.
> 나는 또 女人과 生活을 設計하오. 戀愛技法에마저 서먹서먹해진, 知性의 極致를 흘깃 좀 들여다 본 일이 있는 말하자면 一種의 精神奔逸者 말이오. 이런 女人의 半──그것은 온갖 것의 半이오──만을 領受하는 生活을 設計한다는 말이오. 그런 生活 속에 한 발만 들여놓고 恰似 두 개의 太陽처럼 마주 쳐다보면서 낄낄거리는 것이오. 나는 아마 어지간히 人生의 諸行이 싱거워서 견딜 수가 없게끔 되고 그만둔 모양이오. 꾿 빠이. (318쪽)

위의 정보는 이전의 인용 정보를 반복하면서 서사 상황에 대한 독자의 이해를 보다 구체화시킨다. '肉身이 疲勞했을 때 精神이 銀貨처럼 맑'아지는 모순적인 상태, 그 모순적인 상태에서 위트와 파라독스를 바둑布石처럼 늘어놓는 유희적인 의식, 그리고 그것들이 常識이 되어 버린 역설적 상황에서의 그것들에 대한 증오, 이러한 일련의 상황들 모두는 '나'의 의식 상태가 비일상적임을 보여 준다. 이를 통해 독자는 앞서 드러난 '나'의 저항적인 냉소가 그와 같은 비일상적 의식으로 구체화되고 있음을 확인한다.

또한 독자는 위 정보를 통해 앞서 제시된 연애의 문제에 대해서도 보다 구체적으로 이해할 수 있게 된다. 위 정보에서 '나'는 일단 연애를 '女人과 生活을 設計'하는 것으로 설명한다. 그러나 그러한 여인에 대한 구체적인 설명이 덧붙여지면서 '나'의 연애에 대한 인식이 대단히 비일상적인 것임이 드러난다. '나'는 여성을 '戀愛技法마저 서먹서먹해진, 知性의 極致를 흘깃 좀 들여다 본' '精神奔逸者'로 규정하고 그런 여인의 半만을 領受하는 생활을 설계하는 것이 연애라고 설명한다. 이처럼 '나'가 지성과 연애의 기법을 대립적인 맥락으로 설정하고 그러한 가운데서 지성을 소유한 여인을 정신분일자로 규정하고 있는 까닭에 '나'에게 여인은 더불어 생활을 설계하기에는 부적절한 존재이다. 그리하여 '나'는 연애를 '生活 속에 한 발만 들여놓고 恰似 두 개의 태양처럼 마주 쳐다보면서 낄낄거리는 것'이라고도 설명한다. '나'에게 있어 연애란 그것이 가지는 일상적 관념인 조화와 합일의 문제가 아니라 상호 대립과 상호 조롱의 행위인 것이다. 이로써 독자는 앞의 정보에서 연애가 부정적 가치를 담보한 것으로 받아들여졌던 이유에 대한 호기심을 해결하면서 결과적으로 '나'에게 있어 연애는 대단히 역설적인 행위이며 지향할 만한 가치를 담보하지 못한 행위임을 분명하게 인식한다.

　그러면서 독자는 '나'가 그러한 역설적 연애를 설계하고 있다는 사실에서 또 다른 호기심을 가지게 된다. 이때 독자의 주의를 끄는 것이 위 정보의 마지막 부분이다. '나'가 '인생의 諸行이 싱거워서 견딜 수가 없게끔 되'어 버린 존재라는 마지막 정보는 독자에게 '나'가 세상에 대해 냉소를 머금게 된 연유를 짐작하게 한다. 그 정보는 '나'가 세상에 대해 냉소를 머금게 된 것은 세상에 대해 어떠한 기대와 희망도 가질 수 없었기 때문이었음을 알려 주고 있는 것이다. 그렇다면 '나'가 역설적인 연애를 설계하는 것은 전망 없는 세상을 향해 뿜어내는 저항적인 냉소를 구체적으로 표현하는 것이 된다. 여기서 독자는 앞서 인식한 '나'의 냉소적 반응의 깊이를 가늠할 수 있다. 이제 독자는 새로운 의문들을 가지고 독서를 이어간다. '지성'과 '연애의 기법'은 왜 대립적인가, 그리고 지성을 맛본 여성은 왜 정신분일자인가 하는 것 등이 그것들이다.

　텍스트는 뒤이어서 '이따금 그대가 제일 싫어하는 음식을 탐식하는 아이러니를 實踐해 보는 것도 좋을 것 같소' 혹은 '그대 自身을 僞造하는 것도 할 만한 일이오' 등의 정보를 제시함으로써 세상을 향한 '나'의 저항적인 냉소의 의식을 독자에게 다시 한 번 인지시킨다. 싫어하는 음식을 탐식하는 것, 자기 자신을 위조하는 것, 그것들 모두는 모순되고 전망없는 세상에 대해 '나'가 철저하게 위장된 모습으로 대응해 버리는, '나'의 저항적인 냉소의 표현들인 것이다.

　이렇게 세상을 향한 '나'의 저항적 냉소를 거듭 강조한 텍스트는 이어서 다음의 정보를 전한다.

　　十九世紀는 될 수 있거든 封鎖하여 버리오. 도스토예프스키 精神이란 자칫하면 浪費인 것 같소. 위고를 佛蘭西의 빵 한조각이라고는 누가 그랬는지 至言인 듯 싶소. 그러나 人生 或은 그 模型에 있어서 디테일 때문에 속는다거나 해서야 되겠소? 禍를 보지 마오. 부디 그대께 告하는 것이니….

(테잎이 끊어지면 피가 나오. 傷채기도 머지않아 完治될 줄 믿소.
꾿 빠이) (319쪽)

위 정보에서 '나'는 도스토예프스키와 위고를 대립시키고 있는데, 이
는 근대적 정신과 낭만적 의식의 대립을 의미한다. 그리고 '나'는 대립
되는 이들에 대해 전자를 거부하고 후자를 지향하는 모습을 보인다. 도
스토예프스키의 정신을 낭비라 이르고 위고를 불란서의 빵 한 조각이라
인정하고 있는 것에서 그와 같은 모습이 확인되는 것이다. 여기서 독자
는 지성과 연애의 기법을 대립적으로 인식하고 전자를 맛본 여성을 정
신분일자라 하여 결국은 지성에 부정적인 시선을 보냈던 앞의 정보를
환기하면서 그 정보와 지금의 정보가 대립적인 계열을 이루면서 치환적
인 지연 관계를 이루고 있음을 인식한다. 지성이 근대적 정신으로 연애
의 기법이 낭만적 의식으로 치환되고 있음을 인식하는 것이다. 그리고
이러한 인식을 토대로 앞에서 지성과 관련되었던 여인이라는 기표가 가
지는 상징적 의미를 지금의 정보 속에서 읽어 낸다. '지성의 극치를 홀
긋 좀 들여다 본 여인'은 바로 근내적 정신을 상성하고 있는 존재인 것
이다. 지성이 곧 근대적 정신인 까닭이다. 그렇다면 그러한 여인을 '마
주 쳐다보면서 낄낄거'릴 '나'는 이상과 같은 대립적인 맥락을 고려할
때 낭만적 의식, 즉 감정을 상징하는 존재임이 확인된다. 이러한 일련의
해석을 통해 독자는 '나'가 근대적 지성과 낭만적 감정이 합일될 수 없
는 거리를 가진 것으로 인식하고 있음을 파악하면서 동시에 '나'가 그
중 근대적 지성을 거부하고 있음을 확인한다. 그리고 독자는, '나'가 그
럼에도 불구하고 그러한 근대적 지성을 상징하는 여인과의 연애를 설계
하고 있다는 모순된 사실을 환기하면서, 그러한 행위 자체가 모순된 세
상을 향한 '나'의 저항적인 냉소적 의식의 역설적 표현임을 다시 한 번
인식한다. 그리고 다시 묻는다. '나'는 왜 근대적 지성을 거부하는 것일

까. 앞서 제기한 의문과 관련지어 본다면, 왜 근대적 지성을 상징하는
여성은 '나'에게 정신분일자로 받아들여지는 것일까.

그런데 텍스트는 독자의 그러한 의문들에 대한 답을 제시하는 대신
서사 전개상의 한 호흡의 휴지를 마련하듯, '나'가 박제가 된 상황에 대
한 정보를 다시 제시한다. 즉, 텍스트가, '感情은 어떤 포우즈 그 포우
즈가 不動姿勢에까지 高度化할 때 感情은 딱 供給을 停止합네다.'라는
정보를 통해 '나'가 낭만적 감정이 고도화되면서 박제가 된 존재임을 알
려 주고 있는 것이다. 이에 독자는 텍스트가 이처럼 '나'가 박제가 된
상황에 대한 정보를 다시 제시한 것은 '나'라는 존재가 낭만적 감정
을 기의로 하는 기표임을 강조하기 위한 것임을 감지한다. 그리고 '나'
와 근대적 지성 간의 거리를 재인식한다. 즉, 낭만적 감정과 근대적 지
성 간의 극복될 수 없는 거리를 재확인하는 것이다.

이어서 텍스트는 다음의 정보를 제시한다.

> 나는 내 非凡한 發育을 回顧하여 世上을 보는 眼目을 規定하였소.
> 女王蜂과 未亡人──世上의 하고많은 女人이 本質的으로 이미 未
> 亡人 아닌 이가 있으리까? 아니! 女人의 全部가 그 日常에 있어서
> 개개 「未亡人」이라는 내 論理가 뜻밖에도 女性에 對한 冒瀆이 되
> 오? 꾿 빠이. (319쪽)

독자는 위 정보에서 우선 그것이 '나는 내 非凡한 發育을 回顧하여
世上을 보는 眼目을 規定하였소'라고 시작하는 것에 주목한다. 이 시작
정보가, 그 이후에 제시되는 정보가 '나'가 비범한 발육을 회고하여 얻
은 세상을 보는 안목에 대한 것임을 시사하고 있기 때문이다. 그리하여
독자는 다시 위 인용의 첫 정보에 이어지는 그 다음의 정보에 주목한다.
그리고 그것에서 '나'가 女王蜂과 未亡人을 연계시키고 '世上에 하고많
은 女人이 本質的으로 이미 未亡人'이라고 규정하고 있음을 발견한다.

이로써 독자는, 여왕봉과 미망인이 상대의 죽음을 요하거나 전제하는 존재들이며 따라서 조화와 합일이라는 연애의 일상적 관념을 위반하는 존재들이라는 사실을 떠올리며 '나'가 세상을 보는 안목의 실체를 확인한다. '나'가 현실을 상대와의 공존이 불가능한 세계로 인식하고 있음을 확인하는 것이다. 물론 그러한 공존 불가능성은 '나' 자신 때문이 아니라 상대의 존재론적 모순 때문이다. 즉, 앞의 설명에서 시사되었듯이 여왕봉과 미망인은 상대와의 공존을 모색할 수 없는, 공존의 이념에 대해서 존재론인 모순을 드러내는 존재들인 까닭이다.

이러한 해석적 과정에서 독자는 앞에서 '나'가 여성을 정신분일자로 규정한 이유를 확인할 수 있다. 상대를 전제하면서도 상대와의 공존을 존재론적으로 부정하는 모순, 거기서 비롯되는 자기 분열, '나'에게 있어 여성이란 바로 이와 같은 속성을 가진 존재들이기에 '나'는 여성을 정신분일자라 규정한 것이다. 독자는 이러한 논리를 따라 가면서, 여성이 상징하고 있는 근대적 지성이라는 함의를 떠올리며, 결국 근대적 지성은 조화와 합일을 위반하고 상대의 죽음을 전제하는 부정적 가치이며 따라서 그것은 거부될 수밖에 없는 가치임을 탐색한다. '나'가 근대적 지성을 거부한 이유를 탐색한 것이다. 더불어 독자는 텍스트 처음에서 제시된 천재가 박제가 되어 버린 아이러닉한 상황은 바로 이러한 근대적 지성의 속성에서 비롯된 것임을 추정한다. 또한 '나'가 부정적 가치를 담보하고 있는 연애조차 유쾌한 것으로 받아들였던 것도 바로 이러한 근대적 지성의 모순을 비꼬기 위한 행위였음을 이해한다. 결국 독자는 프롤로그의 일련의 정보를 통해서 여인으로 상징되는 근대적 지성이 가지는 부정적 가치와 그것의 모순된 속성을 파악한 것이다. 그렇다면 '나'를 그처럼 근대적 지성을 거부하고 세상에 대해 저항적인 냉소로 대응하게 한, '나'가 경험한 그 비범한 발육이란 어떠한 것이었을까. 독자는 과거 서사에 대한 호기심으로 후향적인 정보에 대한 기대를 가지고 텍스트 탐색을 이어 간다.

텍스트는 이제 본 이야기에 대한 정보 제시를 시작한다. 독자는 '그 三十三번지라는 것이'로 시작되는 본 이야기에서 특히 '그'라는 지시어에 주목함으로써 앞으로 제시될 정보들이 과거의 것들임을 감지하고 그 것들이 프롤로그에서 언급한 '나'의 '非凡한 發育'에 대한 회고와 관련될 것임을 추정한다. 그리고는 후향적인 정보들에 대한 탐색을 준비한다.

텍스트는 허구 세계에 대한 공간 묘사를 시작으로, 후향적으로 전개되는 본 이야기의 정보 제시를 시작한다. 구조가 흡사 유곽과 같은 三十三번지는 十八가구가 늘어서 있다. 그 곳에 사는 사람들은 낮에는 얼룩진 이부자리로 해가 드는 것을 막은 채 낮잠을 자고 밤이 되면 일어나서 움직이기 시작한다. 각 미닫이마다 百忍堂이니 吉祥堂이니 하는 문패를 다는 풍속을 갖고 있기도 하다. 그리고 아내와 '나'가 살고 있는 방에도 그러한 풍속을 좇아 아내의 명함이 붙어 있다는 정보가 이어진다. 독자는 일단 이러한 일련의 정보에서, 특히 삼십삼 번지의 사람들이 낮과 밤이 전도된 삶을 살고 있다는 정보에서 이들의 삶이 가지는 시간적인 전도성을 확인한다. 그것은 낮에 활동하고 밤에 잠자는 일상에 대한 전도이다. 그리고 이러한 전도적 양상은 '나'와 아내의 삶에 있어서도 예외가 아닌 것으로 드러난다. 이어 텍스트는 다음과 같은 정보를 제시한다.

> 내가 이렇게까지 내 아내를 소중히 생각한 까닭은 이 三十三번지 十八가구 가운데서 내 아내가 내 아내의 명함처럼 제일 작고 제일 아름다운 것을 안 까닭이다. 十八가구에 각기 별러 들은 송이송이 꽃들 가운데서도 내 아내는 특히 아름다운 한 떨기의 꽃으로 이 함석지붕 밑 볕 안 드는 지역에서 어디까지든지 찬란하였다. 따라서 그런 한 떨기 꽃을 지키고——아니 그 꽃에 매어달려 사는 나라는

존재가 도무지 형언할 수 없는 거북살스러운 존재가 아닐 수 없었
던 것은 물론이다. (320~321쪽)

'나'가 '아내 낯을 보아 좋지 않은 일인 것만 같은' 생각에 아내 이외
에는 누구와도 인사하지 않는다는 정보에 이어 제시되는 위 인용 정보
에서 독자는 '나'가 '송이송이 꽃들 가운데서도 특히 아름다운 한 떨기
의 꽃' 같은 아내에게 매달려 살고 있다는 사실과 그러한 '나라는 존재
가 형언할 수 없는 거북살스러운 존재'라는 사실에 주목한다. 이들을 통
해 '나'와 아내 간의 부부 관계의 전도를 확인할 수 있기 때문이다. 부
부 관계의 중심이 '나'가 아닌 아내에게 놓여진 이러한 전도 현상은 남
자가 중심을 이루고 여자가 그것을 따르는 가부장적 구조의 일상적 삶
의 패턴을 위반하고 있는 것이다. 독자는 앞서의 시간적 전도에 이어
새로이 부부 관계의 전도를 확인하면서 계속되는 일상의 전도에 초점을
두고 후향적인 정보에 대한 탐색을 이어 간다.

　　이런 이 방이 가운데 장지로 말미암아 두 칸으로 나뉘어 있었다
　　는 그것이 내 운명의 상징이었던 것을 누가 알랴?

　　아랫방은 그래도 해가 든다. 아침결에 책보만한 해가 들었다가
　　오후에 손수건만해지면서 나가 버린다. 해가 영영 들지 않는 웃방이
　　즉 내 방인 것은 말할 것도 없다. 이렇게 볕 드는 방이 아내의 해
　　이요 볕 안 드는 방이 내 해이오 하고 아내와 나 둘 중에 누가 정
　　했는지 나는 기억하지 못한다. 그러나 나에게는 불평이 없다. (321
　　~322쪽)

위의 정보에 앞서 텍스트는 '나'가 자신의 방 속에서 향유하는 즐거
움에 대한 정보를 전달한다. '나'가 '몸과 마음에 옷처럼 잘 맞는 방 속
에서 뒹굴면서 축 처져 있는 것'을 즐기며 살아가고 있음을 전달했던
것이다. 그러한 정보는 방이 '나'에게는 절대의 세계임을 의미한다. 그리

고 텍스트는 이어서 위와 같은 정보를 제시하여 '나'에게 절대의 세계인 방이라는 공간이 일상의 관념을 위반한, 전도된 세계임을 보이고 있다. 위 정보에 따르면 아내는 해가 드는 아랫방을 차지하고 있고 '나'는 해가 들지 않는 윗방을 차지하고 있다. 아내와 '나'의 이러한 공간 점유 양상은 남자가 양의 자리를 차지하고 여자가 음의 자리를 차지한다는 일상적인 공간 관념을 위반한 것이다. 부부가 분리된 공간에서 각기 기거하고 있다는 사실 자체부터가 이미 일상적인 공간 관념을 위반하고 있는 것이기도 하다. 이로써 독자는 분명한 공간적 전도를 확인한다. 이어 텍스트는 '나'의 생활상에 대한 정보를 제시하는데, '나'는 아내가 외출하면 그 틈을 타 아내의 방으로 건너가서 돋보기로 종이를 태우는 장난을 하거나 아내의 화장품이나 옷가지를 보며 아내에 대한 상념에 젖어든다는 것이다. 아내는 외출을 하고 '나'는 그 틈을 타 아내의 방에서 유희를 즐긴다는 이러한 정보 속에서 독자는 방의 분리를 통해 드러나는 공간의 전도가 두 사람의 전도된 생활 양상까지를 포괄하고 있음을 인식한다.

결국 독자는 이제까지의 후향적인 정보들 속에서 '나'와 아내가 기거하는 세계를 관류하고 있는 일련의 전도의 양상들을 거듭 확인해 온 것이다. 시간의 전도, 부부 관계의 전도, 공간의 전도가 거듭된 전도의 양상들이다. 인간이 기본적으로 시·공간적 존재이며 관계의 존재임을 환기할 때 이러한 일련의 전도 양상들은 '나'와 아내가 근거하며 살아가고 있는 존재 조건들 모두가 전도된 상태임을 보여 준다. 그리고 그것은 '나'와 아내의 삶 자체가 전도된 것임을 확인시켜 준다. 이를 위하여 텍스트는 그러한 일련의 전도 양상들을 치환적인 반복을 통해 거듭 제시하였던 것이고, 독자는 텍스트의 전략대로 그러한 반복적인 전도 양상들을 거듭 확인하는 가운데서 '나'와 아내의 삶이 가지는 일탈성을 인식할 수 있었던 것이다. 그러면서 독자는 텍스트 서두, 즉 프롤로그에서 탐색된 '나'의 세상에 대한 냉소, 연애 내지는 여성에 대한 가치 폄하 등의 문제들을 환기하고 그것들과 지금의 '나'와 아내의 삶의 일탈성과의 관련성에 대한 호기심으로 '나'의 '非凡한 發育'의 실체에 내한 탐색을 이어 간다.

> 나는 이불을 뒤집어 쓰고 낮잠을 잔다. (중략) 영 잠이 오지 않는 적도 있다. 그런 때는 아무 제목으로나 제목을 하나 골라서 연구하였다. 나는 내 좀 축축한 이불 속에서 참 여러가지 발명도 하였고 논문도 많이 썼다. 시도 많이 지었다. 그러나 그것들은 내가 잠이 드는 것과 동시에 내 방에 담겨서 철철 넘치는 그 흐늑흐늑한 공기에 다──비누처럼 풀어져서 온 데 간 데가 없고 한잠 자고 깨인 나는 속이 무명 헝겊이나 메밀껍질로 띵띵찬 한 덩어리 베개와도 같은 한벌 神經이었을 뿐이고 뿐이고 하였다. (중략)
> 나에게는 인간사회가 스스로왔다. 생활이 스스로왔다. 모두가 서먹서먹할 뿐이었다. (323~324쪽)

> 열한시쯤 해서 하는 아내의 첫 번 세수는 좀 간단하다. 그러나 저녁 일곱시쯤 해서 하는 두번째 세수는 손이 많이 간다. 아내는 낮에보다도 밤에 더 좋고 깨끗한 옷을 입는다. 그리고 낮에도 외출하고 밤에도 외출하였다.
> 아내에게 직업이 있었던가? (중략) 아내는 외출한다. 외출할 뿐만 아니라 내객이 많다. (중략) 그런 날은 나는 의식적으로 우울해 하였다. 그러면 아내는 나에게 돈을 준다. 오십전짜리 은화다. 나는 그것이 좋았다. 그러나 그것을 무엇에 써야 옳을지 몰라서 늘 머리맡에 던져 두고 두고 한 것이 어느 결에 모여서 꽤 많아졌다. (325쪽)

위의 두 정보는 앞의 정보들에서 확인한 두 사람의 삶의 일탈성을 구체적으로 보여 주고 있다. 독자는 우선 인간 사회가 스스롭고 생활이 스스로와 누워서 낮잠을 즐기거나 그렇지 못할 때는 머리 속으로 연구를 하는 '神經'에 불과한 '나'와, 밤이면 외출을 하거나 내객을 맞이하고 '나'에게 돈을 주는 아내로 집약되는 두 사람의 일상의 모습에서 시·공간적 전도를 전제한 두 사람의 관계의 전도를 확인한다. 그러면서 보다 미시적으로는 두 사람 각자가 가지는 개별적인 삶의 일탈성도 인식한다. 앞의 정보에서부터 계속적으로 제시되었듯이 '나'는 방이라는 공간에 대해 강한 집착을 드러내면서 그러한 방 안에 누워서 행위는 거세시킨 채 의식만을 작동시키는 자폐적인 존재로서의 일상을 보낸다. 그것은 분명 일상인의 삶의 차원을 위반하고 있는 것이다. 또 저녁이면 정성 들여 세수를 하고 좋은 옷을 입고 외출을 하거나 내객을 맞는 아내의 생활상 역시 일상인의 그것과는 다른 것임이 분명하다.

그런데 독자는 위 인용 정보에서 제시된 세부 정보 하나에 주목한다. 아내가 '나'에게 돈을 준다는 정보에 주목하는 것이다. 돈은 근대 자본주의 사회를 특징짓는 상징적 기호이다. 따라서 아내가 돈을 소유하고 있다는 사실은 그녀가 근대 자본주의 사회를 대표하는 존재임을 시사한다. 여기서 독자는 앞의 프롤로그에서 여인이 근대의 지성을 상징하는 존재로 탐색된 바 있음을 환기한다. 그리고 두 사실의 비교를 통해 아내가 근대 자본주의 사회를 상징하는 존재임을 보다 분명하게 인식한다. 돈으로 상징되는 자본주의는 근대 사회의 본질적 속성이며 근대의 지성은 그러한 자본주의의 성립의 기저였던 것이다.

더 나아가서 이러한 인식을 전제로 독자가 다시 주목하는 사실은 근대 자본주의 사회의 상징적 기호인 아내의 삶이 일상의 차원을 위반하는 일탈적 양상을 드러내고 있다는 것이다. 그러한 사실은 곧 근대 자본주의 사회가 부정성을 담보하고 있으며 그것이 그녀를 통해 상징화되고 있음을 의미한다. 이에 독자는 다시 텍스트 서두의 프롤로그에서 탐색한 의미 하나를 환기한다. 여성과 '도스토예프스키의 精神'을 들어 근대적 지성을 부정하던 '나'의 의식을 환기하는 것이다. 그리고 두 사실의 비교를 통해 독자는 아내가 근대 자본주의 사회의 부정성을 상징하는 존재임을 인식한다.

그렇다면 '나'는 누구인가. 아내의 상징적 의미를 탐색하던 독자의 호기심이 이제 '나'를 향한다. '나'는 볕들지 않는 방에 누워 낮잠을 즐기거나 끝없는 생각에 젖어드는 인물이다. 또 아내가 주는 돈을 무엇에 써야 하는지조차 모르는 인물이다. '나'는 아내와는 분명 반대적인 입지에 있는 인물인 것이다. 독자는 다시 텍스트 서두의 프롤로그에서 탐색한 '나'에 대한 의미를 환기한다. '나'는 근대적 지성과 대립적인 입지에 위치한, 낭만적 감정을 상징하는 인물이었다. '나'가 방에 누워 끝없는 의식에 젖어드는 것은 '나'의 그러한 상징성과 무관하지 않다. '나'가 돈을 쓸 줄 모르는 것 역시 '나'의 그러한 상징성과 무관하지 않다. 결국 독자는 프롤로그의 의미와의 비교를 통해 '나'가 근대적 지성 혹은 근대의 자본주의적 속성과 거리를 둔 인물임을 인식하는 것이다.

이렇게 볼 때 '나'와 아내는 대립적인 존재임이 분명해진다. 독자는 프롤로그에서 연애가 상호 조화와 합일의 행위가 아니라 상호 조롱의 행위로 이해되고 있었음을, 또 여인이란 본질적으로 타자와의 합일이 불가능한 모순된 존재인 미망인으로 규정되고 있었음을 환기하면서 이상에서 드러난 '나'와 아내의 대립을 이해한다. 이는 '나'의 '非凡한 發育'의 일단을 이해한 것이기도 하다. 이로써 텍스트가 프롤로그에서 제시한 연애의 역설적인 화두를, 본 이야기에서 '나'와 아내의 이야기로 변환하여 반복하는 치환적 지연을 구사하고 있음이 드러난다. 그리하여 독자는 이러한 치환적인 지연이 후향적인 지연의 패턴을 드러냄에 따라 프롤로그에서 탐색한 의미들을 반추하며 그것들과 새로이 제시되는 정보들의 의미의 유사성을 밝히는 비교적인 탐색을 벌이는 가운데 서사의 최종적인 결말인 텍스트 서두의 프롤로그에서 밝혀진, '나'가 연애 내지는 여성에 대해 가치를 폄하하게 된 연유에 근거해서 '나'와 아내가 드러내는 대립적인 맥락을 보다 구체적으로 탐색할 수 있었던 것이다.

그런데 이러한 치환적인 반복에 대한 비교적인 탐색의 과정 속에서 독자가 여전히 주목하는 것은 '나' 역시 일탈적인 삶을 살고 있다는 사실이다. 위에서 밝혀진 대로 '나'는, 근대 자본주의 사회의 부정적 속성을 담보한 아내와는 대립적인 위치에 있으면서 아내의 그러한 부정적인 속성을 거부하는 존재이다. 그러나 그 구체적인 내용에 있어서는 다를지라도, 그래도 '나'는 아내와 마찬가지로 일탈적인 삶을 살고 있다. 독자는 이러한 사실에 여전히 의문을 제기하면서 '나'에 대한 호기심을 가지지 않을 수 없다. 그러면서 독자는 다음과 같은 정보들에 주목한다.

> 나는 늘 웃방에서 나 혼자서 밥을 먹고 잠을 잤다. 밥은 너무 맛이 없었다. 반찬이 너무 엉성하였다. 나는 닭이나 강아지처럼 말없이 주는 모이를 넙죽넙죽 받아먹기는 했으나 내심 야속하게 생각한 적도 더러 없지 않다. 나는 안색이 여지 없이 창백해 가면서 말라 들어갔다. (326쪽)

> 아내는 능히 내가 배고파 하는 것을 눈치채일 것이다. 그러나 아랫방에서 먹고 남은 음식을 나에게 주려 들지는 않는다. (중략) 다만 내 머리맡에 아내가 놓고 간 은화가 전등불에 흐릿하게 빛나고 있을 뿐이다. (327쪽)

위의 정보들에서 독자는 '엉성한 모이'와 '빛나는 은화'에 주의를 모아 본다. 위의 정보들을 통해 알 수 있듯이 '나'에게 필요한 것은 '빛나는 은화'가 아니라 '풍성한 음식'이다. 그러나 아내는 '나'에게 '엉성한 모이'와 '빛나는 은화'를 주고 있는 것이다. 이에 독자는 아내가 '나'의 필요 여부와는 무관하게 은연중에 자기식의 삶의 논리, 즉 근대 자본주의적인 삶의 논리를 '나'에게 강제하고 있음을 인식한다. 그런데 텍스트는 이어지는 정보에서, '나'가 아내가 가져다 준 금고형 벙어리 속에 역시 아내가 준 은화들을 모아 두었다가 어느 날 그것을 변소에 버려 버렸다는 사실을 전함으로써 독자에게 '나'가 여진히 근대의 자본주의적 속성과는 거리를 둔, 아내의 삶의 논리와는 거리를 둔 인물임을 확인시킨다.[110]

그렇지만 텍스트는 위의 정보들을 전달하는 사이사이에 '나'가 아내의 직업이나 아내가 가지고 있는 돈의 출처를 연구한다는 정보를 삽입시킨다. 그리고는 결국 다음의 정보를 제시한다.

> 내객이 아내에게 돈을 놓고 가는 것이나 아내가 내게 돈을 놓고 가는 것이나 일종의 쾌감——그 외의 다른 아무런 이유도 없는 것이 아닐까 하는 것을 나는 또 이불 속에서 연구하기 시작하였다. 쾌감이라면 어떤 종류의 쾌감일까를 계속하여 연구하였다. 그러나 그것은 이불 속의 연구로는 알길이 없었다. 쾌감 쾌감, 하고 나는 뜻밖에도 이 문제에 대해서만 흥미를 느꼈다.
> 아내는 물론 나를 늘 김금하여 두다시피 하여 왔다. 내게 불평이 있을 리 없다. 그런 중에도 나는 그 쾌감이라는 것의 유무를 체험하고 싶었다. (329쪽)

위의 정보는 아내의 삶의 방식과는 거리를 두고 있던 '나'가 아내의 그것에 어느덧 관심을 두기 시작했으며 더 나아가서 그것을 욕망하게까지 되었음을 보여 준다. 돈을 통해서 쾌감을 체험하고 싶다는 '나'의 욕

---

110) 벙어리 금고를 변소에 갔다 버리는 사건에 관한 정보에 삽입된 다음과 같은 '나'의 고백은 독자에게 '나'가 근대 자본주의 세계로부터의 격리를 얼마나 강렬하게 열망하고 있는지를 확인시켜 준다. '나는 내가 지구 위에 살며 내가 이렇게 살고 있는 지구가 질풍신뢰의 속력으로 광대무변의 공간을 달리고 있다는 것을 생각했을 때 참 허망하였다. 나는 이렇게 부지런한 지구 위에서는 현기증도 날 것 같고 해서 한시 바삐 내려 버리고 싶었다.' (328쪽)

망의 제시가 그것을 확인시킨다. 여기서 독자는 앞의 정보에서 드러난, '나'는 아내에게 '매어달려 사는' 기생적인 존재이며 아내가 '말없이 주는 모이'를 받아 먹고 사는 사육되는 존재라는 사실을 환기한다. 또한 아내가 '나'에게 끊임없이 돈을 주었다는 사실도 환기한다. 이러한 일련의 환기를 통해 독자는 '나'가 아내에 의해 감금당한 채 사육되는 존재론적 한계 상황에 처해 있음을 인식하면서 그러한 인식을 바탕으로 '나'가 아내의 자본주의적 삶의 논리에 젖어들 수밖에 없음을 인정한다. '나'가 아내의 테두리를 벗어날 수 없는 존재임을 인정하는 것이다. 그러면서 독자는 새삼 낭만적 감정과 근대적 지성이란 전적으로 별개일 수 없으며, 그것들 모두는 근대의 테두리 안에 묶일 수밖에 없는 종차적인 대립체들에 불과하다는 사실을 인식한다. 뿐만 아니라 그런 까닭으로 둘의 연애가 모색될 수 있었던 것임과, 그럼에도 불구하고 그들의 종차적인 대립이 둘의 전적인 합일을 불허하는 것임도 새로이 인식한다. 그러한 가운데 독자는 '나'가 아내의 테두리 안에 머물 수밖에 없는 존재라는 위의 인식을 통해 근대 자본주의의 위력을 확인하면서 낭만적 감정이라는 것도 결국은 그것에 동화될 가능성이 농후함을 엿본다. 그리고 '나'가 아내와 대립적인 인물임에도 불구하고 아내와 같이 일탈된 삶을 살고 있는 것은 이처럼 '나'가 아내로부터 자유롭지 못한, 근대 세계의 범주를 벗어나지 못한 존재이기 때문이라는 사실을 이해한다. 이때 독자는 프롤로그에서 여인을 여왕봉에 비유한 정보를 환기하고, 그러한 정보에서 여왕봉이나 수벌이나 모두 벌이기는 마찬가지라는 사실과 그러한 상황에서 여왕봉의 연애 대상은 수벌일 수밖에 없으며 또 그러한 상황에서 수벌이 여왕봉의 휘하를 벗어나는 것은 가능하지 않은 일이라는 일련의 맥락을 해석해 낸다. 그리고는 그러한 해석과 지금의 텍스트 정보에 대한 위와 같은 해석을 비교함으로써 지금의 정보에 대한 해석의 타당성을 더욱 공고히 한다.

여기서 독자는 또 하나의 호기심을 가지게 된다. 독자가 지금의 탐색에서 근대라는 테두리 안에서 낭만적 감정이 근대적 지성에 동화될 가능성을 엿본 것은 사실이지만, 서사의 최종적 결말을 담고 있는 텍스트 서두의 프롤로그에서 '나'가 여전히 여성을 혹은 근대의 지성을 거부하는 인물로 드러나고 있었다는 사실을 환기해 볼 때, '나'가 지금의 탐색에서처럼 근원적으로 근대로부터 자유로울 수 없다면 어떻게 근대에 대한 지속적인 거부라고 하는 그러한 최종적인 결말이 가능했었겠는가, 즉 '나'가 어떻게 여전히 근대와 그와 같은 거리를 유지할 수 있었겠는가 하는 궁금증을 가지게 되는 것이다. '나'의 '非凡한 發育'의 실체가 아직 그 모습을 다 드러내지 않은 것임이, 그리하여 독자의 후향적 탐색이 계속되어야 함이 분명해지는 순간이다.

이제 텍스트는 돈에 의한 쾌감을 느껴 보고 싶은 '나'의 욕망에서 비롯된 외출에 관련된 정보들을 제시한다. '나'는 아내가 준 오 원을 가지고 아내의 밤 외출을 틈타 거리로 나선다. 그러나 돈은 한 푼도 쓰지 못한다. '나'는 이미 '돈을 쓰는 기능을 완전히 상실'했기 때문이다. 이내 피곤해진 '나'는 집으로 곧 돌아와서는, 아내와 내객이 있는 아내의 방을 통과해서 자신의 방으로 들어온다. 그리고는 외출한 것을 후회하다 잠이 든다. 그러다가 아내가 흔드는 바람에 잠에서 깨어 아내의 노기에 찬 눈빛에 놀라고 아내가 말없이 그대로 자신의 방으로 가 버리자, 자정 이전에 돌아와 아내와 내객이 함께 있는 방을 통과한 것을 마음 속으로 사과한다. 그러고도 초조감을 떨치지 못한 '나'는 아내의 방으로 가 아내의 손에 오 원을 쥐어 주고 그 곳에서 아내와 함께 잠을 잔다. 텍스트는 이러한 일련의 정보들에 이어서 다음 날의 '나'의 의식에 대한 정보를 제시한다.

> 정신이 한결 난다. 나는 지난밤 일을 생각해 보았다. 그 돈 五원
> 을 아내 손에 쥐어주고 넘어졌을 때에 느낄 수 있었던 쾌감을 나는
> 무엇이라고 설명할 수가 없었다. 그러나 내객들이 내 아내에게 돈
> 놓고 가는 심리며 내 아내가 내게 돈 놓고 가는 심리의 비밀을 나
> 는 알아내인 것 같아서 여간 즐거운 것이 아니다. 나는 속으로 빙
> 그레 웃어 보았다. 이런 것을 모르고 오늘까지 지내 온 내 자신이
> 어떻게 우스꽝스러워 보이는지 몰랐다. 나는 어깨춤이 났다. (333쪽)

위의 인용을 포함한 일련의 정보들을 통해 독자는 돈의 쾌감을 느껴
보고자 하던 '나'의 욕망이 왜곡되어 가는 과정을 확인하게 된다. '방'을
벗어나 '거리'로 나서는 '나'의 행위는, 돈의 쾌감을 느껴 보기 위한 것
이라는, 그것의 목적에서 드러나듯이 자본주의적 세계로의 편입을 시도
한 행위이다. 그런데 '나'는 돈을 정작 거리에서 사용하지 못하고 집으
로 돌아와 아내에게 사용하고 또한 그것을 통해서 쾌감을 느낀다. '나'
가 아내에게 돈을 사용했다는 것은 부부 사이에 매춘이 행해졌다는 의
미인 까닭에 '나'가 그러한 행위를 통해 쾌감을 느꼈다는 것은 '나'의
자본주의 세계로의 편입의 시도가 파행적인 결과에 이르렀음을 의미한
다. 물론 앞의 정보를 통해 이미 아내는 근대 자본주의 사회의 부정성
을 상징하는 인물로 해석된 바 있고 그러한 해석을 가능하게 한 주요한
정황 근거가 아내가 내객을 맞이하며 일상을 보낸다는 것이었기에 '나'
와 아내 사이의 매춘은 아내의 입장에서는 일상에 불과한 일일 수 있다.
그러나 근대 자본주의 사회의 부정성과 거리를 두었던 '나'가 그와 같은
상황에서 쾌감을 느꼈다는 것은 '나'조차 그 거리의 간격을 뛰어넘어 그
부정성에 다가갔음을 의미하기에, 즉 '나'가 근대 자본주의의 부정성에
잠식되었음을 의미하기에 그 결과의 파행성을 이야기할 수 있는 것이다.
여기서 독자는 '나'의 방과 거리 사이에 통로처럼 위치해 있는 아내의
방이 가지는 의미에 주목한다. 아내의 방은 '나'가 방에서 거리로, 즉

유폐적인 세계에서 개방적인 세계로 이행하는 길목으로 기능하면서 '나'
의 이행을 통제하는 기능을 하고 있음에 주목하는 것이다. 그리고 독자
는 '나'가 매춘과 같은 부정적인 가치가 실현되는 공간인 아내의 방을
통로로 삼아 또 그 곳의 질서의 통제를 받으면서 '거리'로 나서야 하는
까닭에 '나'의 외출이 위와 같은 파행적 결과에 이른 것임을 인식한다.
독자는 텍스트가 제시한 일련의 정보들 중에서 '자정'에 대한 '나'의 강
박 의식에 관한 정보가 '나'가 아내와 아내의 방의 질서에 통제되고 있
음을 보여 주는 주요 증거임을 파악한다.

　그렇다면 지금의 일련의 정보는 앞서 독자가 텍스트 서두의 최종적
결말과 관련하여 가졌던 호기심, 즉 '나'가 최종적으로 근대 자본주의와
어떻게 거리를 유지하게 되었는지에 대한 호기심을 풀어가는 데 있어서
어떠한 역할을 하는 것일까. 현재로서는 뚜렷한 답이 마련되지 않는다.
'나'의 비범한 발육의 실체에 대한 독자의 후향적인 탐색이 계속되어야
하는 것이다.

　텍스트는 계속해서, 파행적이나마 쾌감을 맛본 '나'가 다음 날 또다시
외출을 욕망하고 돈에 대해서도 집착을 드러내는 그러한 정보를 제시한
다. '나'가 근대 자본주의의 부정성에 보다 깊이 젖어드는 정보를 전해
주고 있는 것이다. 그것은 '나'의 두 번째 외출에 대한 정보로 이어진다.
'나'의 두 번째 외출 역시 어제의 첫 번째 외출과 비슷한 패턴으로 반
복된다. '나'는 이 원을 들고 거리로 나가 방황하다가 경성역 시계가 자
정이 지난 것을 보고 집으로 돌아오는데, 이번에는 대문에서 아내와 아
내의 남자가 이야기하고 서 있는 것을 보고 자신의 방으로 들어간다.
그리고는 다시 아내의 방으로 건너와서 아내에게 가지고 나갔던 이 원
의 돈을 주고 아내의 방에서 잔다. 아내의 방에서 자게 된 '나'는 어제
와 마찬가지로 '세상의 무엇과도 바꾸고 싶지 않'은 기쁨을 느낀다. 독

자는 이러한 반복적인 정보를 접하면서 '나'가 타락한 자본주의 질서에 함몰되어 가는 모습을 재확인한다.

텍스트는 다시 '나'가 세 번째 외출을 욕망하는 정보를 제시한다. 두 번째 외출의 결과로 아내의 방에서 눈을 뜬 '나'는 다시 자신의 방으로 건너가 낮잠을 잔다. 그러나 아내가 자는 '나'를 흔들어 깨워 자신의 방으로 데려간다. 그 곳에서 '나'는 아내와 더불어 밥을 먹는다. 아내의 변화된 태도에 놀라 '나'는 그 식사를 최후의 만찬으로 생각하고 뭔가 아내의 음모가 드러나리라 긴장하지만 아무런 일도 일어나지 않는다. 이윽고 '나'는 다시 외출할 생각을 한다. 그러나 외출에 필요한 돈이 자신에게는 없다는 데에 생각이 미치자 '나'는 매우 절망한다.

> 그러나 돈은 확실히 없다. 오늘은 외출하여도 나중에 올 무슨 기쁨이 있나. 나는 앞이 그냥 아뜩하였다. 나는 화가 나서 이불을 뒤집어 쓰고 이리 뒹굴 저리 뒹굴 굴렀다. 금시 먹은 밥이 목으로 자꾸 치밀어 올라온다. 메스꺼웠다.
> 하늘에서 얼마라도 좋으니 왜 지폐가 소낙비처럼 퍼붓지 않나, 그것이 그저 한없이 야속하고 슬펐다. 나는 이렇게밖에 돈을 구하는 아무런 방법도 알지는 못했다. 나는 이불 속에서 좀 울었나보다. 돈이 왜 없냐면서……. (335~336쪽)

위의 정보는 돈에 대한 '나'의 태도가 현격하게 변했음을 보여 준다. 돈에 대한 갈망을 드러내는 지금의 '나'의 모습은, 돈을 모은 금고형 벙어리를 변소에 버리던 이전의 '나'의 모습과는 상당히 대조적이다. 이러한 변화가 야기된 원인은 너무도 자명하다. 독자는 위의 정보에서 그 원인을 분명하게 발견할 수 있다. 그것은 그가 돈이 자신에게 기쁨을 가져다 준다는 사실을 알았기 때문이다. 물론 그 기쁨은 외출에서 얻은 것이 아니라 외출에서 돌아온 이후의 아내와의 매음에서 얻은 것이기에 왜곡된 것이다. 결국 '나'에게 돈은 아내와의 매음을 가능케 하는 수단이기에 절실한 욕망의 대상으로까지 자리하게 된 것이다. 이러한 사실을 통해 독자는 '나'가 부정적인 자본주의 논리에 젖어들고 있음을 또다시 확인할 수 있다.

더불어 독자는 앞에서 언급한 '나'에 대한 아내의 태도 변화 역시 '나'의 돈에 대한 태도 변화와 무관하지 않으리라 추정한다. '나'에 대한 아내의 태도 변화를 그녀가 '나'의 돈에 대한 태도 변화에 공감을 표한 것으로 추정하는 것이다. 그런데 텍스트는 위의 정보에 이어 아내가 우는 '나'에게 와서 돈을 주며 오늘은 어제보다 더 늦게 들어와도 좋다고 은근히 속삭였다는 정보를 제시한다. 여기서 독자는 앞에서의 '나'에 대한 아내의 태도 변화가, '나'의 염려대로 모종의 음모를 감추기 위한 아내의 계략일 수 있음을 감지한다. 그렇다면 그 음모의 실체는 무엇일까. 독자는 이에 대한 호기심을 가지고 텍스트 탐색을 지속한다.

이어서 텍스트는 '나'가 아내가 주는 돈을 받아 가지고 드디어 세 번째 외출에 나서는 정보를 제시한다. 세 번째 외출에 나선 '나'는 이제까지 거리를 방황하던 것과는 다르게 처음으로 경성역 일이등 대합실에 있는 티이룸이라는 한정된 공간에 머무는 안정된 모습을 보여 준다. 그러나 귀가가 가능한 시간인 자정이 되기 전, 열한 시가 조금 지난 시간에 티이룸이 문을 닫는 바람에 '나'는 다시 거리로 나서게 된다. 거리에는 비가 내리고 있었다. 결국 '나'는 자정의 시간을 넘기지 못한 채 집으로 돌아온다. 여전히 아내에게는 내객이 있었지만 비에 젖은 '나'는 너무 추워서 노크하는 것을 잊고 그냥 아내의 방에 들어선다. 그 바람에 '나'는 '나'가 '보면 아내가 좀 덜 좋아할 것을 그만 보'고 만다. 그렇게 아내의 방을 지나 자신의 방으로 들어온 '나'는 오한에 떨다가 의식을 잃는다. 거리에서 비를 맞은 '나'는 결국 감기에 걸리게 되고 그래서 아내가 주는 아스피린을 먹으며 외출을 삼간 채 방 안에서 잠을 자며 한 달의 시간을 보낸다.

그런데 독자는 세 번째 외출에 대한 이상의 정보들에서 앞서 제시된 두 번의 외출과는 사뭇 다른 양상을 확인한다. 특히 '나'의 귀가 후의 양상에 대한 정보에서 독자는 그 변화의 폭이 매우 크다는 판단을 한다. '나'가 이전의 두 번의 외출에서는 귀가 후 아내와의 매음 행위로 기쁨을 누렸었던 것에 반해 이번의 외출에서는 귀가 후 감기에 걸려 한 달 이상의 시간을 잠으로 보냈다는 것이 그 변화의 폭을 단적으로 보여 준다. 이러한 사실은 독자에게 '나'의 변화를 시사한다. 일단 독자는 '나'에게서 쾌감의 체험이 사라졌다는 사실에 초점을 놓아 본다. 독자에게는 이 사실이 앞서 가지게 된, 근대 자본주의 사회의 부정성에 대해 '나'가 어떻게 최종적으로 거리를 유지하게 됐는가에 대한 호기심을 풀 수 있는 실마리로 받아들여지는 까닭이다.

텍스트는 다음의 정보를 이어 간다. 한 달이 지난 후 거울을 보려고 아내의 방으로 건너간 '나'는 과거 자신이 아내의 방에서 즐기던 놀이를 다시 즐긴다. 그러다 '나'는 아스피린처럼 생긴 최면약 아달린 갑을 발견하고는 자신이 아스피린으로 알고 한 달 동안을 두고 먹은 것이 아달린이었다는 사실을 감지한다. 놀란 '나'는 다시 외출을 한다. 네 번째 외출에 나선 것이다. 그러나 이번의 외출에서 '나'가 찾아간 곳은 거리가 아니라 산이다. '인간 세상에 아무것도 보기가 싫'어서 산으로 올라간 것이다. 그 곳에서 '나'는 아스피린과 아달린을 연구할 생각이었으나 머리가 혼란하여 생각을 잇지 못하고, 가지고 간 아달린을 먹고 일주야를 잔다. 그리고 '나'는 다음과 같은 의문들에 젖어든다.

> 무슨 목적으로 아내는 나를 밤이나 낮이나 재웠어야 됐나?
> 나를 밤이나 낮이나 재워 놓고 그리고 아내는 내가 자는 동안에 무슨 짓을 했나?

나를 조금씩 조금씩 죽이려던 것일까? (341쪽)

이 아달린 사건은 돈이 주는 부정적 쾌감에 취해 가던 '나'에게 하나
의 커다란 의식 전환의 계기가 된다. 죽음에의 위협을 느낀 '나'는 일련
의 정황을 통해 아내가 자신을 죽이려 한 음모를 감지하면서 애써 외면
해 오던 아내의 실체를 바로 보게 되는 계기를 맞는 것이다. 독자는 여
기서 이전의 세 번째 외출에 앞서 '나'가 아내가 자신에게 보여 준 모
습들을 보며 아내의 음모를 예기했던 사실을 환기하면서 그 음모의 실
체를 확인한다. 아내는 '나'라는 존재를 죽이고자 했던 것이다.

그렇다면 아내는 왜 '나'를 죽이고자 한 것일까. 이때 독자는 프롤로
그에서 여인을 여왕봉에 비유한 사실을 다시 환기한다. 수벌의 죽음을
먹고 살 수밖에 없는 여왕봉의 존재론적 모순, 그것은 '나'를 죽여야 하
는 아내의 존재론적 모순에 대한 비유이기도 한 것이다. 따라서 독자는
그녀에게는 조화와 합일 혹은 공존의 가치를 기대할 수 없음을, 그녀에
게는 오직 상대를 삼킴으로써 자신을 유지하는 동물적 생존 논리에 대
한 지향만이 있음을 인식하면서 아내가 '나'를 죽이고자 한 연유를 이해
한다. 그리고 독자는 아내를 통해 드러나는 그러한 동물적 생존 논리가
근대 자본주의 사회가 가지는 부정성의 실체임을 인식한다.

이러한 근대 사회에서 '나'의 존재론적 가치가 온전히 구현될 수 없
음은 물론이다. 그렇다면 이제 '나'는 어떠한 길을 갈 것인가. 독자는
그것에 대한 확인이 이제껏의 해석 과정을 이끌어 온 호기심, 즉 근대
자본주의의 부정성에 함몰되어 가던 '나'가 어떻게 다시 그것과의 거리
를 확보했는가 하는 문제를 해결하는 것임을 감지한다. 그리고 그것을
통해 '나'의 '非凡한 發育'의 실체가 완전하게 드러날 것임을 짐작한다.
텍스트의 후향적인 정보 제시는 계속되어야 하는 것이다.

텍스트는 다음의 정보를 이어 간다. '나'는 앞의 인용 정보와 같은 의

심을 가지면서도 그래도 아내를 믿는 일말의 마음으로 집으로 돌아온다. 이때 시간이 아침 여덟 시라는 정보가 제시된다. 독자는 이 정보에서 아내의 삶의 질서를 반영하는 자정이라는 시간에 억압되던 '나'가 점차 그 억압에서 자유로워지고 있음을 인식한다. '나'의 아내로부터의 해방을 예감하는 것이다.

> 그랬더니 이건 참 너무 큰일 났다. 나는 내 눈으로는 절대로 보아서 안될 것을 그만 딱 보아 버리고 만 것이다. 나는 얼떨결에 그만 냉큼 미닫이를 닫고 그리고 현기증이 나는 것을 진정시키느라고 잠깐 고개를 숙이고 눈을 감고 기둥을 짚고 섰자니까 일초 여유도 없이 홱 미닫이가 다시 열리더니 매무새를 풀어헤친 아내가 불쑥 내밀면서 내 멱살을 잡는 것이다. 나는 그만 어지러워서 게가 그냥 나둥그러졌다. 그랬더니 아내는 넘어진 내 위에 덮치면서 내 살을 함부로 물어뜯는 것이다. 아파 죽겠다. (341쪽)

위 인용은 '나'가 산에서 내려와 집으로 돌아와서 부딪히게 된 상황에 관한 정보이다. 독자는 이 정보에서 '나'의 중요한 변화들을 발견한다. 우선 '나'가 자신을 하나의 독립된 주체로 설정해 내고 있는 변화를 발견한다. '나'는 이제까지 아내의 시선을 생각하며, 아내가 어떻게 생각할 것인가를 염려하며 살아온 인물이다. 그러한 '나'가 이제까지의 그러한 종속적 자세에서 벗어나 자신을 상황 인식의 주체로 설정하고 있는 변화를 보인 것이다. 위 인용 가운데 '나는 내 눈으로는 절대로 보아서 안될 것을 그만 딱 보아 버리고 만 것이다.'라는 정보에서 시사되는 '내 눈으로' 본다는 전제는 그러한 변화를 단적으로 확인시켜 준다. 그런데 '나'의 변화에 대한 독자의 발견은 여기서 그치지 않는다. '나'의 주체 확립이라는 변화를 발견한 독자는 더 나아가서 과거에는 눈앞의 상황을 외면하려고만 하던 '나'가 지금은 그것을 직시하는 변화를 발견한다. 이 제껏 '나'는 지속적으로 아내의 생활상을 외면하려 애써 왔다. 그러던

'나'가 이제는 그것을 자신의 눈으로는 '보아선 안될 것'이라고 규정함
으로써 그것의 부정성을 인정하고 있는 것이다. 독자는 '나'의 그러한
직시가 여인으로 상징되던 근대의 부정성에 대한 직시임을 놓치지 않는
다. 이후 독자는 이러한 변화들을 경험한 '나'가 포악을 행하는 아내에게
어떻게 반응하는지 주목한다.

　이어 텍스트는 '툭툭 털고 일어나서 내 바지 포켓 속에 남은 돈 몇원
몇십전을 가만히 꺼내서는 몰래 미닫이를 열고 살며시 문지방 밑에다
놓고 나서는 나는 그냥 줄달음박질을 쳐서 나와 버렸다.'라는 정보를 전
달한다. '나'가 다섯 번째의 외출에 나선 것이다. 독자는 이 정보를 프
롤로그에서 제시된 최종적 결말에 근거해서, '나'가 아내에 대한 예속에
서 그리고 돈에 대한 집착에서 벗어나고 있음을 보여 주는 것으로, 즉
근대 자본주의의 부정성의 유혹에 함몰되어 가던 자신의 모습을 떨치고
오히려 그것과의 거리를 되찾고 있음을 보여 주는 것으로 해석한다. 비
로소 독자의 호기심이 그 결말에 이른 것이다. 독자는 이상의 해석 과
정을 통해 '나'가 동물적 생존 논리로 자신의 존재 자체를 부정하고자
하는 근대 자본주의 세계의 부정성을 경험하면서 그것의 문제성을 주체
적으로 재인식할 수 있었기에 그것에의 함몰에서 벗어나 오히려 그것과
의 거리를 확보할 수 있었던 것임을 분명하게 확인한 것이다. 아울러
독자는 '나'가 죽음의 위기에까지 몰려 간 상황에서야 비로소 주체적인
의식을 마련하게 된 역설적인 체험, 그것 자체가 '나'의 '非凡한 發育'
의 실체의 핵심임을 인식한다.

　그런데도 텍스트의 정보는 계속된다. 텍스트는 집을 뛰쳐나온 '나'가
어느 결에 미쓰꼬시 옥상에 올라가 희락의 거리를 내려다보며 여러 가
지 생각에 젖어드는 정보를 전한다. '나'는 거리를 내려다보며 그 속으
로 섞여 들어가지 않을 수 없음을 인정한다. 그러나 그 곳은 자신의 존

재 가치를 부정했던, 자신을 죽음으로 몰아가려 했던 아내가 있는 곳이 기에 돌아갈 수 없는 곳이기도 하다.

> 우리 부부는 숙명적으로 발이 맞지 않는 절름발이인 것이다. 내가 아내나 제 거동에 로직을 붙일 필요는 없다. 변해할 필요도 없다. 사실은 사실대로 오해는 오해대로 그저 끝없이 발을 절뚝거리면서 세상을 걸어가면 되는 것이다. 그렇지 않을까?
> 그러나 나는 이 발길이 아내에게로 돌아가야 옳은가 이것만은 분간하기가 좀 어려웠다. 가야 하나? 그럼 어디로 가나? (343쪽)

위 정보는 근대 자본주의 사회의 부정성을 확인한 '나'가 그 세계와의 동화를 운명적으로 체념하는 모습을 보여 준다. 그것은 자신과 아내를 '숙명적으로 발이 맞지 않는 절름발이'로 이해하는 것에서 드러난다. 이는 독자에게 프롤로그에서 '두 개의 太陽처럼 마주 쳐다보면서 낄낄거리는 것'이라고 규정하던 연애에 대한 정보를 환기시키며 '나'와 아내의 합일의 불가능함을 재인식시킨다. 이러한 인식 속에서 독자는 '나'가 처한 역설적 상황에 주목한다. '나'는 아내에게는 돌아갈 수 없지만 그렇다고 따로 갈 곳도 없는 상황에 처해 있다. 독자는 '나'가 결국 그 곳으로, 아내의 방은 아니더라도 아내가 몸담고 있는 세계로 돌아갈 수밖에 없음을 감지한다. 여기서 독자는 앞에서 탐색한, 근대적 지성이나 낭만적 감정 모두 근대라는 하나의 범주로 묶여질 수밖에 없는 종차적 대립임을 환기한다. 그리고 프롤로그에서 '나'가 세상에 대해 저항적인 냉소를 보였던 연유를 재인식한다. 근대 자본주의 세계는 동화될 수는 없지만 돌아갈 수밖에 없는 곳이었기에 '나'는 그 곳으로 돌아가 그 곳과의 거리를 유지하기 위한 몸부림으로 그 곳을 향해 저항적인 냉소를 보냈던 것임을 인식하는 것이다. '나'가 박제가 되어 버리고 역설적인 연애를 설계했던 것들은 모두 그러한 냉소의 구체적 표현이었음을 이해하는 것이다. 더불어 독자는 '나'가 세상에 대해 냉소적 반응으로 치달은 것에서 근대 자본주의 사회의 엄청난 위력에 무력화된 낭만적 감정의 위기를 읽어 낸다. 그것은 사회 전체에 대한 한 개인의 위기이기도 하다.

텍스트는 작품 말미에서 정오의 싸이렌 소리에 맞추어 '날자. 날자. 날자. 한번만 더 날자꾸나.'를 외치고 싶다는, '나'의 욕망을 제시하는 것으로 이야기의 끝을 맺는다. 독자는 그러한 '나'의 욕망이라는 것이 결국은 이상에서 살핀 부정적 상황에서 탈출하고 싶은 생각의 표출임을 파악하면서, 모순된 현실로부터 탈출하고 싶은, 그러한 개인적 욕망이 앞서 언급한 바 있는 낭만적 감정의 실체임을 인식한다. 그리고 계속해서 그러한 욕망이 현실화되지는 못했음을 인식한다. 이는 서사의 최종적 결말인 프롤로그에서 '나'가 여전히 모순된 세상에 처해 있으면서 그곳을 향해 저항적인 냉소를 보이고 있었던 사실에 대한 환기를 통해 확인된다. 여기서 독자는 근대적 지성과 낭만적 감정이 근대의 종차들임을, 따라서 낭만적 감정은 근대로부터 자유로울 수 없음을 다시 한 번 환기한다. 그리고 부정적 상황으로부터의 탈출 욕망이 현실화되지 못하고 욕망 자체로 극단화되면서 '나'가 박제가 되어 버린 것임을 이해하고, 근대 자본주의 사회의 위력 앞에서 인간의 자유 의지는 욕망으로만 남을 뿐임을 인식한다.

이로써 다섯 번에 걸쳐 행해진 '나'의 반복된 외출의 서사 역시 외출 이전의 서사와 마찬가지로 텍스트 서두인 프롤로그를 다르게 되풀이한 것임이 드러난다. 즉, 텍스트가 치환적인 지연의 전략을 구사하고 있음이 드러나는 것이다. 프롤로그에서 제시한 연애의 역설성과 근대적 지성의 부정성을, 반복적인 외출의 서사 속에서는 '나'의 쾌감에 대한 탐닉과 그 극복의 과정을 통해 드러나는 '나'와 아내의 관계의 역설성과 근대 자본주의 사회의 부정성으로 치환시켜 보여 준 것이다. 따라서 독자는 그러한 다르게 되풀이된 치환적인 지연 속에서 발견되는 유사성에 기대어 후향적으로 제시되는 정보들을 프롤로그에서 탐색한 의미에 근거해서 해석하는 비교적인 탐색을 진행시켜 왔던 것이다. 그러한 과정 속에서 독자는 '나'가 세상에 대해 저항적인 냉소를 보내게 된 연유를 파악하면서 '나'의 '非凡한 發育'의 실체를 보다 분명히 확인하였고, 궁극적으로는 근대 자본주의 사회의 위력과 그 안에서의 개인의 자유 의지의 무력함을 인식하였던 것이다.

2. 병치적인 지연과 대조적인 탐색

2.1. 고향111)

「고향」은 다음과 같은 정보 제시로 시작된다.

---

111) 현진건의 「고향」은 '나'가 '그'에게 전해 들은 '그'의 과거 이력을 서술하는 액자소설의 방식을 취하고 있다. 그런데 이 작품은 액자소설 일반이 가지는 수미쌍괄적인 단순폐쇄액자와는 다소 이질적인, 액자의 틀을 형성하는 현재와 내부 이야기를 구성하는 과거가 계속 교차되어 나타나는 구성 방식을 취하고 있다. 그리하여 '그'의 이야기를 전해 듣고 그것을 서술하는 관찰자로서의 '나'의 역할과 의미가 강조되어 읽히기도 한다. 이 경우 관찰자인 '나'가 '그'의 이력을 듣기 전에 가졌던 '그'에 대한 부정적 의식이 '그'의 이야기를 들은 이후에 긍정적으로 변화되는 것에 작품 이해의 초점이 놓인다. 그러나 그러한 구성적 특징이 이 작품의 의미 형성의 주도적 틀이라고 보기는 어렵다. 서사의 초점은 어디까지나 지금에 이르기까지의 '그'의 과거 이력에 놓여 있는 까닭이다. 따라서 '나'는 그러한 이력을 추적하는 탐색자의 위치에 머무르면서 액자의 틀을 구성하는 관찰자로서 역할 할 뿐이다. 이 작품의 현재와 과거, 즉 액자의 틀과 내부 이야기의 교차적 구성은 '나'의 그러한 탐색의 과정을 보다 극적으로 제시하는 데 기여한다. 이렇게 볼 때 이 작품의 '나'는 독자를 대신하는 은유적인 존재일 수도 있다. 따라서 본 연구는 이 작품을 '나'의 눈을 통해 '그'의 이력을 탐색하는 후향적 지연의 텍스트로 이해하고 논의를 진행시키고자 한다. (이재선, 『한국단편소설연구』, 일조각, 1975. 145쪽., 서종택, 『한국근대소설의 구조』, 시문학사, 1994. 94~99쪽 참조.)

대구에서 서울로 올라오는 차중에서 생긴 일이다. 나는 나와 마
주앉은 그를 매우 흥미있게 바라보고 또 바라보았다. 두루마기 격으
로 기모노를 둘렀고, 그 안에서 옥양목 저고리가 내어 보이며, 아랫
도리엔 중국식 바지를 입었다. 그것은 그네들이 흔히 입는 유지 모
양으로 번질번질한 암갈색 피륙으로 지은 것이었다. 그리고, 발은
감발을 하였는데 짚신을 신었고, 고부가리로 깎은 머리엔 모자도 쓰
지 않았다. 우연히 이따금 기묘한 모임을 꾸미는 것이다. 우리가 자
리를 잡은 찻간에는 공교롭게 세 나라 사람이 다 모였으니, 내 옆
에는 중국 사람이 기대었다. 그의 옆에는 일본 사람이 앉아 있었다.
그는 동양 삼국 옷을 한 몸에 감은 보람이 있어 일본말도 곧잘 철
철대이거니와 중국말에도 그리 서툴지 않은 모양이었다.[112] (230쪽)

텍스트는 위의 정보를 통해 독자의 관심을 한 인물에게로 집중시킨다.
'나'의 시선을 통해 파악되는 그는 '동양 삼국 옷을 한 몸에 감은' 기묘
한 차림의 존재이며, 뿐만 아니라 일본말이나 중국말도 그리 서툴지 않
은 인물로 제시된다. 그렇다고 '나'의 시선에 의해 그가 신비하거나 영
웅적인 존재로 파악되는 것은 아니다. 그를 묘사하는 '나'의 어조는 오
히려 ㄱ 역의 가능성을 시사한다. 실제로 텍스트는 위의 정보에 이어서
그가 자신의 옆자리에 앉아 있는 일본인에게 일본말로 말을 시켜 보지
만 '일본 사람이 엄지와 검지 손가락으로 짜르게 끊은 꼿꼿한 윗수염을
비비면서 마지못해 깟댁깟댁하는 고개와 함께 「소오데수까(그렇습니
까)」란 한 마디 코대답'이나 듣는 정황과, 건너편에 앉아 있는 중국인에
게 중국말로 이야기를 건네지만 '중국인 또한 그 기름 낀 뚜우한 얼굴
에 수수께끼 같은 웃음을 띄울 뿐이요, 별로 대꾸를 하지 않'는 정황에
대한 정보들을 제시함으로써 그러한 가능성을 사실화시킨다. 이러한 정

---

112) 텍스트는 전집에 실린 것을 대상으로 한다. (현진건, 『조선의 얼굴(현진건전집
4)』(이재선 · 김시태 편), 문학과비평사, 1988.) 인용문의 경우 본문에서 해당 지
면만을 밝힌다.

보들을 접하는 독자는 상대방들이 취하는 거만하고 음흉한 태도와 대조되는 그의 주책맞은 태도를 통해 비천함으로 집약되는 그의 존재성을 확인한다.

그런데 텍스트는 그의 그러한 존재성이 동족에게서조차 외면당하고 있음을 보여 준다.

> 그것은 마치 짐승을 놀리는 요술장이가 구경군을 바라볼 때처럼 훌륭한 제 재주를 갈채해 달라는 웃음이었다. 나는 쌀쌀하게 그의 시선을 피해 버렸다. 그 주적대는 꼴이 어줍지 않고 밉살스러웠다.
> (231쪽)

일본인과 중국인에게 연해 말을 걸던 그가 이제는 마주 앉은 '나'에게까지 웃어 보이자 '나'는 위와 같은 반응을 보인다. 자신을 둘러싼 상황의 분위기조차 파악하지 못하고 주적대는 그에게 '나'는 고운 시선을 보낼 수 없었던 것이다. 이러한 정보를 통해 독자는 '나'가 그에 대해서 대단히 부끄러워하고 있음을 읽을 수 있다. 같은 민족이기도 한 '나'로서는 그의 그러한 비천한 모습은 바라보기조차 민망하고 불쾌한 것임을 추정할 수 있는 것이다. 그렇다면 '나'는 왜 그에게 눈을 두고 있는 것일까. 그가 '나'의 흥미의 대상임은 이미 텍스트가 시작될 때부터 밝혀진 상태에서 독자는 그에게 관심을 집중하지 않을 수 없다. 그는 누구인가.

이제까지 그의 부끄러운 외양과 행동에 초점을 두고 정보를 제시하던 텍스트가 이제는 그가 처해 있는 현재 상황에 대한 구체적인 정보 제시를 시작한다.

> (전략) 문득 나에게로 향하며, 「어디꺼정 가는기오?」라고 경상도 사투리로 말을 붙인다.

「서울까지 가요」

「그런기오. 참 반갑구마. 나도 서울꺼정 가는데. 그러면, 우리 동
행이 되겠구마.」

나는 이 지나치게 반가와하는 말씨에 대하여 무어라고 대답할 말
도 없고, 또 굳이 대답하기도 싫기에 딤딤이 입을 닫쳐 버렸다.

「서울에 오래 살았는기오?」 그는 또 물었다.

「육칠 년이나 됩니다.」 조금 성가시다 싶었으되, 대꾸 않을 수도
없었다.

「에이구, 오래 살았구마. 나는 처음길인데 우리 같은 막벌이군이
차를 내려서 어디로 찾아가야 되겠는기오? 일본으로 말하면 '기진야
도' 같은 것이 있는기오?」 (231쪽)

경상도 사투리로 말을 하는 사람, 서울길이 초행이어서 서울 사정이
어두운 사람, 반면에 일본의 상황은 알고 있는 사람, 막벌이꾼. 이런 것
들이 위의 정보를 통해 관찰자인 '나'가 그리고 독자가 얻을 수 있는,
그에 대한 신변 사항들이다. 독자는 그가 지금 고향을 떠나 서울로 일
자리를 찾아가는 막벌이꾼이지만 동시에 분명한 방향도 없이 무작정 길
을 나선 유랑민이기도 하다는 사실을 인식한다. 그는 그서 생존을 위해
서울이라는 미지의 세계를 찾아 나선 것일 뿐임을 인식하는 것이다. 그
가 경상도라는 고향이 있음에도 불구하고 그 곳에 정착하지 않고 이러
한 낯선 유랑길에 오르게 된 이유는 무엇인지. 독자는 그의 이력에 대
한 호기심을 가지게 된다. 더욱이 위의 정보는 그가 일본의 상황을 알
고 있다는 사실을 보여 주는 까닭에 독자는 그가 유랑에 나선 것이 이번이
처음이 아닐 것임을 추정하면서 그의 인생 여정에 대한 호기심을 높여
간다. 그렇지만 지금으로서는 그가 처해 있는 현재의 상황만을 인식할
수 있을 뿐 그의 과거 인생 여정에 대한 호기심을 해결할 수 있는 어떠
한 실마리도 발견할 수 없다. 그의 이력에 대한 보다 많은 정보가 필요
한 것이다. 따라서 독자는 그의 이력을 알 수 있는, 본격적인 후향적인

정보를 기대해 본다.

그러나 텍스트는 그러한 후향적인 정보 제시를 유보한 채 다시 '나'
의 관찰자적인 시선을 빌어 그의 외양에 대한 정보를 이어 간다.

> 그는 답답한 제 신세를 생각했던지 찡그려 보였다. 그 때, 나는
> 그의 얼굴이 웃기보다 찡그리기에 가장 적당한 얼굴임을 발견하였
> 다. 군데군데 찢어진 경성드뭇한 눈썹이 올올이 일어서며, 아래로
> 축 처지는 서슬에 양미간에는 여러 가닥 주름이 잡히고, 광대뼈 위
> 로 뺨살이 실룩실룩 보이자 두 볼은 쪽 빨아든다. 입은 소태나 먹
> 은 것처럼 왼편으로 삐뚤어지게 찢어 올라가고, 조이던 눈엔 눈물이
> 괸 듯 삼십 세밖에 안 되어 보이는 그 얼굴이 십 년 가량은 늙어진
> 듯하였다. 나는 그 신산스러운 표정에 얼마쯤 감동이 되어서 그에게
> 대한 반감이 풀려지는 듯하였다. (231∼232쪽)

독자는 위 정보에서 그에 대한 '나'의 의식에 변화가 생겼음을 읽을
수 있다. 어느덧 '나'의 의식 속에 그에 대한 연민의 정서가 싹트고 있
음이 발견되는 까닭이다. 그의 '웃기보다 찡그리기에 가장 적당한 얼굴'
에는 앞에서 '동양 삼국의 옷을 한 몸에 감'고 주적대던 비천한 모습과
는 다른, 그런 것으로 휘감아 지워 버릴 수 없는 삶의 신산스러움의 무
게가 새겨져 있었다. 그 신산스러움의 무게는 앞의 정보에서 드러났듯
이 그의 유랑의 인생 여정에서 쌓여졌을 것임을 추정할 수 있는 '나'로
서는 차마 그의 그 신산스러운 삶의 무게를 외면할 수 없었고 그리하여
'나'는 위의 정보에서 드러나고 있듯이 그의 얼굴 표정에 감동하여 그에
대한 반감을 풀기 시작하였던 것이다.

그렇다면 그의 그 신산스러운 삶의 무게란 어떤 것일까. 텍스트의 서
두에서 그의 외양에 대해 가졌던 '나'의 흥미로움이 경멸적 감정으로 드
러났다가 다시 감동어린 연민으로 전환되는, 이상에서의 일련의 과정에
기대어 그를 탐색해 오던 독자는 그의 이력에 대한 보다 강한 호기심을

가지지 않을 수 없다. 따라서 독자의 탐색의 초점은 그의 이력에 관한 것으로 분명하게 모아진다. 그리고 텍스트도 이제 '나'의 입과 귀를 빌어 그러한 독자의 호기심에 대한 답을 제시하기 시작한다. 후향적인 정보가 제시되기 시작하는 것이다. 그리고 그것은 다음의 인용 정보와 같은 '나'의 중개를 통해 전달된다.

> 나는 내 대답이 너무 냉랭하고 불친절한 것이 죄송스러웠다. 그러나, 일자리에 대하여 아무 지식이 없는 나로서는 이외에 더 좋은 대답을 해줄 수가 없었던 것이다. 그 대신 나는 은근하게 물었다.
> 「어디서 오시는 길입니까?」
> 「흠, 고향에서 오누마.」
> 하고 그는 휘 한숨을 쉬었다. 그러자, 그의 신세타령의 실마리는 풀려 나왔다. (232쪽)

'나'의 중개적 서술을 통해 전달되는 그의 과거 이력에 대한 후향적인 정보는 이전의 정보에서 짐작할 수 있었듯이 그가 중국과 일본을 떠돈 유랑의 이야기들로 채워진다. 대구에서 멀지 않은 K군 H란 동리에서 역둔토를 파먹고 살던 그는 동양척식회사가 들어서면서부터 회사와 중간 소작인 사이에서 이중적인 착취를 당하게 되고 그로 인한 생활고를 견딜 수 없어서 구 년 전에 서간도로 이사를 갔었지만 역시 그 곳에서도 사정이 여의치 않아 아버지와 어머니를 차례로 잃었다는 한스러운 이야기가 전달되는 것이다. 텍스트는 계속해서 그 후 그는 부모를 잃은 땅에 머물기 싫어 신의주, 안동현 등에서 품을 팔다가 일본으로 건너가 탄광이나 철공장 등에서 일을 했으나 외롭고 방탕해진 생활을 견딜 수 없었던 데다가 고국산천이 그리워져서 고향에 돌아왔다가 지금은 다시 벌이를 구할 겸 서울로 올라가는 길이라는 정보를 전달한다. 비로소 독자는 그가 왜 '동양 삼국의 옷을 한 몸에 감'고 주적대었는지, 왜 그토록 비천한 모습을 보였는지를 이해하게 된다. 그러한 그의 모습은 결코 한 개인의 교양적 자질의 고하의 문제가 아니라 민족의 정치적 역량 부재의 문제였음을 인식하는 것이다. 즉, 민족의 정치적 역량의 부재가 그로 하여금 고향에서 중국으로, 거기서 다시 일본으로, 그리고 거기서 또다시 고향으로 떠도는 유랑의 삶을 살게 한 것임을 인식하는 것이다. 또 독자는 그러한 유랑의 삶이란 자신들의 삶의 토대를 잃어버린, 식민지 시대를 사는 백성의 '운명'이었음도 감지한다.

　여기서 독자는 텍스트 서두의 정보에서 그의 비천함이 중국인과 일본인과의 관계에 의해 더욱 강조적으로 드러났던 사실을 환기하면서 그를 식민지 시대의 우리 민족을 대표하는 상징적 인물로 확대 해석할 수 있는 가능성을 발견한다. 그리하여 독자는 고향에서 밀려나 중국으로 일본으로 떠돌던, '동양 삼국의 옷을 한 몸에 감은' 그의 모습을 민족적 정체성을 상실한 식민지 시대의 우리 민족의 모습에 대한 상징으로 받아들인다. 이렇게 해서 독자는 일련의 후향적인 정보를 통해 그의 과거 이력을 탐색하는 가운데 그가 누구인가 하는, 그의 정체성에 대한 탐색에 이른 것이다. 이로써 텍스트가 설정한, 텍스트 서두의 정보와 그의 이력에 대한 후향적인 정보 간의 병치적인 지연의 전략이 확인된다. 그에 대한 부정적 이미지를 담보한 것으로 해석되던 텍스트 서두의 정보가 그의 과거 이력에 대한 후향적인 정보에 의해 차별적으로, 대조적으로 재해석됨으로써 그것이 오히려 그의 정체성이 응축된 정보로 파악되는 것이 이를 증명한다.

　이제 독자는 또 하나의 상황에 주의를 기울인다. 그의 과거 유랑의 이력을 전해 들은 독자는, 그가 서울로의 유랑길에 나선 것임을 알려준 텍스트 서두의 정보를 환기하면서 그가 여전히 유랑을 반복하고 있는 상황에 주의를 기울이는 것이다. 그가 고향에 대한 그리움으로 원심적인 유랑의 운명을 깨고 구심적인 귀향의 의지를 실천에 옮겼음에도 불구하고 또다시 서울로 향하는 원심적인 유랑길에 올라 있다는 사실에서 독자는 왜 그가 고향에 정착하지 않은 것일까라는 새로운 호기심에 젓어든다. 텍스트는 일단 '고향이 통 없어졌더마.'라는 그의 탄식에 찬 회고로 답을 제시한다. 그리고 그것에 대한 그의 구체적인 진술을 부연한다.

> 「변하고뭐고 간에 아무것도 없더마. 집도 없고, 사람도 없고, 개 한 마리도 얼씬을 않더마.」
> 「그러면, 아주 폐농이 되었단 말씀이오?」
> 「흥, 그렇구마. 무너지다 만 담만 즐비하게 남았즈마. 우리 살던 집도 터야 안 남았는기오. 암만 찾아도 못찾겠더마. 사람 살던 동리 가 그렇게 된 것을 혹 구경했는기오?」
> 하고 그의 짜는 듯한 목은 높아졌다.
> 「썩어 넘어진 서까래, 뚤뚤 구르는 주추는! 꼭 무덤을 파서 해골을 헐어젖혀 놓은 것 같더마. 세상에 이런 일도 있는기오? 백여 호 살 던 동리가 십 년이 못되어 통 없어지는 수도 있는기오, 후!」(233~ 234쪽)

이 정보는 본능적인 그리움을 안고 돌아온 고향이 '무덤을 파서 해골을 헐어젖혀 놓은 것 같'은 형상으로 그를 맞았으며, 그가 고향을 등지고 떠난 이후의 구 년 동안 그의 삶이 파탄난 만큼이나 그의 고향 역시 그 시간 동안 헐어진 채 폐허화된 모습으로 변화되었음을 보여 준다. 독자는 이 정보 속에서 그가 자신을 원심적 유랑으로 내몰던 고향을 그리움을 안고 찾아 돌아왔지만 정작 그 고향은 또다시 그에게 구심적 안착을 허용하지 않았던 까닭에 결국 그가 다시 유랑의 길로 나설 수밖에 없었던 저간의 사정을 헤아릴 수 있다. 이제 그에게 고향이라는 공간은 그 이미지조차 부셔져 버린 것이다. 그러한 그의 상황에 기대어 독자는 그가 또다시 고향을 떠나는 이유에 대한 호기심을 풀어내면서, 뿌리조차 상실한 채 절박한 생존을 모색하는 존재를, '음산하고 비참한 조선의 얼굴'을 보다 깊이 있게 이해한다.

여기서 또다시 텍스트의 병치적인 지연의 전략이 확인된다. 텍스트가 유랑의 모티프를 매개로 그의 현재의 상황과 과거의 상황을 병치적으로 제시하고 있음이 드러나는 것이다. 텍스트 서두에서 제시된 그의 현재 상황에 대한 정보와 이후에 후향적으로 제시된 그의 과거 이력에 대한 정보에서 유랑의 모티프를 매개로 식민지 백성의 정체적 위기 및 유랑의 운명을 확인한 독자는 다시 그들 두 정보가 공유하고 있는 유랑의 모티프가 각기 다른 함의를 가지고 있음에 주목한다. 과거의 유랑이 고향이라는 구심점을 남겨 놓고, 즉 귀환의 가능성을 남겨 놓고 떠났던 것임에 반해 현재의 유랑은 그러한 구심점조차 상실한 채, 즉 철저히 고향을 상실한 채 떠나는 것이라는, 둘의 차별적인 맥락에 주목하는 것이다. 이는 병치적인 지연의 정보들에 대해 대조적인 탐색을 벌인 것이다. 그리하여 독자는 이들 정보들이 가지는 차별적인 맥락에 근거하여 현재의 유랑이 어떠한 결과에 이를 것인가에 대한 새로운 기대감으로 텍스트 탐색을 이어 간다.

그러나 텍스트는 현재적인 서사 진행을 멈추고 다시 과거에 대한 정보 제시로 돌아선다. 후향적인 방향을 택하고 있는 것이다. '나'가 다시 그에게 '이번 길에 고향 사람은 하나도 못 만났읍니까?'라는 질문을 던짐으로써 텍스트의 후향적 진행은 계속된다. '나'의 질문에 대해 그는 과거 자신과 혼인말이 있었던 여인을 만났다고 답한다. 이는 독자에게 새로운 기대와 호기심을 불러일으키는 정보이다. 텍스트는 계속에서 그가 그녀에게서 들은 그녀의 그간의 정황에 대한 정보를 들려준다. 그녀의 이력에 대한 정보 역시 '나'의 서술적 매개를 통해 전달된다. 그가

IV. 후향적인 지연과 은유적인 탐색 *183*

열네 살 때 그녀와 혼인말이 있었으나 어느 날 그녀의 아비가 그녀를
돈 이십 원에 대구 유곽으로 팔아 넘겼다. 그 후로 그녀의 소식을 모른
채 지내던 그가 이 번 귀향길에 일본인 집에서 아이를 보아주고 있는
그녀를 만나게 되었던 것이다. 다음의 정보는 그가 그녀에게서 전혜 들
은, 그녀가 살아온 그간의 삶의 이력이다.

> 궐녀는 이십 원 몸값을 십 년을 두고 갚았건만 그래도 주인에게
> 빚이 육십 원이나 남았었는데, 몸에 몹쓸 병이 들어 나이 늙어져서
> 산송장이 되니까, 주인 되는 자가 특별히 빚을 탕감해 주고, 작년
> 가을에야 놓아준 것이었다. 궐녀도 자기와 같이 십 년 동안이나 그
> 리던 고향에 찾아오니까, 거기에는 집도 없고, 부모도 없고 쓸쓸한
> 돌무더기만 눈물을 자아낼 뿐이었다. 하루 해를 울어 보내고 읍내로
> 들어와서 돌아다니다가, 십 년 동안에 한 마디 두 마디 배웠던 일
> 본말 덕택으로 그 일본 집에 있게 되었던 것이었다. (235쪽)

독자는 위의 정보에서 평범한 여성으로서의 삶을 살 수 있는 기회조
차도 빼앗긴 채 처참하게 유린된 삶을 살아온 한 여인의 모습을 확인할
수 있다. 독자는 그것이 무엇 때문인가 하는 문제를 제기하면서 앞서
제시된 그의 과거에 대한 정보를 환기한다. 그리고 동척과 중간 소작인
의 이중 착취 속에서 고통받으며 살아야 했던 식민지 백성의 고단한 삶
의 길이 그녀의 가족에게도 예외적인 길일 수는 없었을 것이라는 추정
을 해 본다. 그와 그녀의 각각의 가족사는 서로 별개의 것들이지만 식
민지라는 동일한 현실 상황하에서 그들의 가족은 동일한 내용의 삶을
공유할 수밖에 없었으리라는 추정을 하는 것이다. 독자는 이처럼 반복
적으로 제시되는 가족사를 통해 식민지 시대의 비극적인 상황을 보다
분명하게 인식하면서 그와 그녀의 인생 여정 역시 근본적으로 동일한 맥
락을 공유하고 있다는 사실을 발견한다. 그의 원지로의 유랑이나 그녀의
유곽으로의 매매나 모두 식민지 상황의 비극적 산물이라는 점에서 동일한

것이다.

그러면서도 독자는 남성과 여성이라는, 두 사람의 성적 차이가 낳은 삶의 양상의 차이에 주목한다. 그가 가족들과 더불어 고향을 떠나 중국으로 일본으로 떠도는 유랑의 삶을 살아왔다면 그녀는 돈에 팔려 가족과 유리된 채 상품화된 유린의 삶을 살아왔다. 이러한 차이를 전제로 독자는 그녀의 상품화된 유린의 삶을 통해 식민지 시대의 자본주의의 왜곡된 논리를 보다 직접적으로 확인한다. 그리고 그것을 통해 독자는 식민지 백성이 감당해야 했던 비극적 운명의 깊이를 보다 여실히 확인한다. 즉, 두 사람의 성적 차이가 보여 주는 삶의 양상의 차이를 통해서 식민지 백성의 비극적 운명의 지평이 확장되는 모습을 보다 깊이 있게 이해하는 것이다. 옛 여인과의 만남에 대해 새로운 기대와 호기심을 가졌던 독자는 오히려, 차별적으로 반복되는 식민지 시대의 어두움만을 거듭 확인하는 결과에 이른 것이다. 이로써 두 정보 간의 병치적인 지연의 전략이 드러난다. 텍스트가 제시한 그의 삶의 이력에 대한 정보와 그녀의 삶의 이력에 대한 정보가 앞의 논의와 같은 유사성을 전제로 지금의 논의와 같은 차별성을 드러내고 있는 병치적인 지연의 관계를 이루고 있음이 드러나는 것이다. 그러한 까닭에 독자는 지금과 같은 대조적인 탐색을 통해 식민지 시대의 비극성을 보다 깊이 있게 인식할 수 있었던 것이다.

텍스트는 이제 마지막 정보를 전달한다. 서사는 다시 현재 시점으로 돌아와 있다.

> 「암만 사람이 변하기로 어쩨 그렇게도 변하는기오? 그 숱 많던
> 머리가 훌러덩 다 벗어졌더마. 눈은 푹 들어가고, 그 이들이들하던
> 얼굴빛도 마치 유산을 끼얹은 듯하더마.」(중략)
> 내 또한 너무도 참혹한 사람살이를 듣기에 쓴물이 났다.
> 「자, 우리 술이나 마자 먹읍시다.」하고 우리는 주거니 받거니

한 되 병을 다 말리고 말았다. 그는 취흥에 겨워서 우리가 어릴 때 멋모르고 부르던 노래를 읊조렸다.

볏섬이나 나는 전토는 / 신작로가 되고요—
말 마디나 하는 친구는 / 감옥소로 가고요—
남뱃대나 떠는 노인은 / 공동 묘지 가고요—
인물이나 좋은 계집은 / 유곽으로 가고요— (235~236쪽)

위 정보는 '참혹한 사람살이'에 찌든 또 하나의 '조선의 얼굴'과 그 참혹함에 취흥으로밖에 대응할 수 없는 무력한 조선 민족의 한스러움을 보여 준다. 독자는 위 정보를 접하면서 텍스트의 서두의 정보를 환기한다. 두 정보가 반복적인 관계를 이루고 있음이 드러나는 까닭이다. 텍스트 서두의 정보와 위 인용의 정보는 '다르게 되풀이'라는 반복의 특성을 집약적으로 보여 준다. 먼저 텍스트 서두에서 제시된 '동양 삼국의 옷을 한 몸에 감은' 그에 대한 묘사는 '유산을 끼얹은 듯'한 얼굴을 한 그녀에 대한 묘사로 다르게 되풀이되고 있다. 또 그를 부정적인 시선으로 바라보던 '나'는 그를 위로하며 그와 더불어 술을 마시는 것으로 다르게 되풀이되고 있다. 뿐만 아니라 일본 사람과 중국 사람에게 주적거리던 그의 모습은 삶의 한스러움을 대변하는 민요를 읊조리는 모습으로 다르게 되풀이되고 있다. 이러한 일련의 '다르게 되풀이'의 반복을 확인하는 가운데 독자는 그것들 간의 차별성에 주목하게 된다. 그 차별성은 텍스트 서두에서 제시되었던, 동족인 '나'조차도 외면하고 싶었던 비천한 그의 초상이 위 인용의 정보에서는 동족인 '나'가 이제는 그 아픔을 절감하는, 참혹한 여인의 초상으로 전화되어 드러나는 것에서 집약적으로 확인된다. 물론 그러한 전화에는 이제까지 후향적으로 제시된 그의 과거 이력에 대한 일련의 정보들의 의미가 전제된다. 독자는 그러한 후향적인 정보들의 의미를 전제하면서 위에서 확인한 차별성을 토대로 그와 그녀의 신산스러운 삶의 초상이 식민지 시대의 조선 민족 전체의 초상임을 분명하게 인식한다. 그리고 그러한 민족적 초상에 대하여 '나'가 보여 주는, 경멸적 태도에서 공감적 태도로의 변화에서 '나' 역시 그것을 외면할 수 없는 당대 현실로 받아들이고 있음을 인식한다. 또한 독자는 그가 부르는, 총체적으로 폐허화된 식민지 조선의 현실에 대한 풍자를 담고 있는 민요 정보를 통해 당대 현실의 비참함을 보다 응축적으로 이해한다. 결국 텍스트가 이상에서처럼 서두의 정보와 말미의 정보를 후향적인 정보를 매개로 순환적으로 맞물리도록 하면서 의미의 차이를 유발하는 병치적인 지연의 전략을 구사하고 있는 까닭에 독자는 후향적인 정보의 의미를 전제로 그것들 간의 차별성에 주목하는 대조적인 탐색을 벌이면서 식민지 시대의 조선 민족의 한스러운 초상을 확인한 것이다.

그러면서 독자는 이전의 해석 과정에서 가졌던 기대 하나를 환기한다. 구심점조차 잃어버린 그가 이제 새로이 떠나는 서울로의 유랑에서 어떠한 결과에 이를 것인가 하는 기대가 그것이다. 그러나 텍스트는 더 이상의 정보를 제공하지 않는다. 서사의 미래적 진행을 계획하지 않는 것이다. 따라서 독자는 그와 그녀의 인생 여정의 병치에서 드러났던, 차별성이 아닌 동일성에 기초해서 그의 현재의 유랑의 결과를 유추할 수 있을 뿐이다. 망신창이가 되어 고향에 돌아온 그녀가 폐허화된 고향을 확인하고 고향 읍내에서 여전히 신산스러운 삶을 꾸려가고 있듯이 그 역시 고향에 대한 이미지조차 상실한 채 서울 어딘가에서 여전히 신산스러운 삶을 엮어 가리라는 추정을 해 보는 것이다. 여기서 독자는 미래의 상황을 과거의 상황에 기대어 유추하게 하는 텍스트의 또 다른 플롯 전략을 인식한다. 그리고 텍스트가 그러한 전략을 통해 과거의 어둠이 반복되는 미래를 제시함으로써 전망이 부재하는 식민지 현실의 어둠을 드러내고 있음도 이해한다. 즉, 텍스트가 서사적 미래를, 과거와의

차별성에 근거한 대조적인 탐색조차 허락하지 않는 어두운 심연으로 예
단하고 있음을 확인하는 것이다.

2.2. 습작실에서

텍스트 「습작실에서」는 다음과 같은 정보 제시로 시작된다.113)

> 정말 홀로 혼자 되는것이 좋와서 그랬는지 그렇지아니하면 나혼
> 자라고하는 意識속에 놓여있기를 願함이어서 그랬든지 어쨌던 이 孤
> 獨이라 하는것이 그처럼 제이다꾸나모노인것을 알게된것은 나와같
> 은 청춘에 있어서는 여간한 은근한 기쁨이 아니었습니다.114) (438쪽)

위 정보를 통해 텍스트는, '나'가 자신이 청춘 시절에 고독이 사치였
음을 알게 된 것을 기쁨으로 여기고 있음을 전한다. 그리고도 텍스트는
계속해서 그 기쁨이 지금까지의 '나'의 생활의 받침이 되고 있다는 정보
를 이어 간다.115) 독자는 이 정보들을 통해 '나'가 청춘 시절에 알게 된
고독의 사치가 가지는 가치에 주목하게 된다. 그리고 자연스럽게 그토
록 가치 있는, 지금의 생활에까지 힘이 되어 주고 있는 그 고독의 사치
의 실체에 대한 궁금증을 가지게 된다. 뿐만 아니라 그 깨달음의 경위
에 대한 궁금증도 가지게 된다. 후향적 정보들에 대한 독자의 호기심이

---

113) 이 텍스트는 위 인용 정보 앞에 '北支 어느 산골 병원에 계신 T형에게 보내는
   편지'라는 부제를 제시하고 있다. 서간이라는 글의 성격을 밝히고 있는 이 부제
   는 서사가 회고적으로 진행될 것임을 알려 준다. 따라서 독자는 서사의 역진적
   구성을 염두에 두고 텍스트에 대한 탐색을 준비한다.
114) 「習作室에서」는 1941년 2월 『문장』에 실린 작품이다. 따라서 본 연구는 『문
   장』에 실린 것을 텍스트로 삼는다. 인용문의 경우 본문에서 해당 지면만을 밝힌
   다.
115) '어찌하였든 좋건 그르건간에 이 무엇인지 뱃속에 웅크리고 있는것이 있다하
   는것도 다 그시절의 그러한 기쁨이 붓 돋아준 무엇인지도 모릅니다.' (438쪽)

유발되는 것이다.

텍스트는 계속해서 다음과 같은 정보를 이어 간다.

> 낡아서 반들반들 닳아진 고루뎅 바지에 소매가 댕강한 사·지저고
> 리를 바쳐 입고 게다가 홀렁홀렁한 역시 고루뎅 저고리를 껴 입어
> 서 팔목과소매를 가리우고 발에는 검은 다비에 게다를 걸치고 더부
> 룩한 중머리에 도리우찌를 푹 눌러쓰고 책을 들고 나서는 거지 大
> 學生을 생각할때 잘 사는것의 어려움 아니 부득부득 어려운 길로서
> 살아가보자는 청춘의 리끼미꼰다 마음과 그나마 이제는 다시 해볼
> 수도 없는 그리운 날들이 소중하여서 그러한지 어쩐지 이처럼 제일
> 같지 아니하게 마음에 따뜻한것이 고여드는지를 나는 모르는것입니
> 다. (438~439쪽)

독자는 위 정보에서 '나'의 과거적 상황의 편린을 엿볼 수 있다. 물질
적으로는 가난했지만 그러한 현실적 어려움에 굴하지 않고 올곧은 정신
으로 살아가고자 했던, '나'의 패기 있는 청춘의 모습을 그릴 수 있는
것이다. 뿐만 아니라 독자는 그러한 과거에 대한 '나'의 애틋한 그리움
도 더불어 읽을 수 있다. 여기서 독자는 '나'가 지금도 소중히 여기는
그 고독의 사치가 과거의 '나'의 물질적 가난함과 정신적 올곧음 간의
대립과 무관하지 않다는 사실을 유추할 수 있다. 위 정보에서 그러한
관련성이 명시적으로 드러나고 있는 것은 아니지만 그 가능성은 충분히
읽혀진다. 이로써 독자는 앞에서 가지게 되었던 고독의 사치의 실체에
대한 궁금증을 풀어 갈 수 있는 단서를 발견한 것이다. 따라서 독자는
위 인용 정보에서 확인된 것과 같은 '나'의 과거적 상황에 주목하면서
텍스트에 대한 탐색을 이어 간다.

그런데 텍스트는 과거의 '나'의 가난했던 대학 시절에 대한 정보를
이어 가는 가운데 그 초점을 '나'가 생활하던 거주 공간에 대한 것으로
모아 간다. 그 시절 '나'의 거주 공간은 학교가 있는 동경으로부터 제법

떨어져 있는, '空中에 나는 새가 糞하고 가기를 주저하'지 않을 정도로
누추한 동네에 위치해 있었다. 그러나 그 곳은 분명 '청춘의 고독을 밝
고 슬프고 華麗한 것으로 꾸며준 殿堂'이었다. 텍스트는 이러한 정보를
통해 그 곳에서 '나'의 고독이 사치로 '꾸며졌'음을 알려 주고 있는 것
이다. 여기서 독자는 '나'의 처소가 학교가 있는 동경으로부터 그렇게
멀리 떨어져 있다는 사실을 '나'가 현실 생활로부터도 그만큼 멀리 떨어
져 있음을 의미하는 것으로 이해하면서, 그처럼 처소의 물리적인 거리
를 통해 드러나는 '나'의 생활로부터의 격리가 곧 '나'의 고독의 실체임
을 추정해 본다. 이러한 해석적 상황에서 텍스트는 다음의 정보를 제시
한다.

> 이집을 나는 내 학비요 동시에 생활비인 오십원중에서 근 반분이
> 나 주고 있었거니와 마가리하는 학생이나 데가세기 노동자조차 아
> 니나오는 이 寒僻한 거리에서 아침이 늦인 겨우내를 규-메시 한그
> 릇 어쩌지 못하고 댕긴 내生活을 아무 不自然한것도 없이 생각하고
> 지낸 것은 아무래도 내가 형에게 자랑하지않고는 못배길 제이다꾸
> 가 아닐수 없습니다. (439쪽)

위 정보는 '나'가 거처했던 곳이 '나'의 '학비요 동시에 생활비인 오
십원중에서 근 반분이나 주고 있'었던 '제이다꾸'한 공간, 즉 사치한 공
간이었음을 알려 준다. '나'로 하여금 생활로부터 멀리 떨어져 나와 고
독한 삶을 살 수 있게 한 그 곳은 '나'가 물질적 가난이 가해 오는 압
박을 감내할 것을 요구한, 사치스러운 세계였던 것이다. 독자는 비로소
그 곳이 '청춘의 고독을 밝고 슬프고 華麗한 것으로 꾸며준 殿堂'이었
다는 앞의 정보의 의미를 온전하게 이해한다. 더불어 물질적으로 가난
한 현실과 정신적으로 올곧하고자 하는 의지를 대비적으로 제시했던 앞
서의 텍스트 정보를 환기하면서 '나'의 고독의 사치란 바로 생활로부터

격리된 채 물질적 가난의 힘겨움을 감내하면서 정신적 올곧함을 지향하고자 했던 의식의 구현임을 탐색한다. 고독의 사치의 실체에 대한 독자의 호기심이 답을 얻는 순간이다.

그런데 계속되는 텍스트의 다음과 같은 정보는 독자의 주의를 다시 '나'가 고독의 사치를 깨닫게 된 경위에 대한 문제로 옮겨 놓는다. '나'는 그것의 가치를 어떻게 깨닫게 된 것일까.

> 그러나 그때 사람이 孤獨한것은 옳은일이요 또 당연한일이라고까지 생각한것도 사실은 나만으로서 안것이 아니리라는 追憶은 도모지 나를 쓸쓸하게 하여서 못견디게합니다.
> 그 老人의죽엄을 생각할때마다 나는 모두 내잘못인듯하여 가슴이 저림을 깨닫습니다. (439~440쪽)

위 정보는 고독이 옳은 일이요, 당연한 일이라는 생각은 '나'만의 홀로의 깨달음이 아니었음을 알려 주면서 동시에 거기에는 어떤 한 노인의 죽음의 문제가 관련되어 있음을 시사한다. 때문에, 독자에게는 그렇다면 그 노인은 누구이며 그 노인의 죽음과 '나'의 고독의 가치에 대한 깨달음은 어떠한 관련을 갖는 것인가 하는 등의 일련의 의문들이 생겨난다. '나'가 고독의 가치를 깨달은 경위에 대한 독자의 호기심이 유발되는 것이다. 또다시 후향적인 정보들이 요구되는 시점이다.

이제 텍스트는 위와 같이 '나'가 고독의 가치를 깨닫게 된 경위를 노인의 죽음과 관련된 문제로 방향지워 놓고 독자의 호기심을 그 쪽으로 유도하면서 본격적으로 후향적인 정보 제시를 시작한다. 텍스트의 후향적인 정보 제시는 텍스트 서두에서 제시된 바 있는 '나'의 가난했던 일상에 대한 정보들을 다시 한 번 반복하는 것으로 시작된다. '큐-메시한 그릇 사먹지 못하고 아침도 궐하고 세수도 궐하고 단이는' '나'는 '어쩌다 한 반시간 일으게 일어나서 숯불이 잘 댕기는 날'에야 '세수도 하고

남은 밥을 겨우 한술 물에 꺼서 먹고가는 지경'의 인물이다. 이처럼 물
질적으로 빈곤한 '나'는 생활에 대한 감각 또한 '빈곤'한 인물이다. 다음
의 정보는 '나'의 생활에 대한 감각의 부재를 보다 분명하게 확인시켜
준다.

> 잘때 벌써 일찍 일어나기를 期하지 아니하는 나는 또 異常하게도
> 恒常 그 빠듯한 時間이 되어서야 깨게되는데 그러는 때에도 한 五
> 分동안만은 道中 뛰어갈 覺悟를 하면서라도 이불밖에 목하나만 내
> 어놓은채 五分이란 時間이 가져다주는 怠惰와 怠惰에대한 간지러운
> 즐거움을 맛보지않고는 안가는 까닭이었다. (440쪽)

위 정보에서 '나'는 하루의 생활을 분주하게 준비해야 할 아침 시간
에 오히려 '怠惰와 怠惰에 대한 간지러운 즐거움'에 취한 채 잠시의 게
으른 시간을 보낸다는 고백을 하고 있다. 그러한 아침 한때의 시간만이
'마음이 간간하고 사는 생각이' 느껴지는 때라는 것이다. 텍스트는 계속
해서 '나'의 생활상에 대한 정보들을[116) 제시하는데, 특히 '나'의 처소의
위치가 '道中 뜨끔뜨끔 驅步를하고서도 학교첫時間에 맞이지면 한時間
없어서는 안되는 곳'이라는 정보는 '나'의 생활이 일상적인 삶에 대해
가지는 거리를 물리적인 시·공간의 거리를 통해 보여 주면서 위의 인
용 정보에서 드러나는 '나'의 怠惰를 해석할 수 있는 근거가 된다. '나'

---

116) 다음의 인용 정보가 이에 해당된다. '道中 뜨끔뜨끔 驅步를하고서도 학교첫
     時間에 맞이자면 한時間 없어서는 안되는 곳인지라 게서 이께부꾸로까지 二十
     五分 이께부꾸로에서 新宿까지 십분 新宿서 中央線이 되어서도 十 한 五分
     이렇게 車를 갈아타고 뛰고하여서 校門을 들어설때쯤 하여서는 벌써 둘쨋번 링
     이 우는때이어서 나는 그나마 고루뎅 덧저고리 안에 잠기어버린 사지양복저고
     리 하나밖에 「服裝」에 위반이 아니되는것이 없는 내 옷에서 도리우찌만벗어서
     책과함께 옆구리에 비비여 끼고 學生監이 아니오는 控室의 반대방향 복도를
     가만가만 더듬어 들어가는 것이었다.' (440쪽)

는 일상적인 삶에서 멀어진 채 그 곳으로의 귀환을 머뭇거리면서 그 거
리 좁히기를 늦추고 있는 것이다. 이처럼, 물질적인 궁핍함에도 불구하
고 현실과의 타협을 도모하기보다는 오히려 그것과 거리를 유지한 채
정신적 여유를 즐기는 '나'의 삶의 태도에서 독자는 '나'가 규범화된 일
상의 틀과는 일정 정도의 거리를 둔 존재이며 더 나아가서 일상에 대한
탈규범화를 지향하는 존재임을 이해하게 된다. 그리고 이러한 해석을
통해 독자는 텍스트 서두의 정보를 통해 탐색한 바 있는 '나의 고독의
실체를 보다 구체적으로 파악한다. '나'의 고독의 실체란 현실과 타협하
지 않는, 일상에 대한 탈규범화, 즉 일상에 대한 거리화인 것이다. 텍스
트는 '나'의 그러한 탈규범화라는 관념적 거리화의 지향을 '나'의 처소
의 물리적인 시·공간의 격리에 비유하여 제시함으로써 '나'의 의식상
의 일상으로부터의 거리화를 구체적으로 드러내고 있는 것이다.

　이어서 텍스트는 '나'의 그러한 거리화의 의식을 구체적으로 보여 주
는 사건 정보를 제시한다. 이 날도 여느 때와 같이 느지막히 불량한 복
장으로 학교에 도착한 '나'는, 그러나 여느 때와는 다르게 '步武 堂堂하
게' 교무실을 찾아 들어간다. 그리고는 기말고사 시험 기간임에도 불구
하고 집안 일을 핑계삼아 교무 주임에게서 말미를 받아 낸다.

　　　(상략) 今年도 繼續하여 자네가 特待生이 될른지는 몰을일이나 그
　　렇다고 안보고가는것은 아서운 일이 아니냐 든 그 敎務主任 할뱅이
　　의 어딘지 쿡쿡 쑤시는 비집는 말투가 몹시 쓰거웁게 목구멍까지
　　올라오기는 하였으나 그러나 特待生은 해 무얼하게 내 시험공부가
　　들어가 보기만하면 얼마든지 되게되어 있는것을 모르느냐는 도고한
　　생각하나로 억누르면서 해가 바뀌어 수물한살나는 少年은 그리고
　　校門을 나서는 것이었다. (441쪽)

위 인용은 교무 주임이 '나'에게 말미를 허락해 주면서 보인 태도를

'나'가 회고하는 정보이다. 독자는 이 정보에서 시험에 대한 교무 주임의 태도와 '나'의 태도 간의 차이를 확인할 수 있다. 교무 주임의 태도는 권위적이면서도 상식적이다. 일상의 태도를 대변하고 있는 것이다. 그러나 '나'의 태도는 그러한 상식에서 상당히 벗어나 있다. '나'는 제도가 받쳐 주는 특대생의 우월감조차도 부정해 버린 채 자기 안의 내적인 충일성으로 자족해 버린다. '나'의 이러한 '*수물한살나는 少年*'의 오만하고 '*도고한 생각*'은 앞의 정보에서 드러난 '나'의 탈일상성의 면모를 구체적으로 보여 준다. 결국 독자는 이상에서와 같은 반복적인 정보들을 통해 '나'의 현실과 타협하지 않는, 탈일상성을 지향하는 고독의 실체를 거듭 확인하는 것이다.

그런데 이상에서처럼 반복적인 정보를 통해 '나'의 고독의 실체를 시사하던 텍스트가 이제 정보의 축을 전환시켜 '나'의 집주인 노인에 대한 정보를 제시하기 시작한다. 텍스트 서두에서 이미 '나'의 고독의 가치에 대한 깨달음을 노인의 죽음과 연결시킴으로써 독자의 주의를 노인의 죽음의 문제로 유도해 온 텍스트가 비로소 노인에 대한 정보 제시를 시작하는 것이다. 교무 주임에게 말미를 얻은 '나'는 떠나기 전에 집주인에게 인사치레 삼아 나마가시나 한 상자 사다 줄 생각을 하면서 집주인에 대한 기억을 떠올린다. 독자는 그가 바로 텍스트 서두에서 언급된 노인임을 짐작한다.

> 이집 主人말인데 이 이는 銀座에서 무슨 雜貨商인 하는 아들과 新潟縣 어느 시골서 중학교 교원노릇을 하는 작은아들까지 둔 사람이었는데 부자간에도 서로 제힘대로 살어감이 좋다는 생각으로 내가 들어있는 집과 똑같은집 세채를 지어 그 수입되는대로 지나는이이었다. (441쪽)

위 정보는 노인이 두 아들을 두고도 그들에게 의지하지 않고 스스로의 생활을 책임지고 살아가는 인물임을 보여 준다. 노인 역시 관계의 틀이라고 하는 규범으로부터 일정 정도의 거리를 둔 인물인 것이다. 이는 '노인'도 '나'와 마찬가지로 고독한 존재임을 알려 주는 정보이다. 따라서 독자는 '나'와 노인이라는 개별적인 두 인물 사이에서 고독한 생활을 즐기는 존재들이라는 유사성을 발견할 수 있다. 즉, 독자는 일상과 거리를 유지한 채 정신적 여유를 즐기고자 하는 '나'와, 아들들에게 기대지 않고 혼자의 힘으로 자신의 생활을 꾸리고자 하는 노인에게서 고독한 삶의 지향이라는, 유사한 삶의 태도를 발견하는 것이다. 그러면서 독자는 이들 두 인물에 대한 정보들을 통해 텍스트가 구현하고 있는 지연의 전략을 감지한다. 그런데 독자에게 이 지연은 치환적이기보다는 병치적일 가능성이 큰 것으로 비춰진다. 이미 '나'의 고독의 실체가, 텍스트 서두와 그 이후의 회고적인 서사에서 반복적으로 제시된 정보들을 통해 그 모습을 드러낸 상태에서 남은 문제는 그러한 고독을 향유하는 '나'에게 노인이 미친 영향은 무엇인가 하는 것이므로, '나'와 노인의 각각의 고독에 대한 삶의 태도들은 유사성보다는 차별성에 초점을 두고 전개될 가능성이 큰 까닭이다.

과연 그러할 것인가 하는 독자의 기대가 자리하는 가운데 텍스트는 새로운 정보를 전한다. 텍스트는 '나'가 과거에 노인이 자신을 방문한 사건을 회고하는 또 다른 후향적인 정보를 전하는 것이다. 닷새나 엿새에 한 번 저녁밥을 짓곤 하던 '나'가 그 날도 그렇게 오래간만에 저녁밥을 짓고 있었는데 노인이 '나'의 부엌을 들여다보며 '이렇게 南상 부엌에 환히 불이 켜 있을적엔 여간 반가운 것이 아니라오'하며 인사를 건네 온다. 이러한 노인의 방문에 대해 '나'가 느끼는 감정을 텍스트는 다음과 같이 전한다.

그는 내가 남에게 어떠한 형편의 사람인것을 아니 듣더래도 피히

짐작할만한것을 지닌분이었지만 내가 어떠한 사람인것을 老人이 또
한 알어줌을 깨달을때 나는 그렇지 아니하여도 내 孤獨이 얼마만한
값의것인가를 새삼스러히 아니自問할수가 없곤하였다. (442쪽)

위 정보를 통해 독자는 두 사람이 서로를 이해히는 깊이와 징도를 확
인할 수 있다. 이러한 두 사람의 서로에 대한 이해는 앞의 정보에서 확
인했듯이 고독을 공동항으로 하는 두 사람의 유사한 삶의 태도에서 비
롯된 것이다. 그런데 위의 정보는 '나'가 그러한 노인에 대해 깊은 신뢰
와 존중의 염까지 지니고 있음을 아울러 보여 준다. '나'가 노인이 자신
을 이해해 주는 것에서 많은 위안을 얻고 노인을 통해 자신의 고독의
가치를 깨달을 수 있었던 것도 '나' 스스로가 노인에 대해 그러한 신뢰
와 존중의 염을 가지고 있었기에 가능했던 것이다. 이제 독자는 노인이
'나'에게 끼친 영향에 대한 호기심을 풀어갈 수 있는 단서를 접한 것이
라는 기대를 가지면서 다음 정보에 주의를 기울인다.

　텍스트는 계속적인 정보 제시를 통해 노인이 '나'를 방문한 사건의
의미를 보다 확장시킨다.

　　「저 그림은 무슨 그림이요」 (중략)
　　내가 그것이 앙그르라는이의 새암이라는 그림이로라 하니 그는
다시 한참 그 그림에 눈을 보내다가 문득 무엇이 생각나는 모양으로
「아아 인제야 알겠소 그래서 이집 이름이 蘆泉庵이구려 이 육조방
에 건 로당의 생각하는사람은 저 길에서도 환히 건너다 보이기로
그것이 아마 蘆ㅅ자를 意味하는거나 아닌가하는건 짐작되였지만 역
시 저런 힘찬 신선한 새암이 없이야 갈땐들 제법 건들건들한 갈때
가 될수 있겠다구」 (442쪽)

위 인용은 노인이 '蘆泉庵'이라는 '나'의 집의 堂號가 가지는 의미를
풀이하고 있는 정보이다. 독자는 앞의 정보를 통해 파악한, '나'에게 있

어 그 집이 가지는 중요성을 상기하면서 蘆泉庵이라는 그 집의 당호가 '나'의 생활의 지표를 함축하고 있는 상징적 기호임을 추정한다. 그리고 노인이 그러한 상징적 기호의 의미를 풀이하는 모습을 통해 '나'에 대한 노인의 이해의 폭을 짐작한다. '나'에 대한 노인의 이해는 '나'의 고독의 실체에 대한 이해이기도 하다. 위 정보에서 드러나듯 노인은 '나'의 당호를 '생각하는 사람', '건들건들한 갈때' 등과 같은 기표들과 관련지어 해석한다. 그 기표들은 생각하는 존재로서의 인간의 위상을 함의하면서 더불어 그에 대한 노인의 긍정적인 평가를 담보하고 있다. 그런데 그들 기표들의 함의는 앞서의 정보를 통해 확인된 바 있는 일상적인 규범과 거리를 둔 채 정신적 여유를 지향하는 존재로서의 '나'의 위상과 등가를 이루는 까닭에, 결과적으로 '나'의 당호에 대한 노인의 해석은 노인이 '나'를, '나'의 고독을 이해하고 있으며 동시에 그것을 긍정적으로 평가하고 있음을 보여 준다. 뿐만 아니라 텍스트는 노인이 '나'의 집 안을 둘러보고 나서는 '南상 댁이 아마 퍽 잘 지내시겠 겉은 수수하면서도 이렇게 알찬 제이다꾸를 하시는걸 보면'이라고 말하는 정보를 전함으로써 노인이 '나'의 고독한 생활이 '사치'이기도 하다는 사실을 인정해 주고 있음을 알려 준다. 독자는 그러한 노인의 말을 그가 물질적으로 가난한 '나'의 형편을 몰라서 한 말로 받아들이기보다는, 그런 어려움에 매이지 않고 오히려 물질적 현실과 거리를 둔 채 정신적 고독을 즐기며 살아가는 '나'의 여유를 긍정해 주는 표현으로 이해한다. 이로써 독자는 '나'의 고독의 사치가 노인에 의해 그 가치를 인정받았음을 확인하는 것이다. 그리고 고독의 가치를 '나' 혼자만의 힘으로 깨달은 것이 아니라는 텍스트 서두의 정보를 환기하면서 그러한 깨달음에 있어서의 노인의 영향을 이해한다. 그러나 그 깨달음이 노인의 죽음과 무관하지 않다는 텍스트 서두의 정보는 여전히 독자가 풀어 가야 할 호기심의 대상으로 남아 있다.

그런데 텍스트는 이 날의 '나'와 노인의 대화 속에 노인의 신상에 대한 정보를 삽입시킨다. '나'가 자신의 집안 사정에 대한 이야기를 하다가 아버지가 한방의라는 사실을 밝히자 노인이 '나'에게 다음과 같은 부탁을 한다. 독자는 그 가운데서 노인에 대한 신상 정보를 얻게 된다.

> 「으응 그러시다 그럼 춘부장 어른께 약방문 하나 얻어야겠군 내가 위궤양이 있어요 먹는데에야 아무리 가리는것이 많다기로 내게 겁날것이 없지만 신약으로는 도저히 적극적 료법이라는것이 없다는구려 그저 여러가지로 조심이나 해서 더치지나 않게 하쟐 따름이지 허든중에 누가 오오모리에 와있는 조선 한의가 용타길래 가보지않었겠소 그래 쓰쟈는 약을 몇첩이나 써보든중인데 지난달 열사흣날 그만 그 의사가 별세를 하였구려」 (중략)
> 「머 그렇게 급할것은 없고 이번 방학때라도 가시게 되면 좀 의논 여쭈어서 몇제 지어다 주시요구려(하략)」 (443쪽)

위 인용 정보를 통해 독자는 노인이 병을 앓고 있는 상태임을 알 수 있다. 그런데 특이한 사실은 노인이 자신의 병을 대하는 태도가 대단히 여유롭다는 것이다. 노인은 자신의 병을 치유하는 것에 대한 초조감을 전혀 드러내지 않고 뿐만 아니라 평상심조차 잃지 않고 있다. 이러한 사실이 독자의 주의를 끄는 것은 당연하다. 더불어 병과 죽음의 연상적 관련성은 독자에게 앞서 가졌던 호기심을 풀 수 있으리라는 기대를 가지게 한다. 그러나 텍스트는 '나'의 고독한 생활에 대한 '나'와 노인의 대화로 다시 정보의 방향을 환원시킴으로써 또다시 독자의 호기심에 대한 답을 유예시킨다.

이어서 텍스트는 노인이 자신이 겪었던 과거의 일화를 '나'에게 들려주는 또 다른 후향적인 정보를 제시한다. 노인에게는 삼십 전후의 나이 때 오까베라는 친구가 있었는데, 그는 대장성 경리과 관리로 있었지만 그러한 자신의 사회적 지위에 어울리지 않는 우스운 차림새를 하고 다녔으며 특히 넥타이를 삐뚜름하게 매고 다녔다고 한다. 그런 그를 사람들이 놀리거나 타이르면 오까베는 '허지만 여보게 내 넥타이를 바로매면 넥타이바른줄은 알겠지만 어느 누가 이 오까베의 목 곧은 줄을 알아주나 말일세' 하며 사람들을 웃겼다는 것이다. 이런 오까베의 이야기를 들려주며 노인은 '南상을 볼때마다 오까베의 그 넥타이 농담이 생각이 나곤해서 못견딘단말이야'라고 덧붙인다. 독자는 이 정보에서 노인이 '나'와 오까베를 동류적인 인물로 파악하고 있음을 쉽게 알 수 있다. 노인은 두 인물에게서, 드러난 현상보다는 이면적인 가치를 지향할 줄 아는 정신적 고고함을 읽어 내고 은연중에 그들의 그러한 삶의 태도를 높이 평가해 주고 있는 것이다. 결국 독자는 이상과 같은 오까베에 대한 후향적인 정보를 통해 노인에 의해 '나'의 고독의 사치가 가치롭게 평가받고 있음을 재확인한 것이다. 이는 노인이 '나'에게 끼친 영향의 일단을 거듭 확인한 것이기도 하다. 이렇게 볼 때 노인이 '나'를 찾아 온 사건은 철저하게 노인이 '나'의 고독의 사치를 가치 있게 평가해 준 사건으로 그 의미가 집약된다. 그러나 그러한 이해에도 불구하고 '나'의 고독에 대한 깨달음에 노인이 미친 영향에 대한 독자의 호기심은 충분히 해소되지 않는다. 독자는 노인의 죽음에 대한 새로운 후향적인 정보를 기대하며 텍스트에 대한 탐색을 이어 간다.

텍스트는 이제 다시 '나'가 노인에 대한 기억을 회고하기 시작하던 시점으로 돌아온다. '나'가 교무 주임으로부터 말미를 얻은 시점으로 돌아오는 것이다. '나'는 나마가시 대신에 메롱 한 개를 사 들고 집으로 돌아와 노인을 찾아간다. 독자는 '나'가 노인을 방문한 지금의 사건이 앞서 회고적으로 제시된, 노인이 '나'를 방문한 사건과 반복적인 맥락을 형성할 것임을 직감한다. 방문이라는 모티프의 반복이 그러한 생각을 유도하는 것이다. 그렇다면 앞서 노인이 '나'를 방문한 사건이 '나'의 고독의 사치를 가치롭게 인정해 준 사건으로 의미를 갖고 있음이 확인된 상태에서 지금 '나'가 노인을 방문하는 사건은 어떠한 의미를 가질 것인가. 그리고 그것이 지속적으로 유예되고 있는 노인의 죽음의 문제와는 또 어떠한 관련을 가질 것인가. 이러한 호기심들을 가지고 독자는 이어질 텍스트의 정보에 주목한다.

'나'가 노인을 방문할 때 처음 머리에 스친 생각이 노인의 죽음에 대한 '불길한 예감'이었다. '나'는 이전에 노인이 자신을 방문했을 때 부탁했었던 약방문을, 방학 때마다 귀향을 미룬 까닭으로 아직까지 얻어다 드리지 못한 사실을 상기하며, 또 이번 방학에도 여느 방학과 같이 귀향하지 않고 스키를 타러 가게 되어 결국 그 부탁을 들어 드리지 못하게 된 것을 죄송하게 여기며 혹시 '한되는 일'이 생기지 않을까 하는 염려를 해 보는 것이다. 즉, 노인의 죽음을 염려하는 것이다. 그러나 정작 이런 '나'를 대하는 노인의 태도는 혼연스럽다. 노인은 오히려 '나'의 입장에 서서 방학 때마다 귀향을 미루는 '나'를 변호해 주고 이해해 주기까지 한다. 독자는 노인의 그러한 태도에서 삶과 죽음에 대한 집착에서 벗어나 있는 노인의 정신적 경지를 짐작할 수 있다.

텍스트의 정보는 계속된다. 노인의 방에는 '忍辱 / 無無明 亦無無明 盡'이라고 쓰여진 액자가 걸려 있었다. 그것을 바라보고 있는 '나'에게 노인은 앞 줄에 쓴 忍辱은 오까베 작품을 모사한 것[117]이며 뒷줄에 쓴 無無明 亦無無明盡은 불경에서 인용한 것이라 하면서 그것들을 액자의 글귀로 취한 연유를 설명한다. 전자는 '사람이 자기의 *存在*를 밝히는데

---

117) 앞에서 노인이 '나'에게 오까베의 넥타이 일화를 들려줄 때, 젊었을 당시 자신이 어느 날 오까베의 집을 방문했는데 그의 방에 「忍辱」이라고 쓴 액자가 걸려 있었으며 그것을 바라본 자신의 가슴이 매우 뜨끔했었다는 이야기도 들려주었었다. (444쪽 참조)

자기가 이 세상 어떠한 자리에 놓여있는가를 알자는 表現으로는 제일인
듯하여 취하여' 보았으며 후자는 '모든 이 세상 일과 저 세상 일을 밝
히는 말로는 絶句만 같'아 취하여 보았다는 것이다. 독자는 노인의 이러
한 언급을 통해 '자기' 존재에 대한 성찰과, 삶과 죽음이라는 두 세계의
불가지성에 대한 고뇌가 노인의 생활의 기저에 놓여 있음을 확인할 수
있다.

> 「(상략) 언제 죽어도 좋게 道를 닦은사람도 좋지만 죽은 저편쪽
> 일이 무섭게만 생각이되어서 죽기를 위하여 사는것처럼 사는사람도
> 없지 아니하거던 나같은 凡夫로 그만한 諦念이 생겨 죽을 餘裕가
> 있다고 생각하는것도 행복이 아닐수 있나――세상에 벼락을 맞어
> 죽으라는 욕이 있듯이 다같이 죽는것이라도 제 生活과 意識이 끝이
> 나는것을 아는 最小限度의 時間만은 절대로 필요한것이외다.」(446쪽)

위 정보는 죽음을 맞이할 때의 자세에 대한 노인의 생각을 보여 준
다. 노인은 죽음을 그 자체로 바라볼 수 있는 체념의 여유를 강조하고
있다. 이를 통해 독자는 노인이 '나'로서 대표되는 타인에게 자신의 죽
음의 문제를 초연하게 이야기할 수 있었던 연유를 이해하게 된다. 그것
은 위 정보에서 드러나는 바와 같이 자기 안에서의 죽음에 대한 철저한
성찰이 뒷받침되었기 때문이다. '無無明 亦無無明盡'이라는 글귀를 중히
여기는 노인의 태도를 통해 드러나듯이 삶과 죽음에서의 '諦念'의 도를
깨우친 노인은 삶 그 자체에 대한 집착에서 벗어나 죽음을 준비할 수
있는 정신적 여유를 갖고 있는 것이다. 그러한 여유는 유한한 존재로서
의 인간의 존재론적 고독에 대한 깨우침을 전제한 것임은 물론이다. 여
기서 독자는 이러한 일련의 성찰이 노인의 진정한 고독의 실체임을 인
식한다. 그리고 노인이 자신의 아들들과 떨어져 살고 있는 것도 단순히
그들로부터 독립하여 살기 위한 것이 아니라 인간 그 자체의 존재론적

인 고독을 인식하고 그것 자체를 자신의 생의 양식으로서 겸허히 받아들이고 있기 때문임도 새로이 인식한다. 이제 독자는 '나'가 고독의 사치를 깨우치는 데 노인이 미친 영향의 실체에 다가서게 된다. 지속적으로 유예되어 온 호기심에 대한 답에 접근하게 된 것이다.

여기서 독자는 텍스트가 노인의 '나'의 방문 정보와 '나'의 노인의 방문 정보를 병치적인 지연의 관계로 제시하고 있음을 인식한다. 두 정보 속에서 독자는 고독한 삶의 제시라는 유사성을 발견하면서 그들 정보들을 더불어 이해할 수 있는 근거를 마련한다. 그러면서도 독자는 각각의 정보에서 드러나는 두 사람의 고독한 삶의 차이에 주목하게 된다. 즉, 대조적인 탐색을 벌이게 되는 것이다. 독자가 탐색한 그 차이란 '나'와 노인의 고독의 실체의 차이에서 비롯된다. '나'의 고독이 현실로부터 거리를 두면서 물질보다는 정신의 여유를 지향한 '사치'였다면 노인의 고독은 인간의 실존적인 인식을 전제한 '체념'의 여유였던 것이다. 이러한 탐색을 통해 독자는 텍스트가 앞에서 제시한 '나'와 노인의 고독한 생활 태도에 관한 정보들 역시 병치적인 지연 관계였음을 분명하게 인식한다. 더불어 독자는 비로소 노인의 죽음이 '나'가 고독을 깨우치는 데 미친 영향의 실체를 추정할 수 있게 된다. 죽음조차 '체념'의 여유로 바라보는 노인의 고독의 실체를 접한 '나'가 자신이 향유하던 고독의 '사치'를 넘어 그 이상의 고독의 가치를 인식할 수 있게 되었을 것이라는 추정을 할 수 있게 된 것이다. 그러나 텍스트는 '나'가 당시로서는 노인의 '체념'의 고독을 제대로 이해하지 못한다는 정보를 제시함으로써[118] 독자의 그러한 추정의 사실화 여부를 유예시킨다. '나'의 고독에

---

118) '노인은 별로 자기의 아는 것을 안다하게 자기의 믿는것을 그렇다하듯이 남에게 내여거치는이도 아니었것만 그날따라 그의 모-든 擧措가 외 그다지 나를 두고 섭섭해 하는지를 나는 몰랐다.' (447쪽) 이 정보에서 짐작할 수 있듯이 당시로서의 '나'는, 자신의 죽음을 예감하고 그것을 준비하는 노인의 인식의 깊이

대한 깨우침에 미친 노인의 죽음의 영향은 여전히 분명하게 확인되지 않는 것이다. 독자는 여전한 호기심을 지닌 채 텍스트의 또 다른 후향적인 정보를 기대해 본다.

텍스트의 정보 제시는 계속된다. '나'는 예정대로 스키장을 찾는다. 그곳은 현실과 격리된 세계이다.[119] 그 곳에서 '나'는 고적하면서도 감상적이고 낭만적인 시간들을 보낸다.[120] 물론 한때 '나'는 시험을 마치고 찾아온 동료들과 어울리면서 '자신도 자연의 한부분이 되어 자연과 생활을 정말 구가하는것임을 깨닫고 안심하'기도 하고 '내속에하나만은 얼버물리지 않는것이있다고 自身생각하던것에조차 내심 부끄러움을 느끼기까지' 하지만, 이내 '나'는 다시 자연과 더불은 홀로의 시간 속에서 자신만의 '狂氣'로 돌아오고 만다. 어느덧 다가온 '그해 그믐날밤' '나'는 아침부터 저녁때까지 혼자 '게렌듸'를 돌아다닌다. 그러던 '나'는 자신을 눈바닥에 누인 채 묘한 격정에 젖어 드는 것이다.

무슨일로 이밤이 이처럼 치우치게 마음에 헛헛하고 슬프고 너그

를 이해하지 못한다.

119) '나는 마치 가는날 법학부의 森氏가 와있었던것을 알고 대단히 반가웠다. 그는 지난봄 나에게 처음으로 스키-를 신는것 부터 가리켜준 이일뿐 外라 <u>같은 스키어이면서도 경주를 떠나 주로 등산가인 편이어서 봄에 나는 그를 따라 산에 올라가 살다 싶이 하였다.</u>' (밑줄-인용자, 447쪽) 이 정보는 '나'가 스키를 즐기면서도 거기에 현실적인 삶의 논리인 경쟁이 개입되는 것을 멀리하고 있음을 보여 준다. 독자는 이를 통해 '나'가 스키장을 찾은 것은 현실과 격리된, 고독한 세계를 찾아 온 것으로, 결국 '나'에게 스키장은 자신의 집과 같이 현실과 거리를 둔 제이다꾸 즉 사치의 영역임을 알 수 있다.

120) 다음의 정보는 이러한 논의를 뒷받침해 준다. '아침이 되어 아무도 밟지아니한 處女雪을 밟고 山을 정복하는 기쁨도 큰것이었지만 후끈후끈 다는 고다쯔에 두발을 되려 밀고 半臥한 몸을 팔에 바쳐 누은채 눈발이 힛끈거리는 축축 젖은 山莊의 어두움을 내다보는 憂愁에 比하면 그것은 얼마나 단순한 즐거움이었을런지 모른다.' (447쪽)

러운 기쁨같은것을 갖다주는지를 몰으면서 나는 내 온전신 눈과 코
와 이마와 그리고 온 사지에까지 찬눈과 快한 어두움이 묻어들어옴
을 느끼는것이었다.

　저녁을 먹고난 나는 밖앝에 바람이 이는듯한 보라기운까지 섞인
눈부스러기가 방안에 날려들어옴을 보고서는 가러앉으려던 狂氣가
일칭 솟구어남을 깨달었다. (448쪽)

　위 정보에서 드러나듯 설원 속에서 보낸 홀로의 시간이 '나'에게 '헛
헛하고 슬프고 너그러운 기쁨'과 같은 역설적인 감정들을 불러일으킨다.
텍스트는 그것을 '狂氣'라고 설명하고 있다. 이어서 텍스트는 '나'가
곧바로 집으로 돌아가고자 하는 열망에 빠져든다는 정보를 전한다. 독
자는 '나'의 狂氣가 이처럼 집으로 돌아가고자 하는 열망으로 전환된다
는 정보를 접하면서 '나'의 그 광기의 실체를 파악한다. 그것이 고독에
대한 열망임을 파악하는 것이다. 스키장 역시 고독의 사치가 자리한 세
계인 것은 틀림없으나 그 곳에서 누리는 고독의 사치는, 번요한 세계가
너무 가까이 있는 까닭에 불안정할 수밖에 없음을 인식한 '나'는 온전한
고독의 사치를 향유할 수 있는 집으로의 귀환을 열망히게 된 것이다.

　텍스트는 '나'가 세계와의 거리만을 고집하면서 그 날로 집으로 떠나
오려 하지만 친구인 森氏가 극구 만류하여 설 이튼날에야 산장을 떠나
동경으로 들어가는 기차에 오른다는 정보를 전한다. 그리고 텍스트는
계속해서 '나'가 기차에서 뜻밖에 노인의 둘째 아들을 만나, 그에게서
노인의 부고를 전해 듣는다는 정보를 제시한다. 노인의 아들은 '나'에게
노인이 자식들까지 불러들이지 않은 채 혼자 죽음을 맞았다는 말을
들려 주며 몹시 비통한 모습을 보인다. '나'가 그러한 노인의 아들과 여
러 가지 이야기를 주고받던 중에 경문이 쓰여 있던 액자에 대한 이야기
를 꺼내자, 노인의 아들은 '나'에게 노인이 아들들에게 남긴 편지를 보여
준다.

> 내가 살아있는동안 어떻게하면 잘사는가를 생각하는것도 중요한
> 일이었지만 이 사든것을 어떤 모양으로 마쳐야 옳은가를 생각하것
> 도 내 중요한 과목이 었다.
> 나는 꼭 내가 살든 모양으로 자연스럽게 죽기를 결심하였다.
> 이것은 아무 교훈꺼리로도 아니오 억지로로도 아니니 너는 아버
> 지가 너이들을 불러 올리지 않은것으로 사람의 이 세상 인연이 그
> 처럼 쓸쓸한것이란 생각을 먹지 않기를 바란다. (중략)
> 다 반생을 나는 그렇게는 못살았을망정 이 罪業많은 아비에게 최
> 후의 한시간을 저죽자는 念願대로 죽게하는것 용납하라. (451쪽)

‘나’는 위와 같은 노인의 편지를 통해 고독한 죽음조차 겸허히 받아
들이는 노인의 체념의 경지를 이해한다. 그리고 ‘나’는 아버지의 죽음을
애통해 하는 아들에게 ‘허지만 그런걸 생각하면 무얼합니까 다 어르신
의 없으심이 선생을 울리시자고 한것이 아님을 저는 압니다’라고 말한
다. ‘나’의 이러한 말은 상제에 대한 단순한 위로의 수사가 아니라 노인
의 ‘체념의 고독’에 대한 진정한 이해의 표현이다. 여기서 독자는 ‘나’가
노인의 위와 같은 정신적 경지를 접한 것이 처음이 아니라는 사실을 환
기한다. ‘나’가 스키장으로 떠나기에 앞서 노인을 방문했을 때 노인이
‘나’에게 위와 같은 생각을 들려주었던 사실을 환기하는 것이다. 그리고
독자는 ‘나’가 그때는 노인의 생각을 채 이해하지 못하다가 노인의 죽음
의 소식을 접한 지금에서야 비로소 그 생각을 이해하는 변화에 주목한
다. ‘나’가 노인이 죽은 지금에서야 비로소 노인의 고독의 체념을 이해
하는 것은 노인의 죽음이 노인의 고독의 체념의 구체적 실천이기 때문
이다. 노인은 공허함으로 끝날 수 있는 언어의 한계를 뛰어넘어 구체적
인 실천으로 그 뜻을 전달한 것이고 ‘나’는 그 구체적인 실천 앞에서
비로소 그 뜻을 이해한 것이다. 이제 나’는 고독은 인간 존재의 본질적
인 부분이며, 또 그것은 격리 내지는 거리화로 구현되는 것이 아니라
자기 안에서의 성찰과 체화된 실천을 통해 이루어지는 것임을 깨우친다.

고독의 사치로 귀환하던 '나'가 노인의 죽음을 통해 고독의 체념을 인식함으로써 고독의 진정한 가치를 깨달은 것이다. 고독의 가치를 깨닫는 데 있어서 노인의 죽음이 미친 영향에 대해 지속적인 호기심을 지녀 오던 독자가 비로소 그 답을 얻는 순간이다.

이로써 텍스트가 '나'의 스키장 여행의 정보와 노인의 죽음의 정보를, 노인과 '나'가 서로를 방문한 정보들에 이어 또 한 번 병치적인 지연의 관계로 제시하고 있음이 드러난다. 이들 정보들이 고독의 지향이라는 유사점을 가지면서도 '사치'의 유보와 '체념'의 구현이라는 차이성을 드러내고 있음이 탐색되는 까닭이다. 독자는 이러한 병치적인 지연의 정보들 속에서 '나'가 고독의 사치에서 고독의 체념으로 고독의 의미를 확장적으로 인식해 가는 가운데 고독의 올바른 가치를 찾아가는, '나'의 의식의 변화를 탐색한다. 이는 두 고독의 차이에 주목하며 의미 관계를 파악한 독자의 대조적인 탐색의 결과이다. 그리고 이러한 탐색의 결과에 이른 독자는 텍스트 서두에서 제시된 바 있는 고독의 사치가 후향적인 정보를 통해 병치적으로 제시되고 있는 고독의 체념으로 대체되어야 함을 인식한다. 고독의 본원성에 대한 '나'의 이해에 변화가 생긴 까닭이다.

3. 소결

본 장에서는 Ⅱ장에서 논의한 세 플롯 유형 중 두 번째 유형인 후향적인 지연과 은유적인 탐색의 경우를 실제적인 작품 분석을 통해 살펴보았다. 이 플롯 유형 역시 치환적인 지연과 부가적인 탐색, 병치적인 지연과 결합적인 탐색이라는 두 개의 하위 유형으로 구분된다. 전자의 유형은 김유정의 「봄봄」과 이상의 「날개」를 대상으로 살펴보았고, 후자의 유형은 현진건의 「고향」과 허준의 「습작실에서」를 대상으로 살펴보았다. 이들 작품들에 대한 구체적인 분석을 정리해 보면 다음과 같다.

먼저 치환적인 지연과 부가적인 탐색 유형의 경우이다. 「봄봄」에서 텍스트는 그 서두에서 '나'와 점순의 혼례가 지연되고 있다는 정보를 알려 준다. 그리고는 이어서 어제와 오늘 아침에 있었던 '나'와 장인 간의 두 번에 걸친 싸움에 관한 정보들을 회고적으로 제시한다. 이들 후향적인 정보들은 '나'와 장인의 싸움이라고 하는 동일한 모티프를 공유하면서, 어제와 오늘이라는 시간적 인접성을 전제로 제시되는 치환적인 지연의 정보들이다. 그리고 이들 후향적인 정보들은 텍스트 서두 정보와도 장인의 교활함과 '나'의 어리석음 등의 맥락을 전제로 치환적인 지연 관계를 이룬다. 따라서 독자는 이들 후향적인 정보들을 비교하며 또 이들 후향적인 정보들과 텍스트 서두의 서사 결말 정보를 비교하며 그 의미들을 추적하는 은유적인 탐색을 벌인다. 그 결과로 독자는 순수함을 기의로 가지는 '나'의 어리숙함이 '나'와 점순의 혼례 지연의 궁극적인 원인임을 파악하면서 그것을 통해 '나'의 어리숙함이 농락당하기만 하는 서사적 현실을 확인함으로써 인간 삶의 사회적·윤리적 파행성을 인식하는 것이다. 「날개」에서 텍스트는 먼저 '나'의 비범한 발육의 후일담으로 기능하는 프롤로그를 통해 여성에게 빗댄 근대 정신의 부정성과 그것에 대해 저항적인 냉소로 반응하는 '나'에 대한 일련의 정보들을 제시한다. 그리고 본 이야기에서는 그러한 후일담과 같은 상황에 이르게 된 경위를 담고 있는 '나'의 비범한 발육의 과정에 대한 후향적인 정보들을 제시한다. 이들 후향적인 정보들은 '나'와 아내의 비정상적인 일상에 대한 것들로 채워지면서 인접적인 반복을 통해 제시되는데, 그것들은 서사의 결말이기도 한 프롤로그의 정보들을 끊임없이 치환적으로 반복한다. 따라서 독자는 후향적인 지연의 정보들을 텍스트 서두의 프롤로그의 정보들에 근거해서 해석하는 비교적인 탐색을 전개한다. 은유적인

탐색을 벌이는 것이다. 그러한 가운데 독자는 인간 존재 자체의 가치를
부정하는 근대 자본주의 사회의 부정성을 확인하고 더불어 그러한 근대
의 부정적 위력 앞에서 무력해진 한 인간의 냉소적 반응을 이해하게 된다.
　다음은 병치적인 지연과 대조적인 탐색 유형의 경우이다.「고향」에서
텍스트는 서두에서 '나'가 동양 3국의 옷을 휘감고 주적대는 그를 보며
불쾌감을 느낀다는 정보를 전달한다. 이후 텍스트는 '나'가 그의 신산한
표정에서 연민을 느끼고 그의 이야기에 귀를 기울이게 되면서 알게 된
그의 과거 이력에 관한 후향적인 정보들을 전달한다. 그는 '나'에게 고
향을 떠나 중국과 일본을 떠돌던 자신의 과거와 십 년 전 유곽으로 팔
려가 험한 인생을 살아온 자신의 약혼녀의 과거를 차례로 들려준다. 이
들 후향적인 정보들은 병치적인 지연 관계를 이루면서 식민지 시대를
살아가고 있는 남성과 여성의 비참한 삶의 전형적인 모습들을 보여 준
다. 또한 이들 정보들은 텍스트 서두의 정보와도 병치적인 지연의 관계
를 이루면서, 그에 대해 경멸적인 태도를 보이던 '나'가 그에게 동화되
어 가는 차별성을 드러낸다. 독자는 서사의 결말로서 제시된 텍스트 서
두의 정보에 근거해서 일련의 후향적인 정보들을 차별적으로 해석해 가
는 가운데 그것들이 드러내는 텍스트 서두 정보와의 또 다른 차별성에
주목하여 텍스트 서두 정보의 의미를 재해석해 가는 대조적인 탐색을
벌인다. 은유적 탐색을 벌이는 것이다. 그 결과로 독자는 어느 누구도
예외일 수 없는 식민지 백성의 민족적 한을 확인한다.「습작실에서」의
경우 텍스트는 서두에서 '나'가 동경 유학 시절에 깨우치게 된 고독의
사치를 지금까지 소중히 여기고 있으며 자신에게 그러한 고독의 사치를
깨우쳐 준 노인의 죽음을 아직까지도 안타깝게 생각하고 있다는 정보를
전달한다. 이어 텍스트는 '나'가 그 시절을 회고하는 일련의 후향적인
정보들을 제시하는데, 그것들은 '나' 자신이 중시했던 사치의 고독과 노

인이 체득한 체념의 고독에 대한 것들이 차별적으로 제시되는 병치적인 지연의 정보들이다. 독자는 이들 후향적인 정보들을, 텍스트 서두 정보에서 강조한 고독의 문제에 근거해서 그것들이 제시하는 두 고독의 차이성에 주목하여 해석하는 가운데 '나'의 사치의 고독이 노인의 체념의 고독을 덧입게 되었음을 확인하게 된다. 이어서 독자는 그러한 확인을 토대로 텍스트 서두 정보에서 제시된 사치의 고독을 체념의 고독으로 대체하여 이해하게 된다. 이러한 일련의 해석 과정이 대조적인 은유적 탐색의 과정인 것이다. 그리고 독자는 그러한 탐색을 통해 인간의 존재론적 고독에 대한 이해에 이른다.

이와 같은 요약을 통해서도 드러나듯이, 치환적인 지연과 비교적인 탐색, 병치적이 지연과 대조적인 탐색이라는 두 개의 하위 유형을 가지는 '후향적인 지연과 은유적인 탐색'의 플롯 유형은 파블라의 최종적인 결말 정보를 텍스트 서두에 미리 제시하고, 이후의 서사 진행의 초점을 어떻게 혹은 왜 그와 같은 결말에 이르렀는가를 밝히는 것에 두고 그것에 기여하는 정보들을 제시하는 유형이다. 후향적이라는 용어가 시사하듯이 텍스트가 전진적으로 진행되는 가운데서도 새로이 제시되는 정보들은 끊임없이 텍스트의 서두를 향한다. 지연의 서사 전략을 통해 텍스트 진행을 계속하면서도 그 의미는 끊임없이 텍스트 서두 정보에 의해 제한되는 것이다. 독자는 서사의 결말이 미리 제시되어 그 의미의 방사적 확산의 가능성이 차단된 이들 텍스트들을 대상으로, 주어진 정보들 간의 유사성과 차이성에 주목하여 그것들을 계열적으로 이해하는 은유적인 탐색을 벌인다. 이때 독자의 정서적 반응은 호기심이 주조를 이룬다. 독자는 파블라의 결말에 대한 원인이나 과정에 대한 호기심으로 텍스트에서의 지연의 정보들을 탐색해 가는 것이다. 그런데 지연되는 정보들의 의미상의 거리에 따라 탐색하는 독자의 호기심의 강도가 다르게 나타난다. 유사성에 근거한 치환적인 지연에서보다 차이성에 근거한 병치적인 지연에서 그 지연된 정보들 간의 의미상의 거리가 더 큰 까닭에 치환적인 지연에 따른 비교적인 탐색의 경우보다는 병치적인 지연에 따른 대조적인 탐색의 경우에 독자의 호기심의 강도가 더 강하게 드러나는 것이다.

이와 같은 유형적 특징을 토대로, 본 장에서 논의 대상으로 삼은 이상의 네 작품 이외에도 다음의 작품들을 이 플롯 유형에 속하는 것들로 분류할 수 있다. 먼저 치환적인 지연과 비교적인 탐색의 유형에는「탈출기」(최서해),「치숙」(채만식),「소망」(채만식),「불우노인」(이태준),「갯마을」(오영수),「까치소리」(김동리) 등의 작품들이 해당된다. 그리고 병치적인 지연과 대조적인 탐색 유형에는「혈거부족」(김동리),「달」(김동리) 등이 해당된다. 그 밖의 여러 작품들이 이 유형들로 분류될 수 있을 것으로 기대하지만, 실제에서 이 유형들은 다른 유형들에 비해 상대적으로 덜 보편적일 가능성을 보인다.

V

전 · 후향적인 지연과 제유적인 탐색

    Ⅲ장의 서두에서 살펴본 치환적인 지연과 병치적인 지연[121]은 수제트와 파블라의 관계가 역진과 순차를 병행할 경우에 전-후향적인 지연을 구축한다. 이러한 유형의 텍스트에서는 수제트상에서 역진적으로 드러나는 파블라와 순차적으로 드러나는 파블라가 어떠한 관계를 구축하는가 하는 문제가 서사의 중심을 이룬다. 결국 이들 두 파블라는 수제트상에서 전체와 부분의 관계를 구축하면서 포함 관계를 형성한다. 따라서 독자는 기본적으로 이들 정보들을 제유적인 관점에서 파악한다. 치환적인 지연에서는 순차적인 정보들이 인접적인 유사성을 가지고 역진적인 정보들을 반복하는 가운데 상술의 기능을 담당함으로써, 즉 전체에 대한 부분으로 기능함으로써 독자는 완결된 서사 상황을, 진행되는 서사 상황에서 명시적으로 확인해 가는 상세적인 탐색을 벌인다. 반면에 병치적인 지연에서는 순차적인 정보들이 역진적인 정보들을 병렬적으로 반복하는 가운데 차이에 따른 확산의 기능을 담당함으로써, 즉 부분에 대한 전체로서 기능함으로써 독자는 완결된 서사 상황을, 진행되는 서사 상황에 수렴시켜 의미를 확장해 가는 포괄적인 탐색을 벌인다.

---

121) 註 83) 참조.

본 장에서는 이러한 전-후향적 지연과 제유적 탐색 유형의 플롯을 이 광수의 「소년의 비애」와 김동인의 「감자」 그리고 박태원의 「거리」와 최명익의 「무성격자」를 대상으로 살펴보고자 한다. 이들 작품들에 대한 구체적인 분석을 통해 이 유형에 대한 이해를 심화시킬 수 있을 것이다. 이들 작품들 모두 과거의 상황과 현재 이후의 상황간의 관련성이 서사의 중심을 이루는 텍스트들이다.[122] 즉, 전-후향적 지연을 드러내는 텍스트들인 것이다. 다만 앞의 두 작품은 치환적인 지연을 보이는 텍스트들이고 뒤의 두 작품은 병치적인 지연을 보이는 텍스트들이다. 따라서 독자 역시 두 작품군에 대한 탐색의 양상을 달리 한다. 앞의 작품군에 대해서는 제유적인 탐색을 진행시키는 가운데서도 인접적인 유사 반복을 통해 형성되는 상술의 맥락에 기대어 상세적인 탐색을 벌인다. 반면에 뒤의 작품군에 대해서는 제유적인 탐색 중에서도 병렬적인 정보들의 차이에 의해 형성되는 의미의 확산을 수렴해 내는 포괄적인 탐색을 벌인다.

1. 치환적인 지연과 상세적인 탐색

1.1. 소년의 비애[123)

蘭秀는 사랑스럽고 얌전하고 才操있는 處女라. 그 從兄 되는 文浩는 여러 從妹들을 다 사랑하는 中에도 特別히 蘭秀를 사랑한다. 文浩는 이제 十八歲되는 (중략) 感情的이요, 多血質인 才操 있는 少年으로 學校成績도 每樣 一, 二號를 다투었다. 그는 아직 女子라는 것을 모르고 그가 交際하는 女子는 오직 從妹들과 其他 四, 五人되는

---

122) 이에 대해서 이광수의 「소년의 비애」와 박태원의 「거리」의 경우는 부연적인 설명이 필요하다. 이에 대한 구체적인 논의는 이들 작품들을 개별적으로 분석하는 해당 절에서 이루어질 것이다.

族妹들이라. 그는 天性이 女子를 사랑하는 마음이 있는지 父親보다
도 母親께, 叔父보다도 叔母께, 兄弟보다도 姊妹께 特別한 愛情을 가
진다. (중략) 그 中에도 그 從妹中에 하나인 蘭秀를 더욱 사랑한
다.124) (11쪽).

텍스트는 난수가 사랑스럽고 얌전하고 才操있는 인물이라는 정보 제
시로 처음을 열면서 문호가 그러한 난수를 사랑한다는 정보로 뒤를 잇
는다. 그리고는 이내 문호의 성격에 대한 정보를 장황하게 늘어놓는다.
문호는 才操있는 소년으로서 친여성적인 기질을 지니고 있으며 문중의
자매들을 사랑하는 인물이라는 것이다. 그러나 그러한 문호의 성격에
대한 장황한 정보도 다시 문호가 난수를 사랑한다는 정보로 수렴된다.
결국 친여성적인 문호가 재주있는 종매인 난수를 특별히 사랑한다는 맥
락이 성립되는 것이다. 여기서 독자는 자연스럽게 난수에 대한 문호의
사랑이 구체적으로 어떠한 것인지, 또 그 연유는 무엇인지 하는 등의
호기심을 가지게 된다.

---

123) 「少年의 悲哀」는 여섯 개의 장으로 구성되어 있다. 앞의 일, 이, 삼 장은
   문호 집안의 사촌들 간의 친숙한 생활상이 요약적으로 서술되어 있고, 사, 오 장
   은 일, 이, 삼 장에서 제시된 생활상을 전제로 문호의 종매인 난수의 혼인이라고
   하는 특정한 사건과 관련된 일련의 상황들이 서사의 초점 대상이 되어 극적으로
   제시되고 있고, 육 장은 그 혼인 사건 이후의 문호의 변화된 모습이 역시 극적
   으로 제시되고 있다. 결국 텍스트는 일, 이, 삼 장을 전사로, 사, 오 장을 현재적
   사건으로 그리고 육 장을 그 이후의 후일담으로 설정하고 있는 것이다. 따라서
   본 연구는 텍스트의 이러한 구성적 특성에 기대어 일, 이, 삼 장과 사, 오, 육
   장을 두 개의 계열군으로 묶어서 그것들을 각각 과거의 파블라와 현재와 그 이
   후의 파블라로 이해하고, 이 텍스트를 전-후향적 지연의 플롯 유형으로 분류한
   다. 즉, 이 텍스트에서 드러나는 반복적 일상의 요약적 서술 정보와 일회적 사건
   의 극적 서술 정보를 각각 후향적 정보와 전향적 정보로 이해함으로써 이 텍스
   트를 전-후향적 텍스트로 분류하는 것이다.
124) 텍스트는 전집에 실린 것을 대상으로 한다. (이광수, 『이광수전집 14』, 삼중
   당, 1966.) 인용문의 경우 본문에서 해당 지면만을 밝힌다.

그런데 텍스트는 독자의 그러한 호기심과는 무관한 듯한, 문호가 문중의 자매들과 얼마나 친숙하게 지내는가를 알려 주는 정보를 이어 간다. 本村을 떠나 학교를 다니고 있는 문호는 토요일이나 일요일에 본촌으로 돌아오면 마을의 자매들과 한집에 모여 오래도록 이야기를 나누며 그녀들과 어울린다는 정보를 제시하는 것이다. 이 정보를 통해 독자는 자매들에 대한, 범위를 더 확장시켜 여성들에 대한 문호의 의식을, 그의 친 여성적인 의식을 보다 분명하게 확인할 수 있다.

이러한 상황에서 텍스트는 독자의 주의를 끄는 또 다른 정보를 제시한다. 다음의 인용이 그것이다.

> 文浩는 中央에 웃으며 앉고, 一同은 文浩의 周圍에 돌아앉는다. 그러나 그네와 文浩와의 자리의 距離는 年齡에 正比例한다. 第一 나 많은 누이가 第一 멀리 앉고 第一 나어린 누이가 第一 가까이 앉거 나 或 文浩의 무릎에 기대기도 하고 文浩의 어깨에 걸어 엎디기도 한다. 文浩는 이런 줄을 안다. 그러고 슬퍼한다. 以前에는 서로 안고 손을 잡고 하던 누이들이 次次次次 가까이 안기를 그치고 손을 잡 기를 그치고 彼此의 사이에 漸漸 多少의 距離가 생기는 것을 보고 文浩는 슬퍼하였다. (12쪽)

위의 정보는 함께 어울려 친숙하게 지내던 문호와 자매들 사이에 보이지 않는 경계가 생기고 있음을 알려 준다. '그네와 文浩와의 자리의 距離는 年齡에 正比例한다'라는 정보가 시사하듯 그와 그녀들이 성장함에 따라 그들 사이에 남과 여라는 성적 구분에 대한 의식이 자리하기 시작한 것이다. 여기서 독자는 그러한 보이지 않는 성적 경계가 자연적인 원리에 의해서가 아니라 문화적 규범에 의해서 설정된 것임을 감지할 수 있다. 남녀칠세부동석이라는 봉건적 규범이 그들의 의식을 지배하고 있음을 쉽사리 짐작할 수 있는 것이다. 이러한 가운데 위의 정보에서 독자가 주목하는 또 하나의 사실은 그러한 성적 거리를 드러내는 주체가 문호가 아닌, 자매들이라는 점이다. 이는 문호보다는 자매들이 봉건적 의식에 보다 견고하게 지배되고 있음을 보여 준다. 이와는 달리 문호는, 그가 그러한 상황을 '슬퍼하'고 있다는 정보에서 시사되듯이 상대적으로 그러한 봉건적 규범으로부터 자유로운 인물임이 드러난다. 결국 독자는 문호의 탈규범적인 의식을 확인하는 것이다.

그런데 텍스트는 다시 문호가 모친과 숙모에 대해 가지는 경애의 마음에 대한 정보와 친누이인 지수보다도 종매인 난수를 더 사랑한다는 정보를 제시한다. 이제까지의 정보를 통해 문호가 친여성적이며 탈규범적인 인물임을 확인한 독자로서는 그러한 문호의 성향을 구체적으로 확인시켜 주는 정보들이 이처럼 다시 한 번 반복적으로 제시되는 상황에 부딪히면서 문호가 난수를 사랑하는 것은 그의 친여성적이며 탈규범적인 성향과 관련된 것임을 보다 분명하게 재인식한다. 그것은 문호가 난수를 사랑하는 연유를 인식한 것이기도 하다. 그러나 그래도 독자의 호기심은 여전히 지속된다. 그가 모든 자매들을 사랑하는 가운데서도 왜 유독 난수만을 더욱 사랑하는가 하는 호기심이 계속되는 것이다. 앞서 언급한 대로 제시된 정보가 친누이인 지수보다도 종매인 난수를 더 사랑한다고까지 하여 문호의 난수에 대한 사랑이 특별함을 강조하고 있는 까닭에 독자의 그러한 호기심은 더욱 강화된다. 더불어 그 사랑의 구체적 내용에 대한 독자의 호기심도 지속된다.

그러나 텍스트는 독자의 그러한 일련의 호기심과는 무관하게 새로운 인물에 대한 정보를 제공한다.

> 文浩의 從弟 文海도 文浩와 莫兄莫弟한 快活한 少年이라. (중략)
> 그러나 文海[125)]는 그 母親의 性格을 받아 文浩보다 좀 冷靜하고 理

---

125) 텍스트에서는 文海가 아니라 文浩로 되어 있으나 전체적인 문맥상 文海가 옳은 것으로 판단된다.

知的이라. 文浩는 文海를 사랑하건만 文海는 文浩의 感情的인 것을
싫어하였다. 그러므로 文浩가 姉妹들 속에 섞여 노는 것을 恒常 嘲
笑하고 姉妹들이 文浩에게 醉하는 것을 말은 못하면서도 恒常 不滿
히 여겼다. 그러므로 文海는 姉妹界에 一種의 尊敬은 받으나 親愛는
받지 못하였다. (13쪽)

　새롭게 등장하고 있는 문해는 문호의 從弟로서 문호와 더불어 莫兄莫
弟한 快活한 少年이다. 그러나 그는 문호와는 대조적인 성격의 소유자
로 드러난다. 그는 감정적인 문호와는 달리 이지적이며 특히 자매들에
대해 권위적인 태도를 취하는 인물이다. 독자는 여기서 이제까지의 정
보들이 문호의 친자매적인 태도를 드러내는 데 초점을 모아 온 것을 **환**
기하면서, 자매들에 대해 문호와는 대조적인 태도를 보이는 문해의 성
향에 주목하여 자매들에 대한 두 인물의 대조적인 역할들을 예측해 본
다. 그런데 텍스트는 여기서 일 장의 서사 정보를 마무리한다.
　이어지는 이 장에서 텍스트는 그 서두에 문호와 문해가 집으로 돌아
와 문중의 자매들과 어울려 즐기는 모습에 대한 정보를 제시한다. 이는
일 장에서의 정보를 반복하고 있는 것이다. 그런데 여기에는 문호는 자
매들과의 만남을 마냥 즐거워하는데 반해 문해는 그들의 그러한 모습에
대해 눈살을 찌푸린다는 정보가 새로 삽입되어 있다. 이를 통해 텍스트
는 친화적인 문호와 권위적인 문해의 대조적인 성향을 강조하고 있는
것이다. 그리고도 텍스트의 두 사람의 대조적인 성향에 대한 강조는 계
속된다. 텍스트는 이어서 두 사람이 벌이는 토론에 대한 정보를 제공하
는데, 그 속에서 문호는 동서양의 시인들을 좋아하며 미적이고 정감적
인 문학 기질을 가진 인물로 드러나고, 반면에 문해는 동서양의 사상가
들을 좋아하며 선적이고 지적인 문학 기질을 가진 인물로 드러난다. 독
자는 이처럼 문호와 문해, 두 사람의 대조적인 성향들을 강조하는 정보
들이 반복적으로 제시되고 있는 상황에 부딪히면서 이들 정보들이, 텍

스트 서두에서 부각된 문호의 난수에 대한 사랑의 정보와 어떠한 관련성이 있는가 하는 궁금증을 갖는다.

텍스트는 이어서 다음과 같은 정보를 제시한다.

> 이러한 討論을 할 때에는 姉妹들은 自己네끼리 무슨 이야기를 한다. 實로 此洞中에 兩人의 談話를 알아 듣는 사람은 兩人外에 없다. 父母들도 이제는 兩人의 知識이 자기네들보다 勝한 줄을 속으로는 認定한다. 더구나 姉妹들은 오직 國文小說을 읽을 뿐이라. (중략) 三, 四十年來로 漸次 學風이 衰하여 近來에는 國文조차 不能解하는 女子가 있게 되었다. 그러나 文浩와 文海는 天生文學을 좋아하여 그 姉妹들에게 國文을 가르치고 또 國文小說을 읽기를 勸獎하였다. (14쪽)

위의 정보를 통해서 독자는 신구 세대의 우열적인 차별성과 남녀의 우열적인 차별성을 확인하게 되고 뒤이어지는 정보[126]의 뒷받침을 통해 문호와 문해의 영웅성까지 확인하게 된다. 두 사람의 토론을 그들의 부모들이나 자매들이 이해하지 못한다는 사실은 문호와 문해가 부모 세대를 뛰어넘는 영웅적인 신세대들이며 동시에 자매들을 앞지르는 영웅적인 남성들임을 의미한다. 또한 자매들은 국문조차 모르는 상황에서 문호와 문해는 그것을 그녀들에게 가르치는 위치에 있다는 사실은 남성적 역량의 우위를 더욱 강조한다. 독자는 이러한 사실들이 비단 문호와 문해의 개인적 차원의 문제가 아니라 그들이 살아가는 시대의 상황적 차원의 문제임을 미루어 짐작한다. 과도기적 시점에서 새로운 시대를 개척해야 하는 현실적 요구와 여전히 중심적 권력으로 자리하고 있는 남

---

126) 위에서 인용된 정보에 이어서 텍스트는 문호와 문해가 삼사 년 전에 자매들을 위하여 각각 소설 한 편씩을 지은 적이 있으며 문호의 아버지는 아들이 지은 소설을 보고 '十五歲 된 文浩의 재주를 속으로 기뻐하기는 하였다. 그리고 科擧制度가 廢하지 아니하였던들 文浩와 文海는 반드시 大科에 壯元及第를 할 것인데 하고 아깝게 여겼다.'라는 정보를 제시한다. (14쪽 참조.)

성중심적 이념이 문호와 문해의 영웅적 인물됨으로 발현된 것임을 감지하는 것이다. 그리고 그들의 영웅적 역량이 그들의 문학적 재능을 통해서 증명된다는 사실을 통해 독자는 문학적 재능이 신세대의 역량을 대변하는 상징적 기호로서의 의미를 지니고 있음을 추정한다. 이로써 독자는 문호와 문해가 시대적 상황이 요구하는 영웅적인 성향을 공유하고 있음을 확인하는 것이다. 그리고는 자연스럽게 앞의 정보들에서 확인한 두 인물의 대조적인 성향에 대한 정보를 환기한다. 이 환기를 통해 독자는 시대적·이념적 틀을 공유하고 있는 두 인물이 그 공유의 틀 안에서 개인적 차별성을 가지고 있음을 인식하고, 이들이 지니고 있는 동일성과 그 안에서의 차별성의 문제가 텍스트 안에서 구현할 의미에 대해 주목할 필요가 있음을 감지한다. 보다 구체적으로는 그것들이 문호의 난수에 대한 사랑의 문제와 어떠한 관련을 가질 것인가에 대한 기대를 가져 보는 것이다. 서사 정보에 대한 독자의 기대가 강화되는 시점이다. 여기서 다시 텍스트는 이 장의 서사를 마무리한다.

텍스트는 삼 장을 난수에 대한 정보 제시로 시작한다. 텍스트 서두에서부터 언급되었던 난수에 대한 정보가 비로소 구체적으로 제시되기 시작하는 것이다.

> 文浩는 蘭秀를 詩人의 資質이 있다고 믿는다. 재미 있는 노래나 시를 읽어 주면 蘭秀는 손으로 무릎을 치며 좋아하고 또 卽時 그것을 暗誦하여 幼稚하나마 批評도 한다. 文浩는 이것을 기뻐하여 집에 돌아올 때마다 반드시 새로운 노래나 詩나 短篇小說을 지어가지고 온다. 蘭秀도 文浩가 돌아올 때마다 이것을 기다린다. 그러나 文浩의 親누이는 蘭秀와 同甲이요, 재주도 있건마는 文浩가 보기에 蘭秀만큼 美를 感受하는 힘이 銳敏치 못하다. (14~15쪽)

위의 인용은 문호의 눈에 비친 난수의 문학적 재능에 관한 정보이다.

문호가 볼 때 난수는 부족하기는 하지만 그래도 자신과 더불어 대화를
나눌 수 있는, 문학적 재능을 가지고 있는 인물이다. 독자는 이러한 정
보를 통해 텍스트 서두에서 문호가 다른 종매들 중에서도 특별히 난수
를 사랑한다고 한 사실과 이후에 문호가 친누이인 지수보다도 난수를
더 사랑한다고 한 사실에 대한 구체적인 연유를 비로소 알게 된다. 그
모든 것이 난수의 문학적 재능 때문이었던 것이다.[127] 앞의 정보에서
문학적 재능이 신세대의 역량을 상징하는 기호로 사용되었던 사실을 상
기해 볼 때 난수가 문학적 재능을 지녔다는 것은 그녀가 문호와 문해와
같은 신세대의 영웅적 역량을 확보할 수 있는 가능성을 지닌 인물임을
의미하는 것이고, 또 그것은 그녀가 남성의 역량에 비해 여성의 역량이
뒤지는 시대에서 그러한 여성의 열등성을 극복할 가능성을 지닌 인물임
을 의미한다. 문호는 난수가 바로 그러한 가능성들을 지닌 인물이었기
에 그녀를 유독히 사랑하였던 것이다. 그런데 여기서 독자의 주의를 끄
는 또 하나의 사실은 난수의 그러한 가능성들이 본인 스스로에 의해 자
인되고 개발되는 것이 아니라 문호의 인지의 힘을 빌어서 드러나고 있
다는 점이다. 이를 통해 독자는 난수의 비주체적인 의식 상태를 감지하
면서 그것이 내포하는 한계를 예감한다. 이러한 이해 과정 속에서 독자
는 또한 앞의 정보들에서 확인한 바 있는 문호의 친여성적이고 탈규범
적인 성향을 환기하고 그러한 문호의 성향이 난수에 대한 그의 사랑을
강하게 뒷받침한 것임을 더불어 이해한다. 이로써 텍스트 서두 정보를
접한 이후에 지속적으로 발휘되던 독자의 호기심, 문호가 난수를 사랑
한 연유에 대한 호기심의 일단이 해결된다. 그러나 독자의 또 다른 호
기심은 여전히 지속된다. 그렇다면 문호의 난수에 대한 사랑이란 구체

---

127) 위 인용 정보에 이어서 텍스트는 지수와 난수를 대비하고 문중에서 문학적인
　　재주가 있는 사람들을 史的으로 언급하면서 결론적으로 난수의 문학적 감수성
　　이 뛰어나다는 사실을 강조하고 있다. (15～16쪽 참조.)

적으로 어떤 것일까 하는 궁금증이 계속되는 것이다.

그런데 텍스트가 다음의 인용과 같은 정보를 제시한다.

> 그래서 文浩는 限死코 蘭秀를 工夫시키려 하건마는 文浩의 季父는,
> 『계집애가 工夫는 해서 무엇하게!』
> 하고 言下에 拒絶한다. 文海도 蘭秀를 工夫시킬 마음이 없지 아니
> 하건마는 워낙 冷靜하여 熱情이 없는 데다가 또 父母의 命令에 絶
> 對로 服從하는 美質이 있고 蘭秀 當者는 아직 工夫가 무엇인지 모
> 르므로 父母에게 懇求도 아니하여 문호 혼자서 애를 쓸 뿐이라. 그
> 러므로,
> <내가 中學校를 마치고서 서울에 갈 때에는 반드시 芝秀를 데리
> 고 가리라. 될 수만 있으면 蘭秀도 데리고 가리라.>
> 하고 어서 明春이 돌아오기만 기다린다. (16쪽)

위의 정보를 통해 독자는 난수에 대한 문호의 사랑의 구체적인 내용
을 확인할 수 있다. 그것은 난수의 재능을 아깝게 여긴 문호가 난수를
공부시키려 하는 것으로 드러난다. 문호는 난수에게 자신의 재능을 개
빌시킬 기회를 부여하고자 하는 것이다. 그런데 독자는 위 정보에서 난
수에 대한 문호의 사랑을 확인할 뿐만 아니라 문호의 사랑이 현실의 벽
에 부딪혀 좌절되고 있음을, 그리고 그래도 문호가 난수에 대한 자신의
사랑의 의지를 꺾지 않고 있음을 더불어 확인한다.

독자는 위의 정보에서 우선 의식이 서로 다른 문호와 계부 간의 대립
과 그러한 대립 상태에서 문호가 계부의 권위에 눌려 그 뜻을 실현시키
지 못하고 있음을 확인할 수 있다. 여성에 대해 친화적이고 탈규범적인
문호는 근대적이고 개방적인 관점에서 재능이 있는 난수에게 교육의 기
회를 부여하고자 하지만, 여성에 대해 권위적이고 규범적인 계부는 봉
건적이고 폐쇄적인 관점에서 '계집애가 공부는 해서 무엇하'냐며 문호의
뜻을 '言下에 拒絶'하고 만다. 독자는 이러한 사건 전개 과정을 지켜보

면서 가부장적 권위의 위력을 실감하고 문호의 뜻이 좌절될 수밖에 없는 맥락을 이해하는 것이다.

그리고 독자의 그러한 이해는 난수의 문제를 바라보는 문해의 태도에 대한 정보를 통해 더욱 공고히 뒷받침된다. 문해는 앞의 정보에서 드러났듯이 문호와 더불어 새로운 시대를 열어 갈 신세대의 영웅성을 담보한 인물이다. 그런데 그러한 문해조차도 문호의 노력에 동조하지 않는 태도를 보인다. 그 역시 난수를 공부시킬 마음은 있지만 부모의 명령을 거스를 수 없는 까닭에, 부모의 뜻에 따르는 것이 '美質'인 까닭에 그러한 태도를 취하는 것이다. 그러한 문해의 태도는 새로이 전개될 시대에서조차도 가부장적 권위가 지배적인 가치로서 작용할 것임을 시사하면서 문호의 난수에 대한 사랑의 좌절을 필연화시킨다. 앞에서 문호와 문해의 대조적인 성향을 확인하게 되면서 예측하였던 둘의 대조적인 역할들이 여기서 비로소 그 모습을 드러내는 것이다. 독자는 이들의 대조적인 성향이 구체적으로 실현되는 지금의 상황을 목도하면서 그것이 낳을 수 있는 파장을 감지한다. 그들의 대조적인 역할들의 긴장의 기울기에 따라 난수 인생은 극에서 극으로의 변화를 겪을 수 있음을 감지하는 것이다. 그러나 위 인용 정보의 말미에서 시사되는 문호의 패배에서 독자는 개인의 차별적인 의식으로는 뚫기 버거운 시대적·이념적 틀의 견고함을 확인할 뿐이다.

위 정보에 대한 독자의 이해는 계속해서 이어진다. 독자는 교육 대상의 당자인 난수 역시 '아직 工夫가 무엇인지도 모'른다고 하는 정보를 통해 폐쇄적인 사회 속에서 봉건적인 규범에 얽매여 살아가는 여성의 의식의 한계를 확인함과 동시에 여성 스스로가 그 한계를 벗고 근대적이고 개방적인 의식으로 나아가기까지의 험난함을 확인함으로써 문호의 좌절의 필연성을 다시 한 번 더 인식한다. 난수의 여성적 의식의 한계는 앞서 그녀의 문학적 기질에 대한 정보를 해석하는 과정에서 독자가 예감했던 부분이기도 하다. 이렇게 해서 독자는 이제까지의 독서 과정에서의 호기심의 대상이 되었던 난수에 대한 문호의 사랑의 내용을 구체적으로 확인하게 되고, 동시에 그것이 현실적인 이념의 벽에 부딪혀 실현되지 못하고 좌절되고 마는 상황도 인식하게 된 것이다.

그러면서도 독자는 위 인용 정보의 마지막에서 문호가 '明春'을 기다린다는 사실에서 문호의 꺾이지 않는 의지를 확인하고 상황 변화에 대한 일말의 기대를 가져 본다. 그러나 위 정보에서 드러나듯이 그 의지의 직접적 대상이 난수에서 지수로 변화되고 있음은 그의 뜻이 실현될 가능성이 희박함을 시사하고 있어 독자의 기대는 그나마 반감되는 것이 사실이다.

텍스트는 이제 사 장으로 전환하면서 '그 해 가을'의 난수의 혼인을 사건화하여 제시하기 시작한다. 텍스트는 문호가 '아까운 詩人이 그만 썩어지고 마는 것을 恨歎'하여 난수의 혼인을 처음부터 달가와 하지 않고[128) 결국은 난수에게 시집가기 싫다고 부모님께 말씀드리도록 종용하기까지 한다는 정보를 제시한다. 그리고 계속해서 텍스트는 난수의 신랑감이 천치라는 소문을 듣고 집안 사람들이 불안해 하는 가운데 문호가 계부에게 파혼할 것을 호소하는 정보를 전달한다.

---

128) 텍스트는 문호가 난수의 혼인을 처음부터 반대한 이유로 이 밖에도 '또 自己가 가장 사랑하던 누이를 어떤 사람에게 빼앗기는 것이 아깝기도 하고 憤하기도 하였다. 마치 英國詩人 워어즈위드가 그 누이와 一生을 같이 보낸 모양으로 自己도 蘭秀와 一生을 같이 보냈으면 하였다.'라는 문호의 심리에 대한 정보를 제공한다. 기존 논의들 중에는 이 작품의 주제를 근친애로 보는 것들도 있는데, 인용한 부분과 같은 정보가 그와 같은 주제 파악을 가능케 했을 것이다. 그러나 이러한 정보가 텍스트 의미 형성의 주도적 부분이라고 보기는 어렵다. (16쪽 참조.)

　　文浩는 이 말을 듣고 울면서 季父께 諫하였다. 그러나 季父는,
　　『못한다. 兩班의 집에서 한 번 許諾한 일을 다시 어찌 한단 말이
냐. 다 제 八字지.』
　　『그러나 兩班의 體面은 暫時 일이지요. 蘭秀의 일은 一生에 關한
것이 아니오니까. 一時의 體面을 爲하여 한 사람의 一生을 犧牲한다
는 것이 말이 됩니까.』
하였으나 季父는 성을 내며,
　　『人力으로 못하나니라.』
하고는 다시 文浩의 말을 듣지도 아니한다. 文浩는 그「兩班의 體
面」이란 것이 미웠다. 그리고 혼자 울었다. (중략) 그러나 文海는 울
지 아니한다. 毋論 文海도 蘭秀의 일을 슬퍼하지 아님은 아니나, 文
海는 그러한 일에 울 만한 熱情이 없고 그 父親과 같이 斷念할 줄
을 안다. 그러나 文浩는 이것은 그 季父가 蘭秀라는 女子에게 對하
여 行하는 大罪惡이라 하여 그 季父의 無知無情함을 원망하였다.
(17쪽)

　　위 정보에서 독자는 난수에게 보다 바람직한 삶의 길을 열어 주고자
하는 문호의 난수에 대한 지난한 사랑을 확인할 수 있다. 문호의 그러
한 사랑은 친여성적이며 탈규범적인 그의 성향이 시사하듯 여성의 삶과
개인의 가치를 중시하는 근대적이고 개방적인 의식에서 비롯된 것이다.
문호의 그러한 의식은 '양반의 체면' 때문에 자식의 일생의 불행조차 방
기하는, 봉건적인 가문중심주의에 매몰된 계부의 의식과 대조를 이룬다.
그런데 독자는 두 의식의 대결에서 계부의 의식이 승리하고 있음을 확
인한다. 계부가 난수의 결혼을 강행하고자 하는 의지를 분명히 하면서
문호의 말에는 귀도 기울이지 않는다는 정보에서 그리고 문호가 '혼자
울었다'라는 정보에서 여성에게 개방적인 삶을 차단시키고 폐쇄적인 삶
을 강제하는 봉건주의적 가치의 승리를 확인하는 것이다. 그리고 독자
는 그것을 문해의 태도에서도 확인한다. 문해는 문호와 같이 난수의 혼
인의 문제점을 인식하면서도 부친처럼 단념하는 모습을 보인다. 이는

신세대적 영웅성을 담보한 그조차도 가부장적 가치를 존중하고 있음을 의미한다. 독자는 이러한 문해를 통해 가부장의 권위가 여전히 중심적 권력으로 자리하고 있음을 확인하면서 문호의 패배를 보다 깊이 인식하는 것이다. 이는 독자가 대조적인 성향의 두 인물의 대조적인 역할들을 다시 한 번 확인하고, 또한 그러한 역할들이 낳고 있는 결과를 다시 한 번 확인하는 것이기도 하다.

위 정보에 대해 이상과 같은 해석을 전개하던 독자는 자연스럽게 삼장에서 문호가 계부에게 난수를 공부시키자고 제의했던 정보를 환기한다. 그 정보는 문호가 근대적이고 개방적인 의식을 가지고 난수에게 새로운 삶의 길을 열어 주고자 하였으나 봉건적이고 폐쇄적인 의식을 가진 계부의 '言下에 拒絶'로 뜻을 이루지 못했음을 전했었다. 뒤이어 제시되었던 계부의 뜻을 따르는 문해의 태도에 대한 정보 역시 문호의 뜻이 실현되지 못했음을 강하게 시사하였다. 그러한 일련의 맥락은 지금의 정보가 전달하는 맥락들과 별반 다를 것이 없다. 그것들 간의 유사성이 확연히 드러나는 것이다. 결국 이전의 공부 제안 정보와 지금의 파혼 제안의 정보는 전-후향적인 치환적 지연의 정보들인 것이다. 따라서 독자는 전-후향적으로 반복되는 이들 치환적인 정보들을 접하면서 근대적 의식을 지향하는 문호의 난수를 사랑하는 마음의 깊이와, 문호가 현실 속에서 그것을 실현하는데 장애가 되고 있는 봉건적 이념의 벽을 보다 구체적으로 이해하게 된다. 특히나 문호와 문해의 대조적인 태도의 반복을 통해 보편적인 시대 의식에 대한 차별적인 개인 의식의 미력함을 보다 구체적으로 확인하게 된다. 이것들은 상세적인 탐색의 결과들이다. 이러한 가운데서도 독자는 하나의 기대를 가져 본다. 난수 혼사의 최종적 결과에 대한 기대가 그것이다. 독자는 삼 장의 공부 제안의 정보에서 문호가 난수에 대한 자신의 사랑의 계획이 좌절되었음에도 불구하고 '明春'을 기다린다고 다짐했던 정보를 환기하면서 그러한 기대를 키워 보는 것이다. 이후의 사건 전개에 대한 기대와 그것으로 인한 긴장감으로 독자의 정보 탐색은 계속된다.

오 장의 정보는 난수의 혼인 당일에 관한 것이다. 텍스트는 혼인 당일을 맞아 근심스러운 가운데서도 잔칫집다운 부산함을 보이는 문호의 집안에 대한 정보를 묘사적으로 제시하면서 그 사이사이에 문호의 불편한 심기에 대한 정보들을 삽입시켜 전달한다. 그리고는 다음의 정보를 제시한다.

> 蘭秀는 文浩의 어깨에 기대며 文浩의 눈을 본다. 文浩는 蘭秀의 눈을 보았다. 그 눈에는 絶望과 斷念의 빛이 있는 듯하다. 그러나 蘭秀는 다만 新郞이 天痴라는 말에 근심이 되고 絶望이 될 뿐이요, 이 事件에 對하여 어떠한 態度를 取할 줄을 모르고 다만 나는 不可不 天痴와 一生을 보내게 되거니 할 뿐이라. (18쪽)

위의 정보는 난수가 자신의 부당한 혼인에 대하여 어떠한 태도를 취하는가를 보여 준다. 일단 문호의 눈을 통해 확인되는 그녀의 태도는 '絶望과 斷念'이다. 그녀는 자신이 처한 문제적인 현실에 능동적으로 대처하지 못하는 무력한 존재로 드러나고 있다. 독자는 위의 정보를 통해 자신의 삶에 대해 비주체적인 여성의 모습을 확인한다. 더욱이 뒤이어 텍스트가 그러한 난수를 바라보는 문호의 안타까운 마음에 대한 정보를 전하는 가운데, 그 정보에 '차라리 父母의 抑制로 마음 없는 곳에 시집가기보다는 自己의 마음드는 男子와 逃亡하는 것이 마땅하다'라는 문호의 자유 연애 사상을 삽입하고 있어 그러한 정보를 접하는 독자로서는 난수의 비주체적 모습을 보다 분명하게 인식하게 된다. 가문 중심의 봉건적 규범을 뛰어넘어 개인의 가치를 중시하는 문호의 의식과 봉건적 규범에 얽매인 난수의 자포자기적인 의식이 상호 대조적인 맥락을 분명

히 드러내는 까닭이다. 독자는 여기서 삼 장에서 공부가 무엇인지조차
도 모른다던 그녀의 비주체적인 태도에 대한 정보를 환기한다. 지금의
정보나 그 때의 정보는 모두 난수가 자신이 처한 상황에 대해 비주체적
으로 대응한다는 기의를 동일하게 드러내고 있다. 결국 두 정보들은 전-
후향적인 치환적 지연의 정보들인 것이다. 따라서 독자는 이들 정보들
속에서 공부 문제에서 보여 주었던 비주체적인 태도를 결혼 문제에서까
지 반복적으로 보여 주는 난수의 모습을 확인하면서 근대적 자아를 확
립하지 못하고 봉건적인 의식에 머물러 있는 난수의 여성적 의식의 한
계를 구체적으로 인식한다. 상세적인 탐색을 통한 결과인 것이다. 그리
고 독자는 다시 앞의 정보에서 가졌던 기대감과 긴장감을 환기한다. 그
렇다면 이러한 상황에서 문호는 어떠한 대응을 펼칠 것인가 하는 기대
감과 긴장감을 환기하는 것이다.

텍스트는 이어서 신랑이 도착하자 문호를 비롯한 문호의 가족들이 말
로만 전해 듣던 소문이 사실임을 확인하고 낙심하는 정보를 전한다. 거
기에는 난수가 절망하는 모습도 포함되어 있다. 그리고 다음의 정보가
이어진다.

> 밤이 왔다. 文浩는 어디서 돈 五圓을 求하여 가지고 가만히 蘭秀
> 에게,
> 『얘 이제 나하고 서울로 가자. 이 밤車로 逃亡하자. 가서 내가 工
> 夫하도록 하여 주마.』
> 하였다. 그러나 蘭秀는 文浩의 말에 다만 놀랄 뿐이요, 應할 생각은
> 없었다. 「서울로 逃亡!」 이는 못할 일이라 하였다. 그래서 고개를
> 흔들었다. 文浩는,
> 『얘, 이 못생긴 것아. 一生을 그 天痴의 아내로 지낼터이냐.』
> 하며 팔을 끌었다. (19쪽)

위의 정보는 독자에게 난수에 대한 문호의 사랑이 얼마나 지극한가를

재확인시켜 준다. 난수를 근대적인 삶으로 이끌기 위해 적극적으로 노력하는 문호의 모습이 그것을 뒷받침하는 것이다. 결혼이 봉건적이고 폐쇄적인 질곡의 삶으로 빠져드는 길이라면 공부는 근대적이고 개방적인 해방의 삶으로 나아가는 길이라고 할 때 문호는 '도망'이라는 극단적인 형식을 통해서라도 난수가 후자의 길을 택할 것을 권유한다. 이에 반해 당자인 난수는 자신 앞에 놓여진 양 갈래 길에서 대단히 소극적인 태도를 보인다. 독자가 앞의 정보에서 확인한 대로 그녀는 여전히 비주체적 태도를 보이고 있는 것이다. 난수의 혼사의 결말에 대한 기대와 긴장감을 유지해 오던 독자는 이와 같이 문호가 거듭되는 난항에 부딪히는 것을 보면서 난수를 질곡의 삶에서 구하고자 하는 문호의 노력이 궁극적으로 좌절될 것임을 예감한다. 明春을 기다린다는 삼 장의 정보에서 그 기약의 중심 대상이 난수에서 지수로 전환되고 있었음을 환기하면서 독자는 그러한 예감이 현실화될 가능성이 높다는 판단을 내린다.

텍스트는 이후 난수의 언니인 혜수의 신랑에게서 난수 신랑의 천치스러운 면모에 대한 소식을 전해 들은 문호가 천치인 난수 신랑과 온전한 혜수 신랑을 비교하면서 난수의 처지를 더욱 안타까워하는 정보를 전달한다. 독자는 이들 정보에서 문호가 난수에 대하여 가지는 안타까운 마음의 깊이를 확인할 수 있다. 이어 텍스트는 다음날 아침에 문호가 계부의 집에 들러 '蘭秀가 비단 옷을 입고 머리를 쪽지고 앉은 모양을' 바라보면서 '形言치 못할 悲哀와 嫌惡'를 깨닫는다는 정보를 전달한다. 더불어 '萬事休矣'임을 절감하는 문호의 안타까운 마음에 대한 정보도 전달한다. 이들 정보들을 통해서 독자는 난수에 대한 문호의 노력이 결국 좌절되었음을 확인할 수 있다.[129] 삼 장의 정보에서 문호의 明春에

---

129) 이후 텍스트는 5장의 말미에서 문호가 난수의 신랑을 처음 대면하는 장면에 대한 정보를 제시한다. 이러한 정보 역시 궁극적으로는 문호가 난수에 대해 가지게 되는 연민과 안타까움과 절망을 전달한다. (21쪽 참조.)

대한 기약에도 불구하고 그 대상이 난수에서 지수로 전환되는 변화가
시사했던 좌절의 예감이 이렇게 현실화되고 있는 것이다. 여기서 또 한
번의 전-후향적 정보들의 치환적인 지연이 확인된다. 앞서 삼 장에서 제
시된 명춘에 대힌 기약의 정보와 지금 제시된 혼인 다음날의 난수를 바
라보는 문호에 대한 정보 사이에서 그와 같은 전-후향적인 치환적 지연
의 전략이 확인되는 것이다. 독자는 좌절의 예감과 실현이라는 유사적
맥락을 지닌 이들 지연의 정보들을 통해 문호의 뜻의 궁극적인 좌절을
구체적으로 확인하는 상세적인 탐색을 벌인다. 그리고 앞에서의 예감이
현실로 확인되는 지금의 시점에서 독자의 기대와 긴장감도 스러진다.

결과적으로 독자는 전향적인 사, 오 장의 정보들이 후향적인 일, 이,
삼 장의 정보들을 치환적으로 반복하고 있음을 인식한다. 앞서 확인한
대로 이들 정보들은 친여성적이고 탈규범적인 문호가 사랑하는 난수를
봉건적인 삶의 질곡에서 구해 근대적인 해방의 삶으로 이끌고자 기울인
노력과 그러한 노력에도 불구하고 결과적으로 이르게 되는 좌절에 대한
이야기라는 유사성을 전제로 하고 있다. 독자는 그러한 유사성을 토대
로 사, 오 장의 난수의 혼인 사건의 정보가 일, 이, 삼 장의 문호 집안
의 봉건주의적 삶의 양상, 특히나 여성에게 폐쇄적인 삶을 강요하는 양
상을 구체화시키면서 근대적인 의식을 지니고 오히려 집안의 그러한 삶
의 양상의 벽을 넘어서고자 하는 문호의 노력과 그에 대한 좌절의 과정
을 세세하게 보여 주는 예시적 정보임을 인식하는 것이다.[130) 즉, 독자
는 일, 이, 삼 장에서 요약적으로 제시된 정보의 의미를 사, 오 장에서

---

130) 텍스트에서 공부의 정보와 결혼의 정보가 의미상 치환적 관계를 이루고 있지
만 공부와 결혼 그 자체가 함축하는 의미는 상호 대립적이다. 공부가 근대적인
삶으로 나아가는 길이라면 결혼은 봉건적인 삶에 얽매이는 길인 것이다. 이러한
텍스트 논리에 비추어 볼 때 만약 난수에게 공부의 기회가 주어졌다면 그녀가
결혼으로 인한 비극적 상황에 빠지게 되지는 않았을 것이다.

극적으로 사건화된 정보를 통해 구체적으로 깊이 있게 이해하는 상세적인 탐색을 벌여 온 것이다.

텍스트는 육 장에서 삼 년이라는 서사적 시간을 건너뛰고 그 이후의 문호의 모습에 대한 정보를 전달한다. 이처럼 후일담으로서의 의미를 갖는 육 장의 정보를 접하는 독자는 서사의 최종적이고 확정적인 새로운 결말에 대한 기대와 긴장을 가지게 된다.

> 翌年春에 文浩는 東京으로 留學을 갔다가 이태 되는 여름에 집에 돌아왔다. 그러나 앞 고개에는 이미 蘭秀의 나와 맞음이 없고 大門 밖에는 웃고 맞아 주던 姉妹들이 보인다. 文浩가 東京 갈 때에 十餘 歲 되던 姉妹들이 只今은 十二, 三歲의 커다란 處女가 되어 亦是 반갑게 文浩를 맞는다. 그러나 그 處女들은 決코 文浩의 親舊가 아니러라. (중략) 三年前에 있던 즐거움은 永遠히 스러지고 말았다. 文浩는 울고 싶었다. 그러나 三年前과 같이 눈물이 흐르지 아니 한다. 文浩는 마주앉은 文海의 까맣게 난 鬚髯을 본다. 그러고 손으로 自己의 턱을 쓸며,
> 『文海야. 우리 턱에도 鬚髯이 났구나.』
> 하며 턱 아래 한 치나 자란 외대 鬚髯을 툭툭 잡아채며 웃는다. (21쪽)

위의 정보를 통해 독자는 시간의 흐름과는 무관한 문호네 문중의 변함없는 봉건주의적 삶의 양식을 확인하게 된다. 문호는 멀리 동경으로까지 유학을 다녀오지만 자매들은 여전히 마을에 머물면서 돌아오는 문호를 맞을 뿐이다. 남성에게는 개방적이지만 여성에게는 폐쇄적인 삶의 패턴이 여전함이 확인된다. 가부장적 봉건 세계가 여전히 지속되고 있는 것이다.

이러한 확인과 더불어 독자는 시간의 흐름에 따른 변화도 인식하게 된다. 자신을 반갑게 맞아 주는 자매들을 이제는 더 이상 친구로 느끼지 못하는 문호의 감정 변화를 확인할 수 있는 것이다. 문호는 삼 년

전 그가 친여성적이며 탈규범적인 태도를 지니며 누렸던 즐거움을 이제
는 더 이상 느끼지 못한다. 대신 그는 문해의 까맣게 난 수염을 보며
자신의 수염을 쓸어 본다. 그것은 문해의 초상을 통해 자신의 초상을
확인히는 것이다. 과거에는 늘 자신괴는 대립적이었던 문해에게서 문호
는 어느덧 자신의 모습을 확인하는 것이다. 이로써 독자는 문호 역시
시간의 흐름 속에서 시대의 중심적 이념에 편승하고 있음을 알 수 있다.
그의 차별적인 자각도 그와 문해를 동일성으로 묶고 있던 시대적·이념
적 틀을 끝내 극복하지 못한 것이다. '수염'이 가지는 성장의 상징성이
그의 기성 세대로의 편입을 의미하는 것임은 물론이다.

그런데 문호의 그러한 변화는 '수염'의 상징성에서뿐만이 아니라, 텍
스트가 이후에 전달하는 정보를 통해서도 확인된다. 텍스트는 문호의
모친이 문호와 문해 앞에 두 아이들을 데려다 놓는다는 정보와 그 아이
들을 보며 자신이 벌써 아버지가 되었음을 자탄하는 문호에 대한 정보
를 제시한다. 그들 정보들을 통해 독자는 가부장의 이념에 도전해 보았
던 문호의 '소년 시절'이 마감되고 어느덧 그도 그 도전의 대상이었던
가부장의 자리에 올랐음을 확인한다.

텍스트의 마지막에서 제시되는, '前보다 주름이 많게' 된 모친의 얼굴
을 정신없이 바라보는 문호의 모습에 대한 정보에서 독자는 문호가 가
부장의 질서에서 생을 마감해 가고 있는 어머니의 모습을 통해 여성의
질곡의 삶이 여전히 지속되고 있으며 그러한 어머니의 모습이 난수의
미래의 모습일 수도 있음을 인식하면서 자신의 소년 시절의 용기 있는
도전과 그 좌절의 순간들을 회한하는 것을 알 수 있다. 최종적이고 확
정적인 결말에 대한 독자의 기대와 긴장은 이와 같은 문호의 회한을 확
인하는 것으로, 가부장적 봉건 이념은 군건히 승계되고 있음을 확인하
는 것으로 마감된다.

결국 육 장의 정보는 사, 오 장의 정보들을 이어 전향적으로 진행되면서 사, 오 장의 정보들을 치환적으로 반복하는 가운데 가부장적 봉건 이념의 지속성을 보여 주면서, 사, 오 장의 정보들과 마찬가지로 앞의 일, 이, 삼 장의 정보들과 전-후향적인 치환적 지연 관계를 이루고 있음이 드러난다. 전향적인 육 장의 정보와 후향적인 일, 이, 삼 장의 정보들이 가부장적 봉건 질서의 견고함이라는 유사성을 드러내고 있는 것이다. 그리하여 독자는 이들 반복적인 정보들을 통해 가부장적 질서의 견고함을 보다 명시적으로 이해한다. 더욱이 육 장에서는 이전까지의 정보에서 가부장적 질서를 해체하고자 하였던 문호조차도 그 질서에 편승해 있음을 보여 주는 정보가 제시되고 있어 독자의 그러한 이해는 더욱 깊어진다. 사, 오 장의 정보를 통해 이미 일, 이, 삼 장의 정보가 상세화된 상태에서 다시 육 장의 정보를 통해 일, 이, 삼 장의 정보가 재상세화됨으로써 독자에게는 봉건적 질서의 견고함, 가부장적 질서의 견고함이 충분히 명징하게 다가오는 것이다. 이 모두는 상세적인 탐색의 결과이다. 그리고 그 속에서 독자는 시대의 이념적 규범을 뛰어넘으려다 실패한 소년의 좌절을, 비애를 인식하고 개인적 이념의 한계를 인식한다.

1.2. 감자

다음의 인용은 텍스트 「감자」가 제시하는 첫 정보이다.

> 싸움, 간통, 살인, 도둑, 구걸, 징역, 이 세상의 모든 비극과 활극의 근원지인, 칠성문 밖 빈민굴로 오기 전까지는, 복녀의 부처는, (사농공상의 제이위에 드는) 농민이었다.[131] (214쪽)

---

131) 텍스트는 전집에 실린 것을 대상으로 한다. (김동인, 『김동인전집 5』, 삼중당, 1976.) 인용문의 경우 본문에서 해당 지면만을 밝힌다.

위 정보는 복녀 부처가 현재는 '이 세상의 모든 비극과 활극의 근원지인' 칠성문 밖에 살고 있으며, 과거 그들은 농민 계층이었다는 사실을 알려 주고 있다. 여기서 독자는 복녀 부처의 현재의 삶의 모습을 읽으면서 아울러 그 속에 힘축된, 시간적 흐름을 전제한 그들의 사회적·경제적 계층상의 전락의 맥락까지도 읽어 낸다. 즉, 독자는 복녀 부처가 과거에서 현재로 흘러오면서 사회적 경제적으로 몰락의 길을 걸어왔으며 결국 그들은 현재 최하위의 밑바닥 계층에 속해 있음을 파악하는 것이다. 따라서 독자는 자연스럽게 그렇다면 그들은 왜, 혹은 어떻게 몰락했는가, 그리고 현재 이후의 그들의 삶은 또 어떻게 전개될 것인가 하는 의문과 기대를 갖게 된다. 그리고는 이것들에 대한 호기심과 긴장감으로 이후에 제시될 정보들에 주목한다.

이후 텍스트는 복녀의 과거 이력에 대한 후향적인 정보 제시를 시작한다. 독자는 텍스트가 일단은 복녀 부처의 몰락 과정과 그 원인 제시에 초점을 두고 있음을 감지하면서 텍스트 이해에 나선다. 텍스트가 제시하는 복녀에 대한 후향적인 정보의 핵심은 '복녀는, 원래 가난은 하나마 정직한 농가에서 규칙있게 자라난 처녀'였기 때문에 '마음속에는 막연하나마 도덕이라는 것에 대한 저픔을 가지고 있었다'는 것이다. 이어서 텍스트는 그녀의 남편에 대한 후향적인 정보를 제시한다. 복녀보다 나이가 스무 살이나 많은 복녀의 남편은 복녀가 열다섯 살 나는 해에 그녀를 돈 팔십 원에 산 인물이다. 그도 그의 아버지 대에는 밭도 몇 마지기 가지고 있었던 '상당한 농민'의 아들이었다. 그러나 복녀와 결혼할 당시는 그녀를 산 팔십 원이 그의 전 재산일 정도로 그는 경제적으로 몰락한 상태에 처해 있었다. 텍스트는 그의 몰락의 이유를 그가 '극도로 게으른 사람'이기 때문이라고 설명한다. 천성적으로 게으른 그는 남의 주선으로 얻게 된 소작밭조차도 제대로 경작하지 않아 소작을 떼이기가 일쑤였던 것이다. 텍스트는 결혼 이후에도 그의 게으름은 변함이 없었던 것으로 전한다.

독자는 이러한 정보들을 통해 두 사람이 '농민'이라는 동일한 계층에 속했던 인물들이지만, 복녀는 도덕에 대한 저픔을 지닌 반면에 그녀의 남편은 게으른 천성을 지닌, 결국 두 사람이 서로 다른 성향을 지닌 인물들임을 분명하게 인식한다. 그리고 텍스트 서두의 정보에 기대어 두 사람이 결혼이라는 제도를 통해 결합하면서 그러한 서로 다른 성향들이 맞부딪히게 되고 그 결과 그들 부처가 사회적 경제적으로 몰락한 것임을 감지한다. 아울러 독자는 그것이 복녀의 도덕에 대한 저픔이 패배한 결과일 것임도 감지한다. 과연 그러한 것일까. 그들의 구체적인 몰락 경위에 대한 독자의 호기심이 지속된다.

실제로 텍스트는 이어서 그들 부처의 몰락의 경위에 대한 구체적인 정보를 전한다. 처가에서까지 신용을 잃게 되자 살 길이 막막해진 복녀 부처는 평양 성안으로 막벌이를 들어가지만 복녀 남편의 게으름은 여전하여 그 일도 오래하지 못한다. 요행 그들은 다시 어느 집 막간살이를 들어가게 되지만 그의 게으름은 계속된다. 결국 그들은 그 집에서도 쫓겨난다.

> 매일 복녀는 눈에 칼을 세워 가지고 남편을 채근하였지만, 그의 게으른 버릇은 개를 줄 수는 없었다.
> 『벳섬 좀 치워 달라우요』
> 『남 졸음 오는데, 님자 치우시관.』
> 『내가 치우나요?』
> 『이십 년이나 밥 처먹구 그걸 못치워.』
> 『에이구 칵 죽구나 말디.』
> 『이년 뭘!』
> 이러한 싸움이 그치지 않다가 마침내 그 집에서도 쫓겨나왔다.
> (215쪽)

독자는 위의 정보에서 그의 게으른 천성 앞에서 복녀의 도덕에 대한 저픔이 아무런 힘을 발휘하지 못하고 있음을 확인한다. 도덕에 대한 저픔은 천성적 게으름보다 가치론적 우위를 점하고 있음에도 불구하고 현실 속에서 그것은 무력함을 드러내고 있다. 이는 남성이라는 성적 우위가 도덕에 대한 저픔이라는 정신적 우위조차 무력하게 할 만큼 절대 권력을 지녔기 때문이다. 이에 독자는 결혼이라는 제도 속에서 여성의 역할의 무력함을 인식한다.

이후 텍스트는 그들 부처가 칠성문 밖 빈민굴을 찾게 되었다는 정보를 전달한다. '남편'의 게으른 천성으로 말미암아 사회적 경제적 몰락을 거듭하면서 마침내 그들은 '하릴없이 칠성문 밖 빈민굴로 밀리어' 올 수밖에 없었던 것이다. 독자는 이 정보들을 통해 앞서의 추측적 이해가 사실임을 확인하면서 복녀 부처의 사회적 경제적 전락의 이유가 그녀 남편의 게으름 때문임을 분명하게 인식한다. 이렇게 해서 독자는 일차적인 호기심을 풀어낸다. 그러면서 독자는 복녀가 돈 팔십 원에 팔려 시집을 갔었다는 앞서의 정보를 환기한다. 가부장적 제도의 틀 속에서 복녀는 이미 주체적인 인격성을 상실한, 매매가 가능한 물화의 대상으로 전락한 존재였음을 환기하는 것이다. 결국 남편이나 아버지는 모두 파행적인 가부장적 가치를 구현하면서 복녀의 인간적인 삶을 훼손하는 폭력적인 존재들로 드러난다. 여기서 독자는 파행적인 가부장적 사회 구조 속에서 주체적 존엄성이 폐기된 여성의 비극적인 '운명'을 인식한다.

이제 텍스트는 다시 서사의 현재 시점으로 돌아온다. 텍스트는 이제까지의 후향적인 정보들을 통해서 복녀 부처가 현재의 몰락 상황에 이르게 되기까지의 일련의 과정과 그 연유를 밝히고 텍스트가 시작된 처음의 시점으로 되돌아온 것이다. 이들 후향적인 정보들을 탐색하며 처음의 호기심을 충족시켜 오던 독자는 이제 그들 부처의 앞날이 어떻게 될 것인가에 대한 기대와 긴장으로 이어지는 정보들에 주의를 기울인다.

텍스트의 진행이 이야기의 현재 시점으로 돌아온 이후 첫 정보는 다음의 인용과 같다. 이 정보는 텍스트의 서두 정보를 되풀이함으로써 서사의 후향적인 진행을 마무리하면서 동시에 이후의 서사의 전향적인 진행 근거를 제시한다.

> 칠성문 밖을 한 부락으로 삼고 그 곳에 모여 있는 모든 사람들의 정업은 거라지요, 부업으로는 도둑질과 (자기네끼리의) 매음, 그 밖에 이 세상의 모든 무섭고 더러운 죄악이었었다. 복녀도 그 정업으로 나섰다. (215쪽)

위 정보에서도 독자는 텍스트 서두 정보에서와 마찬가지로 함축적인 의미들을 발견한다. 독자는 먼저 위 정보를 통해 앞으로 진행될 서사의 초점이 어느 정도까지는 복녀에게로 모아질 것임을 추정한다. 복녀와 그녀의 남편이 각기 도덕에 대한 저픔과 천성적 게으름이라는 서로 다른 성향을 가진 차별적인 인물들인 까닭에 두 사람에 대한 지속적인 대비가 가능할 것임에도 불구하고 위 정보에서는 두 사람 모두가 아닌 복녀만이 언급되고 있다는 사실이 독자의 그와 같은 해석을 뒷받침한다. 그리고 복녀에게 서사의 초점이 모아질 것이라는 추측은 동시에 복녀를 특징짓는 도덕에 대한 저픔의 문제에 서사의 초점이 놓일 것이라는 추측을 가능케 한다. 더욱이 위 정보가 칠성문 밖 사람들의 직업을 굳이 정업과 부업으로 분류하고 또 부업의 종류들을 죄악이라고 규정하면서 복녀가 '정업으로 나섰다'라고 전하는 점에 기대어 독자는 복녀가 사회적 경제적 몰락에도 불구하고 여전히 도덕에 대한 저픔을 유지하고 있음을 인식하면서 그와 같은 추측의 깊이를 확보한다. 그렇다면 복녀의 도덕에 대한 저픔은, 파행적인 가부장적 질서 속에서 이미 그 위의를 상실한 그것은 과연 어떠한 양상을 빚어낼 것인가. 독자의 기대와 긴장이 새로이 자리하는 지점이다.

이어서 텍스트는 본격적인 전향적인 정보들을 전하는데 먼저 복녀의 거라지 행각이 여의치 않다는 정보를 전한다. 거량의 손길을 내미는, '열 아홉 살의 한창 좋은 나이의 여편네'인 복녀에게 평양 사람들은 '젊은 것이 거량은 왜?'라는 시비섞인 반문으로 답할 뿐 현실적인 도움을 주지 않는다는 것이다. 이러한 정보는, 거라지 행각이 복녀에게 있어서는 '세상의 모든 무섭고 더러운 죄악'인 빈민굴의 부업으로 나서기 전의 도덕적인 최후의 경계선임에도 불구하고 세상은 그녀에게 그러한 최후의 경계선 안에서의 삶조차 허락하지 않고 있음을 보여 준다.

그리고 텍스트는 그러한 복녀의 삶과는 다른, 그 곳에서의 또 다른 양상의 삶에 대한 정보를 전달한다. 그 곳에는 '밤에 돈벌이 나'가 하룻밤에 사백여 원을 벌어 가지고 와 담배 장사를 시작하는 사람도 있다는 것이다. 독자는 그가 일을 나간 '밤'이라는 시간 지표를 통해 칠성문 밖 빈민굴이 '세상의 모든 비극과 활극의 근원지'이며 그 곳에서 이루어지는 부업은 '세상의 모든 무섭고 더러운 죄악'이라는 앞의 정보를 환기하면서 그 일이 가지는 부정적 속성을 추정한다. 그리고 그러한 삶의 양상이 복녀의 삶의 양상과 대조를 이루는 가운데 복녀가 부정적인 삶의 양상의 위협 속에 놓여 있음을 인식한다. 그런데 텍스트는 다음과 같은 정보를 제시한다.

> 복녀는 열아홉 살이었었다. 얼굴도 그만하면 빤빤하였다. 그 동네 여인들의 보통 하는 일을 본받아서, 그도 돈벌이 좀 잘하는 사람의 집에라도 간간 찾아가면, 매일 오륙십 전은 벌 수가 있었지만, 선비의 집안에서 자라난 그는 그런 일은 할 수가 없었다.
> 그들 부처는 역시 가난하게 지냈다. 굶는 일도 흔히 있었다. (215쪽)

위 정보는 복녀가 지속적인 사회적 경제적 몰락에도 불구하고 부정한 방식의 삶에 젖어들지 못하고 있으며 그것은 그녀가 여전히 도덕에 대한 저픔을 지니고 있기 때문임을 확인시켜 준다. 텍스트가 이미 앞 부분에서 칠성문 밖 빈민굴에서 행해지는 부업의 하나가 '(자기네끼리의) 매음'이라는 정보를 제시한 바 있어 독자는 위 정보에서 언급된 돈벌이가 그들끼리의 매음임은 쉽게 짐작할 수 있다. 매음은 열아홉 살 나이에 빤빤한 얼굴을 가진 복녀가 쉽사리 돈을 벌 수 있는 지름길이지만, 도덕에 대한 저픔을 지닌 복녀는 그러한 일에 쉽게 나서지 못하는 것이다. 때문에 그들은 여전히 가난한 것으로 드러난다. 여기서 독자는 중요한 변화를 발견하게 된다. 도덕에 대한 저픔의 가치가 변질되기 시작한 것을 발견하는 것이다. 애당초 그들의 몰락은 복녀 남편의 천성적 게으름 때문이었다. 그런데 지금은 복녀의 도덕에 대한 저픔 때문에 그들이 그러한 몰락 상태에서 헤어나오지 못하고 있는 것으로 드러나고 있다. 복녀의 도덕에 대한 저픔이 그들 부처의 계층적 상승의 장애 요소로 자리하고 있는 것이다. 여기서 독자는 도덕에 대한 저픔이 천성적 게으름과 등가를 이루면서 둘 간의 대립적 긴장력이 깨어져 버린, 가치 부재의 현실을 확인한다. 그리고 독자는 이 가치 부재의 현실이 낳을 파장에 주목한다.

텍스트는 새로운 전향적인 정보를 제시한다. 복녀는 기자묘 솔밭에 들끓는 송충이를 잡는 여자 인부들 중의 하나로 뽑힌다. 열심히 송충이를 잡던 복녀는 대엿새 지나면서 '이상한 현상을 하나 발견'한다. 송충이는 잡지 않고 그저 웃고 날뛰는 여자 인부들이 더 많은 품삯을 받는 현상을 발견한 것이다. 그리고 이내 복녀도 그러한 인부의 한 사람이 된다. 이는 그녀도 매음 행위에 나섰음을 의미한다. 이후 텍스트는 처음에 매음을 시작할 때는 얼굴도 붉히고 고개도 숙이고 하던 복녀가 이내 그러한 부끄러움을 떨치고 자신의 '도덕관 내지 인생관'까지 바꾸는 변화를 전한다.

> 복녀의 도덕관 내지 인생관은, 그 때부터 변하였다.
> 그는 아직껏 딴 사내와 관계를 한다는 것을 생각하여 본 일도 없
> 었다. 그것은 사람의 일이 아니요, 짐승의 하는 짓쯤으로만 알고 있
> 었다. 혹은 그런 일을 하면 탁 죽어지는지도 모를 일로 알았다.
> 그러나 이런 이상한 일이 어디 다시 있을까. 사람인 자기도 그런
> 일을 한 것을 보면, 그것은 결코 사람으로 못할 일이 아니었었다.
> 게다가 일 안하고도 돈 더 받고, 긴장된 유쾌가 있고, 빌어먹는 것
> 보다 점잖고……일본말로 하자면 <삼박자(拍子)>, 갖은 좋은 일은
> 이것뿐이었었다. (216쪽)

위의 정보는 '짐승의 하는 짓쯤으로만 알고 있었'던 매음을 '일 안하
고도 돈 더 받고, 긴장된 유쾌가 있고, 빌어먹는 것보다 점잖'은 일로
인식할 정도로 복녀의 인식에 큰 변화가 일어났음을 보여 준다. 그녀에
게 이제 더 이상 도덕에 대한 저픔은 남아 있지 않다. '돈'과 '쾌락'과
'체면' 등의 현실 원리가 그것을 대신한다. 그리고 그녀에게 매음은 그
것들을 충족시킬 수 있는 최적의 길이다. 이어지는 정보가 그녀가 매음
을 통해 '처음으로 한 개 사람이 된 것 같은 자신'을 얻기도 하고 이전
에 얼굴에 드리웠던 부끄러움 대신에 '분'을 바르게끔까지 되었다는 사
실을 전하는 것은 복녀의 변화를 거듭 강조하는 것이다. 이로써 독자는
복녀가 매음 행위를 계기로 도덕에 대한 저픔이라는 기존의 가치를 철
저하게 방기해 버렸음을 확인한다. 그리고 독자는 복녀가 철저하게 성
적 매매 대상으로 전락하여 자신의 주체적 인격성을 몰각했음을 인식한다.
여기서 독자는 그녀의 이러한 파탄적인 삶의 연원이 과거에 그녀가
결혼의 매매 대상으로 전락한 것에 있음을 환기하면서, 지금까지의 전
향적인 정보를 통해 드러난 그녀의 현재적 삶이 이전의 후향적인 정보
를 통해 드러난 그녀의 과거적 삶을 반복하고 있음을 확인한다. 두 정

보 모두가 타락한 경제 논리와 결탁한 파행적인 가부장적 사회 구조 속에서 경제적 매매 대상으로 전락하여 인간의 주체적인 존엄성을 상실한 채 살아가는 복녀의 비극적 삶의 모습을 보여 주는 까닭이다. 독자는 이들 정보들 속에서 전-후향적인 치환의 지연의 관계를 확인한다. 그리하여 독자는 과거의 전락이 현재의 전락의 동인으로 기능하면서 후자가 전자를 구체화하고 있는 관계를 인식하고 두 정보들에 대한 상세적인 탐색을 통해 파행적인 가부장제의 파장을 보다 분명하게 이해한다. 앞에서 복녀가 처한 가치 부재의 현실을 확인하면서 복녀의 미래에 대한 기대와 긴장감으로 텍스트 탐색을 지속해 오던 독자는 이 지점에서 복녀의 삶의 비극성이 심화되고 있음을 확인하는 것이다.

그리고도 텍스트의 정보는 계속된다. 그렇다면 복녀의 앞날에 무엇이 더 남아 있는 것일까. 독자는 새로운 기대와 긴장감을 가져 본다. 텍스트는 복녀가 매음 행위를 시작한 이후의 일 년의 시간을 건너뛴다.[132] 그리고 그 동안 복녀의 '처세의 비결'인 매음 행위가 더욱 순탄히 진척되어 복녀 부처는 '이제는 그리 궁하게 지내지는 않게 되었'음을 요약적으로 제시한다. 이는 복녀의 도덕성 방기가 역으로 경제적 상승을 가져 왔음을 보여 주는 것이다. 그리고 뒤를 이어 제시되는, '그의 남편은, 이것이 결국 좋은 일이라는 듯이 아랫목에 누워서 벌신 벌신 웃고 있었다.'라는 정보는 파행적인 가부장제의 부정적 모습을 재차 확인시켜 준다. 계속해서 복녀의 타락이 가속화되어서 결국에는 복녀가 '자기네끼리의 매음'도 서슴지 않으며, 오히려 적극적으로 그러한 매음 행위를 찾아 나서기까지 한다는 정보가 이어진다.

---

132) 텍스트는 복녀의 매음 행위들에 대한 정보들을 '일 년이 지났다.', '가을이 되었다.'와 같은 시간 경과의 지표들과 함께 제시하고 있는데, 이러한 시간 경과의 지표들은 시간적인 흐름에 따라 복녀의 매음 행위의 정도가 심화되고 있음을 드러낸다.

복녀는 돈 좀 많이 번 듯한 거지를 보면 이렇게 찾는다. (중략)
어쩌고 어쩌고 하면, 복녀는 곧 뛰어가서 그의 팔에 늘어진다.
『나한테 들킨 댐에는 뀌구야 말아요.』
『난 원 아즈마니 만나믄 야단이더라. 자 꿰 주디. 그 대신 응? 알
아 있디?』
『난 몰라요. 해해해해.』
『모르믄, 안 줄 테야.』
『글쎄, 알았대두 그른다.』
───그의 성격은 이만큼까지 진보되었다. (216~217쪽)

텍스트가 앞의 기자묘 솔밭에서의 매음 행위에 대한 정보에 이어 또
다시 이러한 매음 행위에 대한 정보를 제시하는 것은 복녀의 타락의 정
도가 심화되고 있음을 보여 주기 위한 것이다. 복녀의 앞날에 대한 새
로운 기대와 긴장을 가지고 새로이 제시되는 정보에 대한 탐색을 이어
가는 독자에게 텍스트는 이와 같이 변함없는 복녀의 타락상을, 그것도
더욱 심화되고 있는 타락상을 전해 준다. 독자는 복녀의 또 다른 파탄
을 예감한다.

텍스트는 계속해서 복녀의 타락의 심화 양상을 복녀가 왕서방과의 매
음에 접어드는 정보를 제시함으로써 다시 한 번 반복·강조한다. 가을
이 되면 칠성문 밖 빈민굴 여인들은 중국인의 채마밭에서 감자나 배추
등을 도둑질하곤 했는데 복녀도 그와 같은 도둑질에 참여하였다. 이미
거라지라는 정업의 길에서 매음이라는 부업의 길, 즉 죄악의 길로 들어
선 복녀에게 도둑질 역시 예외적인 업으로 남아 있지 않았던 것이다.
그러던 어느 날 복녀는 중국인 왕서방의 밭에서 고구마를 도둑질하여
돌아오려는 순간 주인 왕서방에게 잡히고 만다. 그런데 왕서방은 도둑
질을 한 복녀에게 자신의 집에 가자고 제의한다. 그러자 복녀는 '엉덩이
를 한 번 홱 두른 뒤에, 머리를 젖히고' 왕서방을 따라 나선다. 그러한
복녀의 모습에서 조금의 부끄러움이나 거리낌의 흔적은 찾을 수조차 없

다. 그녀에게 도덕에 대한 저픔은 더 이상 생활의 필요 조건으로 자리
잡고 있지 않은 것이다. 독자는 이 정보에서 이제 복녀의 매음이 돈을
매개로 한 교환적 매음에서 그치는 것이 아니라 죄를 매개로 한 속죄적
매음으로까지 나아가고, 즉 전락하고 있음을 확인한다. 이처럼 매음의
속성조차 전락하고 있는 것은 그만큼 복녀의 타락상이 심화되고 있음을
의미하는 것이다. 이어서 텍스트는 복녀의 왕서방과의 속죄적 매음이
그녀가 그와의 매음을 시작하는 계기로 작용하면서 그 행위가 교환적
매음으로 이어지고 있음을 보여 주는 정보를 전달한다. 복녀는 왕서방
에게서 그 날의 매음의 대가로 돈 '삼 원'을 받는다. 뿐만 아니라 이후
로 왕서방은 수시로 복녀를 찾아오는 것으로 드러난다.

> 그 뒤부터 왕서방은 무시로 복녀를 찾아왔다.
> 한참 왕서방이 눈만 멀찐 멀찐 앉아 있으면, 복녀의 남편은 눈치
> 를 채고 밖으로 나간다. 왕서방이 돌아간 뒤에는 그들 부처는, 일
> 원 혹은 이 원을 가운데 놓고 기뻐하고 하였다.
> 복녀는 차차 동네 거지들한테 애교를 파는 것을 중지하였다.
> 왕서방이 분주하여 못 올 때가 있으면 복녀는 스스로 왕서방의
> 집까지 찾아갈 때도 있었다.
> 복녀의 부처는 이제 이 빈민굴의 한 부자였었다. (217쪽)

위 정보에서 독자는 복녀 부처가 왕서방에게서 받은 돈을 앞에다 놓
고 함께 기뻐하는 것에 주목한다. 두 사람의 이러한 반응은 이미 복녀
가 첫 날 왕서방에게서 '삼 원'을 받아왔을 때부터 나타났었다.[133] 그런
데 그것이 다시 한 번 반복적으로 제시되고 있는 것이다. 독자는 이러
한 반복적인 정보를 통해 복녀의 도덕에 대한 저픔이 남편의 천성적 게

---

133) '십 분쯤 뒤에 그는 자기 남편과, 그 앞에 돈 삼 원을 내어놓은 뒤에, 아까
   그 왕서방의 이야기를 하면서 웃고 있었다.' (217쪽)

으름에 철저하게 전복되었음을 확인한다. 사실 이제껏의 정보들에서 복녀의 매음 행위에 대한 두 인물의 반응은 개별적으로 제시되었었다. 복녀는 처음에는 매음 행위 그 자체에 대해 매우 부끄러워 하는 반응을 보였다가 이후에 '<삼박자(拍子)>, 갖은 좋은 일'이라는 반응을 보였다. 이에 반해 그녀의 남편은 경제적으로 궁하게 지내지 않게 된 것을 '좋은 일'로 여기며 또한 그것을 기뻐하는 반응을 보이는 것으로 시종일관 했었다. 그러던 것이 왕서방과의 매음 문제에 이르러서는 두 사람이 함께 어우러져 동일한 반응을 보이기에 이른 것이다. 독자는 이러한 반응 양상들의 변화에 주목하면서 이제 그들에게서 특히 복녀에게서 도덕적 의식은 철저하게 사라지고 탐닉적인 물적 욕망만이 남았음을 확인한다. 복녀가 마침내는 직접 왕서방을 찾아가기까지 하고 이제 그들이 '빈민굴의 한 부자'가 되었다는 정보는 독자에게 도덕에 대한 저픔을 제물로 한 그들의 파행적인 경제 상승을 확인시켜 주면서 더불어 타락한 욕망이 낳고 있는 비애까지 전달해 준다. 독자는 앞서 가졌던 복녀의 또 다른 파탄에 대한 예감을 환기한다.

텍스트는 다시 허구 세계 내의 시간을 건너뛴다. '그 겨울이 가고 봄이 이르렀다.'라는 정보를 제시하고 있는 것이다. 지금까지의 정보를 통해 텍스트가 제시하는 시간 경과의 지표가 서사의 국면 전환과 밀접한 관련을 맺고 있으며, 특히 그것이 복녀의 전락의 심화 과정을 시사하고 있음[134]을 인지하고 있는 독자는 텍스트의 그러한 정보 제시를 통해 또 한 번의 서사의 국면 전환과 복녀의 전락을 예상한다. 그리고 이러한 예상이 앞서의 복녀의 또 다른 파탄에 대한 예감을 뒷받침하는 까닭에 독자는 제시될 정보에 대한 긴장을 늦추지 않는다.

이러한 상황에서 텍스트는 왕서방이 돈 백 원으로 어떤 처녀를 하나

---

134) 註 132) 참조

마누라로 사 오게 되었다는 정보를 전달한다. 그 사건을 계기로 주변 사람들은 복녀를 놀리고 복녀 자신은 그러한 놀림의 내용을 부정하지만 그녀의 마음 속에는 어쩔 수 없이 '검은 그림자'가 드리운다. 이어서 텍스트는 복녀가 결국 왕서방이 결혼한 날 밤 그의 집을 찾아간다는 정보를 제시한다. 그녀의 얼굴에는 '분이 하얗게 발리어 있었'고 눈에는 살기가, 입에는 이상한 웃음이 어리어 있었다. 복녀의 타락한 욕망이 그녀를 철저하게 비이성적인 존재로 전화시킨 것이다.

> 『자, 우리 집으로 가요.』
> 왕서방은 아무 말도 못하였다. 눈만 정처 없이 두룩두룩 하였다.
> 복녀는 다시 한 번 왕서방을 흔들었다——
> 『자, 어서.』
> 『우리, 오늘밤 일이 있어 못 가.』
> 『일은 밤중에 무슨 일.』
> 『그래두, 우리 일이……』
> 복녀의 입에 아직껏 떠돌던 이상한 웃음은 문득 없어졌다.
> 『이까짓 것.』
> 그는 발을 들어서 치장한 신부의 머리를 찼다.
> 『자, 가자우, 가자우.』
> 왕서방은 와들와들 떨었다. 왕서방은 복녀의 손을 뿌리쳤다.
> 복녀는 쓰러졌다. 그러나 곧 다시 일어섰다. 그가 다시 일어설 때는, 그의 손에는 얼른얼른 하는 낫이 한 자루 들리어 있었다.
> 『이 되놈, 죽에라. 이놈, 나 때렸디! 이놈아, 아이구 사람 죽이누나.』
> 그는, 목을 놓고 처 울면서 낫을 휘둘렀다. (218쪽)

위 정보는 복녀가 신혼방에 찾아 들어가 왕서방의 팔을 잡고 늘어지면서 자신의 집으로 같이 갈 것을 요구하고, 그것이 거절되자 신부에게 행패를 부리고 결국에는 낫을 들고 왕서방에게 달려들기까지 하는 모습을 전달한다. 독자는 타락한 욕망으로 인해 살의적 충동으로까지 치달은 그녀의 모습을 통해 그녀가 인간으로서의 최후의 경계선까지 넘어설 위기에 놓여 있음을 인식한다. 과거 도덕에 대한 저픔을 지녔던 그녀가 이제는 정신적 위의의 와해를 넘어 본능적 파탄에까지 이른 모습을 확인한 것이다.

이어서 텍스트는 그러한 그녀가 도달한 최후의 기착지가 죽음임을 전한다. 그녀의 죽음은 타살이라는 반자연적인 폭력에 의한 것이었다. 왕서방이 그녀가 휘두른 낫을 빼앗아 오히려 그녀를 죽인 것이다. 그녀의 삶은 그렇게 비극적으로 마감된다. 이로써 독자는 앞서의 복녀의 또 다른 파탄에 대한 예감이 현실화되었음을 확인한다.

그런데 텍스트의 정보가 계속된다. 텍스트는 우선 '사흘이 지났다.'라는 정보를 전한다. 독자는 또다시 시간 경과의 지표가 제시되고 있음에 주목한다. 이제까지 텍스트가 계절이 바뀌고 해가 바뀌는 등의 시간 경과의 지표 제시에 이어 복녀의 전락의 심화를 드러내는 정보들을 제시했었던 점에 비추어 볼 때 또다시 복녀의 전락의 심화에 대한 정보 제시가 추정되는 까닭이다. 그러나 이미 주검이 된 복녀에게 더 이상의 전락은 가능하지 않다. 그렇다면 새로운 무엇이 전달될 것인가. 독자는 새롭게 긴장된 마음으로 이어지는 정보에 주의를 기울인다.

> 밤중 복녀의 시체는 왕서방의 집에서 남편의 집으로 옮겼다. 그리고 시체에는 세 사람이 둘러앉았다. 한 사람은 복녀의 남편, 한 사람은 왕서방, 또 한 사람은 어떤 한방 의사——
> 왕서방은 말없이 돈주머니를 꺼내어, 십 원짜리 지폐 석 장을 복녀의 남편에게 주었다. 한방 의사의 손에도 십 원 짜리 두 장이 갔다.
> 이튿날, 복녀는 뇌일혈로 죽었다는 한방의의 진단으로 공동묘지로 가져갔다. (218쪽)

위 정보를 통해 독자는 또 한 번의 복녀의 전락의 심화를 확인한다.

그런데 위 정보는 그 전락이 주검이 된 복녀에 의해서가 아니라 그녀의 주변인들에 의해서 이루어지고 있음을 보여 준다. 복녀를 죽인 왕서방과 그녀의 남편 사이에 부정한 타협이 이루어지면서 그녀의 주검이 돈 삼십 원에 매매됨으로써 그녀의 전락이 또 한 번 심화되고 있음을 보여주고 있는 것이다. 복녀의 남편과 왕서방은 가부장적 사회 구조 속에서 타락한 경제의 논리로 복녀의 삶을 황폐화시킨, 복녀의 비극적인 삶을 구축한 제도적 폭력의 구현체들이다. 그런 그들이 복녀의 주검조차 매매하는 것에서 독자는 그들의 인간적 타락상까지도 확인하게 된다. 더욱이 그녀의 주검의 매매가 왕서방의 죄가에 대한 매매이기도 한 까닭에 그들의 인간적 타락상에 대한 독자의 인식은 더욱 분명해진다. 긴장된 마음으로 텍스트의 마지막 정보에 주의를 기울이던 독자는 결국 파행적인 가부장적 세계에서 지속적으로 바닥 모를 전락만을 거듭하다 목숨조차 빼앗긴 복녀의 주검이, 그러한 제도 속에서 중심적인 권력으로 자리하고 있는 타락한 존재들에 의해 그리고 그들이 집도하는 타락한 경제 논리에 의해 매매되는 것에서 복녀의 인간적 존엄성의 철저한 훼손을 목도한다.

독자는 복녀의 인격성이 철저하게 훼손되고 있음을 확인하는 지금의 시점에서 그녀의 비극적인 삶의 시발점으로 자리했던 과거의 정보를 환기한다. 복녀가 결혼의 매매 대상으로 전락한 정보를 환기하는 것이다. 그리고 독자는 지금의 전향적인 정보를 통해 드러난 그녀의 비극적인 죽음과 그 주검의 매매가 앞서의 후향적인 정보를 통해 확인된 그녀의 파탄적인 삶의 반복임을 인식한다. 두 정보는 모두 파행적인 가부장적 사회 구조 속에서 타락한 경제 논리에 의해 매매 대상으로 전락하고 인간적인 존엄성까지 상실한 복녀의 비극적 삶의 제시라는 유사성을 보이는 것이다. 독자는 이들 정보들 속에서 전-후향적인 치환의 지연의 관계

를 확인한다. 그리고 그러한 두 정보 속에서 과거의 전락이 현재의 전
락의 동인으로 기능하면서 후자가 전자를 구체화하고 있음을 인식한다.
둘의 그러한 관계는 앞서 확인한, 복녀가 결혼의 매매 대상으로 전락한
정보와 성적 매매 대상으로 전락한 정보 산의 구체화 관계와 동일하다.
따라서 독자는 그때와 마찬가지로 두 정보들에 대한 상세적인 탐색을
통해 파행적인 가부장제의 문제성을 구체적으로 이해한다. 여성의 정신
적 가치―도덕에 대한 저픔―는 물론 육신의 가치조차도 부정하는 폭
력적인 세계상을 확인하는 것이다. 이로써 타락한 경제 논리와 결탁한
파행적인 가부장제하에서의 여성의 비극적인 '운명'에 대한 독자의 이해
는 보다 명징해진다.

2. 병치적인 지연과 포괄적인 탐색

2.1. 거리[135)]

텍스트 「거리」는 다음과 같은 정보로 시작한다.

> 우리가 그 밖앝채를 얻어든 안집에는 그들의 친아버지라 일커르
> 는 노인과 더부러 기생만 삼형제가 살고 있었으므로 그들의 외설한

---

135) 박태원의 「거리」는 외적인 행동의 제시보다는 내면적 의식의 제시에 서사의
초점이 놓여져 있는 작품이다. 인물의 의식 속에서 반추되는 일련의 사건들을
제시하고 있는 것이다. 이때 반추되는 사건은 요약적인 반추와 극적인 반추로
구분된다. '나'와 가족의 일상적인 생활상은 요약적으로 반추되고 주인집과 우리
집이 싸움을 벌이는 사건은 극적으로 반추되고 있다. 그런데 이러한 차별적인
반추 양상은 과거와 현재라는 시간적 특성과 맞물리면서 전-후향적 지연의 관계
를 보인다. 특히 요약적 반추와 극적 반추가 병치적인 지연 관계를 구축하면서
전자가 후자에 포괄되는 플롯 구조가 드러난다. 따라서 본 연구는 「거리」를 전-
후향적 지연과 제유적 탐색의 두 번째 유형인 병치적인 지연과 포괄적인 탐색의
대상 작품으로 보고 그에 대한 논의를 진행시키고자 한다.

대화며, 비속한 가요들을 밤낮으로 듣지않으면 안되었든것은, 우리
가족──나와 모친과 형수와 또 어린조카를 위하여 슬픈일이었다.
(중략) 그것은 조카 자신에게 있어서도 매한가지인듯싶어 그 못슬소
리들은 그렇게도 쉽사리 그의 입에 배여버렸든 까닭에 그가 제자신
그것들을 결코 입밖에 내지말리라 마음먹더라도 아무 보람이없는듯
싶었다. 얼마 안가서 어른들은 그만 꾸짖기에 지치고 다만 그대신
그때 그때에 더러 하잘수 없는 입맛들을 다시곤 하였으나 그것도
몇일안가서 우리들은 그러한것에 관하야 다시 아무런 소리도 없었
다.136) (253쪽)

위의 정보는 '나'와 '나'의 가족이 몸담고 있는 세계의 일탈적인 모습
을 보여주고 있다. 텍스트는 우선 그들이 외설함과 비속함의 세계 속에
놓여 있음을 전달한다. 그들이 세들어 살고 있는 안집에 친아버지라 일
컬어지는 노인과 기생 삼형제가 살고 있는데 그들의 생활상에서 그러한
외설함과 비속함이 전해져 오는 것이다. 이후 텍스트는 '나'와 '나'의 가
족들이 '나'의 어린 조카가 그런 외설함과 비속함에 물들 것을 염려하지
만 결국 별달리 대응하지 못하고 자포자기적 상황에 이르고 마는 모습을
전해 준다.

독자는 일단 그러한 사실들 속에서 안집의 친아버지와 기생딸들이라
는 가족 구도 자체를 낯설게 여기며 그들의 삶이 비정상적이라는 판단
을 내리고, 그러한 비정상적인 생활상을 문제적으로 여기면서도 달리
대응하지 못하고 있는 '나'와 '나'의 가족의 상황에 주목한다. 독자는 그
러한 안집의 바깥채에 살고 있는 '나'와 '나'의 가족의 구도 역시 일반
적이지 않다는 사실에 주의를 기울인다. '나'의 가족은 '나'와 모친과 형
수와 어린 조카로 구성되어 있다. 여기서 가부장으로서의 형의 부재가

---

136) 이 작품은 『신인문학』(1936. 1.)에 실렸다. 본 연구는 이를 텍스트로 삼는다.
   인용문의 경우 본문에서 해당 지면만을 밝힌다.

읽혀진다. 독자는 가부장이 부재하는 이러한 비일상적인 가족 구도의
모습에서 앞에서 파악한, 조카에 대한 염려조차 포기해 버린 '나'의 가
족의 처지를 이해한다. 그러면서도 독자는 하나의 의문을 가지게 된다.
그렇다면 '나'는 누구인가 하는 것이 그것이냐. 위 정보를 보면 '나'는
'나'의 가족들이 주인집의 외설한 대화나 비속한 가요들을 들어야 하는
상황에 처한 것을 '슬픈 일'이라고 여기고 있다. 이는 '나'가 주인집의
일탈적 생활상을 문제적으로 인식하고 있음을 보여 준다. 그런데 '나'는
그러한 인식에도 불구하고 가족을 위한 어떠한 대응도 하지 못하고 있
는 것으로 드러난다. 도대체 '나'는 어떠한 존재이기에 그러한 모습을
보이는 것일까. 독자의 호기심은 여기에 이른다.

텍스트는 이어서 '나'의 가족 상황에 대한 보다 구체적인 정보들을
제시하기 시작한다.

> 만약 소리 없이 지낸다는것이 가정의 평화를 의미하는 말이라면
> 우리같이 평화로운 집안이란 드물지도 모른다. (중략) 왼집안 식구
> 가 단간방속에가 서로 너무나 가까이 모여있었으므로 도리혀 마음
> 들은 서로 멀어지고 아침 저녁으로대하는 늘 한모양인 그 핏기없는
> 얼굴들은 서로 남의 마음을 어둡게 하야 그래 우리들은 그렇게 가
> 까히서도 서로 마조 대하기를 끄리고 어린 조카도 쉽사리 어른들의
> 풍속에 젖어 우리 가족들은 모다 방의 네벽과같이 말이 없었다.
> (253~254쪽)

여기서 텍스트는 '나'의 가족이 구성적인 측면에서 비일상적일 뿐만
아니라 실질적인 생활에서도 역시 비일상적임을 알려 준다. 위 정보에
따르면 '나'의 가족들은 서로의 마음을 어둡게 하고 각자 네 벽과 같이
말없이 살아가고 있다. '벽'이라는 기호을 통해 상징적으로 제시되고 있
듯이 그들에게 가족간의 유대와 사랑이란 존재하지 않는다. 독자는 텍
스트가 제시하는 이러한 정보를 통해 '나'의 가족들의 관계에서 드러나

는 파행성 내지는 일탈성을 파악한다. 그러면서 독자는 텍스트가 위 인용의 생략된 부분에서 전하는, '나'의 어머니가 백 매에 삼 전을 공전으로 받는 약봉피를 하루 종일 붙이고 형수 역시 하루 종일 삯바느질에 매달려 살아가고 있다는 정보를 통해 '나'의 가족들의 일탈적인 관계의 원인을 추정한다. 그러한 일탈성이 '나'의 가족이 처한 물질적인 신고에서 비롯된 것임을 짐작하는 것이다. 그리고 독자는 어린 아이를 데리고, 일탈적 생활상을 보이는 기생집에나마 세들어 살아야 하는 '나'의 가족의 처지를 보다 구체적으로 이해한다. 여기서 '나'에 대한 독자의 의문과 호기심은 더욱 증폭될 수밖에 없다.

이제 텍스트는 이상에서 드러난 '나'의 가족 관계의 일탈적 상황에 대해 '나' 자신은 어떠한 생각과 자세를 가지고 있는가 하는 문제로 정보의 초점을 옮긴다.

> 왼집안이 그만을 믿고 의지 하여오든형이 죽은뒤 삼 년, 마땅히 그를 대신하야 왼 가족을 부양하여야만할 내가 도리혀 그들에게 부양을 받지 않으면 안되었든것은 슬프게도 딱한 일이였으나 그러나 대체 내가 무슨 방도를 가져 능히 그들을 먹여 살릴수 있을것인가. 게으름에 익숙한 나는 세간사무에 적당치 않었고 내가 할수 있는 오직 한가지의 일로 부지런히 쓴 원고는 아무데서도 질겨 사주지 않었다. 늙은 어머니와 외로운 형수는 그들의 가난이 새삼스러히 느껴질때마다 은근히 그들의 마음속으로 내위인의 변변치 못함을 욕하고 또 내가 능히 할수 있는일이 있음에도불구하고 그렇게 생각없이 놀고만있다고 그러한것을 원망하는듯싶었다. 그러나 학교라고는 중학을 마쳤을뿐인 스물아홉이나된 사나이에게 아무런 일자리도 있을턱없었고 또 허약한 나의 체질은 결코노동에 견디여나지 못하였다. (254쪽)

위 정보에서 독자는 '나'가 자신의 가족들에게 아무런 힘이 되지 못하는 존재임을 분명하게 확인한다. '나'는 형을 대신하여 가족을 부양하

기는커녕 오히려 어머니와 형수의 부양을 받는 무능력한 존재로 드러난
다. '나'는 그러한 자신의 처지를 학력의 낮음과 체질의 허약함 때문이
라고 변명하고 있지만, 어쨌든 결과적으로 '나'는 가족을 부양할 수 없
는 무능력한 존재인 것이 사실이다. 독자는 이처럼 무능력한 존재로서
의 '나'의 모습을 확인하면서, 더불어 이어지는 정보를 통해 '나'가 자신
이 처한 현재의 입지로 인해 얼마나 파행적인 심리 상태에 놓여 있는가
를 확인한다. 즉, '그들의 무표정한 얼굴 우에 나에게 대한 비난과 질책
의 빛을 느낄때마다 이대로 있을수는 없다고 아무런 방도라도 차려야하
겠다고 불쾌하게 또 초조하게 혼자 애를 태워도 보는 것이다.'라는 정보
를 통해 '나'가 가족을 부양하지 못하고 있다는 '자책감으로 인해 불쾌
감과 초조감, 자격지심과 강박적인 의무감 등에 빠져들고 있음을 확인
하는 것이다. 결국 독자는 경제적인 궁핍함으로 인해 가족간의 유대와
사랑조차 잃어버린 일탈적인 상황 속에서 무능력한 한 개인의 내면적인
의식의 왜곡을 확인하는 것이다.

　이어서 텍스트는 언젠가 비 오던 때 우장이 없어 종일을 방에서 식구
들과 함께 보내던 '나'가 혼자 한가로운 것이 미안해 어머니를 도와 약
봉피를 붙였지만 서툰 솜씨로 인해 결과는 보잘것이 없었고, 그렇게 사
흘을 보내자 어머니는 '나'에게 그만두라는 말씀을 하셨고, 결국 '나'는
다시 '볼일없는 거리'로 나올 수밖에 없게 되었다는 정보를 전한다. 이
러한 정보를 통해 텍스트는 '나'의 무료하고 무기력한 일상을 알려 주면
서 동시에 '나'가 가족들에게 무용한 존재임을 재확인시켜 주는 것이다.

　그리고 텍스트는 계속해서 '볼일없는 거리'로 나선 '나'가 갈 곳 몰라
하다가 결국은 벗들을 찾아가곤 하는데, 그럴 때마다 벗들은 푼전 하나
지니지 못한 '나'를 변함없는 우의로 대해 준다는 정보를 전한다. '나'를
대하는 친구들의 태도는 '나'를 원망하는 듯싶은 가족들의 태도와는 사

뭇 다르다. 그런데 정작 '나' 자신은 자격지심으로 인해 우의를 다하는 친구들의 태도를 왜곡된 관점으로 이해한다. 텍스트는 다음과 같은 정보를 전한다.

> 나는 그들의 두터운 우정에대하야 마땅히 사례하여야만 옳을것이다. 그러나 그러할때마다 나는 너무나 적막한 내자신을 둘러보지 않을수 없었고 또 그들의 맘씀의 고마움을 느끼지않으면 안되었든 까닭에 나는 언제든 불쾌하였다. (중략) 사실 어떠한 형식으로든 남에게 은혜를 베푸는것은 그것만으로 이미 유쾌한 일이요 그래 그의 마음은 쉽사리 만족하고 또 자랑스러울것이므로 베푼 은혜의 보상을 그는 제마음우에 충분히 구하였다 할수 있을것이라 따라서 남의 은혜를 힘입었다는 그점 하나만으로도 적지아니 불유쾌한 지위에 있게되는 내가 객적게 그들의 우정에 사례한다든 하는것은 지극히 어리석은 일일지도모른다. (255~256쪽)

위의 인용을 포함한 전후의 정보를 통해 텍스트는 '나'가 벗들을 찾아가 그들과 어울리면서 느끼는, '나'의 이율배반적인 의식을 전한다. 독자는 이들 정보에서 친구들이 베푸는 우의조차도 자신의 궁핍한 입지에 비추어 곡해해서 받아들이는 '나'의 왜곡된 의식을 확인한다. 그리고 독자는 이처럼 물질적인 생활의 입지를 마련하지 못한 '나'가 자격지심에서 자신의 친구들에 대해 궤변적인 논리를 펼치는 것을 바라보면서 '나'가 겪는 의식상의 동요과 갈등의 깊이를 인식한다. 또한 독자는 앞서 제시된 가족들에 대한 '나'의 불쾌감과 초조감에 대한 정보에 이어 또다시 위 인용과 같은 친구들에 대한 '나'의 심리적인 동요와 갈등의 정보가 제시되는 것을 통해서 '나'의 의식의 왜곡의 정도가 얼마나 심각한 수준인가를 분명하게 인식한다. 이는 분명 현실적인 대응력을 갖지 못한 '나'가 열등 의식만을 팽창시킨 결과이다.

독자는 이상의 정보들을 통해서 경제적으로 무능력한 '나'가 '방'과

'거리' 그 어느 곳에서도 존재론적인 안정을 확보하지 못하고 있다는 사실에 주목한다. '방'과 '거리'는 '나'가 접할 수 있는 세계의 전부인데도 그러한 세계에서 '나'는 존재론적인 안정을 확보하지 못하고 있는 것이다. 이는 '나'가 세계로부터 소외되고 있음을 의미한다. 여기서 세계로부터의 소외는 관계로부터의 소외를 의미한다. '나'가 가족과 친구들로부터 거리를 느낌으로써, 즉 그들과의 관계로부터 소외됨으로써 '나'의 세계로부터의 소외가 발생하는 것이다. 독자는 '나'가 자신과 가장 친밀한 인간적 유대가 가능한 집단들과의 관계에서조차 거리를 느끼고 있다는 사실에서 '나'가 속한 세계의 비극적인 현실을 인식할 수 있다. 더욱이 '나'의 소외가 '나'의 경제적 무능력함에서 비롯되었다는 사실은 독자에게 물화된 현실 사회의 문제성을 심각하게 인식시킨다. 그러나 독자에게 다가오는 또 하나의 문제는 '나'의 소외 의식이 외부에서 주어진 것이기도 하지만 보다 직접적으로는 '나'의 내부에서 만들어진 것이라는 사실이다. 즉, 그것이 물화된 현실 세계에서 비롯된 것이기도 하지만 보다 직접적으로는 '나'의 자의식의 과잉에서 비롯된 것이라는 사실이다. 가족에 대한 불쾌감과 초조감 혹은 친구들에 대한 동요와 갈등은 '나'의 주관적인 의식에서 비롯된 것인 까닭이다. 텍스트 서두의 정보에서 비롯된 '나'는 누구인가에 대한 의문으로 인해 호기심을 가지고 텍스트 정보들을 탐색해 오던 독자는 결국 '나'라는 존재는 물화된 세계 속에서 살아가면서도 경제적으로는 무능력한, 그로 인해 세계로부터의 소외 의식에 젖어 살아가는, 과잉된 자의식적 존재라는 답에 이른다.

이제 텍스트는 방과 거리에서 불쾌감과 초조감 그리고 동요와 갈등을 느끼는 '나'를 방도 거리도 아닌 또 다른 세계로 이끈다. 방과 거리, 그 어디에서도 생활의 주체일 수 없었던 '나'는 옆집 양약국의 젊은 점원과 친구 사이가 되어 그가 일하는 약국으로 외출을 나다니게 되었다는 정보를 전하는 것이다. 텍스트는 '나'의 친구가 된 약방 점원 역시 '분망치않'은 일상을 살아가는 존재라는 정보를 전달한다. 이러한 정보는 '나'가 할 일 없는 룸펜이라는 앞에서의 정보와 호응을 이루는 까닭에 독자에게 '나'와 그가 분망하지 않은 일상을 어떻게 소비할 것인가 하는 궁금증을 불러일으킨다. 그런데 텍스트는 이어지는 정보를 통해 '나'가 하루 종일 약방 점원과 마주앉아 그가 들려주는 동네 사람들의 신변잡사에 귀를 기울이면서 시간을 보낸다는 사실을 알려 준다.[137) 이로써 독자는 두 사람이 다른 사람들의 일상을 심심파적인 놀이 대상으로 삼아 그들에 관한 이야기로 자신들의 일상을 소비하고 있음을 알게 된다. 그러면서 독자는 방과 거리가 '나'의 생활 공간이었던 반면에 약국은 '나'의 유희 공간이라는, 두 유형의 공간이 가지는 차별적인 의미도 인식한다.

이어서 텍스트는 '나'가 점원에게서 전해 들은 소문거리들에 대한 정보들을 구체적으로 제시하기 시작한다. 그 대표적인 것이 '나'의 주인집 기생 삼형제에 관한 것이다. '나'는 점원에게서, 큰기생 옥화는 '얼굴이나 소리나 무어 취할것이 없으나' 수단이 좋으며 지금은 피혁회사 사장을 사귀어 남부럽지 않게 꾸미고 다니고 있으며, 막내 옥희는 이쁠 것은 없으나 여학생 차림이 서투르지 않고 수단이 좋아 그 중 놀음에도 자주 불려 다니며 지금은 개성에서 어물전을 하는 사람과 사귀고 있고, 둘째 옥선은 인물이 그 중 나은데도 불구하고 가장 성적이 불량하여 친아버지와 언니와 동생에게 설움을 당하며 살고 있다는 등의 이야기를 전해 듣는다. 이와 같이 돈을 가치 중심에 두고 형성되는 왜곡된 인간

---

137) '나는 종일을 그와 마조 대하여 앉었어도 조금도심심치 않었다. 그의 지식은 일종 특이한것이어서 가령 일례를 들면 매일같이 그 약방앞을 지나다니는 대부분의 사람들에 관하여 그는 그들의직업과 주소와 또 더러는 일화같은것까지를 알고 있었으므로 그것만으로도 그는 결코 화제의 궁핍을 느끼거나 하지는 않었다.' (256쪽)

관계들에 대한 이야기들이나 그 밖의 타락한 삶의 양상들에 대한 이야기들을 전해 들으며 '나'는 제법 흥미를 느낀다. 여기서 독자는 현실 세계가 가지는 문제성을 보다 깊이 있게 인식하면서 '나'와 점원이 다른 사람들의 부정하고 타락한 삶을 관망하며 즐기는 행태에서 드러나는 유희적인 삶의 태도에 주목한다.

> 나는 그의 이 방면의 지식에 오직 경탄하고 또 남의 비밀이라든 그러한것을 안다는것에 제법 흥미를느꼈든것이나 문득이그렇게 우리 안집ㅅ일에 자세한 그가 바로 그 밖알채에 들어 있는 우리 집안에 관하여 모를까닭이 없을께라고 그러한것에 새삼스러히 생각이 미치자 나는 역시 당황하여 하고, 또 마음에매우 불쾌하였으나 사실이란 아무렇게도 하는수 없었고 뿐만아니라 그가 이미 내게 관하야 모든것을 다 알고 있을진댄 내가 연일 그와 마조 대하여 잡담으로 세월을 보내는것이 겸연쩍다고 사흘에 한번이라도 볼일없는 거리를 헤맨다는 그럴 필요가 조금도 없는일이라, 결국은 그게 도리혀 좋았다고 나는 그다음부터는 아모럴 불안도 느끼는일없이 아침을 치르고서는 의례히 동저고리바람으로 그의 이야기를 들으러 고무신을 끌고 나섰다. (258~259쪽)

독자는 위 정보에서 자신과 자신의 가족의 삶 역시 유희의 대상이 될 수 있음을 인식하면서도 여전히 삶을 관망하는 유희를 선택하는 '나'의 모습을 확인한다. 방에 머물거나 거리를 배회하던 이전의 '나'가 적극적이지는 못했지만 그래도 생활의 주변에 머물러 있던 생활 내적인 존재였다면 지금의 '나'는 아예 생활의 영역에서 벗어나 오히려 그것을 다른 사람의 눈과 입을 빌려 유희적으로 관망하는 생활 외적인 존재인 것이다. 더욱이 지금의 '나'가 유희적으로 바라본 세상이란, 주인집 기생 삼형제에 대한 장황한 정보들이 뒷받침하듯 물질적인 생존 논리가 지배하는 타락한 세상임에도 불구하고 오히려 '나'가 그것을 관망하고 즐긴다는 사실에서 독자는 '나'라는 존재의 정신적 타락상마저 확인하게 된다.

텍스트 서두 정보에서 비롯된 '나'는 누구인가 하는 의문에 대해, '나'는 경제적으로 무능력하며 그로 인해 세계로부터의 소외를 느끼며 과잉된 자의식을 보이는 존재라는 답을 얻은 바 있는 독자는 이제 다시 '나'라는 존재란 그러한 무능력과 과잉된 자의식적 상태를 넘어 관망적이며 유희적인 삶의 자세까지 지닌 타락한 존재임을 확인하는 것이다. 독자는 '나'의 이러한 존재성들이 앞으로의 서사 진행에서 어떠한 역할을 할 것인지 혹은 어떠한 결과를 낳을 것인지에 대한 기대와 긴장감을 가지고 이어지는 텍스트 정보에 주의를 기울인다.

여기서 텍스트는 '나'의 유희적 일상의 평온함을 깨뜨리는 사건에 대한 정보 제시를 시작한다. 텍스트가 새롭게 제시하는 정보는 '나'의 어머니와 주인집 딸들이 다투는 사건에 관한 것이다.[138] 약방을 찾아다니기 시작한 지 사흘째 되는 날, 그 날도 여전히 약방에서 점원의 잡스러운 이야기에 귀를 기울이고 있던 '나'는 자신의 어머니와 주인집 큰 기생 옥화가 다투는 소리를 듣는다. 영문을 모른 채 '나'는 그 소동이 속히 진정되기만을 바라지만 '나'의 그러한 바람과는 달리 싸움은 더욱 격해져 간다. 그 와중에서 '나'는 그들이 주고받는 큰소리를 통해 오늘의

---

138) 註 135)에서 언급했듯이 이 사건의 개입을 계기로 이제까지의 서사 진행의 틀이 바뀐다. 이제까지 텍스트는 일련의 사건들에 관한 정보들을 '나'의 의식을 빌어 회고적인 요약 서술의 방식으로 제시하여 왔다. 그리하여 제시된 정보들은 독자들에게 과거 사실들에 대한 요약적인 서술들로 받아들여졌던 것이다. 그러던 것이 텍스트가 이 사건을 개입시키면서부터는 사건의 현재적인 맥락이 강조된다. 물론 이 사건에 대한 정보들 역시 여전히 '나'의 의식을 빌어, 즉 '나'의 의식 속에서 반추되어 제시되고 있지만 그 제시 방식이 극적인 것이어서 사건 자체가 전경화되고 그것의 현재적인 맥락이 강화되는 특징을 보인다. 그리하여 독자는 종결된 사건의 정보를 요약적으로 전달받아 그것의 원인과 과정에 대한 의문과 호기심으로 텍스트의 정보들을 탐색하던 지금까지의 관점에서 벗어나, 이제는 발생한 사건의 결말에 관심을 두고 그것에 대한 기대와 긴장감으로 텍스트 정보들에 대한 탐색에 나선다.

싸움의 원인을 헤아리게 된다. '안집에서 이미 오래 전부터 방을 내어달라고 요구한데 대하여, 우리가 그것에 결코 응하지 않고 있는것'이 그 원인임을 알게 된 것이다. 그것을 알게 된 순간 '나'는 '그 사괸지몇일 안되는 젊은 점원앞에서 남김없이 손상되는 나의체면을 안타까움게' 생각한다. 그러면서 동시에 '이 경우에 이 모든 소동을 마치남의일이나 같이 나혼자만옆집의자에가 안연히 앉아 있을수는 도저히 없음을 마음깊이 느'끼기도 한다. 자신의 가족이 유희적 관망의 대상이 되어 버린 현장에서 '나'가 전적인 유희의 주체로 남아 있을 수만은 없게 된 것이다. 독자는 이러한 상황에서 '나'가 취할 태도에 대한 기대감을 가져 본다.

이후 텍스트는 싸움의 국면이 점점 심화되어 가는 가운데 그러한 상황 전개를 지켜보던 '나'가 자의식적인 갈등에 빠져드는 일련의 정보들을 전달한다. '나'의 자의식적 갈등은 자신이 이번 일을 두고 '취하여야만할 태도나 행동이란 대체 어떠한것인지 전연어림이 서지 않'는 것에서부터 시작된다. 구체적인 내막도 모른 채 그대로 달려가 무작정 어머니 편을 들 수도, 그렇다고 그대로 모른 척할 수도 없는 것이 '나'의 처지였던 것이다. 그런데 '나'가 그러한 생각에 젖어 있는 와중에도 바깥의 싸움은, 이제 옥화뿐 아니라 옥희, 옥선이까지도 차례로 가세해 '나'의 가족의 부당함을 떠들어댐으로써 더욱 크게 비화되어 가고[139] 그런 만큼 '나'의 자의식적 갈등도 새로운 국면으로 전개되면서 심화된다.

---

139) '옥히라나하는 게집이 반은문밖에 몽여선군중을향하야 그들이 밖알채를 자기네들자신이 쓰기위하야 이미 두달전에 내여 달라 요구하였을때 허다한힐란과 논쟁뒤에 비로소 보름동안의 유예를 약속하였든것이 보름은커녕 한달은커녕 두달이 지난 오늘에 이르러서도 의연히 나가지않고 앙탈을 하며 물론 방세야 또 석달치나 밀리고 있으나 자기들은 그것도 모다 탕감해 주겠다는것이요, 또 이사비용으로 십원을주께 방만 내여놓으래도 듣지않고 있다고 (중략) 둘째아이 옥선이까지 마저나와서, 그래 그렇게까지 해준대두 듣지않는 이상에야 더 말할게무어냐고 어서 가치 파출소로 가서 시비곡직을 따지자고 서둘으는 (하략)' (260쪽)

아모도 그것을(방을 비워야 한다는 사실을-인용자 주) 내게 알려
주지 않었든것은 (중략) 결국은 아모런 소용도 없으리라고 어디까지
든 나를 무능한 사나이로 돌리고 있는데서 나온일에 틀림없으리라
알자 나는 순간에 그지없는 반감을 그들에게 느꼈고 (중략) 나는 잘
못은 분명히 우리 가족들에게 있는것같이 느끼고 (중략) 어머니나
형수나 아모도 결국 이경우에 내가 집이 없음을 안타까웁게 생각한
다든 하지는 않으리다 깨달으니 넨장할 불으려거든 정말 순사든 형
사를 불러다가 모두들 잡어가든 마든 나는 몰으겠다고 흥하고 부지
중에 코웃음까지 나왔다. (260~261쪽)

위 정보는 '나'의 의식상의 갈등의 초점이 가족이 당면한 현실적 위
기의 심각함에 놓여 있는 것이 아니라 가족 내에서 자신이 차지하고 있
는 입지의 초라함에 놓여 있음을 보여 준다. '나'에게는 가족의 빈곤과
그로 인한 지금의 어머니의 싸움이 중요한 것이 아니라 그러한 일련의
상황 속에서 자신이 소외되고 있었던 사실이 중요한 것이다. 독자는 이
러한 정보들을 통해서 또다시 '나'의 과잉된 자의식 상태를 확인한다.
현실적인 대응력은 발휘하지 못하고 의식만이 넘쳐나는 불구적인 '나'의
삶의 행태을 재확인하는 것이다. 텍스트는 '나'의 이러한 과잉된 자의식
상태에 대한 정보를 계속적으로 제시한다.

사실 어버이니 자식이니 지애비니 지어미니 형제니 친구니 하고
떠들어도 사람과 사람의 관계란 결국 따지고 보자면 리해관계이외
에 아모것도 없다 할것으로 (중략) 속속드리 파헤치고 보자면 사람
이란 제게 어떠한 방식으로든 리익을 주는이를 가장긴하게 알밖에
아모 달은수가 없는것이다. (중략) 내가 만약 한달에 돈백원식이라
도 벌수있다면 (중략) 그들은(어머니와 형수-인용자 주)나를 알기태
산같은것을 (중략) 그들이내게 냉정한것은 도시 몇푼돈 상관에 틀림
없다고 (하략) (261쪽)

위 정보는 '나'가 과잉된 자의식을 드러내는 가운데 자신이 가족의

당면 문제에서 소외된 원인을 이해 관계와 관련해서 파악하고 있음을
보여 준다. '나'의 논리에 따르면 인간 관계의 기본 전제는 '리해 관계'
이며 자신이 가족들에게 소외를 당한 것도 자신에게 그러한 이해 관계
를 주도할 '몇푼돈'이 없기 때문이다. 이와 같이 가족 관계조차 '돈'의
논리가 주도한다고 생각하고 있는 '나'의 과잉된 자의식적 모습에서 독
자는 오히려 '나'의 정신적인 타락상을 확인한다. '나'가 인간적인 가치
가 아닌 돈의 가치를 관계의 판단 준거로 사용하고 있는 까닭이다. 여
기서 독자는 약방 점원과 '나'에 의해 유희적으로 관망되던 주인집 기생
들의 타락한 삶의 모습들을 환기한다. 그리고 독자는 '나'의 의식과 그
녀들의 삶의 양상들이 차별적이지 않음을 인식한다. 모두에게서 돈이
중심적 가치로 작용하고 있음이 확인되는 까닭이다.

　이제 텍스트는 이러한 타락한 의식을 지닌 '나'가 다시 거리로 나선
다는 정보를 전한다.

　　　나는 그의 옆얼굴을보며 대체 이 젊은벗은 내게대하야 어떠한 생
　　각을 가지고 있는것일까. 그것은 적어도 연민이나 모멸 이외의 아모
　　것도 아닐것으로 내가 지금앉어 있는이의자에 좀더 달은 사람이 몸
　　을의지할때에 그는 틀림없이 나의 불유쾌한 경험에 대하야 그이에
　　게 또 무책임한 소식을 전할것이라 깨닫자 나는 그에게 한없는 겸
　　오와 불쾌를 느끼고 전후생각없이 밖으로 나왔으나 물론 아즉도 소
　　동이 끝나지 않은 집으로 들어가 내 자신 그속에 뛰어들 용기도 욕
　　심도 있을턱없이 그래 나는 동저고리바람에 고무신을 끈채 되는대
　　로 큰길로 걸어나갔다. (261∼262쪽)

위 정보는 '나'가 지금의 싸움으로 인해 이제껏 함께 세상을 관망하
며 유희를 즐기던 약국 점원에게서 모멸감을 느끼고 다시 거리로 나서
는 모습을 보여 준다. 독자는 위 정보를 통해 약국을 찾아 들 때 자신
과 자신의 가족의 삶 역시 유희적 관망의 대상이 되었을 가능성에 대해

무관한 듯 반응하던 '나'가 지금에 이르러서 그러한 무관함이란 가능하지 않음을, 생활과의 철저한 단절 혹은 그것에 대한 철저한 관망이란 가능하지 않음을 본능적으로 인식했음을 확인한다. 그리고 그처럼 생활을 대상화시켜 관망하고 즐기던 '나'가 이제 그러한 유희적 차원에서 벗어나서 다시 일상의 현장인 생활의 공간으로 돌아온 것임을 인식한다. 이때의 '나'는 물론 독자가 앞서의 정보들을 통해 확인했듯이 여전히 무능력하고 과잉된 자의식을 지닌 존재이며 더불어 여전히 정신적으로 타락한 존재이다.

싸움의 현장을 목격한 '나'가 과연 어떠한 태도를 취할 것인가에 대한 기대감을 갖고 정보들을 탐색해 오던 독자는 '나'가 다시 생활의 공간으로 돌아오는 것을 확인하면서 이전의 후향적 정보와 지금의 전향적 정보 간의 병치적인 지연 관계를 파악한다. 약국이라는 유희 공간으로 들어가 삶을 관망하며 즐기던 '나'에 대한 후향적인 정보와, 그 곳을 떠나 거리라는 생활 공간으로 복귀한 '나'에 대한 전향적인 정보 간에서 병치적인 지연을 확인하는 것이다. 두 정보에서 공통적으로 '나'는 무능력하고 과잉된 자의식만을 지닌 채 정신적으로 타락한 존재로 드러나지만, 즉 '나'의 존재성이 유사하게 드러나지만, 후향적인 정보에서의 '나'는 생활을 유희로서 관망하는 생활 외적인 존재로 드러나고 전향적인 정보에서의 '나'는 생활을 현실로서 수용하는 생활 내적인 존재로 드러난다는 점에서 두 정보는 차별성을 가진다. 독자는 이러한 차별성을 토대로 타락한 '나'의 존재성이 생활 외적 차원에서 드러나는 것에 머물지 않고 생활 내적 차원에까지 확산되어 드러나고 있음을 파악한다. 즉, 타인들의 삶을 관망하는 차원의 타락상이 자신의 현실적인 삶을 인식하는 차원의 타락상으로까지 확산되었음을 확인하는 것이다. 서사 진행 과정에서 '나'의 존재성이 어떻게 전개될 것인가에 대한 기대와 긴장감을 가

지고 탐색을 벌여 온 독자는 일단은 '나'의 타락한 존재성이 확산되고
있음을 확인하는 포괄적인 탐색에 이르는 것이다.

　그리고도 텍스트의 정보 제시는 계속된다. 텍스트는 다시 거리로 나
간 '나'가 심리적인 격동을 겪고 있음을 보여 주는 정보를 전한다. 먼저
'나'는 집으로부터 멀어지면서, 즉 가족들과 물리적인 거리를 확보하면
서 상대적으로 심리적인 안정을 찾는다. 그런데 그와 같은 물리적인 거
리를 통해 심리적인 안정을 확보한 '나'는 다시 극단의 심리 상태로 치
닫게 되어 결국은 '자살'을 생각한다. 이에 대해 '나'는 '이십구 년 간
내게 너무나 냉정하였던 이 세상에 대하여 그것이 나로서 취할 수 있는
오직 한 개의 보복 수단인 것 같아서'라고 변명한다. 독자는 이러한
'나'의 생각이란, 무능력하고 과잉된 자의식을 지닌 채 타락한 잣대로
가족 관계를 이해하고 있는 '나'가 가족으로부터의 절대의 거리를 확보
하고자 하는, 극단적인 소외를 지향하고자 하는 욕망을 드러낸 것임을
인식한다.

　　　다시 우리가 그렇게 가까이 얼골을 대한다면 역시 나는 그들에게
　　대한실망과 혹은 증오이외에 아모런 감격도 갖는일 없을것을 깨닫
　　고 이제 다시 맞나는일없이 내가 그대로 목숨을 끓을때 나는 순간
　　에 반듯이 그들을 생각하고 또 그들의 행복을 빌것이요, 그들은 또
　　그들대로 다시 나를 눈앞에 볼수 없다는 그 까닭만으로라도 응당
　　기왕의 그들의 잘못을 뉘우치고 또 나를 아껴 할것임에 틀림없다
　　생각하니, 사람과 사람의 관계란 어찌면 그들의 실체의 거리가 멀어
　　지면 멀어질수록에, 그들의 마음의 거리는 도리여 더욱더 가까워지
　　는것인지도 몰으겠다고 나는 그러한것을 마음 한구석에 느끼며 역
　　시 아모도 다시 맞나는일없이 나는 외로히 또 고요히 땅우에서 살
　　어지리라 마음먹었다. (262쪽)

독자는 위 정보에서 '나'가 느끼는 관계의 역설성을 확인할 수 있다.

'나'가 느끼는 관계란 가까울수록 멀어지고 멀어질수록 가까워지는 것임을 확인할 수 있는 것이다. '나'는 그러한 역설성으로 인해 관계에서의 거리를, 극단적으로는 자살을 통한 그것과의 단절을 욕망하는 것이다. 그것은 차라리 소외를 욕망하는 것이기도 하다. 여기서 독자는 텍스트 서두에서 제시된 '나'의 가족에 대한 불쾌감과 초조감에 관한 정보를 환기한다. 그것과 지금의 정보 간에 전-후향적인 병치적 지연 관계가 확인되는 까닭이다. 두 정보들은 가족 관계의 소외라는 유사성을 지니고 있다. 그러면서도 이전의 후향적인 정보에서는 '나'가 가족 관계의 소외에서 불쾌감과 초조감을 느낀 반면에 지금의 전향적인 정보에서는 '나'가 오히려 가족 관계에서의 소외를 욕망하고 있어 두 정보들 간의 차별성이 두드러진다. 독자는 이러한 차별성에 주목함으로써 '나'의 가족 관계에 대한 왜곡된 의식의 심화 현상을 인식한다. 즉, 후향적인 정보에서 드러난 가족 관계에 대한 왜곡된 의식이 전향적인 정보에서 보다 확산되고 있음을 인식하는 포괄적인 탐색에 이르는 것이다. 그러면서 독자는 '나'의 이러한 왜곡된 의식의 심화는 '나'가 무능력하고, 과잉된 자의식을 지닌 때문임을 인식한다. '나'의 존재성의 또 다른 확산을 확인하는 것이다.

텍스트의 정보 제시는 계속된다. 텍스트는 자살을 생각하던 '나'가 심리상의 변화를 일으켰음을 알려 준다. '나'는 자신의 생을 돌아보는 가운데 '그렇게도 문학을 사랑하여 왔으면서도 거의 작품다운 작품을 내어 놓지 못하였든것'을 생각해 내고 '한 편의 귀한 작품을 남겨야 하겠다'는 다짐을 한다. '이 세상'에 대한 애착을 드러내는 것이다. 그런데 텍스트는 계속되는 정보에서 '나'의 그러한 심리 변화가 소외 의식을 극복한 것이 아님을 보여 준다. '나'가 가족에게도 친구에게도 돌아가고 싶지 않고 '어디 먼 곳으로만 가고 싶은 격렬한 충동'을 느낀다는 정보 제시가 그것을 증명한다. 이어 경제적인 능력이 없는 '나'는 어디 먼 곳으로 떠날 여비를 마련하기 위해 어쩔 수 없이 친구의 집을 찾아간다는 정보가 뒤따른다. 독자는 다음의 정보에 주목한다.

> 나의발길은 제풀에 그리로향하며 거기서 나는 다시 사람과 사람의 모든 관게는 오즉 이해 이외의 아모것도 아닌것의 실례를 발견하고 내자신 쓰듸쓴 웃음을 금하지 못하였으나, 그 결코 대단하지 않은 금액이 내가 이세상에서 나 아는이에게 끼치는 마지막 폐일지도 몰은다고 일종 비장한 생각을 함으로써 스스로용기를 얻어 그를 찾었다. (263쪽)

위의 정보는 '나'가 일방적으로 관계에서 소외당하는 존재가 아님을, '나' 역시 '이해'에 따라 타인을 관계에서 소외시키기도 하는 존재임을 보여 준다. '나'가 대단찮은 금액이라고 스스로를 합리화시킬지라도 '나'가 친구를 찾아가는 것은 '나'의 이해 때문이라는 사실을 부정할 수는 없는 것이다.

이후 텍스트는 '나'가 친구의 집을 찾아갔으나 그 집 하인에게서 친구가 없다는 소식을 전해 듣고 진작 친구를 찾지 못한 것을 후회하면서 사직공원을 찾아갔다가 뜻밖에 그 곳에서 자신이 집으로 찾아갔었던 친구를 만난다는 정보를 제시한다. '나'가 그를 찾아갔었다는 사실을 전하자 친구는 눈물까지 흘리며 감격한다.

> 문득 내가 그를 맞나 보려한 본래의 목적을 생각해 내였을때 '나는 갑작이 그의 지나친 감격에 불쾌를 느꼈다. 만일 이 경우에 내가 돈 이야기와 같은것을 끄내기라도 한다면 그는 응당 나의 심방에 대하야 그렇게도 자기가 감동하였든것을 뉘우칠것이요 그래 그는 제자신 불쾌하지 않으면 안됨으로써 내게까지 그우울을 난호아 줄것에 틀림없었고 설혹 뜻밖에도 내가 그에게 돈을취하는것에 성공할수있다손 치드라도 나는 바로 그의 약점을 리용하야 내 몸을

리로웁게 하였다고 그러한 비난을 받아도 어쩌는수 없는 노릇이다. 그래 나는 좀처럼 냉정하여 지지않고 그저 그대로 그동안의 자기가 얼마나 고독하였었든가를 내게 호소하기에 열정인 그를 그와는 훨씬 먼 거리에서 그에게 대하야 내 마음속에 일종 격렬한 증오조차 느끼며 언제까지든 불쾌하게 또 우울하게 직혀보고 있었다. (264쪽)

이미 이전의 정보에서 '나'가 이해 관계 때문에 친구를 찾아 나선 것임을 알고 있는 독자는 위 정보에서 친구가 기뻐하는 모습조차도 자신의 왜곡된 관점으로 이해하고 받아들이는 '나'의 비뚤어진 의식을 확인한다. '나'는 친구가 자신을 만난 것을 기뻐하는 것은 친구 자신의 고독함 때문이라고 생각하면서 그러한 친구의 태도에서 오히려 불쾌감을 느낀다. 이에 독자는 위 정보에서 타락한 의식을 지닌 '나'가 드러내는, 증오와 불쾌와 우울을 동반한 거리감에 주목하지 않을 수 없다. 그 거리감에서 독자는 텍스트 서두에서 확인한 바 있는 친구들에 대한 '나'의 소외 의식을 재확인할 수 있는 까닭이다. 이로써 두 정보들이 전-후향적인 병치적 지연 관계의 정보들임이 확인된다. 이들 정보는 친구간의 소외 의식이라는 유사성을 가지면서도 이전의 후향적인 정보에서는 '나'가 일방적으로 소외 의식을 느끼는 소외의 대상이었다면 지금의 전향적인 정보에서는 '나' 역시 친구를 소외시키는 소외의 주체로 자리잡고 있다는 차별성을 보이는 것이다. 독자는 이러한 차별성을 통해 '나'의 왜곡된 의식의 심화 현상을 탐색할 수 있다. 후향적인 정보에서 드러난 소외 양상이 전향적인 정보에서 드러나는 소외 양상으로까지 확산되고 있음을 인식하는 것이다. 이러한 확산된 소외 양상은 소외 양상의 극단을 보여 준다. 독자는 이와 같은 두 정보 간의 소외 양상에 대한 포괄적인 탐색을 벌이면서 회복할 수 없는 인간 관계의 단절 양상을 확인한다. 그리고 그것이 무능력한 '나'의 과잉된 자의식에서 비롯된 것임을 거듭 확인하면서 '나'의 존재성의 확산도 재확인한다. '나'의 존재성의 전개

여부에 대한 독자의 기대와 긴장감은 이렇게 그것의 확산을 연속적으로 확인하는 가운데 마감된다.

결국 텍스트는 가족 관계와 친구 관계 모두에서 친화적인 의식을 형성하지 못하고, 타락한 의식을 전제로 적대와 소외의 의식만을 키워 가는, 무능력한 '나'의 과잉된 자의식에 관한 정보들을 전-후향적인 병치적 지연 관계를 통해 제시한 것이고, 독자는 그들 지연의 정보들이 형성해 내고 있는 포괄적인 의미 관계를 탐색하면서 타락한 '나'의 과잉된 자의식이 왜곡되고 심화되는 과정을 확인하였던 것이다. 물론 '나'가 발딛고 있는 세계가 인간의 관계를 물화시키는 타락한 세계라는 것도 문제적이지만, 그러한 세계 속에서 '나'가 보인 비주체적인 삶의 자세, 즉 어떠한 대응력도 발휘하지 못하고 무능력한 태도로 일관하면서 타락한 의식 세계만을 팽창시킨 '나'의 자세 역시 문제적인 것이 사실이다. 독자는 '나'의 그러한 모습 속에서 근대 사회 속에서의 개인의 주체성의 마멸을 확인한다.

2.2. 무성격자

텍스트 「무성격자」는 다음과 같은 정보로 시작된다.

> 십여일전부터 아버지가 종시 자리에 눕게되였다는 편지를 받은지 이틀 되는날 아침에 또 속히 나려오라는 전보를 받은 丁一은 문주(紋珠)와 작별하기 위하여 병원으로 차자갔다. 전보가 없드라도 속히 가려고 작정하였고 문주도 그런줄 알고있지만 입원실에 외로이 누어있는 문주를 볼때 丁一이는 지금 곧 떠난다는 말을 하기가 주저되였다.[140] (258쪽)

---

140) 「무성격자」는 『조광』(1937. 9.)에 발표되었다. 본 연구는 이를 텍스트로 삼는다. 인용문의 경우 본문에서 해당 지면만을 밝힌다.

위 정보는 병든 문주를 병원에 혼자 남겨 둔 채, 자리에 누워 계신 아버지를 찾아 뵙기 위해 떠나야 하는 정일의 난감한 심정을 보여 주고 있다. 독자는 이 정보를 통해 정일이 처한 난감한 상황을 이해하고 이러한 상황에서 느낄 정일의 심리적 갈등도 짐작한다. 그러면서 독자는 아버지와 문주 모두가 병들어 있다는 사실에 주목해 본다. 그것이 정일의 입지를 난감하게 하는 직접적인 원인으로 판단되는 까닭이다. 결국 독자는 두 인물이 처한, 병이 들었다는 동일한 상황으로 말미암아 정일이 어느 한 쪽을 선택해야만 하는 지금의 서사적 상황에서 그들이 대립적인 존재들일 가능성을 추정해 보고, 병든 그들 중 어느 누군가를 선택해야만 하는 모순된 상황에 처해 있는 정일의 입지 또한 건강하지 않음을 추정해 본다. 과연 그러한지, 그렇다면 왜 그러한지, 그리고 정일은 최종적으로 어떠한 선택을 할 것인지 등에 대한 일련의 호기심과 긴장감이 독자를 찾아 든다.

이어서 제시되는 텍스트의 정보들은 정일이가 아버지를 찾아 뵙기 위해 떠나면서 병원에 남겨 둔 문주에 대한 염려로 신산스러워 하는 모습을 전한다.

> 어제밤까지도 그런말을 하든 문주가 지금 떠날때 오히려 쓸쓸한 우슴일망정 우서보이려하고 속히오라는말도없이 얼굴을 돌녀서 눈물을 숨기는것을본 丁一이는 자기가 도라오기전에 문주가 외로히 죽지나않을까? 그렇게된다면 문주의말대로 자기는 문주를 버리고 도망하는 셈이아닌가고도 생각되였다. 그리고 아모래도 회복할 여망이 없는 문주인바에 구타여 적적한 병실에 모라넣은 자기가 마음놓으려는 자기생각만 한것같이도 생각되는것이였다. (260쪽)

위 정보는 정일의 의식이 문주에 대한 염려로 가득 차 있음을 보여 준다. 그런데 독자는 여기서 정일의 문주에 대한 염려가 그녀를 위한 걱정에서 비롯된 것이기보다는 그 자신에 대한 자책에서 비롯된 것임을 읽을 수 있다. 문주라는 존재로부터 자유로워지고자 했던 정일 자신의 무의식적인 의도를 자책하고 있음을 읽을 수 있는 것이다. 그렇다면 정일은 이제까지 문주 곁을 떠나고 싶었음에도 불구하고 어쩔 수 없이 그녀 곁에 머물러 있었던 것일까. 그렇다면 왜일까, 그리고 그녀의 곁을 떠나고 있는 지금의 상황은 그가 진정으로 바라던 상황인가. 독자는 문주에 대한 정일의 태도에 새로운 호기심을 가지면서 다음에 이어질 정보에 기대를 걸어 본다.

그러면서 독자는 위 정보에서 또 하나의 의구심을 갖는다. 앞으로 만나게 될 병든 아버지에 대한 염려는 잊은 채 뒤에 남겨 두고 온 병든 문주에 대한 염려만으로 의식을 채우고 있는 정일의 모습은 아들의 도리라고 하는 일상적 관념을 위반하고 있는 까닭에 그에 대한 의구심을 갖지 않을 수 없는 것이다. 이러한 상황에서 텍스트는 다음과 같은 정보를 전달한다.

> 다시 눈을 감은 丁一이는 자기의 피폐하고 침태한 뇌의로폐물이 발호하는 현상이라고박게 할수없는 생각이 맛치 여름날 썩은 물에 북질북질 끓어오르는 투명치못한 물거품같이 작고 떠오르는 것이 괴로웠다. 한나절후에 보게될 임종이 가까운 아버지의 신음소리와 오래알은 늙은이의몸냄새 눈물고인 어머니의눈과 마음놓고 울기회라는 듯이 자기의 서름을 쏟아놓을 미운처의우름소리 불결한요강……그리고 문주의 각혈 그 히쓰테릭한 우슴과 우름소리……이렇게 죽음의 그림자로 그늘진 병실의침울한 광경과 이그러진 인정의소리가 들니고 보이였다. (261쪽)

위 정보를 접하면서 독자는 앞서 확인한 정일의 일상적인 관념의 위반을 다시 한 번 확인한다. 아버지의 상황보다는 문주의 상황을 염려하던 정일은 이제 아버지의 상황을 '여름날 썩은 물에 북질북질 끓어오르는 투명치못한 물거품'에 비유하며 그러한 상황에 대해 괴로움을 느낀다고 고백하고 있는 것이다. 텍스트는 이어서 그가 '아버지의죽음을 슬퍼할수없'다고까지 생각한다는 정보를 전한다. 여기서 독자는 아버지를 향해 가고 있는 지금의 상황도 정일 자신이 지향하던 바는 아닐 것이라는 추측적인 결론을 얻는다.

결국 독자는 이상의 정보들을 통해 정일이 문주와 아버지, 그 어느 누구에게도 자족적으로 안주하지 못하는, 불안정한 상황에 처해 있음을 알게 된다. 문주에게 근원적으로 안주하지도 못하고 아버지를 향해서 혼쾌하게 다가가지도 못하는 정일의 불안정한 입지를 이해하는 것이다. 그들은 어떠한 존재들이기에 정일의 입지를 이처럼 불안정하게 만든 것일까, 또 정일은 그러면서도 왜 몸은 아버지를 향하고 마음은 문주를 향하는, 그들로부터 자유롭지 못한 모습을 보이는 것일까. 정일의 상황에 대한 구체적인 이해가 또다시 이러한 구체적인 의문들을 야기시키는 까닭에 독자의 호기심이 고조된다. 더불어 정일의 몸이 아버지를 향해 간다는 사실이 정일의 선택의 기울기가 아버지 쪽으로 무게 중심을 옮겼음을 시사하면서 그 최종적인 결말에 대한 독자의 긴장감을 야기시킨다.

또한 독자는 여기서 일단 문주에 대한 정보와 아버지에 대한 정보가 병치적인 지연 정보들일 가능성을 확인하고 두 인물의 대립성의 여지를 보다 구체적으로 인식한다. 두 인물은 모두 죽음을 바라보고 있다는 점에서 그리고 정일에 의해 지향되지 못하는 존재들이라는 점에서 유사하다. 그러나 그럼에도 불구하고 정일이 두 사람 중 누군가를 선택해야 하는 상황에 처하면서 결과적으로 정일이 아버지를 향해 떠남으로써 문주는 정일이 뒤에 남겨 놓고 온 과거적 인물이 되고 아버지는 정일이 앞으로 만나게 될 미래적 인물이 된다는 점에서 둘은 차별적이다.

독자는 이러한 맥락에서 두 인물의 정보들을 병치적인 지연 관계로 추정하고 또 둘의 대립성의 여지를 확인하는 것이다.

텍스트는 이제 정일이가 탄 기차가 K역에 도착하는 것을 계기로 정일이가 과거를 회고하는 후향적인 정보들을 전달한다. 정일의 회고는 기차가 K역에 도착하면서, 두어 달 전에 있었던 K역에서의 자신과 문주와의 이별을 떠올리는 것으로 시작된다. 그때도 정일은 피를 토한 아버지가 위암으로 진단되었다는 편지를 받고 고향집으로 가던 길이었는데, 문주가 그러한 정일을 배웅한다는 핑계로 K역까지 따라왔다가 거기서 다시 그녀 자신의 집으로 돌아갔던 것이다. 독자는 이 정보에서 정일이가 고향으로 돌아가기 위해서는 문주와의 이별이 필요하다는 사실에 주목한다. 현재를 기점으로 한 미래로의 이행에는 문주와의 동행이 허락되지 않는다는 사실에 주목하는 것이다. 그 점은 지금의 정일의 상황에서도 마찬가지임이 이미 확인된 바 있다. 이로써 독자는 문주의 존재적 의미가 과거적인 것으로 한정되고 더불어 정일의 문주와의 이별은 과거와의 결별을 의미한다는 것을 보다 분명히 인식한다. 그런데 그러한 의미를 갖는 문주와 이별한 후의 정일의 느낌을 텍스트는 다음과 같이 제시한다.

> 맞춤내 문주가 탄 기차는 산모두리로 꼬리를 감추었다. 바라보든 초점을잃은 丁一의눈에는 들이 새삼스럽게 넓어 보이는듯하였다. 이렇게 문주를 보내고난 丁一이는 문주의기억 까지도 보낸 것같이 머리속은 텅—부인듯하였다. (263쪽)

위 정보에서 정일은 동행했던 문주를 K역에서 다시 돌려보낸 후 '들이 새삼스럽게 넓어 보이는듯'하다고 전하고 있다. 그녀에 대한 기억까지도 떠나보낸 듯하여 머리 속마저 텅 빈 듯한 자유로움을 느낀다는 것이다. 여기서 독자는 그 동안 그가 문주로부터 혹은 과거로부터 느꼈던 억압의 깊이를 확인한다. 이러한 억압의 문제는 이미 독자가 앞의 정보를 통해 추정한 사실이기도 하다. 따라서 독자는 앞서의 그러한 추정을 지금의 정보를 통해 보다 분명하게 확인하는 것이다. 그리고 독자는 그 억업의 연유에 대한, 문주에 대한 혹은 문주와 정일의 관계에 대한 궁금증들을 가지고 지속적인 후향적인 정보를 기대한다.

텍스트는 두어 달 전의 기차 속에서 정일이가 떠올렸던 기억을 이번의 여행에서 다시 반추하는 형식으로 후향적인 정보 제시를 계속한다. 정일이가 두어 달 전에 떠올렸던 기억들은 자신의 그 이전의 과거에 관한 것들이다. 정일은 일단 삼사 년 전의 자신의 생활을 '그때는 지금같이 눈을감고 지나치기에는 모든것이 아까운 시절이였다.'라고 회고한다. 그리고 그러한 생활을 하던 자신의 최근 이삼 년 간의 생활은 자존심조차도 남아 있지 않은, 썩을 대로 썩은 생활이었다고 고백한다. 그 동안 그는 말 그대로 퇴폐적인 생활을 하며 보냈던 것이다. 텍스트는 정일의 그러한 퇴폐적인 생활의 중심에 문주가 있었음을 전한다.

교원 생활을 하던 정일이 서재에서 매력을 잃고부터 티룸이나 빠-카페를 전전하며 권태와 우울로 점철되는 일상을 술로 위로하며 보내던 중에 만난 사람이 문주였다.

그리고 자기도 이문화탑에 한돌을 싸아보겠다는 야심을 갔었든것이 먼옛날일같이 회상되였다. 그러한 전날의야심은 한순간 찬란한 빛으로 밤하늘에 금그었든 별불같이 사라지고만듯하였다. 밤하늘에 금빛으로 그려졌든 별의흘은 자최가 사라지면 우리의눈은 그자리에 검은선을 보게되고 그검은선마저 사라지면 부지중 한숨을 지게되는 것이다. 이러한 생활면에 나타난문주! 문주는 자기가 같이죽어달나고 졸으면 언제든지 들어줄것같애서 좋다고하였다. 그러한 문주의말을 처음들었을때 독사의 송곳니를 가슴에 느끼며 쎈치는 벌서 지나쳤다고 생각하였든 자기가 문주의 그여윈 가슴에, 얼굴을 묻고 울었든것이 아닌가? (266쪽)

　위와 같은 일련의 정보들을 통해 텍스트는 정일이 대학 시절에 가졌던 문화적 야심을 잃고 방황할 때 '달아래 빛나는 독한 버섯같이 요기로'운 문주가 나타나 그를 퇴폐적인 생활로 이끌었다고 전한다. 그녀는 과거에 '의학에서 무용예술로 일대비약을' 했다가 티룸 아리사의 마담이 된 인물이다. 텍스트가 제시하는, '창백한 얼굴과 투명할듯이 히고 가느다란 손가락과 연지도 않바른 조개인 입술과 언제나 피곤해 보이는, 초점이없이 빛나는 눈'을 가졌다는 그녀의 외모에 대한 정보는 그때까지의 그녀의 이력에 대한 정보와 더불어 그녀가 가지는 퇴폐적 속성들을 단적으로 전한다.

　한편 텍스트는 문주가 드러내는 퇴폐적 생활의 정점이 그녀의 죽음에 대한 발작적 충동임을 알려 준다. 위 인용 정보에서도 알 수 있듯이 문주가 정일을 좋아하는 이유는 '자기가 같이죽어달나고 졸으면 언제든지 들어줄것같애서'이다. 그런데 독자는 이와 같은 그녀의 죽음 충동에 대한 정보들을 접하면서 오히려 그녀의 삶에 대한 강한 욕망을 인식한다. 그녀의 죽음 충동이란 결국 삶에 대한 욕망을 반어적으로 표현한 것임을 인식하는 것이다. 그리고 그녀가 자신의 그러한 충동을 생산적 차원으로 승화시키지 못하고 소비적 차원에서 소진시켜 버리고 있음도 인식한다. 결과적으로 독자는 그녀가 삶을 소비하는 퇴폐적인 존재임을 확인하는 것이다.

　계속해서 텍스트는 정일이 역시 문주의 그러한 충동에 휘말려 그녀가 '가치죽어달라면 죽었을 것'임을 그 자신도 부인하지 않는다는 정보를 전한다. 독자는 그 역시 그녀의 퇴폐적인 삶의 영역에 머물고 있는 존재임을 확인한다. 텍스트가 정일이 '아편굴로 찾아가는 중독자와같이' 그렇게 문주의 처소를 찾아 들곤 하였다고 전하는 정보 역시 독자의 그와 같은 해석을 뒷받침한다. 정일에게 문주의 처소는 그가 권태와 우울의 일상을 보내면서 찾아 들었던 티룸이나 빠·카페와 별반 다를 것이 없는 배설적 공간이었으며, 정일은 그러한 배설적 공간에서 떨칠 수 없는 유혹을 느끼며 어쩔 수 없는 이끌림에 의해 그 곳을 찾아 들었던 것이다.

독자는 이러한 일련의 정보들을 통해 결국 문주는 과거 정일의 퇴폐적인 생활상을 상징하는 인물임을 파악한다. 특히나 문주의 죽음에 대한 동경과 정일의 그에 대한 심정적 동조 등을 알려 주는 정보에서 독자는 그들의 동질적인 삶의 태도를, 즉 그들이 공유하고 있는 삶에 대한 방기적인 태도를 확인한다. 그러면서 독자는 또 다른 한편으로 앞서 인용한 대로 정일이 문주를 찾아가는 자신을 '아편굴로 찾아가는 중독자'에 비유하는 것에서 정일이 자신의 퇴폐적 생활을 스스로도 부정적으로 의식하고 있음을 파악한다. 정일이 스스로 문주와의 퇴폐적인 생활에서 벗어나고 있지는 못하지만, 그러나 그것에서 벗어나야 한다는 사실은 의식하고 있음을 파악하는 것이다.

여기서 독자는 앞의 정보들을 통해 가졌던 일련의 호기심들을 해결할 수 있게 된다. 우선 독자는 문주의 실체에 대한, 문주와 정일의 관계에 대한, 그리고 정일이 문주에게서 혹은 과거에서 벗어나면서 느꼈던 자유로움의 연유에 대한 일련의 궁금증들을 풀어낸다. 퇴폐성으로 상징되는 문주, 문주와 함께 한 정일의 퇴폐적인 생활, 퇴폐적인 생활에서 스스로 헤어나오지는 못하지만 그래도 거기서 벗어나야 한다는 정일의 의식 등이 그러한 궁금증들에 대한 해답의 실마리들인 것이다. 그리고 독자는 정일이 문주에게서 혹은 과거에서 벗어나면서 느꼈던 자유로움의 연유가 텍스트 서두 정보에서 정일이 문주를 두고 떠나면서 느꼈던 그녀에 대한 염려 내지는 자기 자신에 대한 자책의 연유이기도 함을 인식한다. 결국 독자는 누구에게도 자족적으로 안주하지 못하는 정일의 불안한 입지의 한 축을 이해한 것이다.

텍스트는 이제 새로운 정보를 제시한다. 두어 달 전 정일은 이상의 논의에서 드러난 것과 같은 문주와의 퇴폐적인 생활을 반성하며 아버지의 집에 도착했었다. 그리고 정일은 위암 2기라는 진단을 받은 아버지 만수 노인이 여전히 사랑에서 채무자와 거간과 대서인을 상대로 자신의 일상 생활을 영위하고 있는 모습을 보게 된다. 의사는 환자의 원기가 꺾이지 않은 것은 '그의 강인성이 과인한 탓'이라고 설명한다. 정일은 아버지께 입원하여 정양하기를 권하지만 아버지 만수 노인은 오히려 그러한 아들을 향해 불만을 터뜨린다.

> 만수노인이 이렇게 화를내여 아들을 책망하는 이유는 丁一이가 조강지처를 소박할뿐아니라 귀한돈을 써가며 일껏「대학공부」까지 시켜놓은 아들이 가문을 빛낼 벼슬도 못하고 돈버리 잘되는 변호사나 의사도 못된바에는 명예랄것도없고 돈버리도 안되는 교사노릇을 고만두고 집에서 자기를 도우며 장사물리를 배우라는자기의말을듣지않고 초라하게 객지로 떠돌아 다니며 돈까지 가져다쓴다는것이다. 늘 하는말이지만 네매부 용팔이를 좀바라! 이렇게 시자되는 그외 책망은 언제나 무능한 丁一이와 대조하여 그의사위인 용팔이를 칭찬하는것이였다. 그같이 신임을받는 용팔이는 본시 만수노인의 서사였다. 서사는 비서겸 고문격으로 만수노인의신임이 두터워감을따라 본시 무식하고 인색하고 탐세인 수전노라는 시비를 들어오든 만수노인은 뚱뚱한 그체통에 어울리지않게 교활하고 각박하다는 새로운시비를 겸하여 듣게되였든것이다. (268쪽)

위 정보는 아버지 만수 노인이 아들은 그지없이 무능한 인물로 여기고 그에 반해 사위는 매우 능력 있는 인물로 여기고 있음을 보여 준다. 그리고 그러한 판별 근거는 그들이 얼마나 물질적이고 세속적이냐 하는데 있음을 알려 준다. 이러한 정보를 통해 독자는 노인이 어떠한 인물인가를 알게 된다. 그는 지극히 세속적인 가치를 가지고 현실적인 생활을 중시하는 인물인 것이다. 더불어 독자는 정일이 아버지에게 신뢰받지 못하고 있다는 사실과 그 연유도 알게 된다. 물질적 가치를 중시하는 노인이 퇴폐적인 생활을 하는 아들을 이해하고 받아들이기는 어려운 것이다. 이어지는 정보에서 노인이 아들을 향해 '이 아무사에도 못쓸놈아'라고까지 외치며 분노를 터뜨리는 것에서 독자는 그러한 이해를 더욱 분명히 한다.

그리고 텍스트는 아버지의 위와 같은 모습에 대해 정일이 조롱적이고 냉소적인 태도로 반응하고 있음을 전한다.[141] 이는 정일이 여전히 삶에 대해 방관적인 자세를 유지하고 있으며 아버지에 대해서도 그다지 친화적이지 않음을 보여 주는 것이다. 계속해서 텍스트는 이삼 일 후에 정일이 매부에게 모든 일을 맡기고 다시 문주가 있는 곳으로 떠나 왔음을 전한다. 이 역시 정일이 퇴폐적인 생활을 떨치지 못했으며 더 나아가서는 아버지에 대해 부정적인 의식을 가지고 있음을 보여 준다. 그리하여 독자는 앞의 정보에서 정일이 임종을 앞두고 있는 아버지를 찾아가는 상황임에도 불구하고 아버지의 죽음을 슬퍼하지 않았던 이유를 알게 된다. 그리고 그가 아버지에 대해 가지는 부정적인 의식은 아버지의 현실 지향적인 삶의 태도를 수긍할 수 없기 때문인 것으로 추정한다. 결국 독자는 아버지 만수 노인의 실체를 이해하고 아버지와 아들의 관계를 이해하면서 정일이 처한 불안정한 입지의 또 다른 한 축을 이해하게 된 것이다. 이렇게 독자는 호기심의 또 다른 한 축을 풀어낸다.

여기서 정일의 회고를 통해 제시된, 문주에 대한 후향적인 정보와 아버지에 대한 후향적인 정보가 병치적인 지연 관계에 있음이 분명히 드러난다. 두 정보에서 파악된 두 사람의 각각의 삶의 태도는 정일에 의

---

141) '책망을 듣고있든 丁一이는 아무사에도 못쓸 위인이라는 말슴은 참 명담이십니다. 저도 그렇게 생각하는데요 이렇게 농담처럼 싱글싱글 웃으며 말하고싶은 충동이 일어나는것을 깨달았든것이다.' (269쪽)

해 일면 부정되고 거부되는 유사성을 지닌다. 그러나 그러면서도 그것
들은 현실을 방기하는 퇴폐적 삶의 태도와 현실에 집착하는 물질적 삶
의 태도라는 대립적인 차이를 드러내는 까닭에 병치적인 지연을 이루는
것이다. 독자는 이들 병치적인 지연의 정보들에서 드러나는 두 사람의
차별적인 삶의 태도들이 양 축을 이루면서 정일을 대칭적으로 이끌고
있음을 그리고 정일은 그 어느 축에도 본질적으로 동화하지 못함으로써
불안정한 입지에 처해 있음을 파악한다.

텍스트에 대한 이러한 이해에도 불구하고 독자의 호기심과 긴장감은
계속된다. 이제까지의 정보에 따르면 정일은 분명 문주와 아버지, 그 어
느 쪽에도 동화하지 못하면서도, 두어 달 전에 다시 문주에게 돌아갔었
고, 그리고 지금은 또다시 아버지를 향해 가고 있다. 그는 여전히 문주
내지는 아버지의 영역을 벗어나지 못하고 있는 것이다. 왜일까, 그리고
어떻게 될까. 독자는 앞의 정보에서 가졌던 이와 같은 의문과 기대를
환기해 본다.

텍스트는 후향적인 정보 제시를 계속한다. 매부 용팔이에게 모든 일
을 맡기고 고향집을 떠나온 정일은 자기의 집으로 돌아와서는 곧 문주
를 찾아간다. 기차간에서의 반성과는 상관 없이 정일은 다시 문주와의
퇴폐적인 생활로 되돌아간 것이다. 이는 고향집에서 아버지를 대하는
정일의 태도에서 시사된 바이기도 하다.

丁一이는 이렇게 시작된 침묵이 더 무거울것을 꺼리는 마음으로
문주의어깨를 흔들며 문주가 조루면 역시가치죽어줄 눈이였나? 하
고 짐즛 크게웃었다. 문주는말이없이 여전이 丁一의품에묻은 얼굴을
끄덕이 였을뿐이였다. 또 침묵이왔다. 전등사가로 엷은짓치소리를
내이며 날든숫놈을업은 파리한쌍이 자기들을 비최우는거울한편에
붙는다. 의식적으로 귀를 기우린때마다 그렇게 크게들을수있는 비소
리도 어느듯 안들리게되는 침묵에 또다시 잠기게되는것을 느낀 丁

　　─이는 잠든듯이 숨을 죽이고있는 문주를 자리에누이고 어서자요
　하고 일어서 나왔다. (271쪽)

　위 정보는 다시 문주에게로 돌아온 정일의 생활이 그 이전과 별반 다
름이 없음을 보여 준다. 여전히 그들은 죽음에 대한 유혹의 그림자를
안고 살아가면서 삶에 대한 방기적인 자세를 유지하고 있으며, 그러면
서도 정일은 자신이 처한 현실과, 자신과 문주와의 관계에 답답증을 느
끼고 있는 것이다. 위 정보에서 반복적으로 드러나는 '침묵'이라는 기표
는 그러한 그들의 상황을 상징적으로 대변한다. 그런데 독자는 위 정보
에서 정일이 결국 문주를 자리에 누이고 그 곁을 떠나는 것에 주목한다.
정일의 그러한 행동이 그가 그 침묵의 상황, 즉 자신이 처한 현재적
상황 내지는 자신과 문주와의 숨막힐 듯한 관계가 지속되는 상황을
견뎌내지 못하고 있음을 보여 주는 까닭이다.
　이후 텍스트는 정일이 선술집을 찾아가 스스로도 알지 못했던, 자신
의 속 깊은 의중을 술기운에 맡겨 드러내는 모습을 전한다. 우선 그 곳
에서 정일은 '강박관념에서 풀려난듯한' 의식에 사로잡힌다. 여기서 독
자는 그가 문주에게서 느끼는 의식의 실체를 재확인한다. 계속해서 텍
스트는 정일이 결국 '살진육체'를 사서 그 곁에서 편히 잠드는 정보를
제시한다.

　　문주의손톱을 다스려줄때에 자기뺨에 서리우는 그병독있는 호흡
　이아니면 문주의눈이 그렇게 랑랑할리없고 조개인 그입술이 그렇게
　애연할리없고 그마음이 그렇게 맑고 그감정의흐름이 그렇게 선률적
　일리가없고 그직감력이 그렇게 예민할리없고… 이렇게 연다라 중얼
　거려지는 자기생각에 눈앞에 나타나는 문주를 보는 丁─이는 사람
　다운 체온이 있을것같지않은문주의몸에서 결핵균의 시독(屍毒)인 신
　렬일지도모를─오히려 뜨거운 정렬을 느끼였든것을 생각하며 옆에
　누은 그살진 육체를 만지고있는 사이에 그춘화의 히로인은 코를 구

루기 시작하였다. (중략) 한없이풍만하여보이는 그젖가슴은 육의광장
이라는 생각을 일으키였다. 여기에는 푸리즘으로 비최워보듯이 자기
마음을 분석하는 문주의 그것같은 눈도 육감도 없는곳이라는 생각
에 안심되는듯한 丁—은 어느듯 잠이 들었든것이다. (272쪽)

위 정보에서 독자는 정일이 문주와 '살진 육체'에 대해 가지는 대비
적인 의식을 확인한다. 정일의 의식 속에서 문주의 히스테릭함과 '살진
육체'의 둔감함이 대비적으로 인식되고 있는 까닭이다. 정일에게 문주는
결핵균으로 마모된 육체를 지닌, 낭랑하고 애연하고 맑고 선율적이고
예민한 존재라면 매춘부는 풍만한 살진 육체에 불과한 존재이다. 그리
고 독자는 정일이 다양한 수식구를 동반한 문주보다는 수식구에서조차
간결하기만 한 '살진 육체'의 매춘부에게서 편안함을 느낀다는 사실에
주목한다. 그러한 사실에서 정일이 문주에게서 느껴지는 복합적이지만
결론적으로는 '히쓰테릭한' 이미지들을 부담스럽게 여기고 있으며, 더
나아가서 자신을 분석적으로 바라보는 그녀의 시선과 예민한 감각들로
부터 자유로워지고 싶어한다는 의미가 전달되는 까닭이다. 이로써 독자
는 정일의 의식 속에 문주로부터의 탈출 욕망이 자리하고 있음을 인식
한다. 정일이 돈을 주고 산 여인인 '살진 육체' 옆에 누워 문주에게서와
는 다른 편안함을 느끼며 자기도 모르게 잠이 든다는 정보도 이러한 독
자의 인식을 뒷받침한다. 독자의 이러한 인식은 이전의 정보들에서부터
확인된 문주에 대한 정일의 태도를 재확인하는 것이다.

그리고 독자는 문주에 대한 정보와 '살진 육체'에 대한 정보 간의 병
치적인 지연의 전략을 인식한다. 두 여인은 모두 정일과 관계되는 인물
들이라는 유사성을 가지면서, 다른 한편으로 문주는 정일에게 부담스러
운 존재라면 '살진 육체'는 편안한 존재라는 차별성을 갖는다. 따라서
독자는 이들 정보들이 제시하는 대립적인 차별성 속에서 정일이 지향하
는 잠재적인 욕망의 실체를 탐색해 낸다. 일차적으로 그것은 문주로부

터의 심리적인 거리화와 '살진 육체'로의 심리적인 지향으로 드러난다. 그렇다면 정일의 이러한 욕망은 어떠한 결말을 낳을 것인가에 대한 기대가 독자의 탐색을 이끄는 또 하나의 동력으로 자리한다.

이후 텍스트는 정일이가 고향에서 돌아온 이후로, 지속적으로 건강이 나빠져 결국에는 자신의 생명에 대한 자신까지 잃어 버린 문주가 정일의 아버지가 자리에 눕게 되었다는 편지를 받은 날 밤에 히스테릭한 발작을 일으켰다는 정보를 전한다. 그 날 밤 문주는 정일의 위로가 자신에게 아무런 소용이 없다고 울부짖으며 토한 피를 정일의 얼굴에 문지르기까지 하면서 정일에게 자신과 같이 죽을 것을 제안한다. 그러한 문주에게 정일은 말없이 고개를 끄덕이며 그녀를 가슴에 안는다.

> 주검을 생각하고 있을문주! 밤중에 일어나서 전날 손톱을 깎든 면도를 들고 나를 흔들어깨우거나 자는 그대로… 아무렇게나 마음대로… 마음속으로 이렇게 중얼거리는 丁—이는오히려 흥분이 까라앉아 신렬에서 놓여난 병인같이 잠속으로 자자저 틀어감을 깨달았다. 얼마나 지났을까. 문주의 포옹과 느끼는 울음소리에 丁—이가 눈을떴을때에는 이미 창이푸르고 맑은새벽기운이 싸늘하게 숨여드는 머리맡에는 이슬방울이 흐르는듯한 면도날이파—랗게 빛나고 있었다. (273쪽)

위 정보는 문주의 히스테릭한 발작과 정일의 말없는 동조가 반복되던 그간의 두 사람의 상황과는 다소 거리가 있는 변화된 상황을 보여 준다. 앞의 정보에서 드러났듯이 그 동안 문주의 입에서 발화되는 '죽자'라는 기표는 삶에 대한 그녀 자신의 집착을 드러내는 반어적 기의를 수반한 것이었다. 그러나 지금의 상황에서의 문주의 '죽자'라는 기표는 축자적인 기의를 수반하고 있다. 문주의 포옹과 느끼는 울음 소리에 정일이가 눈을 떴을 때 그의 머리맡에는 '이슬방울이 흐르는듯한 면도날이파—랗게 빛나고 있었'다는 정보가 독자의 그러한 이해를 뒷받침한다.

그런데 텍스트는 이 부분에서 서사의 시점을 정일이 다시 고향으로 향하는 기차에 몸을 싣고 문주를 염려하며 자신을 자책하던, 회고 이전의 시점, 즉 현재의 시점으로 돌려놓는다. 텍스트는 이러한 시점 전환을 통해 결과적으로 그녀가 죽으려 한 시도가 실패로 끝이 났음을 보여 주고 있는 것이다. 독자는 이러한 방식의 정보 제시를 통해 일련의 맥락을 이해하면서 동시에 정일이 여전히 살아서 그때의 상황을 회고하고 있는 것에서 그 동안 그녀의 죽자는 제안에 대해 정일이 동조해 온 것은 그의 진정이 아니었음을 파악한다. 결국 독자는 정일이 여전히 살아 있다는 사실 속에서 정일의 삶에 대한 욕망을 읽는 것이다. 그리고 독자는 앞서 '살진 육체'에 대한 심리적 지향으로 드러난 정일의 욕망을 보다 구체적으로 파악한다. 그가 마음 속 깊은 곳에 현실 지향의 욕망을 가지고 있었던 것임을 이해하는 것이다. 그러면서 독자는 현실을 방기하며 퇴폐적인 삶을 사는 문주를 뒤에 남겨 두고 현실에 집착하며 물질적인 삶을 사는 아버지를 향해 가는 지금의 정일의 모습도 그와 같은 욕망과 무관하지 않을 것임을 추정해 본다. 여기서 정일의 현실 지향의 욕망과 아버지를 향해 가는 지금의 상황이 어떠한 결과를 빚어 낼 것인가에 대한 독자의 기대와 긴장감이 높아진다.

정일이 이미 문주와 결별하고 그녀를 떠나 아버지를 향해 출발한 상태로, 즉 이야기가 시작되던 처음의 시점인 기차가 출발할 당시로 돌아온 텍스트는 다시 정일이 아버지에 대한 생각에 젖어드는 정보를 제시한다. 기차에 몸을 싣고 과거를 뒤로 하고 미래를 향해 가는 정일의 앞에는 이제 단 하나의 사실이 놓여 있을 뿐이다. 병든 아버지의 죽음이 그것이다. 정일은 그러한 아버지를 떠올리며 아버지에 대한 기억을 더듬는다. 정일의 눈에 비춰진 아버지는 '오직 돈을위하여 분망한일생을 살아온 사람'일 뿐이다. 시골 농가에서 데릴사위 겸 머슴으로 일하던 아버지가 성 밖 빈민굴 토막에 몸을 부친 이후 몇십만의 재산가가 되기까지의 과정은 무식하고 인색하고 교활하고 각박함으로 채워졌다. 이러한 일련의 정보에서 독자는 텍스트 서두의 정보에서 정일이가 아버지의 병환과 그로 인해 예견되는 아버지의 죽음에 대해 슬퍼할 수 없다고 말하던 이유를 재확인한다. 이어서 텍스트는 정일이가 아버지의 지나간 삶을 압축적으로 회고하면서 아버지가 자신의 죽음을 맞이할 때의 모습을 여러 가지로 상상해 보고는 '어떤원인으로든지 조용한 임종이기를 바'란다는 정보를 제시한다. 독자는 정일이 여전히 아버지에 대해 거부감을 지니고 있음을 확인한다.

이제 텍스트는 전향적인 정보 제시를 시작한다. 정일이 드디어 기차에서 내려 '주검의냄새'가 풍겨오는 아버지의 병실에 들어선 정보를 전하는 것이다. 병실에 들어선 정일은 아버지가 조용한 임종을 맞기를 바랐던, 기차에서의 자신의 바람이 무색할 정도로, '내가 죽기야하겠네…… 죽구싶지않다.'라고 하며 삶에 대한 강한 의지를 보이는 아버지의 모습을 보게 된다. 독자에게는 음식은 물론 물조차 받아넘기지 못하는 상황에서도 여전히 '죽고싶지않다'고 부르짖는 아버지의 모습은 정일의 앞서의 바람이 어그러질 첫 조짐처럼 여겨진다. 여기서 독자는 정일의 아버지에 대한 부정적인 의식이 유지될 수밖에 없음을 확인한다.

그런데 텍스트는 다음과 같은 정보를 이어 간다. 정일이가 돌아온 며칠 후에 매형인 용팔이가 정일을 찾아와서는, 만수 노인이 죽게 되면 노인의 재산을 아들인 정일이가 물려받게 될 것이므로 새로 산 토지의 등기를 아예 정일의 이름으로 하자는 제안을 한다. 그러한 제안에 대해 정일은 거부감 내지는 불쾌감을 느끼면서도 한편으로는 알 수 없는 심열을 느끼기도 한다.

　　이소인놈! 하는 의분같은 心熱이 떠오르며——언제 내가 이런음

모를 하자고 너와 공모를 하였든가? 하고 그의뺨을 갈기고싶은 충
동을 느끼였다. 그러나 丁一이는 금시에 미끄러지는듯한 우슴이 자
기얼굴에 흐름을 깨달았다. 이러한 심열은 신경쇠약의탓이아닐까?
의분이랄것도없고 결벽성도아니고 그런것을 공연히——이같이 한순
간에 뒤집히는 자기—마음한구통이에 상식을 농처뿌린결과가 어떤
가? 해보자 하는 놓지기쉬운 얻든 힌트같이 번쩍이는 생각을 보자
丁一이는 조급히 도장을뒤져내며——자 칠대로 치우, 나는 어려다
치는것도 모르니까 하였다. 이렇게 짖거리듯이 말하는 丁一이는자기
가 실없이 웃기까지 하는것을 들을때 내가 지금더 심한 심열에 떠
있지않는가? 하는 생각에 갑자기 말과 우슴과 표정까지 없어지고말
었다. (277쪽)

위 정보에 따르면 정일은 용팔의 제안에 의분의 심열을 느끼기도 하
지만 이내 얼굴에 웃음을 흘린다. 정일은 그러한 자신의 웃음을 '상식을
농처뿌린결과가 어떤가?' 하는 호기심에서 비롯된 것이라 여기며 용팔에
게 서둘러 도장을 내어 준다. 자신의 동조적 행위는 '실험적인' 행위라
는 것이다. 하지만 정일은 그와 같은 합리화만으로는 자기 안에서 느껴
지는 '우슴'의 본질을 설명할 수 없음을 인정한다. 정일은 자신의 그
'우슴'이 용팔에 대한 의분의 심열보다도 더 높은, 자신의 속된 욕망을
담은 심열임을 인식한다. 속된 욕망이란 것이 비단 아버지에게나 용팔
에게만 있는 것이 아니라 자기 자신에게도 있는 것임을 인식하면서 정
일은 당황하기도 한다. 여기서 독자는 과거 정일의 '살진 육체'에 대한
지향을 통해 드러난 욕망의 실체를 보다 분명하게 인식한다. 문주로부
터의 거리화와 '살진 육체'로의 지향을 통해 드러났던 정일의 욕망이란
결국 아버지 세계가 가지는 현실적인 물적 토대에 대한 지향이었음을
파악한 것이다. 이와 같이 정일의 잠재적 욕망이 외화되어 가는 과정에
대한 일련의 정보들을 통해 그 욕망의 구체적 실체를 확인한 독자는 그
것의 실현 여부에 대한 기대를 높이면서 정일이 아버지 혹은 아버지 세

계와 화해할 가능성을 예측해 본다.

텍스트는 용팔과 정일의 속된 욕망이 맞물려 빚어 낸 등기 사건은 만수 노인의 의외의 놀라운 반응으로 좌절된다는 정보를 전달한다. 용팔이가 자신의 도장이 찍힌 문서를 들고 아버지를 찾아 들어간 후 정일은 '실험의 결과'를 기다리듯이 긴장된 마음으로 아버지 병실 쪽의 동정을 살핀다. 특별한 기척이 없는 것에 실망을 느끼며 정일은 '아버지도 종시 죽음에 굴복하고 마는가?' 하는 생각에 젖어드는데 이내 갑작스러운 아버지의 울음 섞인 고함 소리가 들린다. 더욱이 아버지의 고함소리는 '예감이상으로 놀라운' 것이었다. 정일은 아버지의 삶의 의지가 얼마나 강한가를 새삼 확인한다. 그리고 이제껏 죽고 싶지 않다는 아버지의 부르짖음에 눈살을 찌푸리며 그러한 아버지의 반응을 동물적이라고 여기던 자신의 생각이 얼마나 '천박한것'이었나를 깨닫는다.

이러한 일련의 정보들을 통해 기존의 이해를 공고히 하던 독자는 계속해서 이어지는 정보들에 주목한다. 아버지의 강한 의지에 당황한 정일은 결국 샛문 뒤로 숨어 들고 마는데, 그 곳에서 정일은 밖의 상황을 엿보며 '용팔이를 충동한 것은 「나」였다고' 자인한다. 그리고 정일은 어렸을 때의 기억 하나를 떠올린다.

> 샛문뒤에 서있는 丁一이는 자기가 어린적에 동무들과숨기내기를 하였을때의일이 생각 났다. 그때 다른 애들은 모다잡힌모양으로 찾는애와 잡힌동무들이 짖거리며 자기가 숨어있는곳을 지나가고는 영 찾으려오지를 않아서, 동무들은 숨어있는 자기를 잊어버리고 벌서 딴작란을 시작한것이나 아닐까하면서도 그렇다고 싱겁게나갈수도없어서 울상을하고 지금같이 백여있었든것이다. (278쪽)

독자는 이 정보가 샛문 뒤로 숨은 채 '누가 부르지않으면 혼자서는 나갈것갔지도 못한듯'한 지금의 정일의 심리를 은유적으로 드러내고 있음을 파악한다. 스스로 찾아 든 후미진 세계에서 친구들과 격리된 채 그들이 한데 어울려 있는 바깥 세계에 대한 염려와 호기심으로 가득 차 있으면서도 쉽사리 그곳을 향해 스스로 박차고 나서지 못하고 망설이던 소년의 모습은, 일상을 외면한 채 주변부적인 삶을 살면서도 은근히 일상으로의 진입을 욕망하는, 그러나 스스로의 힘으로는 나서지 못하다가 겨우 용팔이의 속물적 근성에 힘입어 움직였던 정일의 소극적인 모습을 비유하고 있는 것으로 해석할 수 있기 때문이다. 이어서 텍스트는 결국 정일이 스스로의 의지에서가 아닌, 아버지가 찾으신다는 어머니의 부름에 기대어 그 곳에서 이끌려 나온다는 정보를 제시한다. 이 정보에서 독자는 정일이 누군가의 부름을 받고자 했던 자신의 바람대로 어머니의 부름을 받아 역시 자신이 바라던 대로 아버지의 세계로 다가가게 되었음을 알 수 있다. 실제로 텍스트는 샛문 뒤에서 나온 정일이가 '이번만은 아버지의책망을 감심으로 들을수 있을 것'같다고 생각한다는 정보를 전한다. 독자는 정일이 아버지 혹은 아버지 세계와 화해할 가능성이 점차 높아져 가고 있음을 감지한다.

그리고 텍스트는 정일이 문주의 사촌 오빠인 운학의 편지를 통해 전해 들은 문주의 전언에 대한 정보를 전달한다. 정일이 떠나온 이후로 계속적으로 건강이 악화된 문주는 '자기의 죽음이 丁—의인생의길을 티여주는 보람이되기를 바란다'라는, 그리하여 정일과 문주 자신과의 관계를 두고는 정일이 '침태한내생활의 戲戀이었을뿐이라고' 뱃심좋게 웃어주길 바란다는 부탁의 말을 운학에게 전했던 것이다. 이에서 더하여 문주는 자신이 정일이가 오기 전에 죽기를 바라고, 또 자신이 죽더라도 정일이 자신의 시체를 찾아오지 않기를 바란다는 말도 전했다. 이와 같은 문주의 전언 정보를 통해 독자는 정일이 문주의 사슬로부터, 과거의 퇴폐적인 삶으로부터 벗어날 수 있는 길이 열렸음을, 동시에 정일이 자신의 욕망대로 아버지 세계에 그대로 머물러 있을 수 있는 길이 확보되었음을 인식한다. 그렇다면 이러한 상황에서 정작 정일 자신은 어떠한 길을 택할 것인가. 텍스트는 정일의 의식에 관한 다음의 정보를 전달한다.

> 이러한 문주의말을 생각하는 丁一이는 그날밤의 문주가 자기를 죽이려고 빼여놓았든 면도날을 지금은 조심이 접어서 주며, 이것으로 얼굴을 다스리고 나서라는 良妻의態와같이 변하여서하는 문주의 말을 자기는 그대로 실행할수 있는 위인가고 생각하였다. 사실 이렇게 되어서까지도 죽기가 싫은가하고 아버지를 눈쫐으리고 바라보는 자기는 죽음의공포를해탈한 무슨 수양이 있는것이아니라 단지 애써 살려는의지력이 없는것뿐이다. 아버지는한번도 자기의생환을 회의하거나 죽음을 생각할 필요가 없었든 사람임으로이같이 죽음과 싸울수있는것이아닐까 생각하였다. 그래서 丁一이는 어떤 위대한 의지력을 울으러보는듯한 마음으로 아버지의고통을 바라보고있는 자기를 발견하는때가있었다. (280쪽)

위 정보는 정일 자신도 문주의 전언이 가지는 의미, 즉 앞서 독자가 탐색한 의미를 분명하게 간파하고 있음을 보여 준다. 또한 정일이 아버지에 대해서도 이전과 다르게 생각하게 되었음을 보여 준다. 그것은 정일의 아버지에 대한 거부에서 이해로의 전화로 나타나고 있다. 정일은 아무런 주저 없이 죽음에 동참하려던 자신과 눈앞에 닥친 죽음조차 거부하는 아버지의 차이는 인간적인 '수양'의 차이에서 비롯된 것이 아니라 삶에 대한 의지력의 차이에서 비롯된 것임을 인식하고 그는 어느덧 아버지의 '위대한 의지력'을 우러러보기까지 한다. 여기서 독자는 정일이 문주와 결별하고 아버지 혹은 아버지 세계와 화해할 가능성을 재발견한다. 그 가능성은 과거의 퇴폐적인 삶과 결별하고 미래의 현실적인 삶과 화해할 가능성이다.

실제로 텍스트는 정일이 마음 속으로 아버지와 화해하는 정보를 전한다. 이제 한 방울의 물도 삼키지 못하게 된 만수 노인이 물을 마시지는 못할지라도 그것을 눈으로라도 보겠다고 요구하자 정일은 '아버지가 보기편한곳에 큰물그릇을 놓고 대접으로 물을 떠서는 적은 폭포같이 드리워쏟고 또떠서는 드리워쏟기를 계속한'다. 그리고 그것을 '황홀한 눈'으로 바라보는 아버지의 눈을 보며 눈물을 흘리기까지 한다. 아버지의 강한 생의 집착을 인정하는 것이다.[142] 정일은 수전노 아버지가 과거에 등을 돌리고 돈을 헤이면서 그러한 '황홀한 눈'을 하였을 것이라 짐작하고 그러한 아버지의 뒷모양조차 다시 생각한다. 이로써 독자는 대립적인 인물인 문주와 만수 노인 사이에서 그들 모두에게 심리적인 거리를 유지하고 있던 정일이 이제 그 등거리적인 거리를 완연히 거두고 아버지인 만수 노인 쪽으로 마음을 기울였음을 분명하게 확인한다. 잠재해 있던 정일의 본질적 욕망을 드러내 보이던 일련의 정보들을 통해 예측해 왔던 부분이 현실화되었음을 확인하는 것이다.

이어서 독자는 지난 두어 달 간의 병든 문주를 대하던 정일의 태도에 관한 후향적인 정보와, 다시 고향을 찾아와 병든 아버지를 대하는 정일의 태도에 관한 전향적인 정보 간에 작용하고 있는 병치적인 지연 전략을 확인한다. 앞서 후향적인 정보들 간의 병치적인 지연 전략을 통해 드러난 것처럼 문주와 아버지는 대립적인 존재들이기는 하지만, 그래도 그들이 정일의 삶의 양 축을 형성하고 있고, 정일은 그들과의 관계 속에서 자신의 삶을 엮어 가고 있는 것이다. 그런 점에서 두 존재는 유사

---

142) '이렇게 생의기능을 완전히 잃었다고 할밖에없는 이몸이 아직 살려고하고 아직도 살아있는것은 육체적인 생의본능욕 이상의 의지력이 있는탓이아닌가? 자기가 만든 세상에 대한 애착을 바리지 않으려는 끝없는 의지력이이파멸된육체의 생명을 이같이 끄을어나가는것이아닐까? 이렇게 丁一이는 아버지의 황홀한 눈과 죽고싶지않다고 부르짖는말에 솟아오르는 자기의감격과 눈물을 해석하였든것이다.' (281쪽)

성의 맥락을 형성한다. 그러나 그런 두 사람을 대하는 정일의 태도는 대단히 차별적이다. 우선 정일이 문주를 대하는 태도는 방관적인데 반해 아버지를 대하는 태도는 반성적이라는 차이가 있다. 그리고 그러한 차이는 다시 정일이 문주에 대해서는 그 심리적 거리를 극복하지 못하고 그녀를 떠나오는 데 반해서 아버지에 대해서는 그 심리적 거리를 뛰어넘어 이해의 단계에까지 이르는, 또 다른 차이를 낳는다. 이러한 차이들은 앞서 후향적으로 제시된 문주와 '살진 육체' 간의 병치적인 지연 전략을 통해 시사되기 시작했던 정일의 현실 지향적 욕망이 점차 외화되면서 구체화되는 과정과 맞물려 드러난다. 독자는 이들 전-후향적인 정보들에서 드러나는 병치적인 지연 전략을 통해서 일차적으로 정일의 삶의 태도의 변화를 탐색한다. 정일이 문주와 더불어 보여 주던 현실을 방기하는 퇴폐적인 삶의 태도에서 아버지가 지향하던 현실에 집착하는 물질적인 삶의 태도로 나아간 것임을 읽는 것이다. 그러면서 독자는 문주와 아버지가 모두 죽음을 앞두고 있는 존재들이라는 정보에서 시사되듯 두 사람의 삶의 태도들이 가지는 부정성에 주목한다. 그리고는 정일의 삶의 태도의 전화가 한 태도에서 이탈하여 다른 새로운 태도로 진입한 단절적인 변화가 아님을 인식한다. 그것은 오히려 과거의 부정성에서 새로운 부정성으로 나아간 연속적인 변화의 형국이다. 그것은 과거의 부정성에 새로운 부정성을 덧입은 형국이기도 하다. 결국 독자는 전자의 부정성이 후자의 부정성에 수렴되는 변화의 형국을 인식하는 포괄적인 탐색에 이른다.

텍스트는 마지막에서 두 인물 모두 죽음에 이른다는 소식을 전하면서 정일이 결국 아버지의 죽음을 따른다는 정보를 전한다.

문주가 죽었다는 운학의전보를 받은날저녁에 만수노인도 죽었다.
죽은사람은 죽은사람으로 하여금 장사케하라는 말대로 하자면 자

기는 문주를 장사하려가는것이 당연하리라고 생각하면서도 丁一이
는 아버지의棺을 맛귀었다. (281쪽)

위 정보를 접하면서 독자는 삶에 대한 방기와 삶에 대한 집착이라는
대조적인 태도를 통해 병치를 이루던 두 인물이 서사 전개 내내 죽음의
그림자를 공유하다가 마침내는 함께 죽음에 이르렀음에 주목한다. 문주
가 정일의 과거적 삶을 비유하는 존재라면 아버지는 정일의 현재 이후
의 미래적 삶을 비유하는 존재인 상태에서 정일이 문주의 관이 아닌 아
버지의 관을 맡았다는 위의 정보는 그가 과거로 회귀하지 않고 미래로
의 이행을 계속하고 있음을 의미하지만, 그것 역시 죽음으로 이어지기
는 과거로의 이행과 마찬가지이다. 이로써 독자는 이제까지의 탐색에서
드러난 정일의 문주에게서의 아버지에게로의 이행이 결국 한 죽음에서
또 다른 한 죽음으로의 이행일 뿐이라는 결론에 도달한다. 이는 앞서의
포괄적인 탐색을 비유적으로 재인식한 것이다. 그리하여 독자는 정일이
현실을 방기하는 퇴폐적인 삶의 태도에서 벗어나서 현실에 집착하는 물
질적 삶의 태도를 수용하지만, 그리고 그것이 자신의 내재적 욕망에 충
실한 것이지만 그러나 그것은 분명 부정성의 범주를 벗어나지 못한, 오
히려 부정성의 정도를 심화시킨 것임을 재확인한다. 그러면서 독자는
정일이 속한 세계의 폐쇄성을 인식한다. 과거에서 미래로의 이행에도
불구하고 그것이 죽음에서 죽음으로의 이행이라면 그 세계는 분명 폐쇄
성을 본원적인 속성으로 하는 세계이다. 독자는 여기서 텍스트 서두 정
보에서 정일이가 문주와 아버지, 그 어느 누구에게도 동화하지 못하면
서도 그들로부터 벗어나지 못한 채 그들 사이를 오가던 연유를 이해한
다. 폐쇄된 세계 속에서 그는 그 어떠한 출구도 발견할 수 없었던 까닭
에 그는 그들 사이를 오갈 수밖에 없었던 것이다. 이처럼 독자는 텍스
트 서두 정보에서 가졌던 일련의 호기심과 긴장감을 풀어내면서, 그 안

에 그려진 폐쇄적인 세계의 불건강함과 거기에 간혀 있는 무성격한 존재의 불건강함을 인식하고 그들의 건강하지 못한 화해를 탐색한 것이다.

3. 소결

본 장에서는 Ⅱ에서 논의한 세 플롯 유형 중 마지막 유형인 전-후향적인 지연과 제유적인 탐색의 경우를 실제적인 작품 분석을 통해 살펴보았다. 이 플롯 유형 역시 치환적인 지연과 상세적인 탐색, 병치적인 지연과 포괄적인 탐색이라는 두 개의 하위 유형으로 구분되는데, 전자의 유형은 이광수의 「소년의 비애」와 김동인의 「감자」를 대상으로 살펴보았고, 후자의 유형은 박태원의 「거리」와 최명익의 「무성격자」를 대상으로 살펴보았다. 이들 작품들에 대한 구체적인 분석 내용을 정리해 보면 다음과 같다.

우선 첫 번째 하위 유형인 치환적인 지연과 상세적인 탐색의 경우이다. 「소년의 비애」에서 텍스트는 먼저 친여성적 태도를 지닌 문호가 사촌 여동생인 난수를 사랑하여 그녀에게 교육의 기회를 마련해 주고자 하지만 계부의 반대로 좌절하게 된다는 정보들을 후향적으로 요약해서 전한다. 이어서 텍스트는 난수가 봉건적인 인습에 희생되어 불행한 혼인을 하게 되자 문호가 이를 막기 위해 애를 쓰는 일련의 사건들에 대한 정보들을 전향적으로 세세하게 전달한다. 독자는 이들 전-후향적인 정보들 속에서 봉건적인 인습으로 인해 자주적인 삶의 기회를 박탈당하는 난수의 모습에 안타까움을 느끼고 그러한 부당함에 맞서고자 하는 문호의 모습을 공통적으로 발견하면서, 결국 난수의 불행한 혼인에 맞서던 문호가 현실적인 이념의 벽에 부딪혀 좌절해 가는 과정에 대한 전향적인 정보들이 과거 난수에게 교육의 기회를 부여하고자 했던 문호가 실패했던 것에 대한 후향적인 정보들을 치환적으로 반복한 것임을 확인

하고 그러한 반복적인 정보들을 통해 부당한 봉건적 인습의 문제를 상
세하게 탐색한다.「감자」에서 텍스트는 먼저 빈민굴로 쫓겨온 복녀 부
처의 과거 이력에 대한 후향적인 정보들을 제시한다. 돈에 팔려 지금의
남편에게 시집을 온 복녀는 도덕에 대한 저픔을 지니고 있었지만 남편
의 게으름 때문에 사회적, 경제적 몰락의 길을 걷게 되었다는 것이다.
이후 텍스트는 빈민굴로 온 복녀가 거라지 생활을 하다가 드디어는 남
편의 묵인하에 매춘을 하게 되고, 결국은 그것 때문에 중국인 왕서방에
게 죽임을 당하고 그녀의 주검까지 매매된다는 전향적인 정보를 전한다.
독자는 이들 정보들 속에서 매매 대상으로 전락해 가는 복녀의 삶이 인
접적인 반복을 통해 제시되고 있음을 발견하면서 치환적인 지연의 전략
을 확인하고, 복녀의 전락의 첫 출발이 그녀가 과거 결혼의 매매 대상
으로 전락한 것에서 시작되었으며, 그녀가 이후에 성적 매매 대상으로
전락하고 그녀의 주검 또한 매매 대상으로 전락한 것은 그러한 처음의
전락을 반복하면서 그것을 상세화한 것임을 탐색한다. 그리고 독자는
그러한 탐색의 과정에서 왜곡된 가부장제가 여성에게 부여하는 비극적
인 운녕을 인식한다. 그것은 분명 인간적 가치의 철저한 훼손을 낳았던
것이다.

　다음은 병치적인 지연과 포괄적인 탐색의 경우이다.「거리」에서 텍스
트는 먼저 무능력한 '나'가 일상 속에서 가족과 친구들로부터 소외를 당
하는 정보들을 후향적으로 제시한다. 그리고는 어느 날 주인집 기생딸
들과 자신의 어머니가 방을 비우는 문제로 싸우는 사건을 계기로 이제
는 '나' 스스로가 가족과 친구들을 소외시키는 정보들을 전향적으로 제
시한다. 이러한 일련의 정보들을 통해 독자는 소외당하고 소외시키는
병치적인 정보들 속에서 전자가 후자를 야기하면서 전자의 부정성이 후
자의 부정성에 포괄되고 확대되는 모습을 탐색한다. 그것은 과잉된 자

의식을 지닌, 타락하고 무능력한 인간을 통해 물화된 인간 관계의 파탄적인 모습을 확인한 것이기도 하다. 「무성격자」에서 텍스트는 정일의 회고를 통해 정일 자신이 퇴폐적인 문주에 대해 가지는 자책적인 연민과 탐욕적인 아버지에 대해 가지는 혐오에 대한 후향적인 정보들을 병치적으로 제시한다. 그리고는 병든 문주를 혼자 남겨 두고 아버지의 임종을 보기 위해 고향집으로 돌아온 정일이가 자신이 혐오했던 아버지를 이해하게 되고 인정하게 되는 과정에 대한 정보와 문주와 아버지의 두 죽음에 직면해서 아버지의 죽음을 지키는 정일에 대한 정보를 전향적으로 제시한다. 이러한 일련의 정보들을 통해 독자는 문주와 아버지에 대한 정일의 태도들이 전-후향적으로 제시되면서 병치적으로 반복되고 있음을 확인한다. 그리고 그것들이 드러내는 차이를 인식하면서 정일이 문주가 아닌 아버지를 지향해 가고 있음을 파악한다. 그러면서도 독자는 정일의 그러한 지향이 결국은 문주의 부정성에서 아버지의 부정성으로 이행해 가는 것일 뿐임을 그리고 전자의 부정성이 후자의 부정성으로 수렴되어 확대되는 것일 뿐임을 확인한다. 즉, 포괄적인 탐색을 벌이게 되는 것이다. 더불어 독자는 폐쇄적인 세계 속에서 무성격한 존재의 불건강한 삶을 인식한다.

이상의 텍스트 분석에서 드러났듯이 '전-후향적인 지연과 제유적인 탐색'의 플롯 유형은 서사 전개가 순차와 역진을 병행함으로써 과거의 파블라와 현재의 파블라 간의 긴장 관계에 초점을 부여한다. 과거에는 어떠한 일이 일어났으며 앞으로는 어떠한 일이 일어날 것인가, 과거 파블라의 결말이 이후의 파블라의 결말과 어떠한 역학을 형성할 것인가 하는 등의 문제로, 서사의 전향과 후향, 즉 양방으로 독자의 관심을 유도하는 플롯 유형인 것이다. 전-후향적이라는 용어가 이러한 양방적인 서사 전개 양상을 시사한다. 물론 텍스트는 전향과 후향을 통해 서사 전개의 진행을 지연시키면서 그것의 종결을 유예시킨다. 이 유형의 텍스트들을 접하는 독자는 이러한 유형적 특징에 따라 양방향으로 지연되는 정보들이 엮어지는 관계 양상에 주목하는 제유적인 탐색에 나선다. 이 플롯 유형은 치환적인 지연과 상세적인 탐색 유형, 병치적인 지연과 포괄적인 탐색 유형으로 하위 구분된다. 이 유형에서의 독자의 정서적 반응은 호기심과 긴장감이 교호하는 복합적 양상을 보인다. 이 유형에서는 과거의 파블라가 완결된 상태이므로 독자는 그렇게 되기까지의 원인이나 과정에 대한 호기심으로 텍스트에서의 후향적인 지연의 정보들을 탐색해 가고, 또 독자는 과거 파블라의 결말이 이후의 서사 전개에서 어떠한 영향을 미칠 것이며 그에 따른 또 다른 결말은 어떠할 것인가에 대한 기대로 긴장감을 유지하면서 전향적인 지연의 정보들을 탐색해 가는 것이다. 이때도 치환적인 지연과 상세적인 탐색의 유형보다는 병치적인 지연과 포괄적인 탐색의 유형에서 독자의 호기심이나 긴장감의 강도가 높게 나타난다. 병치적인 지연이 드러내는 차이성이 독자의 그러한 정서들의 강도를 높이는 까닭이다.

이 같은 유형직 특징을 토대로 살펴볼 때 다음에 제시되는 작품들이 이 플롯 유형으로 분류될 수 있다. 먼저 치환적인 지연과 상세적인 탐색의 유형으로 「백치아다다」(계용묵), 「산골」(김유정), 「황토기」(김동리), 「역마」(김동리), 「논이야기」(채만식), 「임종」(염상섭), 「곡예사」(황순원), 「혈서」(손창섭) 등의 작품들이 분류된다. 그리고 「B사감과 러브레터」(현진건), 「소낙비」(김유정), 「심문」(최명익), 「늪」(황순원), 「유실몽」(손창섭), 「병신과 머저리」(이청준) 등의 작품들은 병치적인 지연과 포괄적인 탐색 유형으로 분류된다. 그 밖의 여러 작품들이 이 유형으로 분류될 수 있을 것이다. 실질적으로 이 플롯 유형이 현대 소설에서 가장 일반적인 형태로 파악된다.

VI

플롯 시학의 지평과 기대

우리의 현대 소설들을 체계화하고 이론화하는 데 기여할 소설 시학에 대한 연구가 충분치 못한 현재의 상황에서, 본 연구는 그러한 시학적 관점에서의 문학 연구의 필요성에 주목하면서 한국 현대 소설의 시학의 일단을 모색해 보고자 현대 소설에서의 플롯의 문제를 논의하였다.

본 연구가 특별히 플롯의 문제에 주목한 것은 플롯이 소설 구성의 중추로 작용하기 때문이다. 방만하게 흐를 수 있는 서사의 흐름을 하나의 통일체로 규제하면서 소설을 하나의 의미체로서 존재할 수 있게 하는 기본 원리가 바로 플롯이기 때문인 것이다. 따라서 소설론에서 플롯에 대한 논의는 작품의 내재적인 의미 형성 논리를 객관적으로 규명하고자 하는 시도로서도 의미를 갖는다. 이에 본 연구는 기존의 다양한 플롯 이론들을 토대로 작품의 의미 형성 논리로서의 플롯 시학을 마련하고, 그것을 토대로 우리의 현대 소설들을 체계화하면서 미시적인 작품 분석 에까지 나아갔던 것이다.

전통적으로 플롯은 행위 혹은 사건의 개념으로 이해되었으나 현대로 오면서 외적 행위뿐만 아니라 내적 행위, 즉 심리의 문제까지도 포괄하는 개념으로 자리잡는다. 이는 행위 중심에서 인물 중심으로 변화된 현대 소설의 흐름을 반영한 것이다. 그런데 이러한 변화 과정 속에서도 간과되지 않고 강조되는 플롯의 기본 속성은 통합적인 원칙으로서의 그것의 작용력이다. 부분들을 하나의 전체로 수렴하는 작용 원리로서의 플롯의 기능이 중시되는 것이다. 따라서 본 연구는 이러한 관점을 전제로 현대 소설의 플롯의 기본적 특징을 지연과 탐색의 역학 관계로 설명하였다.

현대 소설에서는 주어지는 정보들이 다양한 플롯 요소들에 의해 그 해석을 방해받거나 새로운 정보들에 의해서 재해석되는, 의미상의 지연이 발생한다. 따라서 텍스트는 그러한 정보들을 적극적으로 해석할 주체를 요구하는데, 그러한 주체는 기본적으로 독자일 수밖에 없다. 독자가 해호가 지연된 정보들을 해석하는 탐색을 벌여야 하는 것이다. 결국 텍스트의 지연과 독자의 탐색이 역동적으로 작용하는 가운데 각각의 부분적인 정보들이 전체적인 의미체로 유기화되어 작품의 의미가 형성되는 것이다. 따라서 현대 소설의 플롯은 지연과 탐색 간의 긴장 관계 속에서 형성되는 역동적인 서사 논리인 것이다.

결과적으로 현대 소설의 플롯은 수제트가 파블라에 작용하는 양상에 따라 세 개의 상위 유형으로 구분되고, 각각의 상위 유형은 유사점과 차이점의 논리에 의해 구성되는 서사의 은유적 속성에 따라 다시 두 개의 하위 유형으로 구분된다.

첫 번째 상위 유형은 전향적인 지연과 환유적인 탐색의 플롯이다. 이 유형의 플롯은 수제트가 파블라의 순차적인 흐름을 따라 전개됨으로써 파블라가 최종적으로 어떠한 결말에 이를 것인가 하는 데에 서사의 초점을 모아 가며 정보들을 제시하는 유형이다. 정보들의 해석의 근거도 전개되는 파블라의 추이 속에서 마련된다. 전향적이라는 용어 자체가 정보의 그러한 방향성을 시사한다. 다만 텍스트는 그 곳까지의 빠른 도달을 저어하여 그것을 늦추기 위해 서사적 지연의 전략을 동원하는 것이다. 그리고 독자는 그러한 결과에 적극적이고 능동적으로 도달하기 위해 텍스트에서 계기적으로 제시되는 정보들을 인접성의 원리에 따라 인과적으로 엮어 가는 환유적인 탐색의 행위를 벌인다. 그런데 인접적인 유사성에 근거한 치환적인 지연의 경우 독자는 통합적 구조를 통해 제시되는 정보들의 유사성을 순차적으로 엮어 가는 부가적인 탐색을 벌이고, 병렬적인 차이성에 근거한 병치적인 지연의 경우 독자는 유사성을 전제로 한 그들 차별적인 정보들을 서사의 전향적인 추이 속에서 인접적으로 연결시키는 결합적인 탐색을 벌인다. 그리하여 전향적인 지연과 환유적인 탐색의 플롯은 치환적인 지연과 부가적인 탐색, 병치적인 지연과 결합적인 탐색으로 하위 구분된다.

두 번째 유형은 후향적인 지연과 은유적인 탐색의 플롯이다. 이 유형의 플롯은 수제트가 파블라를 역으로 추적해 가는 서사 진행을 보임으로써 파블라의 최종적인 결말을 전제로 파블라가 어떻게 혹은 왜 그와 같은 결말에 이르렀는가를 밝히는 것에 서사의 초점을 두고 후향적으로 정보들을 제시하는 유형이다. 따라서 텍스트는 전진적으로 진행되는 가운데서도 후향적이라는 용어가 시사하듯이 새로이 제시되는 정보들의 의미는 끊임없이 텍스트 서두를 향한다. 정보들의 해석의 근거가 그 곳에 마련되어 있기 때문이다. 그러면서도 텍스트의 진행은 지연의 서사 전략으로 인해 그 종결이 유예된다. 이러한 플롯 유형의 텍스트들을 접하는 독자는 주어진 새로운 정보들을 텍스트 서두에서 제시된 정보와 관련지어 해석한다. 정보들의 의미를 유사성의 원리에 근거해서 파악하는 것이다. 이는 은유적인 탐색이다. 그런데 인접적인 유사성에 근거한 치환적인 지연의 경우에서는 정보들이 인접적으로 반복되는 가운데 그것들 간의 유비성이 중첩되는 까닭에 독자는 그러한 유비성에 주목하는 비교적인 탐색에 나선다. 이와는 달리 병렬적인 차이성에 근거한 병치적인 지연의 경우에서는 상이한 정보들의 병렬적인 제시로 인해 그것들 간의 차이성이 강화되는 까닭에 독자는 그러한 차별성에 주목하는 대조적인 탐색에 나선다. 결국 후향적인 지연과 은유적인 탐색의 플롯 유형은 치환적인 지연과 비교적인 탐색, 병치적인 지연과 대조적인 탐색으로 하위 구분된다.

세 번째 유형은 전-후향적인 지연과 제유적인 탐색의 플롯이다. 이 유형은 수제트가 파블라를 역진적으로 추적하기도 하고 그것의 순차적인 흐름을 따르기도 함으로써 과거의 파블라와 현재의 파블라 간의 긴장 관계에 초점을 두고 정보들을 제시하는 유형이다. 과거에 어떠한 일이 일어났으며 앞으로는 어떠한 일이 일어날 것인가, 과거 파블라의 결말이 이후의 파블라의 결말과 어떠한 역학 관계를 형성할 것인가 하는 등의 문제에 초점을 두고 서사의 정보들이 전-후향적으로 제시된다. 전-후향적이라는 용어가 이러한 양방향적인 서사 전개 양상을 시사한다. 이때 텍스트는 전향과 후향을 통해 서사의 진행을 지연시키면서 서사의 종결을 유예시킨다. 이러한 유형의 텍스트들을 접하는 독자는 양방향으로 지연된 정보들이 어떠한 관계를 형성하는가에 주목하게 되는데, 결국 두 파블라는 수제트상에서 전체와 부분의 관계를 구축하면서 포함 관계를 형성한다. 따라서 독자는 기본적으로 이들 정보들의 포함 관계를 파악하는 제유적인 탐색을 벌인다. 그런데 인접적인 유사성에 근거한 치환적인 지연에서는 순차적인 정보들이 역진적인 정보들을 반복하는 가운데 상술의 기능을 담당함으로써, 즉 전체에 대한 부분으로 기능함으로써 독자는 과거의 파블라를, 현재의 파블라에서 명시적으로 확인해 가는 상세적인 탐색을 벌인다. 반면에 병렬적인 차이성에 근거한 병치적인 지연에서는 순차적인 정보들이 역진적인 정보들을 반복하는 가

운데 차이에 따른 확산의 기능을 담당함으로써, 즉 부분에 대한 전체로
서 기능함으로써 독자는 과거의 파블라를, 현재의 파블라에 수렴시켜
의미를 확장해 가는 포괄적인 탐색을 벌인다. 이렇게 해서 전-후향적인
지연과 제유적인 탐색의 플롯 유형은 치환적인 지연과 상세적인 탐
색, 병치적인 지연과 포괄적인 탐색으로 하위 구분된다.

전향적인 지연과 환유적인 탐색 중 치환적인 지연과 부가적인 탐색 :
나도향의 「물레방아」의 경우 텍스트는 전향적인 흐름을 타고 먼저 방
원의 처와 신치규, 신치규와 방원, 그리고 방원과 방원의 처 간의 관계
들에 대한 정보들을 치환적으로 반복해서 제시한다. 이에 독자는 그러
한 정보들 속에서 파행적인 삼각 관계라고 하는 그들 관계들 간의 유사
성을 발견하고 인접적으로 제시되는 그들 정보들에 대한 부가적인 탐색
을 벌여 나간다. 이후 텍스트는 지속적으로 전향적인 흐름을 통해 방원
이 신치규를 폭행한 사건과 아내를 죽이고 자신도 자살한 사건 등과 같
은 일련의 비극적인 사건들에 대한 정보를 치환적인 반복을 통해 제시
한다. 독자는 이들 정보들이 이전의 인물들 간의 관계들에 대한 정보들
과 인접적으로 제시되는 것에 주목하여 그것들을 부가적으로 연결시켜
텍스트의 의미를 환유적으로 모색하는 가운데, 결국은 방원이 살아간
시대가 가지는 봉건적 질서의 비극성을 인식하는 탐색 결과에 이른다.
이태준의 「까마귀」의 경우 텍스트는 전향적인 흐름을 통해 중심적 일
상으로부터 격리된, 그와 그녀의 생활에 대한 정보들을 치환적으로 반
복해서 제시한다. 따라서 독자는 그들 정보들 속에서 그와 그녀가 고독
한 일상을 보내고 있다는 유사성을 발견하고 그것들을 부가적으로 연결
시켜 나간다. 이어서 텍스트는 고독한 그가 고독한 그녀를 치유하기 위
해 펼치는 일련의 노력들과 그 노력들이 모두 실패로 끝나는 결과들에
대한 정보들을 서사의 전향적인 흐름을 통해 제시한다. 역시 독자는 이

전의 정보들을 토대로 이들 정보들을 부가적으로 연결시켜 환유적인 탐색을 벌이는 가운데 치유될 수 없는 인간의 근원적인 고독을 인식한다.

전향적인 지연과 환유적인 탐색 중 병치적인 지연과 결합적인 탐색 : 염상섭의 「암야」에서 텍스트는 전향적인 서사의 흐름을 타고 그의 의식을 빌려 그 자신과 거리의 사람들과 그의 친구들의 일상에 대한 일련의 정보들을 병렬적으로 제시한다. 독자는 그러한 일련의 차별적인 정보들 속에서 그것들이 모두 그에게 비판적으로 인식되고 있다는 유사성을 발견하고, 그러한 유사성을 토대로 그들 차별적인 정보들을 결합시켜 결국 식민지 시대의 암울한 현실상을 탐색한다. 이어서 텍스트는 그가 그러한 일괄적인 부정적 인식을 전제하면서도, 그래도 속되지 않다는 이유를 들어 거리의 사람들의 일상보다는 자신과 자신의 친구들의 일상에 상대적인 가치를 부여하는 정보들을 병렬적인 반복을 통해 제시한다. 독자는 그가 앞에서는 모든 식민지인들에 대해 부정적으로 인식하다가 지금은 자신과 자신의 친구들에 대해 그래도 상대적인 가치를 인정하는, 그들 차별적인 정보들을 환유적으로 결합시켜 암울한 식민지 상황에 매몰된 부정적 일상에서 탈출하고자 하는 그의 의식의 전이를 탐색한다. 이효석의 「들」에서 텍스트는 학교에서 쫓겨나 고향으로 내려온 '나'가 들에서 보내는 일상에 대한 정보들을 전향적으로 제시한다. '나'의 들에서의 일상은 '나'와 옥분과의 관계와 '나'와 문수와의 관계에 대한 정보들로 채워지는데 이들 정보들은 병치적인 지연의 관계를 이루고 있다. 독자는 그들 병치적인 정보들 속에서 차별적으로 드러나는, '나'의 이중적인 욕망의 실체를 확인한다. '자연으로의 귀화'와 '생활로의 복귀'가 그것들이다. 독자는 그들 정보들을 환유적으로 결합시켜 결국 서사의 최종적인 결말에서 '나'의 궁극적인 욕망이 '생활로의 복귀'임을 확인한다. 사회적 존재로서의 인간의 욕망을 탐색하는 것이다.

후향적인 지연과 은유적인 탐색 중 치환적인 지연과 비교적인 탐색 : 김유정의 「봄봄」에서 텍스트는 그 서두에서 '나'와 점순의 혼례가 지연되고 있다는 정보를 알려 준다. 그리고는 이어서 '나'와 장인 간의 어제와 오늘 아침에 있었던 두 번의 싸움에 관한 정보들을 회고적으로 제시한다. 이들 후향적인 정보들은 '나'와 장인의 싸움이라고 하는 동일한 모티프를 공유하면서, 어제와 오늘이라는 시간적 인접성을 전제로 제시되는 치환적인 지연의 정보들이다. 그리고 이들 후향적인 정보들은 텍스트 서두 정보와도 장인의 교활함과 '나'의 어리석음 등의 맥락을 전제로 치환적인 지연 관계를 이룬다. 따라서 독자는 이들 후향적인 정보들을 비교하며 또한 이들 후향적인 정보들과 텍스트 서두의 서사 결말 정보를 비교하며 그 의미들을 추적하는 은유적인 탐색을 벌인다. 그 결과로 독자는 순수함을 기의로 가지는 '나'의 어리숙함이 '나'와 점순의 혼례 지연의 궁극적인 원인임을 이해하면서 그것을 통해 '나'의 어리숙함이 농락당하기만 하는 서사적 현실을 확인하는 가운데 인간 삶의 사회적·윤리적 파행성을 인식하는 것이다. 이상의 「날개」에서 텍스트는 '나'의 비범한 발육의 후일담으로 기능하는 프롤로그를 통해 여성에게 빗댄 근대 정신의 부정성과 그것에 대해 저항적인 냉소로 반응하는 '나'에 대한 일련의 정보들을 제시한다. 그리고 본 이야기에서는 그러한 후일담과 같은 상황에 이르게 된 '나'가 거기에 이르기까지의 과정을 담은 자신의 비범한 발육의 과정을 회고하는 후향적인 정보들을 제시한다. 이들 후향적인 정보들은 '나'와 아내의 비정상적인 일상에 대한 것들로 채워지면서 인접적인 반복을 통해 제시되는데, 그것들은 서사의 결말이기도 한 프롤로그의 정보들을 끊임없이 치환적으로 반복한다. 따라서 독자는 후향적인 지연의 정보들을 텍스트 서두의 프롤로그의 정보들에 근거해서 해석하는 비교적인 탐색을 전개한다. 은유적인 탐색을 벌이는 것이다. 그러한 가운데 독자는 인간 존재 자체의 가치를 부정하는 근대 자본주의 사회의 부정성을 확인하고 더불어 그러한 근대의 부정적 위력 앞에서 무력해진 한 인간의 냉소적 반응을 이해하게 된다.

후향적인 지연과 은유적인 탐색 중 병치적인 지연과 대조적인 탐색 : 현진건의 「고향」에서 텍스트는 서두에서 '나'가 동양 3국의 옷을 휘감고 주적대는 그를 보며 불쾌감을 느낀다는 정보를 전달한다. 이후 텍스트는 '나'가 그의 신산한 표정에서 연민을 느끼면서 그의 이야기에 귀를 기울이게 되고 그로 인해 알게 된 그의 과거 이력에 관한 후향적인 정보들을 전달한다. 그는 '나'에게 고향을 떠나 중국과 일본을 떠돌던 자신의 과거와 십 년 전 유곽으로 팔려가 험한 인생을 살아온 자신의 약혼녀의 과거를 차례로 들려준다. 이들 후향적인 정보들은 병치적인 지연 관계를 이루면서 식민지 시대를 살아가고 있는 남성과 여성의 비참한 삶의 전형적인 모습들을 보여 준다. 또한 이들 정보들은 텍스트 서두의 정보와도 병치적인 지연의 관계를 이루면서 그에 대해 경멸적인 태도를 보이던 '나'가 그에게 동화되어 가는 차별성을 드러낸다. 독자는 서사의 결말로서 제시된 텍스트 서두의 정보에 근거해서 일련의 후향적인 정보들을 차별적으로 해석해 가는 가운데 그것들이 드러내는 텍스트 서두 정보와의 또 다른 차별성에 주목하여 텍스트 서두 정보의 의미를 재해석해 가는 대조적인 탐색을 벌인다. 은유적 탐색을 벌이는 것이다. 그 결과로 독자는 어느 누구도 예외적일 수 없는 식민지 백성의 민족적 한을 확인한다. 허준의 「습작실에서」의 경우 텍스트는 서두에서 '나'가 동경 유학 시절에 깨우치게 된 고독의 사치를 지금까지 소중히 여기고 있으며 자신에게 그러한 고독의 사치를 깨우쳐 준 노인의 죽음을 아직까지도 안타깝게 생각한다는 정보를 전달한다. 이어 텍스트는 '나'가 그 시절을 회고하는 일련의 후향적인 정보들을 제시하는데, 그것들은 '나'

자신이 중시했던 사치의 고독과 노인이 체득한 체념의 고독에 대한 것들이 차별적으로 제시되는 병치적인 지연의 정보들이다. 독자는 이들 후향적인 정보들을, 텍스트 서두 정보에서 강조한 고독의 문제에 근거해서 그것들이 제시하는 두 고독의 차이성에 주목하여 해석하는 가운데 '나'의 사치의 고독이 노인의 체념의 고독을 덧입게 되었음을 확인하게 된다. 이어서 독자는 그러한 확인을 토대로 텍스트 서두 정보에서 제시된 사치의 고독을 체념의 고독으로 대체하여 이해하게 된다. 이러한 일련의 해석 과정이 대조적인 은유적 탐색의 과정인 것이다. 그리고 독자는 그러한 탐색을 통해 인간의 존재론적 고독에 대한 이해에 이른다.

전-후향적 지연과 제유적인 탐색 중 치환적인 지연과 상세적인 탐색 : 이광수의 「소년의 비애」에서 텍스트는 먼저 친여성적 태도를 지닌 문호가 사촌 여동생인 난수를 사랑하여 그녀에게 교육의 기회를 마련해 주고자 하지만 계부의 반대로 좌절하게 된다는 정보들을 후향적으로 요약해서 전한다. 이어서 텍스트는 난수가 봉건적인 인습에 희생되어 불행한 혼인을 하게 되자 문호가 이를 막기 위해 애를 쓰는 일련의 정보들을 전향적으로 세세하게 전달한다. 독자는 이들 전-후향적인 정보들 속에서 봉건적인 인습으로 인해 자주적인 삶의 기회를 박탈당하는 난수의 모습에 안타까움을 느끼고 그러한 부당함에 맞서고자 하는 문호의 모습을 공통적으로 발견하면서, 결국 난수의 불행한 혼인에 맞서던 문호가 현실적인 이념의 벽에 부딪쳐 좌절하는 과정에 대한 전향적인 정보들이 과거 난수에게 교육의 기회를 부여하고자 했던 문호가 실패했던 것에 대한 후향적인 정보들을 치환적으로 반복한 것임을 확인하고 그러한 반복적인 정보들을 통해 부당한 봉건적 인습의 문제를 상세하게 탐색한다. 김동인의 「감자」에서 텍스트는 먼저 빈민굴로 쫓겨온 복녀 부처의 과거 이력에 대한 후향적인 정보들을 제시한다. 돈에 팔려 지금의 남편에게 시집을 온 복녀는 도덕에 대한 저픔을 지니고 있었지만 남편의 게으름 때문에 사회적, 경제적 몰락의 길을 걷게 되었다는 것이다. 이후 텍스트는 빈민굴로 온 복녀가 거라지 생활을 하다가 드디어는 남편의 묵인하에 매춘을 하게 되고, 결국은 그것 때문에 중국인 왕서방에게 죽임을 당하고 그녀의 주검까지 매매된다는 전향적인 정보를 전한다. 독자는 이들 정보들 속에서 매매 대상으로 전락해 가는 복녀의 삶이 인접적인 반복을 통해 제시되고 있음을 발견하면서 치환적인 지연의 전략을 확인하고, 복녀의 전략의 첫 출발이 그녀가 과거 결혼의 매매 대상으로 전락한 것에서 시작되었으며, 이후에 그녀가 성적 매매 대상으로 전락하고 그녀의 주검 또한 매매 대상으로 전락하는 것은 그러한 처음의 전략을 반복하면서 그것을 상세화한 것임을 탐색한다. 그리고 독자는 그러한 탐색의 과정에서 왜곡된 가부장제가 여성에게 부여하는 비극적인 운명을 인식한다. 그것은 분명 인간적 가치의 철저한 훼손을 낳았던 것이다.

전-후향적 지연과 제유적인 탐색 중 병치적인 지연과 포괄적인 탐색 : 박태원의 「거리」에서 텍스트는 먼저 무능력한 '나'가 일상 속에서 가족과 친구들로부터 소외를 당하는 정보들을 후향적으로 제시한다. 그리고는 어느 날 주인집 기생딸들과 자신의 어머니가 방을 비우는 문제로 싸우는 사건을 계기로 이제는 '나' 스스로가 가족과 친구들을 소외시키는 정보들을 전향적으로 제시한다. 독자는 소외당하고 소외시키는 병치적인 정보들 속에서 전자가 후자를 야기하면서 전자의 부정성이 후자의 부정성에 포괄되고 확대되는 모습을 탐색한다. 그것은 과잉화된 자의식을 지닌, 타락하고 무능력한 인간을 통해 물화된 인간 관계의 파탄적인 모습을 확인한 것이기도 하다. 최명익의 「무성격자」에서 텍스트는 정일의 회고를 통해 정일 자신이 퇴폐적인 문주에 대해 가지는 자책적인 연민과 탐욕적인 아버지에 대해 가지는 혐오에 대한 후향적인 정보들을 병치적으로 제시한다. 그리고는 병든 문주를 혼자 남겨 두고 아버지의 임종을 보기 위해 고향집으로 돌아온 정일이가 자신이 혐오했던 아버지를 이해하게 되고 인정하게 되는 과정에 대한 정보와 문주와 아버지의 두 죽음에 직면해서 아버지의 죽음을 지키는 정일에 대한 정보를 전향적으로 제시한다. 독자는 문주와 아버지에 대한 정일의 태도들이 전-후향적으로 제시되면서 병치적으로 반복되고 있음을 확인하고, 그것들이 드러내는 차이를 인식하면서 정일이 문주가 아닌 아버지를 지향해 가고 있음을 파악한다. 그러면서도 독자는 정일의 그러한 지향이 결국은 문주의 부정성에서 아버지의 부정성으로 이행해 가는 것일 뿐임을 그리고 전자의 부정성이 후자의 부정성으로 수렴되어 확대되는 것일 뿐임을 확인한다. 즉, 포괄적인 탐색을 벌이게 되는 것이다. 그리고 독자는 폐쇄적인 세계 속에서 무성격한 존재의 불건강한 삶을 인식한다.

본 연구는 이상에서처럼 플롯을 텍스트상의 지연과 독서 과정상의 탐색의 역학 관계로 이해하고 이를 토대로 우리의 현대 소설들의 플롯을 유형화한 논의이다. 본 연구는 플롯을 지연과 탐색의 역학 관계로 이해함으로써 기존의 텍스트 중심의 플롯 논의가 가지는 폐쇄적인 의미 형성 논리의 한계를 극복하고 독자의 참여를 강조하는 개방적인 의미 형성 논리에 주목하였다. 그리고 그것을 토대로 다양한 양상의 현대 소설들을 보다 포괄적으로 논의할 수 있는 틀을 마련하였다. 그러면서 본 연구는 결과적으로, 플롯 개념의 효용성을 부정하는 최근의 소설 이론의 동향과는 달리 플롯이 여전히 유효한 서사 원리임을 밝히면서 보다 객관적인 텍스트의 의미 형성 논리를 확보하였던 것이다.

물론 본 연구가 이상과 같은 플롯에 대한 이해를 전제로 파블라와 수제트의 관계 양상 및 서사의 은유적 속성에 근거를 두고 구분한 현대 소설의 플롯 유형들은 지나친 극단화로 인해 다양한 양상의 현대 소설들을 지나치게 단순화하는 한계를 드러내기도 하지만, 역으로 그것들의 그러한 특징은 시학이 가지는 추상적 원리와 맞닿음으로써 본 연구가 설정한 플롯 유형들이 플롯 시학으로서의 기능과 역할을 다할 수 있음을 시사하기도 한다. 실제로 그것들은 텍스트 분석에서 플롯 시학으로써 기능하며 텍스트 의미 형성에 관한 객관적인 설명의 잣대로서의 역할을 다하였다.

본 연구는 이상에서 언급한 플롯 유형들을 일차적으로 개별 작품들에 대한 분석을 통해 검증함으로써 그것들의 시학적 타당성을 증명하고, 더 나아가서는 보다 많은 작품들에 대한 유형적 분석 가능성을 시사함으로써 우리 현대 소설의 플롯 시학의 체계를 확립하였다. 그 결과로 시학적인 원리에 따른 개별 작품들에 대한 분석을 통해서는 개별 텍스트에 대한 개괄적이고 직관적인 감상이 아닌 논리적이고 합리적인 해석, 객관적인 이해에 이르게 되었으며, 여러 작품들을 대상으로 하는 유형적 이해를 통해서는 우리 현대 소설의 플롯 시학의 전체적인 특성을 조망할 수 있는 틀을 마련하게 되었던 것이다.

이러한 연구 성과를 토대로 앞으로의 현대 소설 논의가 보다 심화되고 발전된 방향으로 전개되어야 하는 것은 너무도 당연한 일이다. 우선 본 연구와 관련하여 앞으로의 현대 소설 논의에서는 보다 다양하고 풍부한 플롯 논의들이 뒤따라야 할 것이다. 그러할 때 현대 소설의 구성 내지는 의미 형성의 논리가 풍요롭게 설명될 수 있을 것이다. 그리고 플롯 영역만이 아닌 여타의 다른 영역에서의 시학적 논의들도 뒷받침되어 궁극적으로는 소설에 대한 총체적인 시학이 마련되어야 할 것이다. 그것은 우리의 소설들을 체계화하면서 동시에 우리의 미학적 정신 세계를 체계화하는 일이 될 것이다.

　　이러한 원칙론적이고 거시적인 기대 이외에도 본 연구 성과를 전제로 우리가 규명해야 할 구체적인 과제는 플롯 속에 투영된 시간 의식의 문제이다. 본 연구가 플롯을 유형화하는 데 있어 파블라와 수제트의 관계 양상에 주목했던 것에서 시사되듯이 플롯은 곧 시간의 문제이기도 하다. 본 연구가 설정한 전향적·후향적·전-후향적이라는 구분도 정보 제시의 방향에 근거한 것이지만 그 정보 제시 방향이라는 것도 결국은 서사의 시간적 흐름과 관련된 것이었다. 이처럼 플롯 논의는 시간 의식에 대한 논의로 전이되거나 확장될 가능성을 지니고 있는 것이다. 그리고 그러한 논의들의 전개는 시간적 흐름을 본질적 속성으로 하는 소설에 대한 혹은 서사에 대한 근본적인 이해를 가능케 할 것이다.

　　그밖에 본 연구가 개별 작품들을 대상으로 행한 분석들은 각 작품들을 객관적인 논리에 따라 미시적으로 분석한 작품론들로서 그 의의를 갖기도 한다. 플롯 시학에 근거한 이들 작품론들은 각 작품들에 대한 이해의 폭을 보다 심화시킨 것이 사실이다. 이제 우리의 현대 소설 연구도 개별 작품들에 대한 개괄적인 이해의 단계를 넘어 보다 정치한 분석을 통한 미시적인 이해를 지향함으로써 작품들에 대한 이해를 심화시킬 필요가 있다. 작품에 대한 이해의 심화는 작품을 잉태한 인간 정신에 대한 보다 체계적인 이해를 가능케 한다. 따라서 객관적인 논리에 근거한 면밀한 분석이 뒷받침되는 작품론에 대한 연구도 확산되어야 할 것이다.

참고문헌 references

1
기본 자료

김동인, 「감자」, 『김동인전집 5』, 삼중당, 1976.
김유정, 「봄봄」, 『원본김유정전집』(전신재 편), 한림대학교출판부, 1987.
나도향, 「물레방아」, 『나도향전집 上』(주종연 외 편), 집문당, 1988.
박태원, 「거리」, 『신인문학』, 1936. 1.
염상섭, 「암야」, 『염상섭전집 9』, 민음사, 1987.
이광수, 「소년의 비애」, 『이광수전집 14』, 삼중당, 1969.
이 상, 「날개」, 『이상문학전집 2』(김윤식 편), 문학사상사, 1991.
이태준, 「가마귀」, 『조광』, 1936. 1.
이효석, 「들」, 『이효석전집 2』, 창미사, 1990.
최명익, 「무성격자」, 『조광』, 1937. 9.
허 준, 「습작실에서」, 『문장』, 1941. 2.
현진건, 「고향」, 『조선의 얼굴(현진건전집4)』(이재선 · 김시태 편), 문학과
　　　비평사, 1988.

2
국내 논저

권택영, 『소설을 어떻게 볼 것인가』, 동서문화사, 1992.
＿＿＿, 『영화와 소설 속의 욕망이론』, 민음사, 1995.
김병욱, 「한국현대소설의 시간과 공간 연구」, 서강대학교 박사학위논문, 1988.
김상환, 「시와 현명한 관념론의 길」, 『희랍철학의 문제들』(조우현 편), 현암
　　　사, 1993.
김열규, 「통사론에서 유추되는 디스코스론 차원의 서사체론」, 『국어국문학논
　　　총Ⅱ』(이정 정연찬선생 회갑기념논총간행위원회 편), 탑출판사, 1989.
김윤식, 『이상연구』, 문학사상사, 1993.
김윤식 · 김 현, 『한국문학사』, 민음사, 1991.

김윤식 · 정호웅 편, 『한국문학의 리얼리즘과 모더니즘』, 민음사, 1989.

김종구, 「이광수 초기 단편소설의 서술 양상」, 『한국문학이론과 비평』 1집 (한국문학이론과 비평학회), 1997. 8.

김진석, 「1930년대 한국 심리소설 연구」, 고려대학교 박사학위논문, 1989.

김 현, 「현대소설의 담화론적 연구」, 서강대학교 박사학위논문, 1992.

김희진, 「허준소설연구」, 이화여자대학교, 석사학위논문, 1992.

대중문학연구회 편, 『추리소설이란 무엇인가?』, 국학자료원, 1997.

동국대학교부설 한국문학연구소 편, 『이광수 연구(下)』, 태학사, 1984.

서종택, 『한국근대소설의 구조』, 시문학사, 1994.

성현경, 『한국소설의 구조와 실상』, 영남대학교출판부, 1980.

송효섭, 『문화기호학』, 민음사, 1997.

송현호, 「플롯의 탈전통화와 근대소설의 형성에 관한 연구」, 『비교문학』 17집, 1992.

신동규, 「모티브의 기능과 의미화」, 서강대학교 석사학위논문, 1984.

신동욱 편, 『현진건 연구』, 새문사, 1989.

안성수, 「한국 근대 단편소설의 플롯연구 시론」, 중앙대학교 박사학위논문, 1989.

안숙원, 『박태원 소설과 도립의 시학』, 개문사, 1996.

오공단, 「현대소설의 구성론」, 서울대학교 석사학위논문, 1973.

유종호, 『시란 무엇인가』, 민음사, 1996.

이보영, 『난세의 문학』, 예지각, 1991.

이상옥 편, 『이효석』, 서강대학교출판부, 1996.

이승훈, 『시론』, 고려원, 1979.

이용욱, 「초기 한국현대소설에 나타난 <여로형 플롯> 연구」, 한남대학교 석사학위논문, 1993.

이유식, 『한국소설의 위상』, 이우, 1988.

이재선, 『한국개화기소설 연구』, 일조각, 1972.

_____, 『한국단편소설연구』, 일조각, 1975.

_____, 『한국현대소설사』, 홍성사, 1986.

_____, 『우리문학은 어디에서 왔는가』, 소설문학사, 1987.

_____ 편, 『문학 주제학이란 무엇인가』, 민음사, 1996.

이재선 · 조동일 편, 『한국 현대소설 작품론』, 문장, 1995.

이 호, 「1930년대 한국 심리소설 연구」, 서강대학교 석사학위논문, 1993.

_____, 「염상섭의 <초기 삼부작> 재고」, 『서강어문』 11집, 1995.

임병권, 「최명익의 작품 세계 연구」, 서강대학교 석사학위논문, 1991.

장수익, 「최명익론-승차 모티프를 중심으로」, 『외국문학』, 1995. 가을.

정원용, 『은유와 환유』, 신지서원, 1996.

최시한, 「현대소설의 구조시학석 연구」, 서강대학교 석사학위논문, 1980.

_____, 「소설 교육의 한 방법 : 구성(플롯)을 중심으로」, 『모국어교육』(모국어교육학회), 1986. 5.

최재서, 『문학과 지성』, 인문사, 1938.

최혜실, 『한국모더니즘소설연구』, 민지사, 1992.

최현무, 「소설의 의미구조 연구」, 서강대학교 석사학위논문, 1977.

한성봉, 「"습작실" 연작을 통해 본 허준 소설의 서사공간」, 『한국언어문학』 36집, 1996. 5.

3
국외 논저

김병욱 편, 『현대 소설의 이론』(최상규 역), 대방출판사, 1986.

김치수 편저, 『구조주의와 문학비평』, 홍성사, 1987.

김 현 변, 『수사학』, 문학과지성사, 1987.

Aristotle, 『시학』(천병희 역), 문예출판사, 1986.

Bal Mieke, *Narratology : Introduction to the Theory of Narrative* (Christine van Boheemen trans.), Toronto Buffalo London : University of Toronto Press, 1985.

Bakhtin, M. M., 『도스또예프스끼 시학』(김근식 역), 정음사, 1988.

_____, 『장편소설과 민중언어』(전승희 · 서경희 · 박유미 공역), 창작과비평사, 1988.

Beaugrande and Dressler, 『텍스트 언어학 입문』(김태옥 · 이현호 공역), 한신문화사, 1995.

Brooks, Peter, *Reading for the Plot : Design and Intention in Narrative*, New York : Vintage Books, 1985.

Calinescu, Matei, *Rereading*, New Haven & London : Yale University Press, 1993.

Chatman Seymour, 『영화와 소설의 서사구조』(김경수 역), 민음사, 1995.

Cohen, Steven and Shies, L. M., 『이야기하기의 이론 : 소설과 영화의 문화 기호학』(임병권·이호 역), 한나래, 1997.

Crane, R. S., "The Conception of Plot and the Plot of "*Tom Jones*"", *Critics and Critisime : Ancient and Modern* (Crane ed.), Chicago & London : The University of Chicago Press, 1952.

Davis, Lennard J., *Resisting Novels : Ideology and Fiction*, New York & London : Methuen, 1987.

Dipple, Elizabeth, 『플롯』(문우상 역), 서울대학교출판부, 1984.

Eco, Umberto, 『소설 속의 독자』(김운찬 역), 열린책들, 1996.

Falk, Eugene, H., *Types of Thematic Structure : The Nature and Function of Motifs in Gide, Camus, and Sartre*, Chicago & London : The University of Chicago Press, 1972.

Forser, E. M., 『소설의 이해』(이성호 역), 문예출판사, 1984.

Genette, Gérard, 『서사담론』(권택영 역), 교보문고, 1992.

Honeywell, J. Arthur, "Plot in the Modern Novel", *Essentials the Theory of Fiction* (M. J. Hoffman and P. D. Murphy ed.), Durham and London : Duke University Press, 1988.

Jakobson, Roman, 『문학 속의 언어학』(신문수 편역), 문학과지성사, 1989.

Kermode, Frank, 『종말의식과 인간적 시간』(조초희 역), 문학과지성사, 1993.

Lodge David, *The Modes of Modern Writing : Metaphor, Metonymy, and the Typology of Modern Literature*, London : Edward Arnold, 1983.

Lotman, Jurij M., "The Origin of Plot in the Light of Typology", *Poetics Today*, fall 1979.

Lubbock, Percy, 『소설의 기술』(송욱 역), 일조각, 1992.

Martin, Wallace, 『소설이론의 역사』(김문현 역), 현대소설사, 1991.

Mellard, James M., *Doing Tropology : Analysis of Narrative Discourse*, Urbana and Chicago : University of Illinois Press, 1987.

Meyerhoff, Hans, 『문학과 시간의 만남』(이종철 역), 자유사상사, 1994.

Muir, Edwin, 『소설의 구조』(안용철 역), 정음사, 1977.

O'neill, Patrick, *Fiction of Discourse : Reading Narrative Theory*, Toronto Buffalo London : University of Toronto Press, 1994.

Perry, Menakhem, "Literary Dynamics : How the Order of a Text Creats its Meanings", *Poetics Today*, fall 1979.

Phelan, James, *Reading People, Reading Plots : Character, Progression, and the Interpretation of Narrative*, Chicago and London : The University of Chicago Press, 1989.

Pinto, J. C. M., *The Reading of Time : A Semantico-Semiotic Approach*, Berlin · New York : Mouton de Gruyter, 1988.

Ricoeur, Paul, 『해석이론』(김윤성 · 조현범 역), 서광사, 1998.

Ronen, Ruth, "Paradigm Shift in Plot Models : An Outline of the History of Narratology", *Potics Today*, winter 1990.

Scholes, Robert and Kellogg, Robert, *The Nature of Narrative*, New York : Oxford University Press, 1979.

Sternberg, Meir, *Expositional Modes and Temporal Ordering in Fiction*, Baltimore and London : The Johns Hopkins University Press, 1978.

Suleiman, S. S. and Crosman, Inge ed., *The Reader in the Text : Essays on Audience and Interpretation*, New Jersey : Princeton University Press, 1980.

Todorov, Tzvetan, 『구조시학』(곽광수 역), 문학과지성사, 1987,

_____, 『산문의 시학』(신동욱 역), 문예출판사, 1992.

_____ ed, 『러시아 형식주의』(김치수 역), 이화여자대학교출판부, 1988.

Yacobi, Tamar, "Plots of Space : World and Story in Isak Dinesen", *Poetics Today*, fall 1991.

Watts, Cedric, *The Deceptive Text : An Introduction to Covert Plots*, Sussex : The Harvester Press, 1984.

Watt, Ian, 『소설의 발생』(전철민 역), 열린책들, 1988.

Wheelwright, Philip, E., 『은유와 실재』, 문학과지성사, 1993.

White, Hayden, 『19세기 유럽의 역사적 상상력 : 메타역사』(천형균 역), 문학과지성사, 1991.

Wright, Austin, M., *The Formal Principle in the Novel*, Ithaca and London : Cornell University Press, 1982.

abstract

A Study of Plot Type in Modern Novel

- Centering on the Dynamic Relation between 'Delay' and 'Quest' -

This thesis intends to discuss about plot type which is working as the core of novel construction in order to found the poetics of novel for its systematization and theorization. Plot is a kind of fundamental element which controls the flow of narrative toward unitary organization and makes the novel exist as a semantic structure. Therefore, the study of plot is an attempt to reveal the process of meaning formation in the novel. Covering the previous theories of the plot, this thesis is trying to build the poetics of plot as a logic to clarify the formation of internal meaning in the novel and to analyze each individual work closely.

The basic attribute of plot is its operative power as a syntagmatic principle in which 'parts' are converged on the 'whole'. Specially, in the modern novel which is non- sequential and non-causal construction, this function of plot is very crucial. By this viewpoint, we can explain the basic characteristic of the plot in the modern novel as the dynamic relationship between 'delay' and 'quest'. In the modern novel, the delay of signification is occurred when the interpretation about the given informations is disturbed due to the various elements of the plot or those informations are reinterpreted according to the new informations. And, the text requires the subject to interpret the informations positively. Here, the subject proves to be a reader. The reader should quest for the interpretation about the informations of which the decoding is delayed. Eventually, while the delay in the text and the quest by the reader are dynamically interacted each other, the partial informations are organized into the entire semantic structure and at last, the signification of the work is achieved. The plot of the modern novel is classified into three types according to the way how 'sujet' operates on 'fabula'. Each type is divided into two subtypes according to the metaphorical feature by the aspect of similarity or difference.

The first type is the plot of "anaphoric delay' and metonymical quest'. This kind of plot produces the narrative style which presents the informations, focusing on the final effect of 'fabula' being developed according to the sequential flow of it. The ground of interpretation about informations is acquired in the transitional development of fabula. The text needs the strategy of narrative delay to retard the fast arrival to the closing part. And the reader sets about the mytonimical quest which is carried out by the principle of contiguity. However, in the case of 'substitutional delay' based on the contiguous similarity, the reader makes progress the 'additional quest' which is sequentially constructing the similarity of the informations presented the contiguous and syntagmatic structure. The plot of Na

Do Hyang's <The Water Mill> and Lee Tae Jun's <The Crow> belong to this type. In the case of 'justapositional delay' based on the parallel difference, the reader seeks for the similarity in the informations of which the difference is emphasized and continues the 'combinative quest' which connects the informations causally in the progressive transition of the narrative. The plot of Yeom Sang Seob's <Dark Night> and Lee Hyo Seok's <The Field> belong to this type. Thus, the plot of "anaphorical delay' and metonymical quest' is subdivided into 'substitutioanl delay and additional quest' and 'justapositional delay and combinative quest'.

The second type is the plot of "cataphoric delay' and metaphoric quest'. This kind of plot is the type which presents the informations focusing on the process how and why such a closure is achieved, showing the narrative progression in which 'sujet' is tracing 'fabula' conversely. Therefore, as the term of 'cataphoric' implies, the meaning of informations is constantly toward the beginning of the text to find the ground of the interpretation about some informations. At the same time, by continuing the text progression through the narrative strategy of delay, the plot brings about the recurrence toward the beginning of the text and delays the narrative closure. In this kind of plot, the reader interprets the new information with the relation of the given informations in the beginning, so the semantic field is restrained. It means the metaphorical quest of the reader who grasps the meaning of informations on the basis of the principle of similarity. By the way, in the case of 'substitutional delay', the informations are contiguously repeated and the analogies among them are accumulated, so the reader attempts the 'comparative quest' paying attention to their analogy. The plot of Kim Yu Jeong's <Spring, Spring> and Lee Sang's <The Wings> belong to this type. Unlike this, in the case of 'justapositional delay', owing to the parallel presentation of the different informations, the distinctions among them are strengthened, so the reader performs the 'contrastive quest' paying attention to their discrimination. The plot of Hyun Jin Gun's <Home> and Heo Jun's <At the study> belong to this type. In the end, the types of "cataphoric delay' and metaphorical quest' are subdivided into the 'substitutional delay and comparative quest' and 'justapositional delay and contrastive quest'.

The third type is the plot of "anaphoric-cataphoric delay' and synecdochic quest'. This is the type which presents the informations paying attention to the tensional relation between the past fabula and the present fabula, while sujet follows the sequentioal flow of fabula and traces it non-sequentially. This type of the plot presents the narrative informations focusing on the questions that what kind of events were happened and will be happened or how the closing of the past fabula will be dynamically related with the present fabula. The term of 'Anaphoric-cataphoric' implies 'the narrative development in both directions'. At this moment, the reader takes notice the way the delayed informations in both directions are correlated with each other ; finally, two fabulas form the inclusive relationship constructing the relation of 'whole and part' on subject. Thus, the reader sets about the synecdochic quest which grasps the relation of 'whole and part' between the informations. However, in the 'substitutional delay' based on the contiguous similarity, the sequential informations repeat the non- sequential informations and play a role of explanation. That is, the reader explicitly finds out the past fabula on the present fabula, which is called 'explanative quest' ; at this moment, the present fabula is a part of whole(the past fabula). The plot of Lee Kwang Su's <Sorrow of a boy> and Kim Dong In's <Potato> belong to this type. On the other hand, in the 'justapositional delay' based on the parallel difference, the sequential informations repeat the non-sequential informations and play a role of the expansion according to the difference. That is, the reader converges the past fabula on the present fabula, which is called 'inclusive quest' with the expansion of the meaning; at this moment, the past fabula is a part of the whole(the present fabula). The plot of Park Tae Won's <The Street> and Choi Myong Ik's <A man of no character> belong to this type. In the end, the type of plot like ''anaphoric-cataphoric delay' and synecdochic quest' are subdivided into 'substitutional delay and explanative quest' and 'justapositional delay and inclusive quest'.

The argument about plot type in this thesis is significant as the poetics with which we can explain the complex and diverse aspects of the modern novel even though it has its limitation on account of the fact that it is a kind of abstract theoretical hypothesis. This study tried to clarify the characteristics of plot type in the modern novel while analyzing the individual works with the application of plot type and proving its usefulness. In Korean modern novel, the 'anaphoric-cataphoric' plot type is more dominant than the 'cataphoric' plot type. This phenomenon is related with the time consciousness, so the study of time consciousness should be added to deepen the result of this thesis. And this study is as attempt to analyze the individual works in detail according to the objective and general logic of the universal principle. For more abundant understanding about the individual works, this kind of study on the basis of the microscopic analysis should be spread.

용어색인 ^{index}

ㄱ

「감자」 212, 231, 240, 287, 299
개방성 5, 12
「갯마을」 210
「거리」 212, 246, 287, 288, 300
결속성 24
결합의 기능 39
결합적인 탐색 41, 45, 46, 85, 94,
    122, 123, 125, 206, 293, 296
계용묵 290
계합적 은유 44
「고향」 128, 175, 176, 207, 208, 298
「곡예사」 290
공간 24, 47, 63, 72, 155, 157, 159,
    166, 168, 182, 190, 193, 253,
    259, 270
교유 40, 41
그리고 그 다음은and-then-and-then 25, 30
그 이유는why 30
기의 44, 54, 66, 68, 84, 95, 141,
    145, 147, 153, 207, 226, 277, 297
기표 44, 66, 71, 114, 140, 145, 152,
    153, 197, 275, 277
긴밀성 16, 20, 24, 45, 86
긴장 관계 11, 31, 33, 37, 289, 294
긴장감 30, 31, 49, 50, 52, 53, 55,
    56, 57, 59, 62, 63, 65, 72, 74, 76,
    77, 82, 85, 86, 88, 91, 95, 96, 98,
    100, 104, 109, 115, 119, 125,
    225, 226, 227, 228, 232, 239,
    255, 259, 263, 265, 274, 278,
    286, 289, 290
김동리 210, 290
김동인 212, 287, 299

김유정 125, 128, 207, 290, 297
「까마귀」 45, 66, 122, 123, 295
「까치소리」 210
끝 22, 54

ㄴ

나도향 45, 122, 125, 295
나병철 13
「날개」 128, 148, 207, 297
내재적 긴밀성 24
내적 행위 19, 291
「논이야기」 290
「늪」 290

ㄷ

「달」 210
담화 시간 33
담화론 9, 20
대단원 14
대조적인 탐색 42, 128, 175, 183,
    185, 187, 188, 202, 206, 208,
    209, 210, 294, 298
W. 마틴 20
W. U. 드레슬러 35
독자반응비평 3, 10
동일하지만 다른same-but-different 39
「들」 45, 102, 122, 124, 296

ㄹ

러시아 형식주의자 9
R. A. 보그란데 35
R. 숄즈 25
R. 켈로그 25

ㅁ

「마권」 125
「마작철학」 125
명시적 플롯 26
모방 21, 22
목적생성성 25
목적생성적 플롯 25, 27
「무성격자」 212, 264, 287, 288, 300
「물레방아」 45, 46, 47, 48, 63, 122,
    123 293
M. 페리 35

ㅂ

박경리 125
박덕은 14
박수경 15
박태원 125, 212, 287, 300
발단 14
「백치아다다」 290
「병신과 머저리」 290
범죄의 스토리 29
병치 은유 40, 41
병치적인 지연 41, 42, 43, 44, 45, 46,
    85, 89, 90, 91, 92, 93, 94,
    95, 97, 98, 102, 109, 112, 117,
    121, 122, 123, 124, 125, 127,
    128, 175, 181, 183, 185, 202,
    206, 208, 209, 210, 211, 212,
    246, 259, 267, 273, 276, 284,
    285, 287, 288, 289, 290, 293,
    294, 295, 298, 299, 300
「봄봄」 128, 207, 297
부가적인 탐색 41, 45, 46, 49, 54, 59,
    68, 70, 122, 123, 125, 206, 207,
    291, 293, 295
부분 39, 211, 294
「불신시대」 125
「불우노인」 210

「B사감과 러브레터」 290
비교적인 탐색 42, 127, 128, 140,
    141, 146, 160, 161, 175, 208,
    209, 210, 294, 297
「비오는 길」 125

ㅅ

사건 9, 12, 13, 19, 21, 26, 30, 32,
    33, 49, 55, 63, 67, 70, 71, 81,
    84, 89, 109, 112, 117, 119, 123,
    134, 137, 142, 143, 145, 170,
    193, 195, 196, 199, 200, 220,
    224, 228, 242, 255, 280, 287,
    288, 291, 295, 300
사건 배열 12
사건의 결합 21
사상의 플롯 15, 21
「산골」 290
「산골아낙네」 125
상세적인 탐색 42, 211, 212, 224,
    226, 228, 231, 239, 246, 287,
    289, 290, 294, 295, 299
서스펜스 25
성격의 플롯 15, 21
「소낙비」 290
「소년의 비애」 212, 287, 299
소설 구성 4, 10, 291
소설 시학 8, 10
손창섭 290
송현호 13, 14
수수께끼 30, 116, 177
수제트 9, 32, 33, 34, 35, 36, 37, 38,
    40, 45, 124, 127, 211, 292, 293,
    294, 301, 303
순차적 24, 31, 33, 34, 35, 41, 42,
    45, 46, 54, 92, 97, 102, 109, 112,
    117, 211, 292, 293, 294
순차적인 유형 33, 34

스릴러물 34
스토리 9, 16, 21, 33
스토리 시간 33
「습작실에서」 128, 188, 207, 208, 298
시간 24, 32, 33, 60, 77
시간 의식 303
시간적인 순서 32, 33
시점론 20
시퀀스 26, 27, 32
시학 8, 9, 10, 11, 12, 17, 18, 291,
   302, 303
「심문」 290

ㅇ

아리스토텔레스 9, 21, 22
안성수 15, 16
R. S. 크레인 21, 22, ,23, 30
암시적 플롯 26, 27
「암야」 45, 85, 102, 122, 123, 296
S. 코핸 44
A. M. 라이트 23
N. 프리드만 15, 16
L. 샤이어스 44
L. J. 데이비스 24, 25, 28
역동성 11, 40
「역마」 290
역사주의적 관점 8
역진과 순차가 병행되는 유형 33
역진적 24, 33, 36, 42, 127, 146,
   147, 211, 294
역진적인 유형 33, 36
역학 관계 12, 31, 33, 38, 292, 294,
   301
연대기적 13
연속적인 플롯 25
연쇄 26
염상섭 45, 122, 125, 290, 296
「영월영감」 125

5단계 구성론 15
오공단 15, 16
오영수 210
외유 40, 41
외적 행위 19, 291
운명의 플롯 15
위기 14
유사성 37, 40, 41, 42, 44, 45, 46,
   48, 49, 54, 59, 70, 73, 74, 76,
   79, 89, 90, 91, 92, 112, 117, 122,
   123, 124, 125, 127, 128, 136,
   140, 141, 142, 146, 160, 175,
   185, 193, 195, 202, 209, 210,
   211, 224, 228, 231, 245, 261,
   263, 273, 276, 291, 293, 294,
   295, 296
「유실몽」 288
유추적인 탐색 36
유항림 125
「윤전기」 125
은유적 텍스트 40
은유적인 탐색 37, 41, 127, 128, 141,
   206, 207, 208, 209, 293, 294,
   297, 298
의미 형성 논리 10, 11, 12, 21, 291,
   301
E. 디플 19
이광수 212, 287, 299
이상 128, 207, 297
이상우 15
E. M. 포스터 9, 23, 29, 30
이용욱 16, 305
이재선 6
이태준 45, 122, 125, 210, 295
이효석 45, 122, 125, 296
인과성 24, 27, 36, 46
인접성 35, 36, 44, 45, 66, 95, 207,
   293, 297

「임종」 290

ㅈ
작용 원리 23, 292
작용력 22, 31, 292
전개 14
전략 3, 25, 26, 27, 28, 29, 31, 39,
    40, 41, 73, 74, 79, 81, 84, 92,
    97, 98, 109, 112, 117, 121, 124,
    142, 157, 174, 181, 183, 185,
    187, 195, 209, 276, 284, 293,
    300
전체 38, 211, 294
전향적인 지연 35, 45, 46, 122, 124,
    125, 290, 292, 293, 295, 297
전·후향적인 지연 211
절정 14
제2의 원리 21
제3의 원리 21
제유적인 탐색 42, 212, 287, 289,
    294, 295, 299, 300
주사의 스토리 29, 34
조정래 13
종속 플롯 26
중간 22, 25, 180
G. 즈네뜨 33
G. 프라이타그 14
지연과 탐색의 역학 19, 33
지연된 해호화 24, 27, 28
지연의 전략 124, 185, 187, 195, 228,
    288

ㅊ
채만식 210, 290
처음 22, 234, 278
최명익 125, 212, 287, 290, 300
최서해 210
최정혜 15

최종적 목적 23
최종적인 결말 36, 45, 124, 147, 161,
    164, 209, 267, 293, 296
추리 과정 30
추리소설 29, 34
주상적 원리 302
「치숙」 210
치환 은유 40, 41
치환적인 지연 41, 42, 44, 45, 46, 54,
    59, 66, 73, 79, 84, 122, 123, 125,
    127, 128, 136, 140, 141, 142,
    146, 152, 160, 174, 175, 206,
    207, 209, 210, 211, 228, 287,
    289, 290, 293, 294, 295, 297,
    299, 300

ㅌ
「탈출기」 210
탐색의 전략 40, 125
탐색의 주체 36, 37, 39, 125
탐정소설 26, 29
T. 토도로프 8, 19, 34, 35, 38, 39
통일성 22, 31
통합성 23
통합적 은유 44
통합적인 원칙 22, 24, 31, 38, 292

ㅍ
파블라 9, 32, 33, 34, 35, 36, 37, 38,
    40, 42, 43, 45, 46, 125, 127, 133,
    209, 210, 211, 289, 290, 292,
    293, 294, 295, 301, 303
포괄적인 탐색 43, 211, 212, 246,
    259, 261, 263, 285, 286, 287,
    288, 289, 290, 295, 300, 301
플롯 시학 11, 18, 291, 302, 303
플롯론 13, 14, 16, 19, 20, 23, 32,
    33

P. 리꾀르 34
P. 브룩스 10, 29, 32, 39
P. 휠라이트 40, 41
「피로」 125

ㅎ
한용환 30
해호의 주체 28
행동의 플롯 21
「행랑자식」 125
행위 19
허준 128, 207, 298
현길언 14
현진건 128, 207, 290, 298
「혈거부족」 210
「혈서」 290
형식 중의 형식 23
형태론적 접근 16

호기심 30, 31, 71, 130, 132, 134, 136
138, 140, 142, 143, 146, 149, 150,
151, 155, 158, 160, 161, 164,
166, 168, 169, 170, 172, 178,
180, 182, 183, 185, 189, 191,
196, 198, 199, 200, 202, 203,
206, 209, 210, 213, 215, 219,
222, 232, 233, 234, 248, 249,
252, 265, 266, 267, 271, 273,
274, 280, 281, 286, 289, 290
환유적인 탐색 44, 45, 46, 122, 123,
124, 292, 293, 295, 296
황순원 290
「황토기」 290
효용성 12, 301
후향적인 지연 36, 127, 128, 146,
160, 206, 208, 209, 211, 293,
294, 295, 297, 298

저 자

장소진

1966년 전남 강진 출생
서강대학교 국어국문학과 졸업
동대학원 졸업(문학박사)
1994년 조선일보 신춘문예 평론부분 당선
서강대학교 강사

논문
「이광수의 『무정』 연구」
「이태준 문학에서 노인의 문제」
「시대의 전환과 가족사의 전이 - 박경리의 『김약국의 딸들』」
「자기비판과 소설의 목소리 - 이태준의 『해방전후』와 지하련의 『도정』」 등

현대소설플롯론

2000년 3월 13일 초판 인쇄
2000년 3월 20일 초판 발행

저 자   장소진
발행인   김홍국

발행처   도서출판 보고사
         등록 · 1990년 12월(제6-0429)
         서울시 동대문구 이문2동 291-60 한빛빌딩 B01호
         전화 · 959-2032~3   팩스 · 966-5614
         E-mail · kanapub3@chollian.net
         Home-Page · www.bogosabooks.co.kr
ISBN   89-8433-031-0

                              정가 9,000원